Confesiones de Tamara Fiol

ALFAGUARA

Miguel Gutiérrez

Confesiones de Tamara Fiol

ALFAGUARA

CONFESIONES DE TAMARA FIOL

Av. Primavera 2160, Santiago de Surco, Lima, Perú
Teléfono 313 4000
Telefax 313 4001

ISBN: 978-603-4039-06-3
Hecho el depósito legal en la Biblioteca Nacional del Perú N° 2009-00345
Registro de Proyecto Editorial N° 31501400900001
Primera edición: enero de 2009
Tiraje: 2000 ejemplares

Diseño: Proyecto de Enric Satué
Diseño e ilustración de cubierta: Mario Segovia
Diagramación de interiores: Vladimir León
Corrección: Jorge Coaguila

Impreso en el Perú - Printed in Peru
Metrocolor S. A.
Los Gorriones 350, Lima 9 - Perú

También para Mendis, mi flaquita

«Digamos que ganaste la carrera
y que el premio
era otra carrera
que no bebiste el vino de la victoria
sino tu propia sal
que jamás escuchaste vítores
sino ladridos de perros
y que tu sombra
tu propia sombra
fue tu única
y desleal competidora».

Blanca Varela

I

La primera vez que entrevisté a Tamara Fiol fue, a pedido suyo, en el bar-restaurante Marcoantonio. Conocía el sitio, pues mientras preparaba el reportaje «Las mujeres de Sendero», dos de mis fuentes me propusieron este mismo establecimiento para charlar. Me gusta el local. Es una construcción amplia de un solo piso, con grandes ventanales en la frontera, desde donde se tiene una visión de todo ese centro comercial, ubicado, según el plano de Lima, entre las cuadras 23 y 24 de la avenida Arequipa. Las noches las ameniza un pianista bastante competente y los jueves se puede escuchar y bailar el tango con la orquesta de don Domingo Rullo. No es mi música: era, en cambio, la de mi abuelo, con la cual creció mi madre desde el exilio en Nueva York. Fuera de los los ritmos caribeños de Venezuela y Colombia, las zambas y bossa nova del Brasil, el tango argentino era la única música de Sudamérica que yo conocía, hasta la noche aquella, en el apartamento de Taylor de la avenida Lexington de

Nueva York, en que Azpur me hizo escuchar por segunda vez la desgarrada música ayacuchana.

Después de que, al fin, accedió a concederme una entrevista, Tamara Fiol me había dicho: «Soy una mujer con muletas. No tendrás ninguna dificultad para reconocerme». Recuerdo que pensé: este humor ácido era una forma, más bien obvia, de conjurar cualquier sentimiento autocompasivo. De modo que, a través de los ventanales, la vi descender de su Toyota Corona, con la ayuda de su acompañante. Mientras ella se impulsaba con las muletas de aluminio, le eché una última mirada a la fotografía que Emperatriz —la mejor amiga de Tamara— me había prestado.

Era un retrato de estudio que ella se había tomado a los veintiocho años, pocos meses antes del accidente. La joven de la foto no era una belleza, por lo menos no una belleza convencional, pero lucía atractiva y encantadora, con su sonrisa y mirada francas, sin atisbos (me pareció a mí) de coquetería ni de sutiles insinuaciones. Por supuesto, los años de invalidez habían deformado su cuerpo y la cara —que en la foto se veía pequeña—, se le había anchado quizá por el uso de la cortisona. Vagamente me había figurado a una mujer de expresión torturada; sin embargo, sus ojos proyectaban una mirada abierta, aunque había un aire de ironía que faltaba al retrato de la joven Tamara.

Apenas la vi trasponer la puerta del bar me puse de pie y frené el impulso de acudir para ayudarla. Bastaba mirarla un instante para darse cuenta de que un gesto de esta naturaleza la hubiera ofendido. Incluso su adjunta —una mujer joven, trigueña, espigada y de rostro algo serio— se limitaba a flanquearla mientras (con un ruido de metales, chirriante, me pareció a mí) ella se dirigía a la mesa que yo había elegido al fondo del salón. No obstante, sí la ayudó a tomar asiento, recibió las muletas y las acomodó en la otra butaca, pero ella permaneció de pie. «Gracias, Malenita —le dijo—. Y ahora ve a hacer lo que tienes que hacer y vuelves dentro de una hora». Al despedirse, los ojos de la joven eran como si me advirtieran que cualquier cosa que le pasara a Tamara Fiol sería responsabilidad mía.

Luego Tamara me impidió que llamara al mozo y en los diez o doce minutos siguientes me sometió a un interrogatorio y me observó sin ocultar su recelo. Leyó con detenimiento mi carné de corresponsal de guerra de la agencia Gamma, pronunció mi nombre: Morgan S. Batres, quiso saber qué significaba la S («Scott», le dije) e intuí que trató de establecer lo que había de Scott y de Batres en mi sangre y mi espíritu. Después, con alguna ironía, examinó mi *look*: cabellera crecida terminada en una colita, cuidada barba de cinco días y mis lentes la llevaron a evocar por un segundo a John Lennon. Ya habían quedado muy atrás los días en que para irritar al viejo Scott, lucía desaseado, con mi cabellera y barba grasosas y una boina a lo Che Guevara. Pero ahora me había esmerado aun más en mi higiene, pues temía que Tamara Fiol me tomara por un *hippy* atorrante. Más bien alabó la loción que usaba y mi cafarena negra y opinó que mi saco castaño hacía juego con el color de mi piel.

Enseguida me preguntó de dónde nacía mi interés por ella, ya que por Emperatriz y otros amigos se había enterado de que un periodista extranjero andaba haciendo indagaciones sobre su vida. En forma muy sucinta le narré la parte de la verdad que contaba para esta primera entrevista: que supe de su existencia mientras, en Nueva York, recogía los primeros testimonios y conseguía valiosos contactos para hacer un reportaje a las mujeres de Sendero. Y sí, en estas circunstancias había surgido su nombre de manera reiterada en labios de Taylor, Azpur y el doctor Corso Geldres, con quien había hablado por teléfono en dos oportunidades y me había escrito una carta (no le dije que había sido una carta muy extensa) en respuesta a unas preguntas que le formulé. (En cambio, omití referirme a otras fuentes que había entrevistado en Lima, como el periodista César Lévano, con quien charlé dos días antes y me ilustró sobre Ramiro Fiol, abuelo de Tamara y uno de los fundadores del anarquismo en el Perú). «¿Los conocía, verdad? Me refiero a Taylor y Azpur y Pepe Corso. Afirmaron que eran sus amigos. Corso, sobre todo». No hizo ningún comentario, más bien (como yo lo esperaba) quiso saber sobre mi condición de cronista de guerra. Siempre soy cauto y sobrio en mis respuestas cuando me preguntan por este oficio que elegí. Recuerdo que la vez que partí en mi primera misión, a Nicaragua para escribir sobre los *contras* del Comandante Cero, mi madre con la candidez que la caracteriza, me dijo: «Morgy, no me escribas cosas feas de la guerra. Solo cuéntame de las cosas bonitas que veas». De modo que procuro pasar por alto los horrores de toda guerra, pues bastante me ocupo de ello en mis despachos y diarios personales, y evoco en cambio la cotidianeidad de la vida de un reportero, de sus cábalas y supersticiones para conjurar la muerte y de sus recuerdos y temores sobre la otra guerra que se desarrolla en el seno de las relaciones amorosas y conyugales. Le hablé brevemente de las misiones que tuve en Centroamérica, Colombia y Las Malvinas, luego me preguntó si también me habían enviado a otros continentes. Le respondí que estuve dos meses como sustituto de un reportero caído durante la retirada del Ejército soviético de Afganistán y en Rumanía, durante la caída de Cecescu. Todo esto lo conté en forma parca, omitiendo mis otras misiones por temor a parecer petulante. Entonces, como si hubiera pasado una prueba, por fin Tamara Fiol llamó al mozo. Mi entrevistada pidió un jugo de piña y yo, un exprés con un vaso de agua con hielo.

En el salón solo había ocupadas dos mesas más, ubicadas en extremos opuestos, y un sujeto cuarentón bebía una cerveza en la barra. «Nada de grabadoras», me advirtió cuando saqué el artefacto de mi mochila. La volví a guardar y me pregunté si debía accionar la otra grabadora pequeña que llevaba oculta debajo del pañuelo, en el bolsillo de mi saco. Logré superar esta deformación profesional y me dispuse a escucharla con la mayor atención. Lo primero que haría después de esta entrevista sería correr a mi hotel y reproducir minuciosamente nuestra charla.

—Entonces, ¿qué quieres saber de mí, Morgan? Quiero decir, qué quieres saber *realmente* de mí. Nunca he puesto una bomba ni he ejecutado a nadie. Creo en los derechos humanos, pero sé que no faltan miserables que merecen morir. Yo misma he tenido pensamientos homicidas dirigidos a algún sujeto. Pero no, varón, en relación con la vida de las senderistas (por horribles y fanáticas que parezcan), la mía carece de interés. Es verdad que he luchado (¡y créeme que sigo luchando!) para no quedar postrada. Pero esto es algo que cualquier mujer en mi condición haría. Es puro instinto de vivir. Y no hay ninguna virtud en ello.

Por Emperatriz sabía que el estado de Tamara Fiol no era bueno. En los últimos meses se había acentuado un proceso degenerativo que podría sumirla en la invalidez total. Sin embargo, nada de esto manifesté; en cambio, dije:

—Discúlpeme, pero...

—Si me sigues hablando de usted daré por terminada esta entrevista. Es verdad, guapo, que soy mucho mayor que tú. Pero todavía no soy una vieja. ¿O qué te crees tú?

Contra la costumbre de la gente de mi generación, no me gusta tutear a los demás. De modo que dudé un poco antes de responderle:

—Es que me inspiras mucho respeto, Tamara. No puedo evitarlo. Por las cosas que me contaron de ti allá en Nueva York.

—Tengo muchos amigos. Bocones, muy lenguas largas la mayoría. De modo que tengo una idea de las cosas que te habrán contado de mí. Pero, dime, ¿no te basta con el reportaje que le hiciste a las seguidoras del Presidente Gonzalo? ¿O no pudiste hacerlo?

«Todo lo contrario», le respondí. Terminé de beber mi exprés, tomé un par de sorbos del agua helada y le pregunté si podía fumar («Adelante —me dijo—. No fumo, pero me gusta el aroma de un buen cigarro»). Encendí un Imperio, un maravilloso tabaco negro con envoltura de papel color habano. Al saber que me gustaban los cigarros fuertes, uno de mis primeros contactos me habló de esta marca y en un papel me apuntó la dirección de la bodega de un japonés donde quizá todavía podía encontrar alguna cajetilla, pues la fábrica de tabaco los había dejado de producir hacía algunos meses. De modo que tomé un taxi y el chofer no tuvo ninguna dificultad en dar con la tienda. De los dos cartones que le quedaban, el japonés accedió a venderme uno. En cada país que voy solo fumo los cigarros negros de producción nacional.

Todo esto le conté a Tamara. Y como un tonto agregué que el haber encontrado un cigarro tan fino y delicioso se presentaba como un buen augurio de que lograría llevar adelante mi reportaje. Le dije que, en efecto, no había encontrado ningún impedimento insalvable para entrevistar a las senderistas presas en Canto Grande y en otras cárceles. Con algo de rubor, le manifesté que el reportaje había sido muy bien recibido por los jefazos de la agencia para la que trabajo en calidad de *free lance*. Precisamente hacía unas pocas horas que Willy Rodríguez, mi agente, me había confirmado que mi crónica se publicaría en *Newsweek,* en dos entregas, a partir de la próxima semana («El reportaje a las perras terroristas —me decía Willy Rodríguez en su fax de esta mañana— te ha salido del carajo. Te detesto, canalla. Te envidio»). Le confesé a Tamara que, sin embargo, en lo más íntimo, me sentía insatisfecho. Molesto conmigo mismo porque no había podido atravesar el blindaje ideológico de esas mujeres austeras y temibles. O para decirlo de manera ridícula: no había logrado calar en sus almas.

—Cariño, no te entiendo. O mejor, te entiendo perfectamente. Como estoy segura de que te han contado que he sido, que aún soy una luchadora social, quieres escarbar en mi vida para mostrar que las combatientes somos mujeres de carne y hueso. Que tenemos una vida interior compleja y atormentada. Que amamos y odiamos. Que tenemos pasiones terribles. Me sé de memoria ese rollo. Pero te equivocas, varón. Has escogido mal. Salvo por el accidente que sufrí y por las operaciones y las terapias de rehabilitación a que me sometí para ponerme de nuevo de pie, nada de verdad importante me ha ocurrido. Entiéndelo, lindo. Un accidente le ocurre a cualquiera.

Fue en este momento que cometí el error de adelantar un tema que yo había reservado para después. Le dije: «Bueno, según me han contado fue un accidente raro. *Misterioso*».

Tamara me miró con desconfianza, algo molesta y temí que diera por concluida la entrevista. En cambio, dijo:

—¿Puedes darme uno de tus cigarros?

Le extendí la cajetilla. Con mano vacilante —los dedos eran nudosos y deformados— cogió uno. Le alcancé el fuego, lo prendió, aspiró profundo, se atragantó un poco con el humo, tosió.

—Todavía no había cumplido los quince años cuando se me dio por fumar. Por pura mataperrada y por hacer sufrir a mi padre. Por esos años lo detestaba, después de haber sido mi héroe. Mi caballero. Menos mal que emergió la figura sustituta del Gran Viejo, como yo llamo a mi abuelito. Fue uno de los fundadores del anarquismo en el Perú. Y como no lo conocí realmente, podía idealizarlo de acuerdo con los llamados de mi corazón. Y además, como ya estaba muerto, no tenía ninguna posibilidad de traicionarme. Bueno, como te decía, le robaba los cigarros a mi padre y con un amiguito que tenía nos metíamos al Perricholi y allí fumábamos pese a los avisos de prohibición que proyectaban en la pantalla. Éramos enamoraditos, me adoraba y soportaba todas mis majaderías con tal de estar al lado mío. Después, en la universidad, cambié los cigarrillos por el trago. Fue mi etapa de bohemia. Conocí a muchachos de otro tipo. Unos locos maravillosos. Me pegué unas cuantas bombas. No muchas, la verdad. O, para serte franca desde el comienzo, sí fueron bastantes las borracheras. Aunque yo no necesitaba del trago ni de la pichicata, como se le decía entonces a la cocaína, para sentirme feliz. La probé, por supuesto. Fue Arancibia quien me la dio...

—¿Arancibia?

—¡No me digas que nunca escuchaste su nombre! ¡Vamos, no mientas! Dime, ¿quién te habló de él?

Guardé silencio.

—No pudo ser ni el viejo Taylor, ni el chico Azpur. A ellos los conocí mucho después. No hace ni diez años. ¿Fue Pepe Corso, verdad?

Esta vez me costó aun más permanecer callado.

—Ah, Pepe, mi eterno protector. Cuánto me aburrían sus sermones, aunque fingía escucharlo para no ofenderlo. Nunca me propuso irnos a la cama. Y ni siquiera estoy segura de que él lo deseara. ¿Te contó que trabajó una temporada en China durante la Revolución cultural? La apertura de relaciones entre Estados Unidos y China lo favoreció y pudo viajar a Norteamérica y doctorarse. Ahora es una eminencia en Antropología y ha hecho una carrera brillante en la John

Hopkins. Por lo menos todo lo brillante que puede ser la carrera de un profesor de habla hispana. Bueno, él echaba la culpa a Arancibia de mi vida desgraciada. Desgraciada, según él. Repitiendo con algo de sorna a las abuelitas, decía que ese maldito fatalizó mi vida. Me llamó hace dos meses cuando se enteró del asesinato de Raúl. Seguro que te habrá contado. Estaba eufórico. Por supuesto que daba por hecho que yo había tenido que ver con su «ejecución», como la llamaba él. Cuando le dije que había asistido a los funerales de Arancibia, casi lo escuché saltar de alegría. Me dijo que él habría hecho lo mismo para cerciorarse de que esa rata inmunda yacía bajo tierra.

Mi alarma aumentó. Dos sentimientos opuestos me poseían. Por un lado, me ganaba la curiosidad y la impaciencia por abordar este lado enigmático de la vida de Tamara; pero era consciente de que todavía no era el momento de sacar a flote este tema.

De modo que admití que, en efecto, había sido Corso, Corso Geldres, quien me habló por primera vez de Arancibia cuando tomé contacto con él. La segunda vez fue Corso quien me llamó, ya entrada la madrugada, para darme la noticia del asesinato de Raúl Arancibia. Me dijo que durante todo el día había tratado de comunicarse conmigo en los cinco teléfonos que le había dejado. Por fin, una reportera amiga mía le dio el teléfono de un motel de El Paso, donde Willy Rodríguez me había enviado para hacer una investigación acerca de la existencia de un campo de entrenamiento de la CIA para mercenarios, dirigidos por veteranos *contras* que habían actuado en Nicaragua. El dato que le dieron a Willy resultó un completo fiasco y yo me hallaba furioso y borracho cuando llegué a mi cuarto mientras sonaba el teléfono. No contesté. Dejé que siguiera timbrando. Después la operación se repitió cada cinco minutos. Por fin levanté el aparato. Era Corso. Le conté a Tamara que, sin ningún preámbulo y con brutal alegría, me informó sobre la «ejecución» (en efecto, así la llamaba él) de Raúl Arancibia. Y en un esfuerzo por ser sincero con ella, le revelé la hipótesis que manejaba Corso sobre quién había mandado a matar a ese hombre malo y perverso. Tamara me interrumpió:

—Y tú, corazón, ¿qué piensas de esa «hipótesis»?

—La deseché. De entrada me pareció una conjetura desatinada, aunque carecía del diagrama completo del caso.

—Pero ahora que me has conocido, ¿qué piensas?

Le respondí:

—Creeré lo que tú me digas. Sí, Tamara, tienes mi palabra: lo que tú me digas. Pero permíteme proponerte algo. ¿Qué te parece si dejamos este asunto para la siguiente entrevista? Porque no olvides que me prometiste una segunda. Claro, puntualizaste, siempre y cuando yo lograse inspirarte confianza. ¿Confía usted en mí, Tamara Fiol?

—¿Cómo confiar en un periodista? Quiero decir, cómo confiar *plenamente* en un periodista. Siempre que he podido me he negado a dar declaraciones a la prensa. Incluso hice sufrir mucho a unas jovencitas de Ciencias Sociales que me solicitaron una entrevista por encargo de una organización feminista (¿Marcela Ramos? ¿Micaela Bastidas? ¿Flora Tristán?) que dirigía una investigación, si no entendí mal, sobre las mujeres consideradas precursoras del actual movimiento feminista. Cité a las chicas a mi casa y tuvimos varias sesiones. Pese a sus poses de mujeres liberadas (se sentaban con las piernas abiertas o las ponían encima de la mesa de centro, se complacían echando tacos), pese a eso, querido, me parecieron muchachas ingenuas, casi candorosas. Por supuesto, en mi testimonio dejé afuera toda mi vida íntima. Me entregaron una copia de las grabaciones. Si lo deseas, te las hago llegar. Pero te advierto que te vas a morir de aburrimiento. Y ahora que sea como tú quieras. Pregunta, varón. Con confianza.

Le di las gracias. Le dije que respetaría escrupulosamente el sentido de sus palabras. Le sugerí que reconsiderara su negativa a hablar frente a una grabadora. Pero se reafirmó en la decisión que tomó al empezar nuestra charla. Luego, continué:

—Bueno, ante todo te diré que no estoy de acuerdo con la imagen que me has propuesto de ti misma. ¿Falsa modestia, pudor, teatro? Me es imposible creerlo. No quiero arrojarte flores. Pero tú no eres una mujer corriente, Tamara Fiol. Ni solo la lucha contra la invalidez define tu vida. Taylor, allá en Nueva York, me contó cosas formidables de ti. Y Azpur se siente en deuda contigo hasta el fin de sus días. Repitió varias veces que le salvaste la vida. También que por ti pudo conseguir visa a Estados Unidos. ¿Cómo lo rescataste? Esto ya me lo contó Azpur, pero quisiera escucharlo de tu propia voz.

—Taylor. Fue Taylor quien una mañana pidió entrevistarse conmigo. A mi secretaria dijo que era un asunto urgente. En realidad, dijo: «De vida o muerte». Yo había conocido al viejo Taylor cinco años atrás, al llegar a Huamanga con la comisión que había nombrado el Congreso para investigar las desapariciones de civiles. Se hablaba de entierros clandestinos hechos por el Ejército en el área que rodeaba al cuartel de Los Cabitos... Querido, doy por sentado que conoces Ayacucho. ¿O me equivoco...? *[Le respondí que una de las primeras cosas que hice para preparar mi reportaje sobre las mujeres de Sendero fue viajar a la tierra ayacuchana]*... Bien. Te decía que cuando se anunció la llegada de la comisión de parlamentarios, el general jefe de la Zona de Emergencia ordenó desenterrar a los muertos e incinerarlos en un horno construido ex profeso fuera de los límites del cuartel. Te juro que todavía persistía en el aire el hedor a carne calcinada. Todos los pobladores que vivían por la zona del aeropuerto respiraron durante varios días ese olor abominable y, pasada la medianoche, podían contemplar las llamaradas del horno que arrojaba un humo siniestro. Nauseabundo. El jefe de la Zona de Emergencia vetó con palabras groseras la presencia de los representantes de la Cruz Roja y de Amnistía Internacional. A este último organismo lo acusó de estar al servicio del terrorismo mundial. Yo, en cambio, exigí mi derecho de participar en calidad de observadora como coordinadora de la sección en el Perú de Derechos Humanos de las Naciones Unidas. Creo que también ayudó mi invalidez. Mis muletas. Mis piernas apuntaladas con metales y cierta expresión de mi rostro que yo había aprendido de Arancibia. Lo siento, no debía pronunciar este nombre todavía... Pero te estaba hablando de Taylor. Como te conté, se presentó en mi hotel apenas se levantó el toque de queda, como me había anunciado la noche anterior por teléfono. Recuerdo que me asaltó la duda. ¿No será Taylor un miembro de la CIA? ¿Y si fuera una trampa de los servicios de inteligencia del Ejército para secuestrarme? Al fin y al cabo la Dincote me había investigado dos veces. Pero la voz, la dicción, la línea melódica de sus fraseos me inspiró confianza. Siempre le hago caso a mi intuición. De modo que ahí estaba el sujeto de apellido Taylor viéndome avanzar con mis muletas por el salón, acompañada de Malenita. Me gustó su rostro desde que lo vi. Qué lindo, qué rico. Como un chanchito rosado. Pese a su alta estatura tenía aspecto de bebé, de niño grande, de mejillas rubicundas y pequeños ojos saltones. Y un aire jovial, si quieres bonachón, iluminaba su rostro. Y pensar que este individuo era un sabio. ¿Sabías que domina cerca de medio centenar de idiomas? Es un monstruo de la naturaleza. ¿Quién dijo una cosa así?

—Cervantes —intervine, petulante—. Lo dijo refiriéndose a Lope. A Lope de Vega.

—Sí, ahora lo recuerdo. Era de esas cosas que te enseñan en las clases de Literatura de cuarto de media. Entonces tú te preguntas: ¿qué hace un genio en este rincón apartado del planeta? Recuerdo que se lo pregunté. Me dijo que fue por el quechua. Lo escuchó hablar por primera vez en un mercado de Quito a unos indios ecuatorianos. Esto lo incitó a venir al Perú a estudiar todas las variedades del quechua y con los años terminó involucrándose en una guerra ajena. ¿Te contó que Sendero lo obligó a abandonar Ayacucho bajo amenaza de muerte?

Le respondí que sí lo sabía. Fue por el apoyo que le brindó a Azpur, que era uno de sus discípulos. Tamara prosiguió:

—Me ayudó a subir a una poderosa camioneta Cheroke. Malenita se negó a dejarme sola y Taylor dijo que no había problema y la hizo sentar en la parte de atrás. Qué tristeza conocer una ciudad tan bella en esas circunstancias. Era un sueño ver caer el sol dorado que despuntaba por los cerros sobre la torres de las treinta y tres iglesias. Patrullas del ejército nos interceptaron en tres oportunidades pidiendo nuestros documentos. Y mientras conducía con la velocidad mínima, Taylor me iba indicando los sitios de la ciudad donde el Ejército arrojaba cadáveres durante la madrugada. Y todos los muertos conservaban las huellas de atroces torturas. Pero me dijo que hoy (por la presencia de la comisión investigadora) no aparecería ningún cadáver ni en la ciudad ni en las quebradas de Huatatas y del Infiernillo, donde los familiares iban a reconocer a sus muertos. Después nos invitó a Malenita y a mí a tomar un auténtico desayuno huamanguino en el mercado. La vida proseguía, me dijo, y a la mujer que nos sirvió los humeantes platos de caldo de cabeza de carnero con exquisito mote le habían matado a dos de sus hijos. Bueno, y era este mismo Taylor que había venido a Lima para hablar con urgencia conmigo.

—Es lo que me dijo. Tú eras la última esperanza que tenía para sacar a Azpur de Huamanga. Disculpa. Continúa, por favor.

—Pero no era el mejor momento, cariño. Hacía pocas semanas la Dincote me había vuelto a llevar a sus oficinas para interrogarme. Y la prensa más reaccionaria había empezado una campaña de desprestigio contra la oficina de Derechos Humanos de la ONU en el Perú. Sobre todo contra la Coordinadora. Las cosas que me inventaron. Dijeron que era una libertina, una manera hipócrita de decirme puta. Viejos apristas en diferentes publicaciones recordaron mi pasado. Rabanita, Tamara, la roja, conocida dirigente comunista del movimiento estudiantil, implicada en el asesinato de un brillante estudiante aprista en 1963. Entre paréntesis, Morgan. Este Dodero no tenía nada de brillante ni de estudiante. Era un disciplinario fanático, un búfalo feroz y recibió lo que merecía. Así se lo dije a Kymper, a quien de tanto en tanto lo acogotaban sentimientos de culpa por haberle disparado. Mis jefes se alarmaron y, bajo el pretexto de someterme a un examen médico (que en verdad lo necesitaba), me llevaron a Nueva York. Cuando retorné, seis meses después, me destinaron a otra sección donde no era mucho lo que podía hacer bajo la mirada de un nuevo jefe, un sujeto medio amanerado nacido en Costa Rica. Pero cuando vino a verme Taylor, todavía yo era jefa y tenía poder de decisión. Taylor se esforzó por mantener su buen humor, pero estaba alarmado. Fue de frente al grano. Azpur, que siempre había andado por la periferia de Sendero Luminoso, se quebró al no poder soportar más la violencia. La violencia por ambas partes. Y los caídos que tuvieron la desgracia de estar entre dos fuerzas. Entonces se sumó a la cruzada por la paz que inició la alcaldesa de Huamanga, una mujer menuda, feúcha y casi insignificante en apariencia, con quien él había estudiado en la universidad y, en realidad, conocía de toda la vida. Ahí tienes a una heroína, patética y humilde. Leí que era de Izquierda Unida, pero su acto (por lo menos es lo que yo pienso) fue mucho más allá de las consignas políticas. Sus enemigos y detractores dicen que era una ególatra enfermiza y que todo lo hizo por figuración. Qué estupidez. Qué mezquindad. Qué bajeza, aun si hubiera algo de verdad en aquellas imputaciones. Pues bien sabes, cariño, hasta en las acciones que la Historia reputa como más nobles, justas o humanas, jugaron su papel motivaciones no necesariamente probas o incorruptas. Muchas veces he escuchado o leído maledicencias de este tipo, sobre todo referidas a mujeres que intervienen en el mundo político. Cuando empecé a militar en la Juventud era un chiste común decir que solo las mujeres feas ingresaban al Partido para buscar marido u hombres que les hicieran el favor. Me gustan las bromas, las gozo, incluso las muy subidas de tono. Pero me gustan menos y las detesto cuando hay de por medio una visión machista de la vida. Te contaré, corazón, una anécdota que me abochorna un poco, pero de la cual no me arrepiento. Por supuesto ocurrió muchísimos años atrás. Y me alegra que sucediera en el patio de Letras de San Marcos, donde en esos años tenían lugar las más ardientes discusiones políticas. Yo era la única chica rodeada de cinco chicos más y polemizaba con uno de ellos sobre las revelaciones de Kruschev, en el XIX Congreso del PECUS, en relación con Stalin. Entonces escuché que uno de los oyentes le decía al otro: «A las mujeres les entra el marxismo por la vagina», solo que no dijo *vagina* sino que como podrás imaginar utilizó la palabra más grosera del diccionario masculino. Esta fue una de las pocas veces que utilicé la violencia física contra un compañero. Le dije que repitiera lo que acababa de decir. No lo repitió, por cierto; en cambio me dirigió desde su altura de macho una risita cachacienta. Esto me indignó aun más, pero no lo abofeteé, sino que lo golpeé con el puño cerrado. Le cayó en la nariz, en la ñata, de donde empezó a salirle sangre. El imbécil (me da pena decirlo porque después nos hicimos patas) me dijo que diera gracias a que era mujer. Para qué me dijo eso. Lo desafié a pelear allí mismo, al fin y al cabo las mujeres también nos mechábamos con la Policía y con la bufalería en los mítines... Pero ¿por qué te cuento esto?

—Te estabas refiriendo de las habladurías de las que fue víctima la alcaldesa...

—Ah, sí. Burlas y maledicencia. De modo que ahora nadie se acuerda de ella. Ni de su asesinato. Tengo entendido que por Sendero. Cuando salió cargando la cruz por las calles de Huamanga los pobladores supieron que había firmado su sentencia de muerte. Aun así hubo gente que se sumó a esa peligrosa representación de la pasión. Y entre ellos Azpur, muchacho moderado, que también quería el cambio social, pero que no pudo soportar el terrible derramamiento de sangre. Se acercó a ella a darle su aliento y marchó a su lado en medio de las oraciones por la paz y también en medio de soterrados gritos de burla y furia. Por orden del arzobispo, que era un maldito, se cerraron todas las puertas de las iglesias. Ninguna campana dobló por este Cristo-mujer, como la llamó Taylor. Y todo esto me lo contó él cuando llegó a solicitar mi ayuda. (Morgan, si te interesa la puedes leer la historia completa en los diarios de esos años). Azpur había sido su alumno y con su guitarra le había hecho gustar de la música ayacuchana. ¿Has oído cantar en quechua a Taylor? Es para comérselo a besos. Bueno, tenía razón Taylor, intentar sacarlo por alguna de las carreteras o por los caminos de herradura a través de los cerros hubiera sido suicida. En todos esos parajes, había patrullas de lo que los senderistas llamaban el Ejército Popular de Liberación. La única posibilidad para Azpur era salir por el aeropuerto, a plena luz del día, rodeado por el mayor número posible de personas. ¿Pero cómo? ¡Cómo! Entre tanto Taylor había recibido la visita de un emisario de Sendero, quien le ordenó su salida de Huamanga. Antes de la guerra Taylor había conocido a gente de Sendero, alumnos suyos se habían enrolado en sus filas, uno de sus discípulos más prometedores había muerto en el asalto a la cárcel de Ayacucho. Por eso, quizá, no lo consideraban un enemigo todavía, pero sin duda se convertiría en blanco del partido si desobedecía las órdenes. Le dieron veinticuatro horas para abandonar la ciudad. Pero Taylor, de alguna manera, logró que le extendieran el plazo a cuarenta y ocho horas. Lo más urgente en ese momento era buscarle un escondite seguro a Azpur. ¿Pero qué lugar era seguro para Azpur en la ciudad? No lo pensó dos veces. Recordó la abandonada iglesia de San Cristóbal, la más antigua de Huamanga, donde el viejo arzobispo le permitió vivir a su llegada a la ciudad quince años atrás. Recordó que entonces hubo protestas de beatas y de viejos cucufatos, pero de inmediato el rostro jovial, algo cómico, de Taylor conquistó a los vecinos: se trataba nada más que de un excéntrico, un loco inofensivo. Allí vivió dos años y habría seguido si no se hubiesen producido en el ruinoso templo algunos derrumbes durante la temporada de lluvias. Me contó que en los meses de vacaciones, cuando viajaba por el mundo, añoraba este espacio con siglos de historia y superstición donde encontró (¡él, un agnóstico!) el lugar perfecto donde vivir. Con permiso del arzobispo hizo una limpieza general de la iglesia, efectuó las reparaciones indispensables e instaló su dormitorio y oficina en la abandonada sacristía. Cuánto sintió tener que dejar el sitio y buscar una casa convencional para vivir. Pero fue necesario; uno de esos días, como caído del cielo, lo visitó un anciano caballero huamanguino —poseía uno de los apellidos más linajudos, Montes de Oca o algo así— para ofrecerle en venta la casona familiar, enorme y en ruinas, y según me dijo Azpur, de diseño severo, sólido, con algo de monasterio por las arquerías de los patios interiores. Taylor compró la propiedad sin ningún regateo y más bien se sintió una especie de estafador que se aprovechaba del hambre que venían padeciendo estos señores desde hacía muchísimos años, pues los únicos capitales que tenían eran sus antiguos solares y sus hijas, a quienes casaban con los catedráticos cholos que habían llegado a Huamanga desde la reapertura de la Universidad de San Cristóbal. No tuve la oportunidad de conocer la casa de Taylor, pero Azpur me contó que era hermosa y su maestro gastó una fortuna en restaurarla. De modo que la vieja iglesia donde él vivió, aunque otra vez clausurada y ruinosa y hasta tétrica, era el único sitio seguro para esconder a Azpur. Por suerte, Taylor tenía una gran amistad con un cura relativamente joven que había sido su alumno en la universidad. Logró persuadirlo, pese a las órdenes del nuevo arzobispo de no conceder asilo a nadie que estuviera involucrado con los terroristas. Es un hijo de perra. Me refiero al arzobispo. Varias veces hemos chocado. Apenas se levantó el toque de queda, Azpur, con hábito de sacerdote, acompañado del padre Xavier Ponte, de la orden de los mercedarios y párroco de la vecina iglesia de Santa Teresa, se instaló en el olvidado sótano de esa iglesia que, como te repito, es una triste ruina. Al despedirse de Azpur, Taylor le había dicho que no debía salir bajo ninguna circunstancia hasta que vinieran a rescatarlo. En cuanto a la alimentación, el padre Xavier le llevaría víveres cada dos días. En cuanto a Taylor, en vez de tomar el avión como lo aconsejó un amigo íntimo, decidió venirse con su Cheroke por Los Libertadores. Hay un fondo aventurero en Taylor. De locura. Quiso saber qué le ocurriría. ¿Hubieras hecho tú lo mismo, varón? En varias oportunidades fue interceptado por guerrilleros senderistas, pero, quizá ya advertidos por la dirigencia del comité zonal, lo dejaron pasar sin hacerle daño. Me contó que durante todo el trayecto estuvo pensando en cómo rescatar a Azpur. Entonces dijo que cuando salió de las zonas de peligro, unos pocos kilómetros antes de empalmar con la Panamericana, tuvo una iluminación: solo Tamara Fiol podría rescatar a Azpur y traerlo a Lima... Pero, ¡mira!, aquí viene Malenita. ¡Hola, encanto! ¿Por qué tan rápido?

—Más bien, perdona la demora —dijo la joven—. Es que el médico anunció que llegaría con retraso al consultorio. Dudé entre esperarlo o regresar a la hora...

—Hiciste bien, mi amor. Ni me di cuenta de que había pasado el tiempo. ¿Tú te diste cuenta, Morgan? Antes, querida, ayúdame para ir al baño. No tardo, belleza. ¿Por qué no te pides otro café?

Ahora el salón estaba a medio llenar. Consulté mi reloj: faltaban veinte minutos para las seis. Llamé al mozo y pedí otro exprés. Me dijo que lo sentía, pero hacía una hora que se había cortado la electricidad. «¿Una cerveza? Está todavía bien helada», me sugirió. Acepté, y mientras me traía la botella, en mi libreta tomé rápidas notas sobre lo que me había contado Tamara Fiol. Una vez que retornara al hotel trataría de reconstruir todo el diálogo a partir de las anotaciones que estaba haciendo a vuelo de pluma. Junto con la cerveza el mozo trajo un candelabro de cerámica rústica con una vela y me aseguró que de todas maneras a las siete de la noche estaría el maestro pianista para amenizar el ambiente. «¿No le parece, jefe, que a la luz de la vela el piano suena más bacán?». Le dije que, en efecto, pero con un gesto que no invitaba a armar conversación. Como ocurría con los cigarros negros, me gustaba beber las diferentes marcas de cerveza de cada país. Ya las había probado todas y esta que me había traído el mozo era mi preferida.

Apenas probé la cerveza se me vino a la mente la noche en que Azpur pronunció por primera vez el nombre de Tamara. En mi crónica «Las mujeres de Sendero», algo he escrito sobre la circunstancia en que Taylor, a quien yo había conocido de manera casual tres años atrás, me invitó a una muestra de artesanía y música ayacuchana en la Tercera Avenida, donde me presentó a un grupo de peruanos, todos doctorados en universidades americanas, y (me figuré al escucharlos) todos provenientes de las izquierdas universitarias del Perú. Después del concierto y el cóctel fuimos a un bar cercano a tomar una copa. No puedo olvidarme que la actitud de desgano e indiferencia que (salvo Azpur) observaban los jóvenes frente a mí, cambió cuando Taylor les habló de mis crónicas y reportajes que yo le había dedicado a Nicaragua y a la guerra civil en El Salvador, inmediatamente después del asesinato de monseñor Romero.

Fue Taylor el que puso sobre la mesa el tema de Sendero Luminoso, pues él (que había leído algunas de mis crónicas de guerra) me venía incitando a viajar al Perú para escribir en forma veraz (*veraz*, recalcó) sobre la guerra senderista. No voy a repetir aquí lo que escribí en mi crónica del *Newsweek.* Entre cerveza y cerveza y platitos de maní y sándwiches de pollo la plática duró una tres horas. Todos los jóvenes peruanos (aparte de Azpur, eran cinco, dos parejas y un soltero y todos tenían rasgos occidentales muy marcados: blancos, castaños y una de las chicas era rubia y de ojos azules) se expresaron en términos muy duros y despectivos sobre Sendero. Ahí fue cuando escuché por primera vez el nombre de Lucanamarca. Con horror y (me pareció) con algo de regocijo me contaron cómo había sido la matanza. Recuerdo que concluyeron opinando que Sendero Luminoso era un partido ajeno al marxismo y que más que maoísta era «polpotiano». Tal vez fue una falsa impresión, pero me pareció que más allá de cuestiones políticas e ideológicas el grupo se sentía resentido, casi envidioso, quizá con una carga pesada de sentimientos de culpa, como si las atroces acciones de los senderistas condenaran su abandono del Perú y cuestionaran la forma de vida elegida.

Después de que el grupo se despidió para tomar el metro, Taylor nos propuso a Azpur y a mí tomar una copa de vino en un departamento de la avenida Lexington, esquina de la calle 52, que un amigo suyo (antropólogo famoso que ahora estaba dirigiendo una investigación en Namibia) le había dejado. Era una noche sofocante en extremo que a Taylor le hizo recordar a ciertas noches de Bangkok y a mí, a un pasaje de una vieja novela, creo que de Bellow, donde describe los veranos de Nueva York. Recuerdo que el autor decía, más o menos, que en ciertas noches de verano era como si el continente se desplazara por debajo de la línea ecuatorial, y el Atlántico agrio y gris se hubiera transformado en verde y tropical. Era ya casi la medianoche, pero la avenida se veía atestada de turistas, vestidos con ropas ligeras en medio de las luces y el bullicio de los vendedores y músicos ambulantes. Caminamos con los ojos bien abiertos, sobre todo Taylor, pues en una visita anterior había visto salir de la nada a un sujeto que apuñaló a un transeúnte que caminaba delante de él. De modo que solo cuando estuvimos dentro del apartamento ocupado ahora por Taylor retomamos la charla y yo comenté las apreciaciones de los peruanos sobre el carácter de la guerra senderista. En realidad, Azpur conocía mucho más, infinitamente más, de Sendero y de las mujeres de Sendero que los otros amigos peruanos. (Por ejemplo, había conocido de cerca a Nora, esposa del Presidente Gonzalo y número dos del partido; Azpur ponderó su rara belleza, dijo que los militantes varones poco menos que echaban babas platónicas por ella, que casi la veneraban, y la describió como una mística del maoísmo. Todo esto lo dijo, por cierto, antes de que se hiciera pública su muerte). Recuerdo que en algún momento Taylor pidió una pausa, mientras iba a la cocina a traer otra botella de vino blanco del Rin y un par de latas más de anchoas ahumadas de Noruega y sardinas del Mediterráneo. Y de pronto, la sala se llenó con el bordoneo de una guitarra que Azpur había sacado de una de las vitrinas donde el dueño de casa tenía una impresionante colección de arte naif y de instrumentos musicales de diversos lugares del planeta.

Y así, por segunda vez en esa noche, volví a escuchar (por lo menos para mí) la extraña y lacerante música ayacuchana. Tamara tenía razón: Azpur era un guitarrista estupendo. Al terminar la segunda pieza, Taylor le pidió que tocara una composición titulada «Helme», que, como supe luego, narra una tragedia de amor en los Andes. Entonces Azpur hizo este comentario: «Ah, era la canción favorita de Tamara». Como era la primera vez que escuchaba ese nombre yo pregunté quién era ella. «Tamara Fiol —respondió Azpur en medio de los bordoneos de su guitarra; luego agregó—: Debo la vida a Tamara. De no haber sido por ella, Sendero me hubiera liquidado. Además me consiguió una novia americana, con la que me casé y así pude obtener la visa para entrar a este país». Después Azpur guardó la guitarra en la vitrina y retomó la historia de su relación con Sendero.

—¿Qué piensas, varón? —oí la voz de Tamara que regresaba del baño acompañada de Malenita. Esta la volvió a ayudar a sentarse y de nuevo colocó las muletas en la otra butaca. Enseguida tomó asiento en la mesa vecina y, a insistencia de Tamara, pidió una gaseosa—. ¿Sabes? —continuó Tamara—. A lo que nunca se acostumbran las personas en mi condición es a las miserias del cuerpo... ¡Bah! No me hagas caso, querido, porque después de todo sigo con vida. Entonces, ¿en qué estabas pensando?

—Justamente recordaba la primera vez que escuché tu nombre.

—¿Ah, sí? Fue Taylor, supongo.

—No, Azpur. Fue Baltasar Azpur el que te nombró por primera vez. Tienes toda la razón. Es un consumado guitarrista. Tocó una pieza impresionante que dijo que era tu preferida.

—¡«Helme»! Fíjate qué curioso. Cerca de nuestra casa (te hablo de la época de mi infancia) había una escuelita de propiedad de la señorita María Untiveros donde se enseñaba las primeras letras. Era una anciana altiva y severa. Debió ser una mujer muy hermosa en su juventud. Los niños le teníamos un poco de miedo porque nos amenazaba con usar el látigo. Pero una vez preparó una velada. Y cuál sería nuestra sorpresa cuando la señorita Untiveros apareció en el improvisado escenario con una guitarra. La guitarra hablaba y gemía y a mí me corrían culebritas por el cuerpo cuando la voz desgarrada de la señorita Untiveros repetía: «Despierta, Helme, despierta», que anunciaba la muerte de los amantes adúlteros. Al año siguiente me cambiaron de escuela y después ella falleció. Y la canción quedó sepultada en mi memoria. Y allí habría quedado olvidada para siempre si Azpur, después de que logramos rescatarlo, no interpretara para asombro y deleite mío esa composición. Fue en una de las noches que estuvo en mi casa hasta que le conseguimos un refugio más seguro.

—¿Qué te parece, entonces, si terminas de contarme? Quedamos en que Taylor acudió a tu oficina en busca de ayuda.

—Te lo cuento, Morgan. Pero rapidito porque aquí Malenita, que es mi ángel guardián pero también mi tirana, me está haciendo señas para volver a casa. Es por los petardos de dinamita y por los coches bomba que empiezan a explotar al caer la noche. No temas, mi amor, que yo ya pagué mi cuota de desgracia. Malenita, encanto, no me demoro ni un minuto.

Se calló por unos instantes; echó una mirada al salón y luego continuó:

—Le di la razón a Taylor. La única posibilidad para sacar con vida a Azpur era por avión. Por Dios, Morgan, nunca había visto a Taylor en ese estado. Pálido y de sus ojos salidos, saltones, había desaparecido esa mirada burlona. Me dijo que Azpur llevaba ya una semana oculto en el olvidado sótano de la iglesia a la absoluta merced de la bondad de un cura. Pero el padre Xavier Ponte temía al arzobispo porque este no lo consideraba entre sus seguidores y antes lo tenía como un secreto simpatizante de Sendero. Temía que los acólitos del dignatario lo estuvieran vigilando y le siguieran los pasos. Unos minutos después yo ya tenía mi plan de acción. Le dije a Taylor que era perfectamente posible llevar a la práctica su propuesta. Le expuse el plan y se le iluminó el rostro.

—¿Qué hiciste? ¿Cómo lo arreglaste?

—En contra de mi costumbre convoqué a una conferencia de prensa en la cual anuncié que la organización a la que pertenecía haría una importante donación a favor del hogar de los hijos de la guerra. Expliqué que estos aportes procedían de diversas instituciones humanitarias de todo el mundo. En realidad, este viaje a Huamanga estaba programado para dentro de un mes. Lo que hice fue adelantar la fecha sin consultar a mis jefes de Nueva York. Sé que hice mal, que me criticarían. Mis adversarios, los que ansiaban mi puesto, me acusarían de personalista. Pero comprenderás, querido, no tenía alternativa. Menos mal que yo mantenía buenas relaciones con la mayoría de las agencias noticiosas que operaban en el Perú y les pedí que viajaran conmigo a Huamanga. Por supuesto, no les revelé mi plan secreto, pero les prometí que tendrían una primicia. ¿Tú, Morgan, habrías acudido a mi llamado? Claro, no todos atendieron a mi invitación, pero del avión que aterrizó en Huamanga junto con mi comitiva bajaron con sus fotógrafos y camarógrafos los corresponsales de Reuter, EFE y France-Presse. Me gustaría darte detalles pero ya Malenita me está apurando. De modo que tendré que abreviar. Corazón, discúlpame.

—Lo que me estás contando es oro. Por favor, prosigue.

—Por fortuna, las cosas salieron tal como las habíamos planificado. En total solo estuve en Huamanga unas treinta horas. Lo que hice apenas llegué fue tomar contacto con el padre Xavier, de acuerdo con las instrucciones que me dio en Lima Taylor. El pobre hombre respiró con alivio. Tal vez estuviera paranoico. Pero no era para menos, ¿no te parece? Afirmó que los agentes del arzobispo, curas y miembros de la Acción Católica, lo acosaban. Por eso se vio obligado a espaciar a tres días su visita de auxilio a Azpur. Precisamente hoy logró burlar una hora antes del fin del toque de queda a los piquetes de efectivos del Ejército que patrullaban la ciudad. Dijo que lo ayudó el estallido de una carga de dinamita sobre una oficina estatal que funcionaba en el barrio de Carmen Alto. Pero sintió terror cuando le dije que al día siguiente tendría que volver a entrevistarse con Azpur. Se fue tranquilizando cuando le expliqué nuestro plan. Su misión era preparar a Azpur para su evacuación después de la ceremonia de entrega de un cheque de cincuenta mil dólares a las monjas que regentaban el hogar. Supongo que por miedo las autoridades no se hicieron presentes y el escaso público que asistió al acto estuvo receloso y no dio muestras de entusiasmo cuando entregué el cheque a la madre superiora. Créeme, cariño: como nunca antes sentí el clima de miedo que vivía la ciudad. Todos desconfiaban de todos, todos hubieran preferido estar encerrados en sus casas. A las diez y media de la mañana se dio por concluida la ceremonia. Quince minutos después llegamos a la ruinosa iglesia de San Cristóbal. De haber tenido tiempo, hubiera bajado a conocer el sótano. Según Taylor el sótano había sido clausurado más de cien años atrás. Fíjate que hasta los curas habían perdido memoria de su existencia. Y Taylor lo descubrió durante el primer año que vivió en la iglesia. La leyenda decía que ese sótano se comunicaba con todas las iglesias. Era parte de un laberinto subterráneo. Y también era un cementerio clandestino donde se enterraban a los infantes nacidos como consecuencia de las fornicaciones entre los curas y las monjas enclaustradas en los conventos de Huamanga. Pero no disponía de tiempo para conocerlo. Bien, ¿qué te digo? El aspecto de Azpur era impresionante. Y lo peor no era su rostro demacrado, los ojos hundidos, la barba de más de quince días, sino su abandono. Su resignación. Su fatalismo, ¿entiendes? Su cansancio moral. Créeme, varón, era como si quisiera entregarse a las fuerzas que lo querían asesinar. Aunque el padre Xavier ya le había explicado el plan, temí que en el último minuto se negara a evacuar el lugar. Pero la presencia de periodistas y el pandemonio de los flashes y las cámaras de televisión, y la camioneta que había puesto a nuestro servicio la Cruz Roja, le infundieron algún ánimo y a decirse que después de todo tenía una oportunidad de salir con vida. Ahora escúchame, Morgan. En su tipo de mestizo aindiado de piel clara, Baltasar Azpur era un joven guapo y hasta sexy que, como escuché comentar con mala leche, hacía recordar cierto poema a Túpac Amaru de Romualdo, un conocido poeta peruano. La gente es malvada, querido. Nada respeta; todo lo profana. Yo misma, para no quedarme atrás de Arancibia, fui una gran profanadora. Demonios, no debí contarte esto. Bien. Convinimos en que Azpur no daría declaraciones hasta llegar a

Lima. Rodeado de un regular contingente de personas, subió a la camioneta, que partió veloz al aeropuerto. Minutos antes de llegar al sitio, escuchamos al avión que venía de Andahuaylas y se preparaba para el aterrizaje.

—Y en el aeropuerto, ¿no tuvo problemas con las patrullas del ejército?

—Hubo, claro, algún contratiempo. Con mirada hostil y diría que de desprecio el oficial jefe del destacamento le pidió a nuestro perseguido su documento de identidad. Por supuesto, lo habíamos aseado un poco, rápidamente lo afeitamos y le hicimos cambiar de ropa, pero lo que no pudimos fue encubrir la palidez del rostro y hacer desparecer del todo el temor de sus ojos hundidos. «¿Qué te pasa, Azpur? —lo interpeló el militar—. ¿Tienes miedo? ¿De quién huyes, Baltasar?». Me adelanté a responder. Le dije que Azpur estaba muy enfermo y necesitaba ser operado de urgencia en Lima. Le mostré unas falsas recetas médicas. Sin quitarle la mirada, el oficial le entregó la libreta electoral a su sargento y este buscó el nombre de Baltasar Azpur Paucar en la lista de requisitoriados. Menos mal que no figuraba allí su nombre. Para serte franca, en el fondo agradecí la presencia de los cachacos y tal vez de policías de aniquilamiento encubiertos. Con todo, no me sentí segura hasta que el avión levantó vuelto y traspuso el cielo ayacuchano. Por supuesto, ya en el aeropuerto Jorge Chávez nos esperaba Taylor. Y eso es todo, querido. Lo que siguió después fue cosa fácil.

Para mitigar el tono demasiado dramático del reportaje le hice una pregunta no del todo frívola. Le pregunté: «¿Es verdad, Tamara, que le conseguiste novia a Baltasar?».

—Corazón, tengo que marcharme. Fíjate, Malenita quiere comerte vivo. En cuanto a tu pregunta, sí, es verdad que le conseguimos una novia a Azpur y el alcalde de San Miguel, que era un viejo amigo, los casó con todas las de la ley. Pero esta es otra historia. ¿Por qué no le preguntas a Pepe Corso? Él fue quien, a pedido mío, le consiguió la novia con miras a obtener la visa para entrar a Estados Unidos. Belleza, tengo que dejarte.

Pagué la cuenta y esta vez decidí acompañarla hasta su Toyota. Atravesamos el salón y vimos que los mozos estaban encendiendo las velas. Pero cuando llegamos al auto dejé que Malenita la acomodara en el asiento como ella sabía hacerlo. Enseguida, mientras encendía el motor, Tamara sacó la cara por la ventanilla:

—¿Y qué me dices de ti? Nada me has contado sobre tu vida, corazón. ¿Estás casado? ¿Tienes novia? ¿A cuántas fuiste infiel, perro?

Pero ya no pude responderle porque Malenita aplastó el acelerador y el auto partió raudo.

II

Desde que rompió con su padre al descubrir que tenía varias amantes, Tamara Fiol, por entonces una niña al borde de la pubertad, arrojó de su culto privado la despedazada imagen paterna y en su lugar colocó la figura de su abuelo. Se llamó don Ramiro Fiol, pero los camaradas de su época y luego sus vecinos lo conocieron con el sobrenombre de Garibaldi, pues con este seudónimo escribía artículos en publicaciones de filiación ácratas como *Los Parias* o *El Oprimido* y porque también denominó Garibaldi a la imprenta que recibió en traspaso a comienzos del siglo XX. El escultor anarquista Pedro Gori, discípulo y ayudante del artista español Victorio Macho (autor este de los grupos escultóricos del flamante Paseo de la República), le esculpió la cabeza vaciada en bronce que presidía la sala de la casa de los padres de Tamara. Doña Evalina, su madre, detestaba la escultura. O, más bien, le explicaba Tamara a Pepe Corso, había convertido la testa esculpida en figura vicaria, en la cual ella desfogaba sus secretas reyertas con su marido. Eran pequeñas profanaciones, las burlonas venganzas de una mujer sin humor, una mujer que a la pequeña Tamara siempre le pareció neutra, distante, casi remota, pues nunca la oyó levantar la voz para lamentarse de un matrimonio indebido. Pero cuando la noble cabeza de bronce —la figura totémica del hogar, decía Corso— amanecía convertida en un trasto entre sombrerero y perchero, en la que se encasquetaban sombreros y boinas o colgaban toda suerte de prendas de vestir, Tamara con los años llegó a entender que en algún momento de la noche sus padres habían tenido una riña de alcoba. Así, recordaba Corso, había empezado la serie de confidencias de Tamara Fiol sobre su pasado familiar y su propia vida. Estaban en un cafetín de la calle Carlos Zavala, que ella frecuentaba desde que ingresó a San Marcos, cada vez que se sentía sola o deprimida por situaciones y problemas en que se veía envuelta. El cafetín daba al frente de un enorme caserón que la gente de antes llamaba «de los italianos», y ahora en ruinas, donde su abuelo tuvo la imprenta Garibaldi y en uno de cuyos apartamentos interiores había nacido Tamara. Corso me contó que la primera vez que lo llevó a aquel cafetín (y para Corso significó la prueba definitiva de la amistad que Tamara profesaba por él) fue para confesarle, luego de varias tazas de café e innumerables puchos de cigarro, que se había convertido en la maldita perra de Arancibia. Enriquecí el testimonio de Pepe Corso, por sugerencia suya, con una entrevista al periodista César Lévano, cuyos antepasados —me dijo Corso— habían sido compañeros de lucha de Ramiro Fiol. En las dos horas que me concedió en la cafetería donde se reúnen los redactores de la revista *Caretas*, Lévano me reveló el sobrenombre que tuvo Fiol en los ambientes libertarios, me proporcionó algunos valiosos documentos fotocopiados sobre la historia del anarquismo en el Perú, pero sobre todo me hizo una vívida descripción de la Lima de los obreros y artesanos a comienzos del siglo XX. Por supuesto, este primer borrador de mi crónica (¿o de novela?, como vaticina con desprecio Willy Rodríguez) sobre el pasado familiar de Tamara Fiol o, para ser más exacto, sobre la figura tutelar de la familia, no hubiera sido posible sin las revelaciones que ella misma me hizo en las entrevistas que sostuvimos, algunas de los cuales después he incorporado a estos apuntes para llenar ciertos vacíos. Por desgracia, ella se mostró muy parca en todo lo relacionado con la vida de su madre, de modo que los escasos datos que obtuve de doña Evalina y de sus relaciones con Tamara se las debo a Emperatriz.

El Gran Viejo, como llamaba Tamara a su abuelo cuando estaba algo achispada, nació en Milán entre 1860 y 1870. Por el lado paterno, procedía de una familia vasca que por razones nebulosas se trasladó a Italia durante la primera guerra carlista. A los 12 años Ramiro entró a trabajar en la imprenta editorial Estrella Negra, donde, al principio, le asignaron las tareas más humildes. Muchacho atento y listo, con el paso de los meses fue aprendiendo todos los secretos del arte de la tipografía. Según Pepe Corso, que ha estudiado la época, ya por esos años en el movimiento obrero internacional se habían separado, de manera definitiva, las corrientes socialistas marxistas de las corrientes anarquistas. Precisamente Estrella Negra (que antes del deslinde con los socialistas marxistas se llamaba Estrella Roja) llegó a ser uno de los sellos más prestigiosos donde los anarquistas publicaban propaganda, revistas, panfletos y divulgaban textos fundamentales del anarquismo como «La propiedad es un robo», de Proudhon; «Dios y el Estado», de Bakunin; o «La conquista del pan», de Kropotkin, libros estos últimos que, traducidos al español, Tamara alcanzó a conocer en la biblioteca del abuelo. En 1881, a raíz del atentado en que perdió la vida el zar Alejandro II (que coincidió, por lo demás, con el asesinato del presidente Garfield, de Estados Unidos, y con una secuencia de atentados en toda Europa) el gobierno, a través de la gendarmería, desató en Milán y otras ciudades industriales del norte de Italia una violenta represión contra los anarquistas que, aparte de unos muertos, incluyó clausura de imprentas y persecución y encarcelamiento de dirigentes de clubes y sindicatos ácratas que predicaban «la propaganda a través de los hechos». Muchos años después, ya en el Perú, Ramiro Fiol, a propósito de la clausura de Germinal durante el gobierno de Romaña, contaba ante un auditorio de obreros y artesanos de Lima sobre aquella noche en Milán en que irrumpió la Policía a los talleres de Estrella Negra mientras se componía para el semanario La Plebe un artículo en que se defendía la legitimidad del atentado contra el zar, y el derecho que tiene el pueblo de usar la pistola y las bombas contra explotadores y tiranos, aunque con ello tuviera que inmolarse por la causa libertaria. Como se inmolaron —había contado Fiol— un cierto Monaldi, un cierto Bercelli y un tal tío Gigio Ferruccio, cuando la gendarmería les dio atajo en la *via* Dante, donde pasando el mercado de flores y frente a la Logia de Mercaderes fueron acribillados por la fusilería. (Nota: Ver si resulta pertinente esta evocación que me hizo de pasada Pepe Corso: «Cuando abandoné Pekín en los momentos más tumultuosos de la Revolución cultural proletaria, tomé la ruta del ferrocarril transiberiano que concluye en Milán; quería echar una mirada a los sitios y monumentos que menciona Stendhal —el autor favorito de mi adolescencia— en sus crónicas italianas; por supuesto ciento cincuenta años después Milán ya no tiene ese acentuado olor a estiércol humano que le atribuye el autor de *Rojo y negro*, pero palacios y monumentos aún siguen en pie, la Puerta de Oriente y la Puerta Romana, desde la cual se tiene una impresionante vista del Duomo, el Castillo Sforzesco, la Scala, la pinacoteca de Brera. La víspera de mi partida a París, tomaba un capuchino en las terrazas que rodean la catedral, después de haber contemplado el estremecedor cuadro sobre el martirio de San Bartolomé, cuando recordé que Milán era la tierra donde había nacido el abuelo de Tamara; pero, como le escribí poco después a ella, me fue imposible descubrir el conventillo donde seguramente nació el Gran Viejo; recorrí entonces los barrios obreros que ahora proliferaban debido al auge de las industrias textil, metalurgia y química en la gran urbe industrial moderna en que se ha convertido Milán. Según me contó Pablo, el padre de Tamara, al viejo no le gustaba hablar de su ciudad natal, hasta que cuando tuvo el derrame cerebral (que finalmente lo llevó a la muerte) se le dio por evocar los altos cipreses de una *piazza* (cuyo nombre no entendió don Pablo), pero que siempre ante sus ojos —como otros parajes de Milán— aparecían velados por una niebla que ocultaba el sol maravilloso que iluminaba los muros de las vetustas edificaciones. Corso, con algo de fanfarronería y sin venir a cuento, remataba de esta manera su carta a Tamara Fiol: «Un día antes de partir me procuré un placer que ni Stendhal ni el Gran Viejo pudieron gozar: fui a dar un paseo por la *piazzale* Loreto, donde Mussolini fue linchado y colgado patas arriba por un pueblo que también exorcizaba sus propias culpas»).

De modo que esta fue la primera de las siete experiencias carcelarias que Ramiro Fiol tuvo a lo largo de su vida. Pero esta primera vez, por ser menor de edad —acababa de cumplir quince años— fue internado en una correccional que dirigían monjes de la orden de San Camilo, quienes lo enviaban bajo vigilancia al Oratorio (no hacía muchos años fundado por don Bosco), donde se enseñaban artes y oficios para chicos de la calle que tenían problemas con la ley. Ateo contumaz y anticlerical irredento, Ramiro conservaba, sin embargo, un buen recuerdo de sus años en el Oratorio, pese a que niños y mozos tenían que escuchar misa cada mañana y leer *El joven cristiano*, librito escrito por el fundador de la Congregación de los Salesianos, cuya lectura y práctica llevó a la beatitud al pequeño Domenico Savio.

La tercera vez que Ramiro cayó preso había entrado a trabajar como ayudante de cajista a la imprenta donde se sacaba *La Umanità Nuova*, el periódico que recientemente había fundado Errico Malatesta. Como le reveló a su hijo Pablo, fue la prisión más larga —tres años— que tuvo que cumplir en su vida. No obstante que la cárcel era un sitio insalubre y funesto, donde la alimentación siempre era mala e insuficiente y algunas veces tuvo que enfrentarse a las provocaciones de presos avezados, el joven Ramiro Fiol recordaba aquel periodo de su vida con cierto orgulloso beneplácito, pues aparte de continuar su aprendizaje sobre la doctrina libertaria y divulgarla entre prisioneros de buena voluntad, ahí tuvo oportunidad de leer novelas de Victor Hugo, de Eugène Sue, de Émile Zola, de Giovanni Verga, de Jules Vallès, pero sobre todo leyó *Los endemoniados,* de Dostoievski, que hasta el resto de su vida la consideró la mejor novela jamás publicada. De las tres temporadas carcelarias restantes, una tuvo lugar en Buenos Aires, la otra en las salitreras de Tarapacá y la última en el Panóptico de Lima, donde, después de ser declarado extranjero indeseable y ser amenazado con la deportación, fue recluido en las semanas que siguieron al golpe militar de Benavides contra Billinghurst.

A los pocos días de desembarcar en el Callao, en el vapor *Río Santa*, Fiol consiguió trabajo como adjunto de cajista en la imprenta Germinal. Allí tuvo lugar lo que, en opinión de Tamara (como me aseguró Corso), constituyó el hecho crucial en la vida del aún joven Ramiro Fiol en el Perú: el haber compuesto, tipo a tipo, el libro *Pájinas libres*, a cuyo autor —Manuel González Prada— llegó a considerar un maestro, un luchador, un profeta del anarquismo, como lo eran Bakunin, Kropotkin y Errico Malatesta. Según Tamara, la modesta biblioteca del abuelo contaba con ochenta y tantos libros (sin tener en cuenta, por supuesto, las rumas de periódicos, folletos, revistas sobre las luchas anarquistas en el Perú de las dos primeras décadas del siglo XX), pero entre los cuales había unos cuantos volúmenes que él consideraba verdaderos tesoros y que Tamara expropió e incorporó a su propia biblioteca. En la última entrevista que sostuvimos, ella me mostró ejemplares autografiados por el Maestro de *Nuevas pájinas libres*, *Horas de lucha*, *El tonel de Diógenes* y los poemarios *Minúsculas* y *Presbiterianas*. Pero la mayor joya que conservó el abuelo fue el libro *L'Anarchie*, que Malatesta le dedicó días antes de su partida a Sudamérica, y que Tamara me leyó en italiano: «Donde quiera que viaje, el combatiente libertario no debe olvidar que el destino de la humanidad depende de la actividad de un pequeño número de individuos». A Tamara le enterneció cuando su padre le mostró por primera vez estos libros del abuelo. Sin embargo, para ella misma, las joyas de la familia eran dos fotografías de venerable color sepia. En una de ellas, a González Prada se ve rodeado por Manuel y Delfín Lévano, por el «ciudadano Barba», por el maquinista Gutarra, por el joyero Carlos del Barzo, por el escultor Pedro Gori, por el propio Ramiro Fiol y tres ¿artesanos? más cuya identidad no está consignada en el reverso de la foto. No obstante, la preferida de Tamara era la segunda de las fotos: en ella se ve a doña Adrianne de Verneuil, esposa de González Prada, y a Belén Goyeneche, esposa y compañera de lucha del Gran Viejo. Doña Adrianne era una mujer elegante y de recatada hermosura, pero lo que más me impresionó fue la figura algo exótica de Belén Goyeneche y entendí por qué Tamara Fiol había forjado toda una leyenda en torno a ella.

Aunque Lévano se mostró muy reservado en relación con la personalidad política de Ramiro Fiol, por los artículos que he leído de este y por los testimonios de su hijo Pablo (padre de Tamara, como creo ya haber dicho antes), se puede aseverar que el Gran Viejo fue un radical, vamos, un extremista. (En la última entrevista que sostuve con Tamara, ella me obsequió una decena de artículos firmados por Garibaldi que leí mientras volaba de regreso a Nueva York. Es curioso, mientras les echaba una mirada recordé a mi abuelo don Agustín Batres, un hombre moderado, sin un pensamiento político definido, pero que, según la versión candorosa de mi madre, conspiró contra la tiranía que reinaba en El Salvador por razones de decencia humana. Ramiro *Garibaldi* Fiol, en cambio, era un doctrinario que se convirtió en apologista de las posiciones más extremas del anarquismo. No era todavía el tiempo —decía en un artículo— de hablar del «amor a la Humanidad»; era el tiempo de la destrucción de los dos grandes enemigos del pueblo: el Estado y la Iglesia, del aniquilamiento de los tiranos y dictadores y de los grandes dueños del capital. Y para ello era necesaria la formación de minorías dispuestas a inmolar sus vidas, guiándose por el «Catecismo revolucionario», panfleto que escribió Bakunin bajo el influjo y fascinación que ejercía el tenebroso anarcoterrorista Sergei Nechaev. Cruzando el testimonio de todas mis fuentes, llegué a la conclusión de que fue a partir de este artículo que Ramiro *Garibaldi* Fiol se convirtió en un personaje casi marginal dentro del movimiento anarcosindicalista del Perú). Detestaba el asambleísmo y le aburrían las discusiones orientadas exclusivamente a la mejora de salarios. Sin embargo, desde 1906 nunca dudó en poner su imprenta —allí se imprimieron hojas y periódicos como *El Independiente*, *La Luz Eléctrica*, *La Idea Libre* y otros como los ya mencionados *Los Parias* y *Los Oprimidos*— al servicio de la plataforma por la jornada de las ocho horas de trabajo y en unirse a algunas movilizaciones y no hay que olvidar, recalcaba Tamara, don Ramiro Fiol estuvo entre las masas cuando, finalmente en 1918, el gobierno de José Pardo promulgó la ley que consagraba oficialmente la jornada de ocho horas para todos los trabajadores.

Con todo, centró su actividad a divulgar cuestiones doctrinarias. No tuvo que pensar mucho Fiol para firmar sus artículos y crónicas con el seudónimo de Garibaldi. Garibaldi, Giuseppe Garibaldi, había sido su héroe de la niñez y la adolescencia, pues su vida aventurera entregada a las luchas por la independencia de los pueblos le sirvió de primer modelo para construir su propia vida. En cierta ocasión, poco antes de caer por primera vez en una redada policial, el muchacho conoció a su héroe Garibaldi cuando este visitó los talleres de Estrella Negra. Era un anciano hermoso y noble de impresionante estatura, y así lo evocó muchos años después, en uno de los primeros artículos que, bajo el seudónimo de Garibaldi, escribió en *La Idea Nueva*. Fiol rememoró los pormenores de aquella visita en que el viejo Garibaldi subyugó la atención de todo el plantel de Estrella Negra contándoles los últimos días de las luchas de las barricadas antes de la caída de la Comuna de París. Con una honestidad que celebró González Prada, Fiol no dejó de exponer algunos puntos de desacuerdo entre el pensamiento de Garibaldi y las ideas libertarias. Garibaldi no creía en la destrucción del Estado, sino que la lucha por la libertad debía unirse a la lucha por la independencia de las naciones y la construcción de un Estado justo y soberano. Durante un buen tiempo, los lectores de las hojas ácratas atribuían los artículos de Garibaldi a González

Prada, pues el Maestro solía escribir sus artículos con diversos seudónimos. Pero después, el propio González Prada estableció la verdad sobre la autoría, si bien reconoció ante los Lévano y el «ciudadano Barba» que algunas veces Ramiro Fiol le daba a leer los textos antes de entregarlos a la imprenta.

Durante los primeros diez años de residencia en el Perú, el joven Ramiro gozó de alguna fama de mujeriego. Las mujeres —decía Corso que le había contado Tamara— lo encontraban guapo, muy viril. De cara una nada ancha, de piel blanca sanguínea, la mirada penetrante y los labios tensos que, sin embargo, durante esos primeros años podían reír seductores; era de estatura más que mediana, con huesos sólidos y lucía fuerte, invensible. Mujeres de distinta condición social y de diferentes edades se sintieron atraídas por él: trabajadoras de las fábricas, hijas de familias decentes de la clase media y damas de elevada alcurnia que llegaban al caserón de los italianos, para que el viejo Mariani les confeccionara calzados de modelos exquisitos, primorosos y únicos en Lima. Pero no llegó a convivir de manera permanente con ninguna de ellas. Repudiaba el matrimonio, como repudiaba la propiedad, la herencia, el Estado y las creencias religiosas. Todo esto ocurría hasta que Ramiro *Garibaldi* conoció a Belén Goyeneche.

Fue en una velada musical de confraternidad que el sindicato de textiles organizó en Vitarte para recaudar fondos en apoyo a los portuarios del Callao que estaban en huelga. Según Tamara (que a decir de Corso había reconstruido el recuerdo familiar), el Gran Viejo discutía con los Lévano, Del Barzo, Pedro Gori y el «ciudadano Barba» sobre la consigna de los anarquistas radicales «propaganda por el hecho». Pues, como un adelanto de Sarajevo, a raíz del fallido intento que había ocurrido semanas atrás en Budapest contra uno de los archiduques de la dinastía austrohúngara, se había reabierto el debate sobre los actos terroristas. Ardiente, exaltado, Fiol había llevado la discusión hacia el tema que lo obsesionaba: la legitimidad de los actos terroristas, de los magnicidios. Pero de pronto interrumpió su perorata, al reparar en la canción que acababa de empezar desde el pequeño estrado levantado para la ocasión. No era por la letra contestataria del vals «Luis Pardo», de Abelardo Gamarra, sino por la voz que lo cantaba. Aunque algo silvestre, era una voz intensa, un poco grave, agradablemente entonada que alguna fibra emotiva tocó en él, pues abandonó la controversia y caminó unos pasos hacia el estrado para ver quién y cómo era su dueña. La joven tendría veinte años, quizá menos, y al contemplarla Ramiro *Garibaldi* Fiol tuvo la revelación que era la mujer que había estado buscando toda la vida.

Meses atrás, Belén Goyeneche había entrado a trabajar en una de las textilerías de Vitarte. Tenía color miel de azúcar rubia, los cabellos castaños ensortijados, los ojos claros, el cuello delgado como el de las mujeres abisinias y el porte esbelto. Era —opinó Corso con alegre malevolencia— una cuarterona. O quizá una quinterona. Era, amigo Morgan, la típica *sacalagua*, mulata casi blanca, memorable por su belleza. Fiol, que ya había cumplido los treinta y cinco años, se propuso conseguir a la joven por cualquier medio, aunque tuviera que poner entre paréntesis sus ideas más arraigadas. Ya tendría después todo el tiempo para reeducarla y convertirla en una luchadora ácrata. De modo que visitó a los padres. Los Goyeneche vivían en una quinta de Barrios Altos. Eran gente muy criolla, muy católica y pertenecían a varias hermandades. La misma Belén usaba el hábito de la Virgen del Carmen en el mes de las festividades. En la tercera visita a los padres, Fiol pidió a la hermosa Belén en matrimonio. Con una nota romántica que nunca la había escuchado antes,

Tamara le contó que cuando en el vapor *Ucayali* retornaban de la luna de miel en Trujillo, Ramiro *Garibladi* Fiol le hizo una declaración de amor que Belén Goyeneche recordó hasta el fin de sus días. Después de decirle que nunca antes había amado de verdad a ninguna mujer, que amaba su cuerpo, que su maravillosa piel lo enloquecía, que él, que nunca sintió celos por nadie, sentiría celos homicidas cuando otros hombres la mirasen, añadió: «No quiero que solo seas mi hembra, Belén. Ni mi sierva. No quiero que el matrimonio, que es un contrato aberrante, te embrutezca». Algo le dijo luego sobre la libertad. Porque sin la libertad —continuó—, la vida no sería otra cosa que un tránsito de la nada a la nada. Terminó declarándole: «Belén, mi amor, quiero que seas mi pareja, mi socia, mi compañera de lucha por la libertad de los seres humanos». Calló durante un instante, y enseguida prorrumpió: «Ah, pero ante todo, Belén, bendito sea tu cuello abisinio, tus tetas, tu vientre, tu culo glorioso».

III

Al día siguiente llamé a Tamara Fiol a su oficina para concretar nuestra segunda cita. Me respondió su secretaria. Me dijo que la señora coordinadora había pedido licencia médica para completar los exámenes que le venían practicando desde hacía unas semanas. Enseguida la secretaria me trasmitió el mensaje que Tamara me había dejado: la cita sería en su propio domicilio, el sábado 26 de marzo, a las cinco de la tarde. Consulté mi reloj: hoy era jueves 23. Revisé mi agenda: tenía por hacer un par de llamadas por la noche, luego un almuerzo en la casa de Emperatriz para presentarme a un ex amigo, ex camarada de Raúl Arancibia, y a las cinco de la tarde una entrevista con Nelson Bracamonte, periodista retirado que, según más de una fuente, había sido la persona más cercana a Arancibia, pues mantuvo su vínculo con él aun después de que este rompió (o fue expulsado del partido, según otros) y traicionó a sus amigos del pasado.

El resto de la mañana corregí la reconstrucción de mi diálogo con Tamara. No quedé contento con el resultado.

Aunque el texto reproducía de manera rigurosa lo que me reveló ella, se me había escapado el tono, las modulaciones de su voz y había pasado por alto alguna de las manías y apoyaturas de su habla. De modo que lamenté no haber accionado la minigrabadora que llevaba oculta en el bolsillo de mi saco. ¿Por qué diablos tenía que comportarme como un maldito caballero? No, me dije (y esta no era la primera vez que me ocurría), nunca debía olvidar que soy un periodista. Claro, esto es fácil decirlo si no te encuentras frente a una mujer como Tamara Fiol.

Después escribí postales a vuelo de pluma a Taylor (ahora dictaba un seminario en la Universidad de Georgetown, en Washington), a Azpur y a Pepe Corso (a este último le formulé la siguiente pregunta: «¿Cómo le consiguió la novia a Azpur?»), informándoles de mi primera entrevista con Tamara. Estuve a punto de escribirle unas palabras a Willy Rodríguez para luego enviárselas por fax por el asunto de los viáticos, a cuenta de un nuevo reportaje sobre los indios asháninkas de la Amazonía convertidos, según venía informando la prensa limeña, en esclavos por Sendero. Pero preferí esperar un par de días. La verdad es que mi dinero empezaba a escasear y si Willy rechazaba mi proyecto tendría que abandonar este bonito hostal de Miraflores por un hospedaje más económico como el que usaban los turistas gringos en el centro de Lima. La otra posibilidad era que aceptara la invitación de Muriel de trasladarme a su departamento, pero no quería tener la más mínima ocasión, por corta que fuera la convivencia, de echar a perder la gratificante relación que manteníamos hasta el momento.

Desde que ayer Tamara Fiol me preguntara por mi familia y si era casado o tenía novia, el asunto me había rondado por la mente en todo momento. En la única postal que le envié a mi madre unos días después de mi llegada a Lima le había prometido escribirle una carta detallada apenas avanzara con mi crónica, pero no había cumplido con mi promesa. Pese a que ella me apremiaba cada vez que me visitaba en mis sueños. Pero tampoco ahora me decidí a escribirle, por el dolor y el aburrimiento que me suscitaban sus largas cartas donde no dejaban de referirse al servil amor que seguía sintiendo por el viejo Scott. En cambio, volví a escribir a Daniela otra carta humillante proponiéndole una reconciliación, lo cual yo sabía de antemano que era una ilusión estúpida, porque ella había dejado de amarme. O simplemente no me amó nunca. O no me amó lo suficiente como para compartir su vida conmigo. Y lo paradójico es que yo tampoco la amaba, nunca la amé. La única vez que abordé este tema, a pedido de Muriel —estábamos en un hueco de Barranco, muy marihuaneados, a la luz de lamparines pues había un apagón general—, le dije que entre los reporteros de guerra existía un clima para estos encuentros eróticos. Nada importante, cosas del momento para conjurar una jornada de trabajo en la que cualquiera podía morir. Después de varias caladas a mi porro, terminé mi cubalibre y tuve deseos de hablar. «Pero hubo una...», empecé diciendo, pero Muriel me atajó: «No quiero saber nada de esa perra».

El amigo de Emperatriz (y de Tamara) ya estaba al tanto de mis indagaciones y, desde el momento del aperitivo, me di cuenta de su buena disposición para darme su testimonio sobre Arancibia. Se llamaba César Arias Sotomayor y, aunque ahora ya no militaba en ninguno de los partidos que se denominaban comunistas peruanos o del Perú, seguía siendo (me había contado Emperatriz) un comunista de corazón o un leninista, como le gustaba llamarse. Triste destino —dijo César Arias con amarga ironía— para un leninista no militar en el partido, porque existe un solo partido de la clase obrera. Blanco, por encima de la estatura media, era un hombre que

¿a los cincuenta y tantos, a los sesenta años? se veía avejentado y pobre. Vestía un gastado terno, sin corbata, sus uñas se veían descuidadas y no demasiado limpias y los puños de su camisa deshilachados y sin planchar. No se opuso a que usara la grabadora, pero dejó muy en claro que solo se referiría a la trayectoria política de Arancibia hasta que fue expulsado del partido. Nada diría de las relaciones entre Arancibia y Tamara, salvo cuando estuviera de por medio la militancia partidaria.

No voy a transcribir aquí el testimonio de César Arias, pero debo admitir que sus revelaciones se convirtieron en mi principal fuente para el *dossier* de Raúl Arancibia sobre su etapa de militante comunista. Recuerdo que cuando de regreso al hotel escuché la grabación me di cuenta de la precariedad de mis conocimientos sobre el mundo político de los años cincuenta. De modo que tuve que volver a informarme sobre la situación política de esos años en que, por ejemplo, términos como «estalinista» o «trotskista», «marxista-leninista» o «revisionista» remitían a un mundo de luchas y de feroces odios entre los que (así creían ellos) luchaban por la revolución peruana. Después de la botella de vino que Arias no probó, Emperatriz, a mi pedido, sirvió otra porción de torta que acompañamos con un delicioso macerado de uvas borgoñas con pisco. Consulté mi reloj: era hora de despedirme si quería llegar a tiempo a la cita con Nelson Bracamonte. Pero antes pregunté a Arias si podía llamarlo por teléfono para despejar cualquier duda. «Por supuesto —se adelantó a responder Emperatriz—. Con toda confianza, ¿verdad, Cesitar?».

Aunque el encuentro con Nelson Bracamonte no fue muy agradable, el material que me proporcionó me pareció sensacional. Gordo, blancón, de aspecto desaseado (parecía haber dormido con el terno puesto los dos o tres últimos días), se había cuidado de citarme en uno de los restaurantes más famosos y caros de Lima y, desde el principio, me planteó la reunión en términos pecuniarios. Enseguida me extendió un cartapacio. Le eché una mirada al material y ya me fue imposible fingir indiferencia, como se dice que es aconsejable cuando hay dinero de por medio. «¿Qué hay en el sobre de manila?», le pregunté. «Dos casetes —respondió—. Contienen la última entrevista que le hice a Arancibia. Fue diez días antes que lo asesinaran». Luego me quitó de las manos el cartapacio y lo colocó encima de la mesa. «¿Qué dices, *hippy*? —me emplazó—. ¿Hacemos negocio?». Le dije que naturalmente me interesaba el material, pero que mis recursos eran limitados. Me replicó una cosa irónica y algo grosera, y terminó por proponerme una cifra. Le hice una contraoferta y entonces empezamos un regateo francamente ridículo. Al final rebajó sus pretensiones en un sesenta por ciento, sin incluir las bebidas y la cena que yo debía invitarle. Aunque todo tuvo que salir de mi bolsillo (pues me había quedado en Lima por la libre para hacer un reportaje no pedido y que posiblemente Willy Rodríguez rechazaría), al volver al hotel y revisar y escuchar los casetes me dije que después de todo no había hecho un mal negocio, no obstante la terrible cuenta que tuve que pagar por el *bloody mary*, la botella de vino Blue Nun tinto, los anticuchos de pulpo sobre crema de cebolla y panca saúco (entrada), el ojo de bife con carapulcra (plato fuerte), el increíble postre de tacu tacu de lúcuma con salsa a lo macho de frutas, el café y la copa de brandy español de marca Lepanto, que Bracamonte devoró y bebió mientras me hablaba de sí mismo, de sus viejas glorias como periodista, de su loca vida de bohemio, de sus amores de escándalo con la despampanante rumbera uruguaya Eda Lorna, cuando fue el jefe más joven de la oficina de Palacio, pero sobre todo de su fracaso como poeta, autor del libro *Esquemas para los funerales de una rosa*, que nunca llegó a publicar. Hubiera maldecido de rabia por este golpe a mi bolsillo, pero la voz de Arancibia que salía de la casetera jactándose de sus maldades y perversiones mitigó mi enojo.

Al día siguiente, celebramos con Muriel nuestro primer mes como pareja. Menciono esto porque ella, Muriel Tipiani —arriesgada y competente reportera de un canal, pero que por la intriga de una amiga celosa había sido suspendida temporalmente como medida disciplinaria—, además de convertirse en mi guía en la ciudad de Lima, me proporcionó un importante contacto para mi crónica sobre las mujeres senderistas y ahora, aprovechando su descanso forzoso, investigaba para mí sobre los vínculos de Arancibia con el poder y con el narcotráfico. Por eso en mi crónica el nombre de Muriel encabeza la lista de gratitudes.

El departamento de Muriel está en un viejo edificio de ocho pisos, entre Wilson y 28 de julio. Cuando toqué el timbre era poco más de las ocho de la mañana y ella estaba en bata y se disponía a meterse en la ducha. Era un departamento pequeño de un solo dormitorio y una salita que Muriel había decorado con el afiche de la película *Casablanca*, pósteres de grupos roqueros locales y una impresionante foto en blanco y negro ampliada de un loco desnudo y mugriento que, portando sobre la cabeza un inverosímil bulto, atraviesa la Plaza de Armas entre un vuelo de palomas. Me invitó a ducharme con ella, lo cual siempre era un placer, pues Muriel es una chica atractiva y recia (del tipo que he oído que aquí llaman cholo), de pechos breves y de curvas espectaculares. Luego hicimos el amor en el piso de la sala en honor a nuestro aniversario. Cuando todo volvió a la calma, me entregó unas carillas con sus notas sobre Arancibia.

—Lo que te prometí, flaco —me dijo—. Es mi regalo por este día. Las lees, después, con calma. Pero, escucha, me hubiera gustado entrevistar al cabrón. Verdad que sí. Porque estos malditos fascinan. Y hay mujeres a las que les gusta ser dominadas. ¿No será este el caso de tu amiga Tamara? Tengo una teoría al respecto. Pero dejémosla ahí por el momento, ¿no te parece?

Después, en su pequeño Hillman, me llevó a comer pescado y toda una variedad de frutos de mar en La Punta, mientras de paso me fue mostrando las zonas bravas del Callao, parte de ese terrible submundo limeño que ella reflejaba de manera cruda en sus impactantes crónicas televisivas, alguna de las cuales me había hecho ver en su VHS. En cuanto al almuerzo, fue una cosa de escándalo, comí con glotonería obscena y bebimos no sé cuántas botellas de vino blanco con hielo. El exprés lo tomamos en el Mateo, que según me dijo ella era el último bar tradicional de la calle Constitución, donde está la iglesia matriz del Callao. Y en efecto era una calle bella que la caída de la tarde y las brumas del vino la tornaban aun más hermosa.

Según el programa de celebración elaborado por Muriel, la jornada debía concluir en El Agustino, donde iban a competir bandas de rock duro y de rock y cumbia andinos. Debo decir que, de no ser por Muriel, mi percepción de Lima hubiera sido limitada y aséptica. Ella había empezado por ayudarme, por ejemplo, a sintonizar mejor el habla limeña con sus modismos y jergas, luego de manera directa y a través de sus reportajes me guió por los bajos fondos, por el submundo limeño (sus reportajes para la televisión y la prensa escrita versaban sobre grandes asesinos, violadores, alcohólicos y drogadictos, locos abandonados, travestis, pirañitas, niñas putitas y putas ancianas, enfermos terminales de sida), pero sobre todo me había hecho conocer la existencia del rock subterráneo, con aquellos sonidos gloriosos y bárbaros a los que terminé percibiendo como la banda sonora de este tiempo terrible de guerra interna. Recuerdo que se lo manifesté a las mujeres de Sendero, cuando en mi última visita a Canto Grande en la velada musical que me ofrecieron, el coro de prisioneras cantó unos insulsos —musicalmente hablando— himnos guerreros, carentes de originalidad creativa. Sin ánimo de ofenderlas o de burlarme, les sugerí que escucharan a estas bandas de rock cuyos nombres eran ya un desafío al orden y las buenas costumbres.

Pero ahora, mi amiga, que había bebido con moderación, me llamó a la cordura. Aquel concierto, por la naturaleza de su convocatoria —en mucho mayor medida de lo que casi siempre ocurría en los conciertos de los subterráneos—, terminaría en una gresca descomunal, con apagón, petardos de dinamita y, como gran final, una gigantesca redada para cargar con los indocumentados y requisitoriados. En mi profesión, correr riesgos es parte del trabajo, es inevitable, pero deben ser controlados. «Tienes razón. La total razón», le dije un poco achispado, y luego el viejo Hillman de Muriel Tipiani rodaba en dirección a mi hotel.

En la recepción, el encargado me entregó el mensaje que había dejado Tamara Fiol: «Necesito hablar urgente contigo. Te volveré a llamar a las diez de la noche». De modo que tenía cerca de tres horas para despejar mi mente y prepararme ante la eventualidad de una charla telefónica que yo trataría de prolongar. Pero ante todo necesitaba dormir. Pedí al recepcionista que me llamara por teléfono a las nueve de la noche y que el mozo subiera a mi habitación una taza doble de café muy negro y amargo. Me dormí al instante. Caí como fulminado a un pozo muy hondo. Soñé mucho. Eran sueños confusos, cambiantes, discontinuos, reiterativos, que con imágenes a veces herméticas resumían mi vida como en una película desatinada. Pero era la imagen de mi madre la que siempre terminaba por apoderarse de la trama de mis sueños. Recuerdo que la noche en que Azpur, en el apartamento de Taylor en Nueva York, interpretó con su guitarra la música con que las bandas pueblerinas acompañan las procesiones de Semana Santa en Huamanga, me pareció una música que sin saber dónde yo ya había escuchado en mi infancia. Y ahora en mi sueño esa escena resurgía con increíble nitidez. El hecho ocurrió cuando al cumplir los diez años mi madre —una Batres Lemus— me llevó a El Salvador para que yo nunca olvidara la tierra de mis antepasados. Y allí estaba la banda del pueblo de Usulután que acompañaba la procesión de Jesús Nazareno en la que niños de mi propia edad (¿estaba yo entre ellos?), con hábitos morados y con simulacros de coronas de espinas y cargando una pequeña cruz, acompañan a Cristo hasta el calvario. Pero luego sonó el teléfono. El recepcionista me dijo que en este momento el botones estaba subiendo a mi habitación con el café que había pedido.

Permanecí un buen rato bajo la ducha fría, me lavé los dientes, tomé una cucharada con un repugnante específico contra la dispepsia, menos mal que el dolor de cabeza era leve, perfectamente tolerable. Luego bebí el café negro sin azúcar, prendí un Imperio, probé la grabadora del teléfono que me había prestado la oficina de la agencia con la que trabajo y enseguida me puse a revisar mis apuntes, a subrayar las preguntas que le formularía a Tamara si había ocasión, pues mi plan era adelantar algunas preguntas y disponer así de mayor espacio para la entrevista acordada para el día de mañana.

No llamó a las diez de la noche; lo hizo una hora después. Y lo primero que me propuso fue (por razones de salud) postergar por unos días la entrevista concertada para mañana, siempre y cuando yo siguiera interesado en concluir el reportaje. Me apresuré a manifestarle que mi interés era aun mayor, aunque yo sabía que el tiempo se me acortaba. Como si quisiera resarcirme por algún daño causado, me propuso charlar un rato, salvo que yo fuera un dormilón, pues, en cuanto a ella, no podía conciliar el sueño antes de las tres de la madrugada. Esto era un regalo para mí. De modo que le dije que me encantaría platicar con ella. «Yo también padezco de insomnios tenaces», le confesé, mientras, varón indigno, accionaba la grabadora.

IV

Belén Goyeneche no defraudó a su pareja. El tiempo que trabajó en la fábrica ya la había ayudado a despejar su mente. Era intuitiva y le sobraba voluntad y amor para entender el mundo de Ramiro Fiol. Este le mostró el taller, la mesa de composición, con el chibalete y las cajas dispuestas, y le hizo una demostración de una jornada de trabajo, y entonces ella vio a su marido con las manos enormes entintadas manejando con la finura de un mago los tipos metálicos que iba sacando de las cajas. Curiosamente, me contó Corso, el recuerdo más remoto de Tamara era la figura del abuelo en medio de la imprenta. En opinión de Corso, se trataba de un recuerdo construido por medio de un mecanismo que los psicólogos denominan confabulación de la memoria, pues haciendo cálculos Tamara habría tenido en esa época, a lo sumo, tres años, ya que el Gran Viejo falleció en 1940. Grande, imponente, en el centro estaba la figura de su abuelo, con su cabellera alborotada y su barba también canosa, con unos lentes redondos de montura de carey, y un gran cigarro permanente en la boca. A pesar de que era el dueño de la imprenta, al abuelo —continuaba Tamara contándole— le gustaba hacer el trabajo de cajista y enseñar el noble arte de la tipografía. Y como seguramente había ocurrido muchísimos años antes a Belén Goyeneche, le decía que ella podía volver a sentir el olor a tinta de los rodillos, de las galeradas salidas de la prensa, de las resmas de papel y de las cartulinas Kimberley cortadas por la guillotina, y asimismo podía evocar el ruido traqueteante de la impresora Hieldeberg, que el abuelo había adquirido poco antes de casarse con ella.

Luego la puso en contacto con el grupo anarquista, algunos de cuyos integrantes asistieron a la boda. Años después el grupo se dividió entre los que siguieron a los socialistas de Mariátegui y los que se inscribieron en el partido de Haya de la Torre. De todos ellos, contaba Tamara, continuaron siendo amigos del abuelo el «ciudadano Barba» y Pedro Gori, quien por los días del casamiento era el más joven del grupo y soñaba con ser escultor. Después, con gusto, ella acompañaba a su marido a las conferencias y debates en las mutuales, sindicatos y clubes obreros. Una vez Belén escuchó una charla de González Prada sobre los poderes que oprimen al hombre. Al tomar asunto de lo que el conferencista decía, la piel se le puso de gallina y el corazón comenzó a retumbar cuando el maestro comenzó a hablar de cosas de la Iglesia y de la Virgen María y San José, y hasta tuvo que reprimir el deseo de hacer la señal de la cruz, como debía hacerse delante de los herejes. En casa el abuelo proseguía con la educación. Trataba de explicarle todo lo que debía saberse sobre el anarquismo y el anarcosindicalismo. En otra ocasión le explicó el sentido del ateísmo y el anticlericalismo del Maestro. La religión, las iglesias, las supersticiones encadenaban la mente y esclavizaban el corazón de hombres y mujeres. Un día Ramiro Fiol le llevó el primer ejemplar encuadernado de *La conquista del pan*. Estaba eufórico; cuántos olores gratos trascendía el libro recién impreso. Por adhesión de amor, de solidaridad, Belén Goyeneche se unió a la alegría. Hasta que su marido le dijo que le obsequiaba el libro que cambió su propia vida para que ella lo leyera y amara. Los ojos de la abuela —contaba Tamara— lo miraron con desconfianza. Casi con terror. El tomo tenía tantas letras, tantas palabras y ninguna figura, cantidades de nombres, innumerables nombres. Diez días después no había podido pasar de la primera página. Pasaron otros diez días y entonces, armándose de valor, entre avergonzada y ofendida, le confesó al abuelo que no entendía ni jota de lo que se hablaba en el mamotreto. Fue la primera pelea real desde que se casaron. Ella le dijo que era un hombre cruel, que se sentía superior al resto de cristianos, sin corazón, sin piedad, un tirano desconsiderado que solo le había obsequiado el tremendo librazo para demostrar que no podía leerlo, porque carecía de luces y era una burra. Y se lo dijo con palabras gruesas, con esas que aprendió en los callejones de Barrios Altos.

Tamara le contó a Corso que el abuelo miró con ternura a su mujer y rio de sus palabrotas. Unos días después le entregó otro volumen. Le dijo que era un libro distinto, de otra naturaleza. «Te apuesto a que te gustará», apostó. Era *La taberna*, de Zola. Ya los viejos Puccinelli habían puesto a funcionar su vitrola a manivela. Los operarios de la Garibaldi componían las páginas de un pronunciamiento del gremio de panaderos. Se escuchaban las voces de los niños jugando en el patio del caserón de los italianos. Belén Goyeneche tardó un mes en leer la novela. Al devolverle el libro, no hizo ningún comentario, pero le rogó que le prestara otro del mismo autor. El abuelo le consiguió *Naná* y después *Germinal*. Ella le dijo que las obras del señor Zola se parecían a la vida, solo que a una más intensa. La explotación, el dolor, la humillación, el amor, la traición, la muerte, dolían y hacían sufrir dos, tres, muchas veces más que la vida. Los siguientes textos que el abuelo le entregó —puntualizó Tamara, porque todos los leyó ella en homenaje a la abuela y al abuelo— fueron *La sala número 7*, de Chéjov; *Los siete ahorcados*, de Andreyev. Al devolverle los libros, Belén le dijo: «Marido, ahora entiendo por qué luchas. Y entiendo por qué debo estar a tu lado». Entonces Ramiro *Garibaldi* Fiol le entregó la novela que, según aseveró, estaba por encima de todas las que se habían escrito en la humanidad. Se refería —prosiguió Corso— a *Los endemoniados*, de Dostoievski. A lo largo de los años, Belén Goyeneche leyó el libro dos veces y cuando empezaba la tercera lectura falleció en el Hospital 2 de Mayo.

El Gran Viejo, decía Corso, nunca pudo superar el dolor y la ausencia que le deparó la muerte de Belén. Algo mal, algo inmaduro, le contó Tamara, tenía ella en los ovarios. Tuvo varias pérdidas. Bajo estricta vigilancia, el abuelo la hizo tratar por los escasísimos ginecólogos que había por entonces. Y ella por amor, por el ansia de maternidad, se sometió a esos exámenes que eran humillantes y perturbadores. Los resultados de aquellos exámenes ginecológicos fueron desalentadores. Le reveló Tamara que los parientes Goyeneche, en secreto, la hicieron beber toda suerte de pócimas preparadas por curanderos que no surtieron ningún efecto. Como tampoco las novenas y misas que celebraron en honor de Santa Ana, patrona de las mujeres estériles produjeron el esperado milagro. Y Belén se hubiera hundido en la depresión (se sentía avergonzada y culpable, pues a una mujer que no podía concebir ni parir se la consideraba incompleta), si don Ramiro Fiol, además de incorporarla a las luchas anarcosindicalistas, no la hubiera puesto al frente de la imprenta Garibaldi. Pronto ella mostró sus dotes de administradora. Las finanzas eran un desastre y empezó por cobrar las deudas que ya el abuelo consideraba definitivamente perdidas. Tuvieron algunas peleas, porque ella se negaba a empezar los trabajos de composición e impresión si el contratante no aportaba un anticipo que, por lo menos, cubriera el pago de la mano de obra. «Marido, para poder ayudar a los compañeros, tenemos que tener una economía solvente». Los días que siguieron al derrocamiento de Billinghurst por el coronel Benavides la imprenta Garibaldi fue el blanco del furor del populacho alcoholizado que, por instigación del gobierno dictatorial, apedreó y saqueó; y su propietario, tras ser declarado «extranjero indeseable», fue encarcelado en el Panóptico. Fue una gran prueba para medir el temple de Belén Goyeneche, pues ella sola reabrió la imprenta, y la salvó de la bancarrota, de modo que, al ser amnistiado por el gobierno de Pardo, el abuelo le dio aun más poder a su esposa y él se reservó la conducción del taller y de los obreros.

Una vez, en las primeras semanas que Belén se hizo cargo de la administración, mientras revisaba los libros de contabilidad, el abuelo la sorprendió tarareando, medio en broma y medio en serio, una de las arias de ópera que propalaba la vitrola de los Puccinelli. Desde que la escuchó cantar en Vitarte, le gustaba la voz de ella, pero por primera vez puso atención en la calidad, la textura y el timbre. Fiol, que de muchacho fue algunas veces al gallinero de la Scala a escuchar los programas de ópera, algo sabía de las calidades de voces. La de Belén era una voz llena, de registro más bien grave y proclive a la dramatización. Esa misma noche —decía Corso que decía Tamara— don Ramiro llevó a su esposa para presentarla de manera formal a los viejos Puccinelli, llevándoles como obsequio un surtido de dulces, galletas importadas y otras golosina que había corrido a comprar en la Botica Francesa del jirón de la Unión. Los Puccinelli no tenían hijos y vivían de las lecciones de canto y piano a alumnos que eran cada vez más escasos. Después del té, el abuelo rogó a los viejos maestros de música que le impartieran algunas lecciones de canto. Cosas sencillas, elementales, algunas nociones de solfeo y técnicas de respiración y de dicción. De inmediato, el viejo maestro se sentó en el Playel vertical y le pidió a Belén Goyeneche que cantara una canción. «Cualquier canción», le dijo arrancando los primeros acordes. Por fin, después de superar el terrible vacío que se le hizo en la mente, ella cantó «Las madreselvas», una habanera que le enseñó su abuelita. Al concluir, los viejos esposos se miraron y luego le hicieron un guiño de asentimiento al Gran Viejo. Pocos meses después Belén Goyeneche cantaba en las veladas que los obreros de distintos gremios organizaban con fines proselitistas y estrenó canciones como «El payandé», una habanera de origen colombiano que hablaba de la esclavitud de los negros. Pero el éxito más memorable —según contó Tamara a Corso y a Emperatriz— tuvo lugar en el teatro Politeama para la fiesta obrera del 1° de mayo y a la que asistió el Maestro González Prada acompañado de su esposa, doña Adrianne de Verneuil. Una semana antes la señora de Verneuil le había enseñado al piano a Belén una canción que su nana solía cantarle cuando ella era una niña. Era una canción que Jean-Baptiste Clément, el compositor obrero, compuso en homenaje a Louis Michelle, la líder comunera que defendió la plaza a cañonazos cuando empezó la contraofensiva del cruel general Gallifet. Al concluir el canto, el público asistente, de obreros y obreras y algunos amigos intelectuales discípulos del Maestro, ovacionaron de pie a Belén Goyeneche y dieron vivas y gritaron consignas anarquistas. Fue ese día —le contaron muchos años después el escultor Pedro Gori y el «ciudadano Barba», los amigos más cercanos del abuelo— en que Belén Goyeneche se retrató al lado del Maestro y de Adrianne de Verneuil.

De pronto, cuando ya había perdido la esperanza, Belén quedó embarazada. El médico que la examinó prescribió descanso absoluto durante los meses de gestación. Ella frunció el ceño: ¿Quién atendería la oficina? Menos mal que Fiol se enteró de que los Puccinelli retornaban a Italia y estaban ofreciendo en venta la vitrola y toda la colección de discos que habían adquirido casi desde la invención del fonógrafo. De este modo Belén logra sobrellevar los meses que tuvo que reposar en la cama o sentada en la poltrona que le mandó a fabricar el abuelo. Dándole vuelta a la manivela, escuchó prácticamente toda la colección de pesados discos. La púa de la vitrola chirriaba, pues pese al cuidado de los Puccinelli, unos discos estaban con ralladuras y algunos definitivamente estropeados. Después de varias semanas Belén había hecho ya una selección de sus arias y cantantes preferidos. Le encantaba el preludio de *La traviata*, adoraba a La Patti cantando arias de *Tosca*, la voz de Chaliapin la desgarraba, y qué extraña y sombría y, no obstante, hermosa le sonaba a ella la música de *Boris Godunov*, de Músorgski. Pero sus discos preferidos eran el de Galli-Curci en que cantaba «Una furtiva lágrima», de Donizetti, y el de Caruso con su conmovedora interpretación de «Rie Pagliacci», de Leocavallo. Pero de tarde en tarde el abuelo le compraba discos más modernos, como tangos argentinos y rancheras de México, un país del que todos hablaban desde que Emiliano Zapata inició su revolución agraria. Precisamente Belén Goyeneche estaba escuchando el último disco que le había obsequiado su marido (se trataba de un *ragtime*, el ritmo que estaba haciendo furor en Estados Unidos) cuando sintió los dolores del parto. Don Ramiro Fiol le puso el nombre de su progenitor: Pablo, el otro, el nuevo Pablo Fiol, quien muchos años después, por los meses que siguieron al asesinato de Sánchez Cerro, engendraría a Tamara, en la apenas adolescente Evalina, hija de los Galloso Vellamil, al que estos le dieron refugio en su vieja casona huanuqueña, cuando el joven Pablo Fiol aprovechaba la persecución de la Policía para hacer campaña proselitista del Partido Aprista por todos los pueblos y ciudades por las que pasaba.

«Solo disfruté de mi madre siete años», le contó mucho tiempo después Pablo Fiol a la pequeña Tamara. Imitando sin proponérselo el tono de Arancibia, decía Corso, que la plática sucedió por el tiempo en que el idilio padre-hija había entrado a la fase más gratificante. Nada más que siete años, pero cuántas imágenes y recuerdos guardaba de su señora madre, Belén Goyeneche. Porque fueron los años más felices y los más intensos de la pareja por el ideario anarcosindicalista. Nunca como en ese periodo se imprimió tanto material de propaganda en el taller de la Garibaldi. A las movilizaciones obreras se sumaron los mítines de los estudiantes universitarios, que, le pareció a don Ramiro Fiol, traían voces nuevas y otro estilo oratorio a la lucha de los trabajadores. Gracias a Muriel, he podido observar una serie de fotos de esas movilizaciones y de los días que siguieron al asesinato de Sánchez Cerro y no he podido permanecer indiferente. Recordé las luchas de mi abuelo, o más exactamente, recordé a mi madre evocando la figura de mi abuelo y sus luchas en El Salvador. Según el libro de Lévano, por primera vez en la historia del Perú las movilizaciones y mítines populares hicieron tambalear al gobierno. Y por fin las masas cantaron victoria cuando el gobierno promulgó la ley que establecía la jornada de ocho horas. Mi padre, le contaba Pablo Fiol a la pequeña Tamara, contagiado por el fervor popular se había sumado a la celebración del triunfo por las calles céntricas de Lima. ¡Ah, le decía a Pedro Gori y al «ciudadano Barba», si esta movilización la pudiéramos transformar en una insurrección y marcháramos al Palacio y al Club Nacional para acabar con los oligarcas! En eso estaba por el Portal de Botoneros cuando un operario de la imprenta le dio alcance y le comunicó que a doña Belén la habían tenido que internar de emergencia. Al llegar al hospital Dos de Mayo los médicos preparaban ya la anestesia y solo esperaban al cirujano para empezar la intervención. Pero fue demasiado tarde, pues la apendicitis, que Belén Goyeneche había ocultado hasta que el dolor se hizo intolerable, se había transformado en una peritonitis letal. Al fallecer en la sala de operaciones, Belén Goyeneche acababa de cumplir treinta y tres años.

En otra ocasión, Pablo Fiol —quien acababa de ser puesto en libertad— le contó a la pequeña Tamara que nunca había podido olvidar la extraña conversación que con él sostuvo su padre, mientras preparaban el cadáver de Belén Goyeneche para el sepelio. Le confesó a Tamara que durante un rato no entendió el sentido de lo que le estaba diciendo don Ramiro Fiol. Mejor hubiera sido no escucharlo. El viejo le habló de la materia, de la reintegración de la materia a la tierra, al cosmos, al ser que era eterno. En realidad —prosiguió— tu abuelo me estaba preparando para que entendiera por qué iba a incinerar a mi madre, a la mujer que amó y fue su leal compañera de lucha. Tuve pesadillas horribles, nunca había escuchado que se podía quemar en un horno a un ser humano. Sin embargo, el Gran Viejo tuvo que transigir cuando los Goyeneche, con todos los argumentos de la fe y el terror supersticioso, se hincaron de rodillas rogándole que le diera cristiana sepultura. Y así, Belén Goyeneche fue enterrada en un nicho del Presbítero Maestro, lo cual hizo que tu abuelo comprara el nicho vecino en el que a su vez fue sepultado en 1940.

Con los años Tamara llegó a comprender por qué su padre había sido tan parco cuando se refería a la etapa de su vida que se inició con la muerte de Belén Goyeneche. De no ser por un espíritu abierto y finalmente optimista habría tenido una pubertad y adolescencia triste y complicada. Una vez que la llevó en tranvía a visitar el zoológico de Barranco, recorrieron las deprimentes jaulas de los animales —la mayoría eran de la zona andina y la selva amazónica: había un jaguar, un puma, dos tigrillos, una decena de bulliciosos monos, y entre las aves había un cóndor y un ñandú de las pampas argentinas; pero el animal estrella era un elefante, cuyos excrementos eran removidos por la pala de uno de los cuidadores. Había un olor fuerte, picante, apenas disimulado por la brisa salada del mar. Después la llevó a una heladería que había al costado del cine-teatro Barranco. Tamara recordaba con tanto detalle porque fue la primera vez que entró a un bar y saboreó el helado de chirimoya que le sirvieron en una gran copa. Papá pidió dos vasos de agua con hielo y después prendió un cigarrillo. Entonces le confesó a Tamara, que a la sazón tenía doce años, que durante la adolescencia llegó a detestar a su padre. Le dijo que después de la muerte de Belén Goyeneche, el viejo Fiol se volvió un hombre amargado, irritable, déspota con los operarios de la imprenta e intolerable con las ideas de los demás. Sin un trabajo previo de persuasión, cuando cumplió doce años, metió a Pablo al taller para que aprendiera desde abajo el oficio de tipógrafo. Y lo recordaba siempre refunfuñando, desahogando su furia con los últimos italianos que habitaban el caserón. Los acusaba de fascistas por leer *Il Popolo d'Italia*, que era el diario de Benito Mussolini. Por su parte, él, aunque con retraso, leía *La Umanità Nuova*, de cuyas páginas se nutría para polemizar con los Lévano y Del Barzo, a quienes acusaba de capitular ante las ideas socialistas. Y en las universidades populares

González Prada la figura de *Garibaldi* Fiol se hizo odiosa ante una nueva generación de obreros y una vez criticó con desprecio al tranviario Gutarra por envenenar las asambleas con ideas disolventes, sosteniendo que las universidades habían traicionado el espíritu del Maestro y los directivos habían sucumbido al verbo demagógico y al histrionismo fascista de Haya de la Torre.

En otra oportunidad —y ahora padre e hija habían bajado a los baños de Barranco— echó a perder una de las tertulias que organizaba José Carlos Mariátegui en su domicilio del jirón Washington. En las tertulias de los jueves Mariátegui se dedicaba a charlar con cuadros obreros, entre los que se encontraban Del Barzo y el «ciudadano Barba». Esa noche también asistieron Cosme Espíritu, un joven maestro del valle del Mantaro, y un joven, casi un adolescente, que venía de la provincia de Huaraz. El muchacho de apellido Sal y Rosas acaba de ingresar a San Fernando y deseaba especializarse en Psiquiatría. Era un muchacho brillante, de aspecto aindiado, que había leído a Freud y quería indagar con la guía de Mariátegui si era posible establecerse una relación entre marxismo y freudismo. Aquel jueves, sin respetar la agenda, Ramiro *Garibaldi* Fiol tomó la palabra y sostuvo que las ideas libertarias eran incompatibles con el socialismo autoritario que se había instalado en la URSS. Afirmó que en contra del ideal anarquista y del propio *Manifiesto* el comunismo soviético estaba fortaleciendo aún más el carácter opresivo y dictatorial del Estado. Luego manifestó que, para cualquier libertario de corazón y mente la tesis de «la dictadura del proletariado» resultaba aberrante a la naturaleza humana porque toda dictadura en sí misma era nociva y maligna; aparte —agregó— que la llamada «dictadura del proletariado» era, en realidad, la dictadura de un partido, el cual estaba conformado por individuos que una vez en el poder se comportarían como todos los dictadores y tiranuelos que habían existido en la historia. A continuación sucedió aquel acto que durante muchos años lo abochornó.

Es verdad —le dijo a Tamara— que el hecho no lo supo de labios del viejo, sino por el «ciudadano Barba» que por ser un hombre honesto le merecía toda confianza. Según ello, José Carlos, muy pálido, y que convalecía de una nueva intervención quirúrgica, había escuchado con atención las palabras del compañero Fiol. En la silla de ruedas, una manta cubría la parte inferior de su cuerpo. Tenía el rostro serio, pero relajado, sus ojos muy negros miraban ardientes y contrastaba con ese rictus de simpatía humana que permanentemente traslucía. José Carlos empezó afirmando que la implantación de la dictadura del proletariado —tesis leninista planteada por primera vez por Marx en los días que siguieron a la derrota de la Comuna de París— después del triunfo de la revolución, medida extrema pero de carácter temporal, era necesaria para que la idea anarquista de la destrucción del Estado dejara de ser una utopía y se conviertiera en práctica concreta, en historia real, en el reino de la libertad. Fue en este momento que ocurrió el incidente. El viejo Fiol, de pie, gritó: «Basta ya de palabras». Lo repitió varias veces, antes de dar vivas a «la propaganda por los hechos». Todos deberían llevar una pistola en el cinturón y una bomba bajo el brazo. Y, en seguida, le dijo a Mariátegui mirando la silla de ruedas donde estaba sentado, «Pero tú, José Carlos, no tienes nada que temer. Por razones obvias te eximiremos de esta tarea». Luego instó a los anarcosindicalistas que participaban en la tertulia a marcharse y romper definitivamente con los socialistas. Pero nadie lo siguió ni hizo ademán de retenerlo. Entonces el viejo miró pidiéndole su solidaridad al «ciudadano Barba». Pero este, con los ojos humedecidos, le dijo: «No, Garibaldi. Me quedo con José Carlos». Furioso, el viejo salió dando un portazo. Caminó hacia el Paseo Colón, en el restaurante del Parque de la Exposición la orquesta tocaba un charlestón. Los petimetres bailaban con sus zorras oligarcas. Cómo se divertían los cabrones leguiistas. Tiempo después le confesó a Pedro Gori —el único de sus amigos que permaneció fiel al ideal anarquista— que esa noche, de haber tenido una bomba bajo el brazo, la habría arrojado sin pensarlo dos veces. Frustrado, impotente, bajo la garúa pertinaz de los inviernos limeños estuvo deambulando sin rumbo por el cercado hasta que al fin, al borde de la medianoche, llegó a la casa del jirón Carlos Zavala. Pero esta vez no le contó a Belén Goyeneche sobre lo que había ocurrido, pues quizá entonces tomó conciencia que ella estaba definitivamente muerta y que era un extranjero en el mundo.

V

He aquí la trascripción editada de aquella larga charla que se desarrolló entre las once de la noche y ya muy pasadas las cuatro de la madrugada; aproximadamente a la una el encargado de la central me rogó que desocupara la línea por unos minutos. Esperé más o menos media hora y ahora fui yo quien restableció el contacto con Tamara. La plática duró una hora más y al despedirnos me fijé en mi reloj: eran las dos y veinte. De inmediato me puse a verificar la grabación y luego me entretuve escuchando pasajes de la conversación de aquí y de allá. Quedé satisfecho con el material y me hizo esperar con optimismo la siguiente entrevista que Tamara fijó para cinco días después. Me disponía ya a apagar la luz cuando volvió a sonar el teléfono. Era Tamara Fiol. Se disculpó por el abuso de confianza y me propuso platicar unos minutos si es que todavía podía escucharla despierto. Me reveló que desde el accidente no podía conciliar el sueño antes de las tres de la mañana. Por eso le gustaba hablar con los viejos amigos los fines de semana a altas horas de la noche. Guardó silencio unos segundos y agregó: «¿Quieres saber algo, guapo? También Arancibia solía llamarme a estas horas». Más despierto que nunca, le rogué que me siguiera platicando.

Ahora bien. En la edición he hecho unos pocos reajustes en relación con el orden del discurso y se han eliminado los pasajes que ofrecían problemas de audición. Asimismo he dejado fuera del texto todo lo relativo a las preguntas que Tamara me hizo, apenas empezó nuestra plática, sobre mi familia y mis amores. Sin ser descortés, fui parco en mis respuestas. Ah, mi madre, exquisita y boba, como le escuché decir al viejo Scott en mi infancia, antes que nos abandonara por una puta sensual y grosera. Casi en la clandestinidad, ella me enseñó a amar el idioma, la religión, la música, los bailes. Le conté que a mi madre le gustaban los boleros y las rancheras, que me enseñó a bailar, con no mucho éxito, los ritmos caribeños, y recuerdo, le dije, que me abochornaba verla impartirme grotescas lecciones de mambo, pues Pérez Prado era su músico predilecto. Respecto a Daniela me armé de valor y le dije la verdad. Le confesé que ella rompió conmigo, que ahora estaba saliendo con un angloamericano auténtico de Nueva Inglaterra, quien la ayudaría (así lo supongo incitado por el despecho) a liberarse de su herencia latina. Recuerdo que luego Tamara me preguntó con ironía: «¿Y con tus compañeras de profesión? ¿No vas a decir que no tuviste romances o aventuras? Supongo que deben haber mujeres interesantes y liberadas». Le dije que, por supuesto, tuve algunos lances. Pero pocos, muy por debajo de los estándares de los que hacían gala los colegas. Pues era un chico bueno y tranquilo. «¡Ja!», me dijo ella desde el otro lado de la línea. Enseguida me volvió a preguntar si alguno de esos romances significó algo importante para mí. Titubeé en decirle que hubo una, pero antes de decirle el nombre, me pidió que por favor la perdonara por ser impertinente. De modo que aprovechando el momento omití todo lo relativo a Muriel; pues de lo contrario hubiera tenido que revelarle que nuestra relación no se basaba en el amor ni en el enamoramiento, sino en la simpatía y el sexo, y sobre todo en la búsqueda de consuelo mutuo, ya que ambos habíamos sido abandonados por nuestras respectivas parejas. Por un rato hubo un silencio en el otro lado de la línea. Conjeturé que Tamara evaluaba la verdad o sinceridad de mis confidencias. Y por lo que dijo a continuación me di cuenta de que había subido un punto en el grado de confianza que yo le despertaba. Me preguntó sobre qué aspecto de su vida me interesaba. Mi respuesta fue franca, casi brutal. Le dije: «Háblame del accidente, de tu invalidez, de cómo afectó tu vida».

TF: El accidente. Mi postración. La invalidez. ¿Sabes, corazón, que este es el tema sobre el que no me gusta hablar? Con nadie. Ni siquiera con Emperatriz. Ni con Pepe Corso. Solo con los médicos hablo del asunto. O hace años con mi terapeuta. ¿Quieres que te diga por qué? Porque esto es lo más mío que tengo.

Morgan: Tamara, si esto te incomoda o te entristece...

TF: Pero acaso ya es tiempo de sacar todo afuera. También cansa hablar consigo mismo. ¡Veinticinco años contándome la historia! ¡Y siempre en las altas horas de la noche! Así que muy bien, varón, ¿qué quieres saber?

Morgan: Lo que tú quieras contarme, amiga. Nada más de lo que tú quieras. En el orden y la forma que te salga. Tengo unas preguntas aquí escritas pero te prometo que haré lo posible para no acosarte con ellas.

TF: Ante todo, lindo, no voy a cometer la huachafería de decirte que el accidente me tornó más humana, que me permitió madurar, que me hizo más sabia y compasiva, o cualquiera de esas boberías hipócritas. No, nada de eso, Morgan. El maldito accidente me jodió la vida. (¿Ya ves? Este fue un cambio. Antes del accidente jamás hubiera pronunciado una mala palabra; a diferencia de las muchachas de ahora, las mujeres de mi generación no hablábamos palabrotas. Fíjate, a toda hora estábamos pensando y haciendo cosas obscenas y perversas, pero no decíamos en voz alta las palabras que las nombraban. Por eso, entre otras cosas, yo admiraba a Queca Luzuriaga. Con qué facilidad de su boca saltaban relumbrantes sapos y culebras. Y para mí brillaban más que la profusión de joyas conque iba ataviada. Recuerdo que una vez —y te cuento esto para que seas comprensivo cuando se me escape alguna grosería—, una vez, te decía, pronuncié tímidamente la palabra *fellatio.* «¿*Fellatio*? —intervino de inmediato Queca Luzuriaga—. ¿*Fellatio*, monada? ¡Di chupar! ¡Di mamar! ¡Estas son las palabras verdaderas y ricas!». Pero luego te hablaré de Queca. Fue mi maestra en muchas cosas. Claro, tuve otros maestros. Tuve un maestro. Por el momento no es necesario que pronuncie su nombre). Sí, Morgan, por allí debo comenzar, si quiero ser sincera. El accidente jodió para siempre mi vida...

¿Sabes qué fue lo primero que pensé cuando los médicos cargados de radiografías me dieron la noticia? ¡Nunca más podría bailar! Y te juro que como en una película me vi danzando todos los ritmos. Como la vez cuando en el Mercedes Cabello de Carbonera la directora me sorprendió en el aula enseñando a mis compañeras los pasos del *rock and roll* que recién Bill Haley y sus Cometas había hecho conocer a los limeños en la película *Semillas de maldad.* O me vi con mi padre, que era un gran bailarín, llevándome con increíble agilidad en el tango (así como tu mami, la pobrecita, te enseñaba el mambo caribeño), por supuesto esto sucedió en un tiempo remoto antes que yo rompiera con él. Y justamente en la víspera de mi accidente yo bailé sin reposo guarachas y guaguancós, aunque fuera Celia Cruz, la gusana, la que cantaba. Es que yo, corazón, yo estaba feliz, me sentía libre como nunca antes, pues había acabado con cierta servidumbre que me degradaba... ¿Morgan, guapo, me escuchas? O, como diría algún huachafo, ¿estoy hablándole al éter? ¿O al espacio?

Morgan: Tamara, te escucho. Créeme que te escucho. Nunca he escuchado a nadie con tanta atención. Por favor, continúa.

TF: Fui una niña feliz. Mi hogar fue un hogar feliz. Por lo menos todo lo que se puede ser feliz, aunque muy, muy en el fondo sospechas que hay una representación de por medio. Sobre todo con mi padre, que era un gran actor y que yo adoraba. Claro, hubo momentos de desesperación. Pero esto hacía que nuestra familia fuera especial, única. Desde mi abuelo, que fue un anarcosindicalista irreductible, la política ocupó el lugar central en nuestra familia. Recuerdo que a nuestra casa venía siempre gente extraña. Hombres raros que se quedaban un tiempo a vivir con nosotros. Una vez pasó con nosotros varios días un señor que después supe que era el *Cachorro* Seoane. Era un hombre guapísimo. Pero para mí el hombre más guapo del mundo era mi padre. Entre brumas recuerdo la madrugada que la Policía por poco se trae la puerta abajo a patadas, mientras mi padre huía por los techos. Durante mucho tiempo dejamos de verlo. Nadie venía a visitarnos porque la cuadra estaba llena de soplones. Hasta que un día mi madre me alistó y me dijo que íbamos a ver a mi padre. ¡Por fin! Cómo me estrujó el corazón ver a mi padre entre rejas. Alrededor de él merodeaban unas caras que daban miedo. Pero yo sabía que ahí estaba mi padre para protegernos. Desde entonces, no sé cuántos meses, todos los domingos iba a visitarlo. Él trataba de disuadirme de que no fuera. Pero a mí me daba la pataleta cuando mi madre no quería llevarme. Vivía para mi padre, corazón. Y yo deseaba que él me quisiera más. Mucho más. Y que estuviera orgulloso de mí, ¿lo comprendes? ¿Puedes comprenderlo...?

Morgan: Por supuesto, Tamara.

TF: En el vecindario había otra familia de apristas como nosotros. En realidad, más que nosotros. El aprismo de mi padre era pragmático, no doctrinario. Por ejemplo, no participaba del culto a Haya de la Torre. De modo que nos juntábamos varios niños y bajaba un *compañero* a instruirnos. Nos incorporó al partido en calidad de chapistas y nos hacía desfilar ante un enorme retrato de Haya. Con qué emoción cantábamos la *Marsellesa.* Cuando yo le contaba a mi padre de esto más bien parecía entristecerse. Después he querido pensar que lo que él pretendía era decirme que no tenía que desfilar ante nadie. De pronto, el día menos pensado mi padre retornó a casa. Hubo lágrimas y risas y pocos días después mi padre organizó una gran fiesta. Decía que nunca había que perder la alegría. Combatir sí, a toda hora, pero siempre con una risa en los labios. Huevadas así solía decir.

Como ves, Morgan, esos años los recuerdo como los más felices de mi vida. Me llevaba al cine, me hacía pasear en tranvía y cada cierto tiempo íbamos a visitar el zoológico de Barranco. Y justamente un día en que con dos amigas más paseábamos en el tranvía Rímac-San Miguel, se me vino abajo el mundo. Todo se hizo añicos...

Morgan: ¿Qué ocurrió?

TF: Ahora te vas a dar cuenta de lo inocente que era en esos años. Inocente y tarada. En un paradero, no sé cuál, de la avenida Brasil, me pareció ver a mi padre que descendía de un auto acompañado de una mujer. Me dolió aun más porque también mis amigas lo habían visto. Quise disimular, pero ya era demasiado tarde. Y no cabía duda de que era mi padre quien, con una mujer muy emperifollada, entraba en un edificio. Por supuesto, no le dije nada a mamá. Pero aunque se lo hubiera dicho ella no me habría creído. Y, lo que hubiese sido peor para mí, se habría encogido de hombros. O quizá, para guardar las formas, me habría castigado por calumniar a su marido. Cuando papá regresó a casa, no lo saludé, ni siquiera lo miré, solo aparté la mejilla cuando quiso besarme. Desde entonces dejé de hablarle y él debía tener la conciencia sucia porque nunca se atrevió a preguntarme por qué le hacía la ley del hielo. Si tienes en cuenta que yo acababa de cumplir catorce años, comprenderás que lo único que pensaba era en vengarme, en marcharme de casa y en hacerlo sufrir. Recién dos años después —estaba en cuarto de media— pude hacerlo. Tonta, burra, pero no me arrepiento. Tenía un enamoradito un año mayor que yo. Era lindo, muy tranquilito y me idolatraba. Una matiné logramos zamparnos a una película para adultos en el Perricholi. Olvídate, no hubo de por medio deseo, nada de eso. Como dijo no sé qué poeta cursi, el deseo hizo su morada en mi cuerpo..., pero unos años después. Bueno, el pobre se moría de miedo allí en la última fila donde se sentaban las parejas a besuquearse. Me acomodé, le allané todos los obstáculos y lo guié para hacerlo. ¿No te dije que en todos estos años había estado maquinando venganzas contra mi padre? Se me ocurrían cosas asquerosas, como enseñarle mis trapos sucios de sangre. Dios mío, ¡qué horror...! Oye, varón, si esto te resulta desagradable lo dejamos allí. Basta que me lo digas.

Morgan *(imaginando el rostro de Tamara y sin saber muy bien qué decir)*: Escucharé todo lo que tú quieras que escuche.

TF: ¿De verdad? Bien. A los diecisiete años ingresé a San Marcos. Ah, San Marcos. Tú, Morgan precioso, nunca podrás imaginar lo que en esos años significaba ser sanmarquino. Bueno. Recuerdo que yo andaba perdida por los patios de la Casona con mi solicitud en papel sello quinto bien enrolladito cuando se me acercó un chico un poco mayor (pero en ese momento me pareció mucho mayor) de apellido Corso, Pepe Corso, y me brindó su ayuda para todo el papeleo. No quiero alardear: yo era (aún lo soy) buena para los números, pero las letras no me disgustaban para nada. Te mentiría si te dijera que era una devoradora de libros. Pero los amaba. Amaba la biblioteca de mi padre, que heredó de mi abuelo. Me enorgullecía saber que en la pequeña imprenta de mi abuelo, se imprimieron libros como *Nuevas pájinas libres*, de González Prada, y *La conquista del pan*, de Kropotkin. Antes que mi padre me desilusionara leí a Errico Malatesta. Lo leí por dos razones. Porque me encantaba su nombre. Escucha: Ma-la-tes-ta. Y porque había sido uno de los autores que condujo a mi abuelo del anarcosindicalismo al anarcocomunismo. Mi abuelo, don *Garibaldi* Fiol. Cuánto he soñado con él y su romance con mi abuela Belén Goyeneche, una quinterona, casi blanca, *sacalagua* la llaman aquí. ¡Cómo idealizaba su matrimonio! Sobre todo desde que descubrí la infidelidad de mi padre. De modo que también en homenaje a mi abuelo leí las novelas que, según mi padre, fueron sus preferidas: *Padres e hijos*, de Turgueniev, y *Los siete ahorcados*, de Andreyev, que me estremeció. En cambio, no pude leer *Los endemoniados*, que había sido la primera entre las tres novelas preferidas de mi abuelo. Claro, lo intenté, pero era como si fuerzas extrañas conspiraran para que no la leyera. La primera vez que me propuse leerla tenía catorce años, pero por esos días y semanas estaba tan dolida, tan enfadada con la traición de mi padre que en mi mente solo tenían cabida fantasías de venganza, que me quemaban los sesos pensando en cómo vengarme, en cómo hacerlo sufrir más. Años después, me sentí nostálgica, había ido a dejarle unas flores al Presbítero Maestro a mi abuelo, cosa que muy contadas veces había hecho, y en memoria suya me prometí leer el libro de Dostoievski. Yo, por entonces, luchaba por emanciparme de una relación que me humillaba. No te diré el nombre, pero ya tú sabes de quién se trata. Creo que iba por el segundo o tercer capítulo, cuando este individuo, sin pedir permiso, cogió el libro, leyó el título y ahí no más pretendió darme una lección magistral sobre Dostoievski, cuyo pensamiento en materia de justicia había analizado para obtener su bachillerato en derecho. Qué petulancia. Me hizo cosas peores, pero nunca lo detesté como ese día. Le arrebaté el libro. «¡Vete al carajo! —le dije—. Me llega al huevo lo que sabes sobre Dostoievski». En ese tono continué mi diatriba. Me sorprendí de mi capacidad de insulto, verdad corazón. Creo que entonces me solté con las malas palabras y hallé, créeme, mucho placer en pronunciarlas. Arrojé al pobre Dostoievski por los suelos y salí de la habitación tirando un portazo. Por fin, dos años después de mi estancia en Moscú pude cumplir con don *Garibaldi* Fiol. Rompiendo la promesa que nos habíamos hecho con Emperatriz de no tener amigos españoles ni menos acostarnos con ellos (cómo acostarnos —nos decíamos— con estos españoles pezuñentos, patanes, ignorantes, como son todos los que vienen al Perú a conseguirse un buen coño forrado de billetes), terminé por hacerme amiga, bastante amiga, de un español. Se llamaba Alfonso, pero yo lo llamaba Alfonsito, Alfonsito Olmedilla y nos conocimos en el centro de rehabilitación. Era lindo, un poco triste y su padre, un falangista, vino con el escuadrón azul enviado por Franco para pelear contra los rojos y murió en la batalla de Stalingrado. Alfonsito, que no pensaba igual que su padre, vino a Rusia a ubicar el escenario en que su padre encontró la muerte. Terminó por estudiar Medicina en Moscú, graduarse de médico y casarse con una ucraniana de Kiev. De modo que cuando le conté la historia de mis desencuentros con la novela de Dostoievski me besó la frente y guardó silencio. Unas semanas después me obsequió una edición en pasta dura de *Los endemoniados*. Recuerdo esa lectura por varias razones, una de ellas por lo que me costó leer cada página. Empezaba a recuperar el movimiento de mis manos y a sentir con alguna fortaleza mis brazos, así que mi lectura cumplía un doble fin; por un lado se convirtió en parte de la terapia para recuperar el movimiento de mis manos y, por otro, para establecer un diálogo con mi abuelo y con toda su doctrina de la libertad y el amor. Entre las otras pocas novelas que leí en mi adolescencia, hay dos que no he olvidado: *Cumbres borrascosas* y *Sonata a Kreutzer*, que trataba del adulterio, en realidad de la traición y la venganza. Después, ya en la universidad, leí novelas recientes con trasfondo político muy controvertido, como *La noche quedó atrás*, *El cero y el infinito* o *La hora veinticinco*. Quiero ser muy franca contigo, Morgan, más que leer escuché mucho a mis nuevos amigos poetas, intelectuales y artistas, esos locos maravillosos, tan ególatras y tiernos.

Morgan: Si no es problema para ti, ¿puedes hablarme un poco de tus lecturas marxistas?

TF: No, no es ningún problema, varón. Solo que esto me llevaría a hablar de mis relaciones con el Partido Comunista o, para ser más exacta, con la Juventud Comunista y para esto necesitaría una entrevista exclusiva sobre el tema. O dos. Quizá más. Pero esto no es necesario, Morgan, revisa los casetes de la entrevista que me hicieron las feministas. Media entrevista versa sobre el asunto.

Morgan: De todas maneras quisiera escucharlo de tus propios labios. Por lo menos algo, Tamara.

TF: En la medida que sea necesario para lo que te quiero contar algo tendré que decirte. Pero te puedo adelantar esto: no fui la militante típica. Como alguien me dijo, fui lo que se llama un compañero de ruta.

Morgan: Otras cosas he escuchado de ti. Me han alabado tu arrojo.

TF: Tonterías. Exageraciones. Pero volvamos a tu pregunta sobre mis lecturas marxistas. No fui una gran estudiosa. Te digo, sin embargo, que leí los textos fundamentales. Los textos canónicos, como los llamaba Corso. Más que leerlos, los estudiábamos, en medio de ardientes discusiones que podían terminar con la expulsión del que disentía de la posición oficial del partido. Una vez en mi círculo estudiamos durante más de un mes las tesis de Trotsky sobre la revolución permanente. Claro, las estudiamos a la luz de la crítica de Stalin. Porque nosotros éramos estalinistas y a los trotskistas había que aplastarlos como cucarachas. Por eso fui severamente criticada por tener amigos trotskistas.

Morgan: He oído por allí que Arancibia venía del trotskismo.

TF: Pero antes fue aprista. Un aprista furibundo. Un disciplinario.

Morgan: También he oído que cuando estuvo preso en El Frontón marcó con una navaja la sien de Amílcar Roldán por tener trato con los comunistas. Según me dijeron, aplicó el código secreto aprista contra los traidores. ¿Fue verdad esto?

TF: Corazón, eres un pendejo. No me pongas trampas. No te hablaré más sobre Arancibia. Por lo menos no por teléfono.

Morgan: Mira, Tamara, yo...

TF: ¡No digas más! ¡Olvídalo! Ahora permíteme terminar con el asunto de mis lecturas marxistas. Hay un texto que nunca dejaré de leer, pese al derrumbamiento del Muro de Berlín y la desaparición de la URSS. Me refiero al *Manifiesto.* Pepe Corso, que nunca fue un marxista alineado (por eso, sus adversarios lo acusaban de academicista, de oportunista), me dijo meses después de ingresar a San Marcos que el *Manifiesto* había que leerlo como un gran poema visionario. ¿Qué significa que con el advenimiento del comunismo termina la prehistoria de la humanidad y empieza la historia propiamente humana? ¿La historia reciente del mundo no ha traído por tierra esta profecía? Lo único que sé es pensar que la historia humana dentro de esta perspectiva te ayuda a vivir. Incluso ayuda a vivir a una inválida como yo. Vaya, qué idioteces estoy hablando. Cambiemos de tema. O mejor volvamos al tema inicial. ¿De qué te estaba hablando, cariño? ¿Lo recuerdas?

Morgan: Me contabas de la vez que postulaste a San Marcos.

TF: Sí. De acuerdo. Era el fin de la dictadura de Odría. ¡Viva la democracia! O, como acotaban los camaradas más aguafiestas, la vil democracia burguesa. Pero era verdad que reinaba un clima de alegría. De euforia y optimismo. Por lo menos así lo sentía yo. Naturalmente, los héroes de la película eran los que habían padecido cárcel y destierro y que ahora regresaban triunfales a la vieja Casona. Abundaban los recitales de poesía. Rosita Alarco, que entonces era una mujer bellísima, había formado el coro sanmarquino y proliferaban los círculos de estudio. Aunque yo era de Ciencia, participaba en las actividades culturales y me paseé por algunos de esos círculos donde se estudiaban a los grandes filósofos. Tenía amigos de lujo: discípulos de Heidegger, de Sartre. A mí, me era difícil leerlos a solas, sobre todo porque me aburrían, pues soy mujer de acción. Pero cuando Pepe Corso me hablaba, por ejemplo, del libro de Nietzsche *Más allá del bien y del mal* yo me sentía estremecida por los planteamientos subversivos, moralmente subversivos, que contenía el libro. Así transcurría esa larga primavera hasta que alguien (que había retornado con retraso del destierro) vino y me dijo: «Ya basta de pajas, ¿qué estás haciendo por la revolución?». No sé cuántas tazas de café tomamos en la Tiendecita Blanca del jirón Azángaro ni la cantidad de puchos que fumamos. Después me llevó a su cuarto. Luego, durante algunos meses, me explicó el abecé del marxismo, mientras paralela o simultáneamente sometía a mis sentidos a otros estímulos. Finalmente, cuando creyó que yo había sucumbido a su dominio, me presentó a un nuevo círculo de estudio que, como lo supe luego, era una célula de la Juventud Comunista. Pero, te repito belleza, esta noche no me apetece hablar de esto. Dejémoslo para otra ocasión.

Morgan: Bien. Tú mandas, Tamara. Cuéntame lo que te apetece contarme.

TF: Como cualquier persona que tiene un mínimo de decencia yo deseaba un orden social justo para mi país y el mundo. Esto, Morgan, lo tenía perfectamente claro y lo sentí en mi corazón, aun antes de leer ningún libro marxista. Pero yo también quería ser feliz, divertirme, tener muchos amigos, bailar, hacer el amor de manera libre. Y esto, según el sentir de alguna gente, era incompatible con la militancia partidaria. Cuando dejé de lado mi vida de vagabunda (por un buen tiempo, la verdad) y me incorporé al trabajo político, fui muy criticada, sobre todo por las mujeres, por las camaradas. La más feroz de todas era Nadeira Varahona. Cuando me veía bailar me susurraba al oído: ¡decadente, ninfómana, zorra burguesa...! Oye, ¿se parecen a Nadeira las mujeres de Sendero?

Morgan *(la pregunta me toma por sorpresa y medito unos instantes antes de responder)*: Por lo que me dices, Nadeira era una mujer horrible más allá de que fuera o no una militante comunista. En cuanto a las senderistas era como si hubieran abolido sus vidas privadas. Lo único que contaba era su relación con el partido y su entrega a lo que ellas llamaban la guerra popular.

TF: ¿Por qué no les preguntaste por Nora? Supongo que sabes quién era Nora, ¿verdad? Era el momento.

Morgan: Fue Azpur el que me habló por primera vez de Nora en Nueva York. Según me aseguró él conoció a Nora muy de cerca en Huamanga. De modo que sí: aproveché el momento. Pero cuando les pregunté sobre la muerte de Nora las prisioneras se atuvieron de manera monolítica a la versión oficial del partido: la camarada Nora había muerto de un infarto cardiaco. Y rechazaron, airadas, la tesis del suicidio. Y en forma todavía más beligerante la tesis de que habría sido asesinada por orden de la nueva conviviente del Presidente Gonzalo. Apelando a mi condición de periodista, insistí. Les dije que de todas maneras se prestaba a especulaciones de todo tipo el hecho de que las dos figuras que seguían a Gonzalo (pero tuve que decir «Presidente Gonzalo») en jerarquía fueran las camaradas Nora y Miriam, ambas ligadas sentimentalmente con el jefe. Añadí, imprudente: ¿No conformaban el triángulo perfecto? La camarada dirigente que tuvo la voz cantante en la reunión dijo que esas especulaciones provenían de podridas mentes burguesas. Luego me dijo que ellas ya habían respondido a mi pregunta, pero que si insistía en lo mismo se verían obligadas a dar por terminada la entrevista. Me adelanté a pedirles disculpas, pues todavía quedaban varias interrogantes en mi cuestionario... Pero, por favor, volvamos a lo tuyo.

TF: ¿Sabes? Por razones de trabajo conversé algunas veces con las senderistas cuando visitaba los penales. Pero esta es otra historia. Volviendo al tema, te diré lo siguiente: a diferencia de las feministas, por lo menos de las más radicales, yo no puedo imaginarme el mundo sin los hombres. Sería un mundo muy aburrido. Sé que existe el amor entre mujeres, y de hecho he tenido amigas lesbianas, pero esto no fue lo mío, Morgan. Te seré muy franca: de niña y adolescente la masturbación no fue una tentación para mí. En esos años el mundo era más inocente y cuando se hablaba del vicio solitario siempre se le achacaba a los muchachos, no a las niñas. Sí, varón, en esos años la paja no tenía que ver con las mujeres, era casi un monopolio de los pajeros, de ustedes los hombres, corazón. Solo después (bastante después) de mi accidente pensé en la masturbación como salida a mis carencias. Y algunas veces cedí al llamado de mi cuerpo. Alcancé éxtasis increíbles, pero después se producía una caída no por cuestiones morales o sentimientos de culpa (eso es basura), sino porque me hacía sentir con casi inaguantable intensidad la soledad de mi cuerpo, podría decir, hurtándole la palabreja a Corso, de la totalidad de mi existencia. ¿Morgan? ¿No te incomoda que te hable de estas cosas?

Morgan: ¡Me estás dando una lección, amiga! Continúa, por favor.

TF: Sobre estos temas hablábamos con Emperatriz e Isabela. Emperatriz siempre se negó a militar, aunque desde la periferia cumplía tareas de apoyo social, como organizar eventos para reunir fondos de ayuda a los sindicatos en huelga o visitar a los presos políticos en las cárceles de Lima. Isabela era aun más anárquica y no ocultaba sus simpatías por los troscos; incluso corrió el rumor que tuvo alguna participación en los asaltos a los bancos de los años sesenta. Después se apartó de los amigos y, sin avisar a nadie, emigró a Australia. A propósito del viaje de Isabela, hubo toda suerte de rumores. Yo siempre la recordaré como la amiga que conocí, pero había cierta lógica en vincular su viaje con la desaparición del cuantioso botín de uno de los atracos a los bancos. Bueno, ellas eran dos o tres años mayores que yo y debo decir que en el chismorreo erótico yo más bien era la oyente. Por supuesto, expresaba mis opiniones, pero era menos dada a las confidencias sobre mis relaciones particulares. Aunque oscuramente lo intuía (recuerda que mi primera experiencia nada tuvo que ver con el amor y ni siquiera con el deseo) estas amigas me ayudaron a aceptar que se puede buscar y alcanzar el placer al margen del amor e incluso del enamoramiento. Bastaba que hubiera atracción física y algo de simpatía para tener una relación gratificante. ¿Cómo hacerla más placentera? Emperatriz e Isabela leían toda suerte de libros sobre el sexo y una de las primeras cosas que hicieron fue prestarme el *Kamasutra* y el libro de cierto doctor Steckel donde hallaría todo lo que había que saberse sobre poses, dimensiones genitales, aditamentos. Por supuesto, cariño, que les eché una ojeada, pero en suma me aburrieron. Yo creía (y sigo creyendo) en la inspiración. En la sorpresa. Y en lo que hay de juego profanatorio en el acto más rico de la vida. Lo que me llenaba de curiosidad al comienzo eran las tácticas que ellas tenían para conseguirse amantes ocasionales. Ambas creían que no debían acostarse con amigos. Y te soltaban el rollo en el sentido de que la amistad era una relación demasiado valiosa para echarla a perder (cosa que siempre ocurría) por un mísero polvo. Por eso Emperatriz e Isabela hacían sus cacerías por otros cotos. Uno de los mayores incentivos que tuvo Emperatriz para comprarse su primer automóvil fue ese. Emperatriz solía llamarme por teléfono para comentarme cómo había resultado su último levante por las arterias más elegantes de Lima. En cambio, Isabela (bella y esbelta, había nacido en Argentina, pero creció en Lima) prefería los hoteles lujosos como el Bolívar, el Crillón, el Country o el recién fundado Riviera), lo cual dio pábulo a que las malas lenguas dijeran que Isabela ejercía la alta prostitución, como que no se le conocía trabajo y cada vez que llegaba a los bares en que nos reuníamos lo hacía con trajes elegantes importados. No te llame la atención por eso que se corriera el rumor entre los machitos limeños que merodean por el mundo intelectual (y me incluían en el rumor) que a nuestro bar lo frecuentaban tres buenos coños que pedían a gritos ser, fíjate la grosería, atornillados.

Coños. Sí. Era una de las palabras favoritas de Queca Luzuriaga. Recuerdo que una de las primeras cosas que me dijo fue: «Y tú, monada, ¿consideras que solo eres un coño?». ¡Cómo no fijarse en ella! ¡Cómo no oírla! Desde que empecé a ir con mis amigos poetas y artistas a la ANEA (en el antiguo local en Moquegua con el jirón de la Unión) no podía dejar de mirarla. Con la crueldad de los jóvenes, me pareció una mujer viejísima, ya una anciana, aunque tiempo después, cuando supe la fecha de nacimiento, calculé que en la época que la conocí todavía debían faltarle tres o cuatro años para cumplir los sesenta. Vestía con sedas suntuosas pasadas de moda que armonizaban con la vetustez de sus joyas. Era relativamente alta y tenía un cuerpo grueso, con escasa cintura y algo destrabado. Pero lo más impresionante, cariño, era su rostro que parecía una mascarilla yesosa con mucho colorete y los labios se los pintaba de rojo sangre, como se pintaban las putas por los años cuarenta y cincuenta. Asistía a todos los recitales y exposiciones y una vez la oí declamar poemas de Juana de Ibarbourou, Alfonsina Storni y Gabriela Mistral y de ella misma. Sí, Morgan. Me divertía verla y escucharla hablar con los poetas y artistas que la rodeaban. Por Dios, nunca antes ni después he escuchado hablar a una dama tantas palabras gruesas. No palabritas, pequeños tacos ocasionales, sino palabrotas de este tamaño y, sin embargo, fíjate, ella no me sonaba vulgar ni descarada.

Perdóname la cursilería, belleza, pero en ese primer año de vida bohemia yo andaba enamorada de la noche, sobre todo en los meses de invierno. Y para mí la noche limeña, invernal y brumosa, se encarnaba en Queca Luzuriaga y Angelo Satui, su novio fantasmal del cual te hablaré enseguida. Llegué a saberme de memoria la rutina diaria de la Musa, como se llamaba a sí misma. El aperitivo de mediodía lo tomaba en el bar del hotel Bolívar, almorzaba en el Viena, regresaba a su casa del jirón Moquegua a hacer una larga siesta, reaparecía al anochecer en los salones de la ANEA, tomaba su exprés en el Hueco de la Pared o en el Tívoli y después cenaba en el Versalles. Y allí, a golpe de diez de la noche, la iba a buscar esta criatura increíble que era Angelo Satui, cuya aparición, nos parecía a muchos, marcaba el ingreso a la noche esencial, a la verdadera noche limeña. Y todos decían que solo un individuo de esta sustancia podía ser el novio y amante de la Musa.

Morgan: Descríbeme, por favor, a esa criatura de la noche. Siempre me han interesado las reencarnaciones de Drácula.

TF: Precisamente, Morgan. Le decían Drácula, Nosferatu, pero también Dorian Grey. ¿Cómo describirlo? Era un ser sin edad. Eterno. ¿Cómo te diré? ¿Espectral? De cualquier forma (y tienes razón, cariño), vampiresco. Probablemente fuera homosexual, pero su aspecto, como decía Pepe Corso, era más bien de un individuo andrógino. (Corso decía que representaba la frontera ultrajada entre lo masculino y lo femenino). Todavía lo puedo evocar, Morgan. Como si lo tuviera ante mis ojos. Alto y delgado, vestía elegantes ternos grises, y abrigo o sobretodo oscuros, prendas que parecían haber sido confeccionadas en otra época. Tenía cabellos muy negros y tupidos que peinaba con un alto copete. Ah, varón, y sus ojos almendrados y enormes te fulminaban desde un rostro empolvado y cerúleo, mortalmente pálido. Y las otras cosas que me fascinaban eran sus manos sedosas de largos dedos, bellas hasta dar miedo. ¿Creerás que no recuerdo cómo era su voz? ¿No cuenta la leyenda que los espejos no reflejan la imagen de Drácula? Una sola vez lo escuché cantar en francés canciones de Édith Piaf en el Américo, pero su voz no hacía recordar a ningún cantante francés como, digamos, Yves Montand o Charles Aznavour, aunque siendo una voz masculina tenía un sutil toque femenino que lejanamente hacía recordar a la voz de Juliette Gréco. A mí me saludaba con una ligera venia o con un movimiento de sus terribles ojos almendrados. Para mi asombro, una vez se dirigió a mí, con una voz que me es imposible reproducir: «¿Qué, bella? —me dijo, y quizá burlándose de la canción de Frank Sinatra, agregó—: ¿Tú también andas extraviada en la noche?». Pero de inmediato volvió a ser el hombre distante y altivo que impedía todo acercamiento humano salvo el de la Musa. Como te imaginarás, contaban en los bares del centro muchas historias en torno a él. Susurraban que muchos años atrás, a fines de los años treinta o comienzos de los cuarenta trabajó como maniquí viviente para la sastrería Reux, que por esos años era la más elegante de Lima. Con trajes de noble corte inglés el joven Angelo Satui, espigado y soberbio, al caer la tarde hacía un recorrido por la Plaza de Armas, el jirón de la Unión y todo el perímetro de la plaza San Martín. Y como pago, el joven Satui solo aceptaba los trajes que exhibía y así logró hacerse para el resto de su vida con una exclusiva colección de ternos y abrigos, todos oscuros en la gama del gris.

Morgan: ¿Y dónde se supone que vivía el vampiro?

TF: Ese era otro de los misterios, belleza. ¿Quiénes eran sus padres? ¿Tenía padres? ¿O los tuvo? Recuerdo que una vez se lo pregunté a la Musa. «¡Qué pregunta es esta, doncella! —me dijo—. ¿No sabes que los seres como él no tienen padres? ¿Qué ellos nacen de sí mismos?». En cuanto a la vivienda se hacía toda suerte de especulaciones. Una de ellas aseguraba que vivía en una ruinosa mansión de Barranco. Pero la más persistente de todas lo hacía habitar en los sótanos de antiguas casonas coloniales de familias extinguidas, como las de Nicolás de Rivera, el Viejo, la Casa Aliaga y, sobre todo, la Casa de Pilatos (antes de que fuera reconstruida para convertirse en la actual Casa de la Cultura), en el sótano de la cual confluía la red de corredores subterráneos que unían las iglesias y conventos de lo que antiguamente se llamaba «el damero de Pizarro». Era un chiste, fantasías para pasar la noche bebiendo cerveza.

Bueno. Después del Versalles, Queca y Angelo Satui, iniciaban un recorrido por los *night* clubes de la plaza San Martín y la Colmena, o en los de otros barrios como el Tourbillón de la plaza Manco Cápac, frente al jirón Huatica, que era el lugar donde los machos limeños (como decía Queca) desaguaban su libido. Con frecuencia, sin embargo, volvían a terminar la noche en el Negro Negro y a veces en el Américo. Como lo pude comprobar yo misma, en estos clubes nocturnos ellos eran esperados por los sobrevivientes de la noche que apuraban sus últimas copas. Ya la orquesta había guardado sus instrumentos y reinaba la sensación de una noche inacabada, no disfrutada a plenitud. Entonces, si había una atmósfera propicia y se sentían inspirados la Musa y Angelo Satui, armaban un *show* para los noctámbulos que (como decía Queca Luzuriaga) todavía tenían fe en el arte. La Musa declamaba poemas de Delfina Agustini o Alfonsina Storni, mientras Satui le creaba con el piano un sugestivo trasfondo musical. Luego que Queca concluía venía el momento esperado por los últimos y empedernidos noctámbulos y Satui («el gran Angelo Satui», como le decían los noctámbulos) arrancaba con un desconcertante concierto de piano en que alternaba piezas clásicas (sobre todo, algunas pieza para piano de Beethoven y los *Nocturnos*, de Chopin) con música melódica romántica (como *Las hojas muertas,* por ejemplo) que Angelo ennoblecía con complejos y ricos acordes y sorprendentes disonancias. Pero lo que a mí más me conmovía (¡me daban ganas de soltar la carcajada y de llorar!) era asistir a la transformación de la Musa. Parada al pie del piano, ella, guiándose por los acordes de Satui, iniciaba una especie de danza estática, en que su cuerpo grueso, tubular en la cintura, y algo deforme por la espalda, iba adquiriendo un aspecto alado, sinuoso, casi ofídico, con el solo movimiento de sus manos y brazos y el temblor que recorría su cuerpo. Otras veces el *show* tenía lugar en el Américo, donde a Satui le gustaba escuchar el piano de Américo, con cuyo nombre había bautizado a su pequeña *boîte.* A mí también me gustaba escuchar a Américo tocar tangos, milongas, boleros, guaranias, o las canciones de Atahualpa Yupanqui o los acordes gauchos que arrancaba su piano mientras recitaba largas estrofas de *Martín Fierro.* Llegué a querer mucho al club de Américo... Te contaré algo íntimo, Morgan. ¿Me lo permites?

Morgan *(decidido y lleno de curiosidad)*: Cuenta, amiga, cuenta.

TF: Te repito, perdóname la frescura. La primera vez que aborté fui a descansar a la pensión de Pepito Corso frente a la plaza San Francisco. Recuerdo haber dormido alrededor de doce horas. Cuando desperté sin saber dónde mierda estaba me invadió una angustia como nunca antes la había sentido. Instintivamente me llevé las manos a mi vagina. Es curiosa la memoria. En ese momento recordé a una vecina que le habían estirpado el útero canceroso. La mujer se sentía humillada. Mutilada. Incompleta. Llorando decía: «Mi marido ya no me quiere. Me rechaza. Dice que estoy vacía». Cuando ya no tuve dudas de mi estado se lo conté a la Musa. Pero ella estaba tan ebria que al día siguiente no recordaba nada de lo que yo le había confesado. Fui entonces a buscar a Isabela. «¡Bienvenida la vida! —me dijo y agregó—: Pero no tienes por qué preocuparte, chica. Conozco a varios Herodes. Descuida. Te llevaré donde mi infanticida preferido». Y ahora había despertado al borde del pánico. La casa estaba a oscuras y en silencio, y todos dormían, salvo Corso que no había vuelto aún, seguramente para dejarme descansar más. Evitando hacer ruido, salí de la pensión. Miré el reloj de la iglesia: ya eran pasadas las doce de la noche, pero cuánto amaba, corazón, las calles de Lima en las noches de invierno. Pura belleza invernal, mi amor. Y melancolía. Tenía ganas de ir a algún lugar con gente, pero donde no hubiera ningún conocido. Entonces me acordé del Américo. Tomé un viejo taxi que hacía servicio de madrugada y que todavía en esos años se les llamaba «lechuceros». Entré al salón apenas iluminado por unos focos indirectos. Ya me había hecho amiga de las copetineras que tenían nombres de piedras preciosas o de flores: Perla, Ruby, Orquídea, Dalia. Las mujeres ya estaban acompañadas por clientes, de modo que me senté en una mesita del rincón. A Óscar (el *barman* que también servía las bebidas a la mesa) le pedí un campari y me puse a escuchar a Legarda, el pianista del primer turno de la noche. Un ratito después se me acercó un sujeto a invitarme a su mesa y a bailar. Pero antes que yo me negara, vino Perla, que era la copetinera estrella y con la que yo más había simpatizado. Apenas el sujeto nos dejó solas, Perla me dijo: «¡Qué carita tienes, muchacha! ¡Mírame! ¡Te he dicho que me mires!». La miré y sentí que a la media luz sus ojos me calaban el alma. «Ah, entiendo» y enseguida me habló al oído: «¿Has abortado, verdad? ¿Es tu primera vez?». Con un gesto dije que sí. «Bien —dijo ella—. Lo primero que vamos a hacer es tomar algo fuerte». Llamó a Óscar y pidió dos coñac y que los apuntaran a su cuenta. Después que pidió su segundo coñac me comenzó a contar partes de su vida.

Morgan: Un dramón. Estoy seguro.

TF: Una verdadera mexicanada. Como esos melodramas protagonizados por Dolores del Río, Rosita Quintana, Rosa Carmina o Marga López... ¿Te conté que la primera vez que lo hice en una butaca del Perricholi en la pantalla pasaban una película de Marga López...? De modo, te decía, que Perla me reveló que, dada la naturaleza de su trabajo, ella había abortado varias veces, en más de una ocasión durante sus giras artísticas. Pues Perla había sido rumbera y había participado en México como corista en los *shows* de *vedettes* de la talla de María Antonieta Pons, Ninón Sevilla y Blanquita Amaro. Precisamente vino a Lima integrando el espectáculo de Blanquita, y terminó por recalar aquí porque un empresario peruano la contrató como solista para bailar en el Deresco y hacer luego una gira por las ciudades del Perú. Como te imaginarás, más que empresario, el sujeto era estafador, un cafiche hijo de puta que la cabroneaba (te estoy repitiendo, varón, sus propias palabras) con los notables y autoridades de los pueblos que visitaban. Y con los militares. Con un general que era impotente y que le pasaba el revólver por la vagina. Para desgracia, quedó preñada. Durante la gira por los pueblos de la selva del Huallaga tomó todos los brebajes para abortar, pero ninguno le hizo efecto. De regreso a Huánuco subió a Cerro de Pasco, ciudad en la que culminaba la gira. Permaneció dos días tendida para adecuarse a la altura de más de cuatro mil metros. Y la noche del tercer día tuvo lugar el *show*. Apenas cubierta de mallas y lentejuelas, y pelándose de frío, empezó su número que consistía en un popurrí de mambos. Perla salió al escenario contoneándose, saludó al público, contó unos chistes sucios y empezó a dejarse llevar por los ritmos de Pérez Prado. De pronto sintió que algo se desprendía dentro de ella y supo por experiencias pasadas que iba a abortar, solo que ahora la hemorragia era un torrente incontenible, un verdadero huaico, corazón. La llevaron de emergencia al hospital de la Cerro de Pasco Corporation y el médico que la intervino le extirpó los ovarios. De modo que nunca más tendría el temor de volver a quedar preñada. ¿Para qué tener hijos con la vida que llevaba? «No los necesito, muchacha —me dijo—. Me bastan con mis seis bebés que ahora mismo deben estar esperando a mamá Perla. Son unos perritos tan lindos, preciosa. Chihuahuas, pequineses, y adoran tanto a mamá Perla». Desde entonces empecé a ir al Américo cada vez que me sentía o muy triste o muy furiosa. Una de las últimas veces que fui todavía militaba en la Juventud. Habíamos tenido una reunión larga y horrible en la que se criticó despiadadamente a un camarada. Y yo, sabiendo que se trataba de una maquiavélica conjura para liquidarlo, por cobardía me sumé a los acusadores. Al terminar, me sentía una rata, una basura. ¿Dónde esconderme? ¿Dónde refugiarme si no en el bar de Américo? De modo que (sola como siempre en estas ocasiones) me dirigí a las tinieblas del bar para ocultarme. Para ocultarme de mi misma. Qué depravación. Era al final de la madrugada y envuelto por la luz azulada que proyectaban dos focos, Américo estaba tocando el piano como nunca antes lo había escuchado. Siempre recuerdo a Américo y su piano. A ti te hubiera gustado oírlo. Y estoy segura de que tu mami se hubiera conmovido hasta sus raíces escuchando los tangos de los tiempos de su padre. Ya se habían ido Óscar y las otras copetineras, y solo estábamos Perla, un desconocido de rostro borroso y voz poderosa que acababa de cantar una guarania compuesta años atrás por Américo (todavía recuerdo el nombre de la canción: «Kurusú verá») y yo. Ah, las trampas de la nostalgia, varón. Poseído por esa cosa Américo se puso a evocar los años que pasó en un seminario de Asunción donde aprendió a tocar el piano, el armonio, el melodio y a practicar el amor con los hombres, aunque también podía disfrutar, aclaró, con las mujeres cuando tenían uno de esos coños que hablan. También Perla sucumbió a la nostalgia y el sentimentalismo y contó el culebrón de su infancia y pubertad en un orfelinato de Sinaloa regentado por monjas carmelitas. Contó que se sintió muy feliz y orgullosa cuando fue incorporada al coro y aprendió tantas canciones de iglesia. Pero tuvo una amiga inquietadora que le calentó la cabeza y a los dieciséis años huyó al sucio mundo. Estas fueron sus palabras: al sucio mundo. Y así inició su carrera de franco puterío. Y de rumbas y alcohol. De sexo y pichicata. Américo parodió con el piano algunas canciones religiosas a la Virgen María y luego cerró el cofre del piano de cola y enseguida propuso una peregrinación al Callao para comer pescado fresco y ver el nacimiento del día. Recuerdo que Perla, secándose las lágrimas, dijo que no podría acompañarnos porque a esa hora ya sus bebés estaban esperándola. «Che, Perla —la interpeló Américo—, no seas boluda, sin ti el programa no funciona». De modo que salimos fuera del local. Dos, tres, cuatro esperpentos en la claridad naciente. Porque yo me incluyo, corazón.

Morgan: ¿Tú, un esperpento? Por Dios, ¡no seas tan dura contigo, Tamara!

TF: Es que es la verdad, mi amor. La más pura verdad. Bueno. Nunca antes había visto a Américo a la luz del día. Era algo más que de talla mediana, era magro de contextura, la cabellera ondulada y canosa y algo alborotada se veía salpicada de mechones negros y tenía un poblado bigote gris. En el momento que se puso el sobretodo, lo escuché decir: «Ponte, oh, Américo, el viejo impermeable de la duda». Pero más me impresionó aun el rostro devastado de Perla. Blanca pálida, solo llevaba maquillados los ojos con cejas depiladas, largas pestañas, densas sombras en los párpados y los labios y las largas uñas postizas pintadas de granate. El cuerpo ya no estaba en su mejor momento, pero los zapatos de taco aguja la hacían más alta y esbelta. Llevaba un abrigo de piel, supongo que de imitación zorro, olorosa a perfumes rancios y a cosméticos y a sudores, que ocultaba el declive del cuerpo y más bien te lo hacía imaginar curvilíneo entre las plumas y las lentejuelas. Tomamos en la esquina de la Colmena el tranvía al Callao. Cuánto recuerdo, belleza, a los tranvías. Me vino a la mente un verso de Paquito Bendezú: «Los días pasan como tranvías». Hay, Morgan, dos imágenes que siempre reaparecen en mis sueños. Uno es el tranvía en el que descubrí la traición de mi padre y el otro es el que ahora tengo ante mis ojos, sin otros pasajeros que nosotros cuatro en un peregrinaje sin rumbo. Américo se sentó con el desconocido y Perla se acurrucó a mi lado secándose las lágrimas de tanto en tanto. Seguro que dormitamos algo, pero la voz de Américo nos hizo despertar y luego bajar del tranvía. El olor del mar es inconfundible, tú lo sabes mejor que yo, Morgan. Sin embargo, vimos que Américo se adelantaba hacia la iglesia que había visto y que lo había hecho bajar antes de llegar a los muelles. Lo vimos subir las gradas y penetrar al templo y Perla apuró el paso para seguirlo. No había muchos fieles y el sacristán estaba encendiendo los cirios. Debe ser por mi educación laica, varón, pero las iglesias nunca me conmovieron, pese a la labor quintacolumnista de mi madre. Solo después Arancibia trató de revelarme la belleza sagrada de las iglesias y que incitan a la profanación. Entre tanto Américo había desaparecido y, para mi asombro y risa del desconocido, Perla había caído de rodillas en uno de los reclinatorios. De pronto escuchamos desde el coro las notas del órgano que tocaba música gregoriana. Al instante Perla, estremecida por alguna reminiscencia de sus años en el orfanato, rompió a cantar un himno sacro. Pero entonces ocurrió algo extraño arriba en el coro y el órgano se interrumpió bruscamente. Luego vimos que Américo, muy sumiso y pidiendo perdón, bajaba las escalinatas seguido por el párroco. Yo, te juro, mi amor, tenía ganas de hacer pipí y el desconocido cayó preso de un ataque de risa. Perla corrió a arrodillarse frente al cura, quien, fuera de sí, acometido de ira santa pero con un lenguaje soez, llamaba a Américo cabrón y pervertido; a Perla, puta y meretriz; al desconocido, vago y mequetrefe y a mí, atea y zorra comunista, mientras nos arrojaba del templo. Todo muy bíblico, como en las Sagradas Escrituras. ¡Habíamos sido arrojados del templo, corazón! Exactamente, como tristes mercaderes del amor. Hoy es para reírse, pero yo no puedo olvidar a Américo diciéndole al cura: «No me quite, padre, lo único que me queda» y a Perla: «¿Acaso Jesús no perdonó a las putas?». Todavía regresé una última vez donde Américo, pero ya no encontré a Perla, quien según me dijo Orquídea había regresado a su país y había tenido que regalar a sus perritos porque no le permitieron viajar con ellos... Dios mío, dónde diablos he venido a parar, ¿de qué te estaba hablando, cariño?

Morgan: De las noches de la Musa y el Vampiro

TF: No seas maldito, Morgan. Ten un poco de compasión. Pero en fin. Las noches las terminaban en los portales del bar Zela de la plaza San Martín. Del Negro Negro subían al bar. O cuando venían del Américo yo los alcanzaba a ver cruzando la plaza como una encarnación de la noche. Y la venían a rematar en el Zela. O más bien la remataba ella, pues poco antes de que empezara a clarear, como si cultivase su propia leyenda, Angelo Satui tomaba un taxi que lo llevaba con destino desconocido.

Morgan: *La fuga del vampiro*. Creo que así se llamaba una película de Béla Lugosi que mi madre me llevó a ver en un cine de la parte alta de Broadway donde pasaban películas antiguas.

TF: No me interrumpas, belleza. Que es importante lo que te voy a contar. Por lo menos para mí.

Morgan: Oh, Tamara. Lo siento.

TF: Y bien. Allí estaba yo, también sentada en una mesa de los portales, rematando las primeras trasnochadas de mi vida. Y fue en una ocasión como esta (ella ya me ubicaba un poco de la ANEA) en que Queca Luzuriaga se fijó realmente en mí. Esto lo percibí con claridad. Le llamaría la atención ver que una jovencita —cual precoz discípula suya— estuviera en una mesa, sola, rodeada exclusivamente por hombres. Desde su sitio ella me invitó a acercarme: «¡Hola, doncella! —me saludó—. La Musa pecadora y en este momento ebria te invita a recibir el alba. ¿Conoces, monada, ese verso que dice 'las albas son siempre lacerantes'?».

Morgan: ¿«Las albas son siempre lacerantes»? Supongo que debe ser una traducción libre del verso de Rimbaud, «Les aubes sont navrantes», de su poema «Le bateau ivre». Caramba, otra vez. Y qué petulancia la mía... Pero dime ¿cuánto tiempo frecuentaste a la Musa?

TF: Los epítetos que se atribuía la Musa variaban de acuerdo con las horas del día o de la noche: Musa candorosa, inspiradora, cruel, pecadora, ebria, envejecida, descastada... La frecuenté lo que duró mi vida bohemia. Más o menos dos años. Hasta que me incorporé a la vida partidaria. Cuando cinco años después retomé mi vida social, pero ahora sin las locuras de la juventud, Queca Luzuriaga había desaparecido de los viejos bares del centro que por esos años empezaban a cerrar. Tampoco volví a ver a Angelo Satui. Y para mí, corazón, las noches limeñas perdieron su misterio.

Morgan: Antes dijiste que Queca Luzuriaga fue una de tus maestras (también dijiste que tuviste un maestro, cuyo nombre no quieres pronunciar)...

TF: No esta noche, Morgan. No insistas.

Morgan: Perfecto. Pero ¿qué aprendiste de la Musa?

TF: ¿Era posible para una mujer vivir sola sin apoyo o protección masculina? Esta pregunta me la había comenzado a plantear desde que rompí con mi padre. Porque era esto a lo que en el fondo, oscuramente, yo aspiraba. Pero tenía mis miedos. Cuántas dudas. De esos miedos, varón, me libró Queca Luzuriaga. Más allá de su extravagancia y descarrío, la Musa era ejemplo de libertad, qué te digo, de soberanía. Era una conversadora infatigable, pero la veracidad de sus confidencias variaba con el transcurrir de las horas. Una de las primeras confidencias que me hizo fue relativa a su viudez prematura. Me conmovió. No acababa de cumplirse un año del matrimonio, en que disfrutó de felicidad plena, en que su joven esposo murió a causa de un aneurisma cerebral. Lo lloró inconsolable y ante su tumba le juró no volverse a casar nunca más en la vida. Recuerdo que esto me lo contó al mediodía, la hora del aperitivo, en el bar del Bolívar. Luego tuve que salir corriendo a la biblioteca de San Marcos porque tenía que entregar un trabajo a las cinco de la tarde. Después con unos amigos fuimos a divertirnos y como casi siempre terminamos en el Zela. Y allí estaba la Musa, ahora sí borracha perdida. Cuando se hallaba en ese estado Queca no admitía acompañantes en su mesa. Pero apenas me vio me llamó. «Oye, doncella, ¿me creíste el cuento que te endilgué en el Bolívar?». La pregunta me sorprendió y no supe qué responderle. Agregó: «Me habría gustado, por supuesto, que ese coño de su madre hubiera estirado la pata.

Pero no. El cabrón cometió la vulgaridad de engañarme con otra mujer. Todavía vive. Pero no le he dado el divorcio. Nunca se lo daré. Me ha implorado, me ha ofrecido dinero. Pero no. Que se joda. Que sus hijos sean por siempre bastardos. Con la Musa no se juega».

Morgan: ¿Y si esa segunda historia fuera también falsa? Supongo que habrás pensado en esta posibilidad, Tamara.

TF: Claro, lo pensé. Pero dejé de interesarme en si lo que contaba era verdad, mentira o invención. Porque sean lo que fueran, Morgan, las historias me resultaban fabulosas. Aleccionadoras. Me contó que se casó cuando era casi una adolescente. Era una niña candorosa. Cucufata. Y tan llena de inhibiciones. Por eso cuando su joven esposo, que era también su ídolo, le propuso explorar otras formas no sanas de la fornicación permitidas por la Iglesia, ella se sintió escandalizada. Ofendidísima. Y qué vergüenza la invadió. Recordó que el esposo se limitó a mirarla con una risita descarada que no le conocía y de ahí supo que frecuentaba las casas de tolerancia como entonces se nombraba a los burdeles. Sin embargo, con los años fue admitiendo que se había comportado como una niña engreída. Tonta. Hipócrita. ¿Por qué negarse a explorar nuevos goces? Es verdad que la mujer no solo es un coño, un cáliz, un agujero creado para recibir los desbordes del macho. Me dijo: «No, monada, debí acceder a los reclamos de mi marido, pero no solo para darle goce, sino por conseguir mi propio placer. ¿Por qué crees que los hombres de mi época acudían a las putas? Porque ellas satisfacían todas sus apetencias y sus secretas mariconadas. ¿Pero por qué no lo podíamos hacer nosotras? Cuando, en los días que descubrí la poesía, entendí esto y empecé a tomarme mis martinis y capitanes iba a visitar y joder a mis amigas de colegio. Ni tengo que decirte que ellas se creían la crema de Lima y de la moralidad y decencia. Les pedía que me brindaran algo más fuerte que las consabidas copitas de oporto o de clarete. Después les preguntaba: 'Y, doncella, ¿ya se la mamas a tu marido?'. Me daban con la puerta en las narices. Entonces me vine a vivir a la casa que me dejaron mis padres. Y como ves, aquí la Musa, aunque ebria sin remedio, se siente feliz. Libre».

Morgan: Te voy a decir algo, Tamara. Me hubiera gustado que mi madre fuera amiga de la Musa. Creo que se hubieran entendido. Pero, dime, ¿qué otra cosa aprendiste de ella?

TF: Oh, cariño, me contó muchas cosas que de alguna manera me sirvieron. Me habló de su viaje a París. De su entrevista con Colette y de su visita a la tumba de Verlaine. Se había resistido a tener amantes fijos, pero había hecho el amor con numerosos poetas, intelectuales y artistas del final del régimen de Leguía y de los años treinta (solo Mariátegui, me dijo, se le había escapado porque la esposa italiana le marcaba los pasos; en otra ocasión me dijo: «Yo, monada, tiré prácticamente con todos mis amigos», y enseguida me dio el nombre de numerosos intelectuales —que ahora son maestros respetados y que no viene al caso revelar sus nombres— con los cuales hizo el amor). Por eso a una pregunta mía, me dijo que era perfectamente posible la amistad sincera entre un hombre y una mujer. Pero antes había que tirarse un par de encamadas para liberarse de esa corriente de lujuria que se desata apenas macho y hembra se olisquean. En fin, Morgan, muchas otras cosas me contó Queca Luzuriaga, la inolvidable Musa. Y sí, te lo puedo reiterar: ella fue mi maestra, por lo menos la primera de las maestras que me educó con el ejemplo de su propia vida. Pero también fue mi maestra radical en otro sentido. ¿Puedes adivinarlo?

Morgan: Prefiero escucharte. Por favor.

TF: Desde que rompí con mis padres (y con una madrina que me tuvo un tiempo y terminó por botarme porque no me atenía al horario que me quiso imponer) vivía a salto de mata; algunas veces Isabela y Emperatriz me daban posada, pero yo no quería abusar de su hospitalidad. Entonces acudía a mis amigos (Pepito Corso el primero), quienes (la mayoría eran provincianos) me hacían entrar a escondidas a sus pensiones pues las patronas no admitían la presencia de mujeres. Algunas veces se me hacía demasiado tarde y hubiera sido una conchudez ir a molestarlos. Me había hecho amiga del portero de la facultad. Él y su mujer me agarraron camote y casi me adoptaron como a una hija descarriada. Me decían *niña*, fíjate tú. Me abrían el portón y me hacían pasar al cuartito que la universidad les había dado como vivienda. Más adelante me presentaron a su sobrino Eladio, que desde hacía años estudiaba Derecho y por las noches trabajaba como cuartelero en un hotel para provincianos de la sierra en la esquina de Montevideo y Ayacucho. En muchas oportunidades me hizo dormir de contrabando en uno de los cuartos. Aunque un poco lúgubre era rico tener una habitación para ti sola. Qué importaba el olor de los chinches aplastados en el catre o en las paredes. Aprendí a distinguir los hedores de la mugre andina, de los de la mugre limeña. Y el ruido de los coitos, que a veces eran como estertores. Una vez me despertó un terrible alarido que después Eladio me explicó que era de un viajero que tenía pesadillas terroríficas. ¿Te parece un lugar siniestro? Y, sin embargo, yo me sentía casi feliz de poder disfrutar un espacio para mí sola, aunque solo fuera pasajero, ya que tenía que desocupar el cuarto al concluir el turno de Eladio. Pero otras veces les rogaba a mis protectores que solo me dejasen entrar a las aulas o a los baños. Allí dormía las horas indispensables para reponerme y asistir a clases. Lo único que no me faltaba en mi bolso era el cepillo y el dentífrico y el jabón de tocador, pues en esos años yo no usaba maquillajes.

Morgan: Tampoco ahora te maquillas. Y se te ve muy bien. Tienes un rostro fresco, Tamara.

TF: Tonterías. Los años pasan, hijito. Con todo, gracias por el piropo. Una madrugada la Musa y yo nos habíamos quedado solas en la terraza del Zela. Terriblemente solas, varón. Nuestros respectivos amigos nos habían abandonado. Queca estaba mucho más avanzada que yo en el trago, pero yo también estaba algo ebria. «No importa, monada, no necesitamos de los hombres para recibir el amanecer». Luego, como si cayera en la cuenta, me preguntó si tenía dónde dormir. Le respondí algo que no la convenció y me dijo que no faltaba más que la Musa velaría por mí este día. De modo que marchamos juntas, ella sosteniéndose en mi hombro. Había garuado toda la noche, el asfalto estaba húmedo y barroso y del cielo plomizo caía una luz turbia y como desesperanzada. Caminamos por los portales, la primera cuadra del jirón de la Unión y luego volteamos por Moquegua y seguimos hasta un edificio cerca del jirón Cailloma. Queca Luzuriaga ocupaba un amplio primer piso de cuatro dormitorios. Pero apenas abrió, pese a que mis sentidos estaban embotados por el alcohol, sentí un olor espantoso a vómitos y comida descompuesta. La sala era una habitación sombría llena de objetos valiosos, como cuadros, jarrones, esculturas, un reloj de péndulo, grandes espejos con hermosos marcos, pesados muebles, consolas, repisas, pero lo que más se imponía a la primera mirada, era la infinidad de cachivaches, de las cosas más inverosímiles. Todo estaba abigarrado y la garganta te picaba por el polvo. De modo que los objetos de arte no se lucían. Sin embargo, destacaba un gran retrato al óleo. Era el de Queca Luzuriaga ¿a los veinte, veinticinco años?

Y la verdad que parecía una mujer joven y bella y de fuerte personalidad. «Me lo hizo Sabogal —me dijo—. Nos pintó a las muchachas de entonces: Ángela Ramos, Cota Carvallo, Magda Portal. Yo le propuse que me pintara desnuda. Hubiera sido la maja limeña. Porque entonces tenía mis curvas. Pero el maricón tuvo miedo de verme calata. Pobre huevón si creía que con eso no me lo tiraría. ¿Qué te parece, doncella, si nos tomamos la del estribo?».

Morgan: ¿La del estribo?

TF: La última copa de la tranca. De la noche. El trago del adiós. Tomamos coñac de la botella, pues todas las copas estaban sucias. Después me llevó al cuarto para que durmiera. Me dijo que si me levantaba antes no la despertara porque ella dormía hasta el mediodía. Y que en la cocina debía haber algo que comer. Dormí entre sobresaltos dos horas. Me desperté con un sentimiento de angustia. Me lavé los dientes y me humedecí el rostro. Al volver a la sala fue cuando la angustia se transformó en pavor. ¿Esta era la libertad que yo quería para mí? ¿Solo se puede ser libre en la marginalidad? ¿La libertad es un fin en sí mismo? ¿Se puede reducir la libertad al absoluto goce de los sentidos? ¿O la soberanía del yo significa estar más allá de todo deber? Pero sobre todo pensé en Queca Luzuriaga.

Morgan: Pensaste en la Musa.

TF: Sí, sí. ¿Era ella un ser libre o la caricatura de la libertad? Por lo demás, ella era una mujer que disponía de dinero para permitirse estar al margen de las cosas. En el Zela había escuchado muchas historias. Decían que vivía de sus rentas. Casas, acciones magníficas con que su padre la había asegurado. Pero además se decía (aunque yo nunca pude comprobarlo) que era usurera. Contaban que las joyas que lucía eran producto de las garantías que exigía por los préstamos de dinero. La Musa, por sus viejas relaciones, sabía de las familias aristocráticas que estaban ya en la ruina. Ella las visitaba, las habilitaba con dinero pero a cambio de alhajas que tomaba en garantía y que ella escogía. De modo que bajo la luz sucia limeña que se filtraba no sé por dónde caminé entre los trastos polvorientos y el olor a rancio y a retrete. Qué estrujamiento del corazón, Morgan. Eché una última mirada a la mansión de la Musa, abrí la puerta y salí. Algunas semanas después se me acercó Arancibia (no tengo más remedio que nombrarlo) y me dijo que ya era tiempo de dejar de pajearme y pensar en cómo servir a la revolución peruana. Pero esto es lo único que...

VI

Pablo Fiol Goyeneche, el padre de Tamara, murió en 1990, es decir, dos años antes de que yo viniera al Perú a escribir el reportaje sobre las mujeres de Sendero. Como he contado, cuando asumí el compromiso de llevar adelante mi reportaje ya había escuchado el nombre de Tamara Fiol, pero no tenía la más remota sospecha de que terminaría escribiendo su historia o, más bien, que las circunstancias de su historia me impondrían la necesidad de escribir este libro. Fue en el transcurso de la larga conversación telefónica en que Tamara se refirió a su mundo familiar y a las relaciones verdaderamente idílicas que hasta los catorce años mantuvo con su padre cuando me propuse entrevistarlo, ganarme su confianza y conversar con él, pero entonces ella me dijo que Pablo Fiol había fallecido dos años atrás. Recuerdo que las confidencias que me hizo Tamara sobre lo que ella llamaba «las traiciones de mi padre» me incitó a hacerle otras preguntas, pero (como ya dije) no fue mucho más lo que agregó, aunque todo lo que añadió llevó el signo del resentimiento y del rencor, pese a que en otro momento me diría que antes de su muerte ella había logrado hacer las paces con Pablo Fiol.

Emperatriz, a quien acudí, me dijo que a lo largo de los años solo había visto al padre de Tamara en cuatro o cinco oportunidades, dos de ellas en los pasillos del hospital donde estaba internada su hija después del accidente que la redujo a la semiinvalidez. Por lo que recordaba, era un señor de aspecto agradable y cordial, pero al mismo tiempo inhibido, casi temeroso de relacionarse con los amigos de Tamara. Esta conversación (si es que se le puede llamar así) la sostuvimos en una exposición de pintura, donde me dijo que podría encontrarla entre las siete y ocho de la noche. Unas horas después Emperatriz me llamó a mi hotel y, sin ningún preámbulo, me pidió que la disculpara por no haberme dicho toda la verdad. «¡Pobre hombre!», suspiró. En realidad, si el viejo Fiol se mostraba temeroso, como avergonzado con ella (y con algunos otros del círculo íntimo de amigos de Tamara), era porque percibía su actitud distante, glacial, francamente hostil hacia él, y esto, Morgan, se debía —me confió— a que al inicio de nuestra amistad, luego de hacerme algunas revelaciones, Tamara me hizo jurar que jamás, pues de lo contrario me quitaría el habla para siempre, me haría amiga de su padre. Y esta misma conducta —aunque, claro, sin el radicalismo de ella— observaron varios amigos del entorno de Tamara, salvo Pepe Corso, que —le constaba a Emperatriz— mantuvo una discreta relación de amistad con Pablo Fiol. Al día siguiente, muy temprano le envíe a Corso un fax pidiéndole que me llamara para que me contara todo lo que supiera sobre el padre de Tamara. Por la noche me llamó una mujer, que se identificó como su secretaria, para decirme que lamentablemente el doctor Corso se hallaba en Washington dictando un ciclo de conferencias en la Universidad de Georgetown.

Entonces, después de meditarlo, decidí omitir la historia de Pablo Fiol porque, finalmente, la consideré prescindible. Además, pensé que para la comprensión del libro bastaba con los datos que sobre la vida de Pablo Fiol aportaban las revelaciones de Tamara. Con algo de vileza, me dije que la vida de Pablo Fiol resultaba pálida y carente de grandeza frente a la de su padre, don Ramiro *Garibaldi* Fiol, como de la vida tan controvertida y arriesgada de su propia hija. Sin embargo, cuando al fin pude concluir el libro y escribía el Epílogo (como contaré a su debido tiempo), tomé conciencia de que en mi historia había una suerte de agujero, de vacío estructural, humano y poético. Fue en esos momentos y, no sé desde qué limbo, se me impuso la figura de Pablo Fiol, que me reclamaba su existencia y su derecho a la palabra. Por fortuna, pude restablecer mi comunicación con Pepe Corso, pues, gracias a los increíbles avances tecnológicos de los últimos años, se hizo más rápida, fluida y abundante.

Para empezar, me contó que, en efecto, durante años, primero empujado por la compasión, había sostenido una discreta relación de amistad con Pablo Fiol; luego, se hizo más cercana y afectuosa por los días que siguieron al accidente de Tamara. En los años anteriores, la relación se limitaba a las llamadas telefónicas o a las visitas intempestivas y medio clandestinas que le hacía a la universidad para indagar por el paradero y la salud de su hija, sobre todo en los años de bohemia cuando, por días y aun semanas, dejaba de ir a dormir a casa. Pero al encontrarse en el hospital mientras operaban a Tamara, como si se tratara de padre e hijo, ambos se abrazaron sin poder contener el llanto. Y recordaba que, con voz quebrada, le musitó al oído: «¿Sabía usted, señor Corso, que yo enseñé a mi niña a bailar?». Después de la operación, y después del informe médico terriblemente escueto y ambiguo, Corso le propuso tomar un café. Caminaron por Grau y llegaron al cafetín de Carlos Zavala, donde (como ya he contado) Tamara solía ir cuando la invadían ciertos estados de ánimo. Señalando el antiguo caserón de los italianos, Pablo Fiol le dijo lo que ya Pepe Corso sabía desde años atrás: «Allí he nacido en 1912 y en esa tienda que hace esquina con Leticia funcionaba la imprenta Garibaldi de mi señor padre, don Ramiro Fiol». Dos veces más se reunieron a charlar en el cafetín y la última vez fue el padre de Tamara quien le propuso tomar unas cervezas en una cantina que él conocía en Cotabambas, pues como ya le había dicho tantas veces este fue su barrio —el de las calles Leticia y Montevideo, Tipuani, Sandia y Cotabambas, Manuel Cuadros, Aljovín y Bambas— hasta cuando tuvo que huir a la sierra porque después del asesinato de los esposos Miró Quesada, en la puerta del Club Nacional, Benavides inició una implacable persecución contra los militantes de base del Partido Aprista.

Antes que Pepe Corso encausara la conversación por el tema que en verdad le interesaba: su militancia aprista —¿cómo y por qué ingresó al partido y qué razones lo llevaron a presentar su renuncia en 1955?—, Pablo Fiol se refirió con ansiedad y amargura, cosa que por momentos abochornaba a Corso, a todos los recursos que empleó para reconciliarse con Tamara. Como los halagos, la humillación o el chantaje sentimental no lograron que ella volviera a ser su nena, su niña, Fiol apeló a la autoridad, la disciplina, el castigo, lo cual no hizo más que aumentar la rebeldía, la irreverencia y hasta el desprecio de una Tamara que entraba a la adolescencia y había tenido su primera relación sexual. Este hecho, que en forma diabólica y sin dirigirle la palabra se lo hizo saber ella, lo hundió en un pantanoso sentimiento de despecho y dolor, pero tanta era la dimensión de su culpa por haberle fallado que sintió no tener ningún derecho moral como para recriminarle su acto.

Empezó a beber y a ausentarse por días de su casa, como años atrás lo hacía cuando tenía que cumplir tareas del partido. Se iba de putas, pero las contrataba no para hacerles el amor, sino para bailar y además lo escucharan hablar del Gran Viejo, don Ramiro Fiol, y de la bella Belén Goyeneche, pero se abstenía de referirse a su fracasada y triste vida conyugal y no osaba pronunciar el nombre de su pequeña Tamara. A pedido de doña Evalina Gayoso, su impenetrable esposa, el partido encargaba a los compañeros que lo buscasen por todos los ambientes con el encargo de decirle que la organización partidaria lo necesitaba para llevar adelante una tarea. Pero Fiol, que desde la fracasada insurrección aprista del 8 de octubre de 1948 (cuya dirección por acuerdo del APRA se le encargó al mayor Arsenio Kymper), había empezado a apartarse poco a poco de una efectiva militancia, con un chilcano de pisco en la mano se limitaba a prometerles, incluso bajo juramento aprista, que muy pronto se reintegraría al partido para retomar la lucha por la revolución peruana. No solo peruana —afirmaba terminando su vaso—, sino, compañeros, la revolución indoamericana. Pero un día, sin haberlo pensado, tomó una habitación en un hotel del Cercado, durmió cuarenta y ocho horas, se duchó largamente con agua fría, se afeitó con cuidado y fue a la sastrería que un compañero del partido tenía por Camaná y le pidió que le confeccionara un terno de urgencia que luego se lo pagaría a plazos. Cuando tres días después volvió a ponerse el terno, ya vestía ropa interior, camisa, corbata y zapatos nuevos. Luego caminó por el jirón de la Unión y en la sombrerería que había en la calle de Palacio con Polvos Azules compró el que sería el último sombrero de su vida. Al abrir la puerta de su casa del jirón Pizarro del Rímac, Evalina, su esposa, lo miró con ojos incoloros e indiferentes y se limitó a decirle: «Igual que usted, su hija Tamara hace varios días que no viene a dormir a casa». Dos días la esperó con ansiedad y cuando al fin regresó tuvo que reprimir el deseo de abrazarla, en cambio ella solo le echó una breve mirada a su nueva indumentaria, pasó de frente a su cuarto y desde allí le gritó a su madre que solo había vuelto a ducharse y cambiarse de ropa y que después saldría volando de vuelta a San Marcos, donde tenía que dar un examen.

Fue entonces que Pablo Fiol hizo un último intento por lograr su perdón y restablecer el diálogo entre los dos. Esta vez le escribiría cartas donde de manera delicada y tierna le explicaría (puesto que siempre supo la razón de la ruptura de Tamara con él) por qué durante años había sido infiel a su madre. Le contó a Corso que le escribió quince o veinte cartas, pero todas las quemó. Solo de una carta Tamara conoció su contenido. En el fondo, dijo, había sido una treta eso de leerla para que toda la familia se enterase del paso decisivo que estaba dando en la vida. Pues llegó a la conclusión que solo de esta manera Tamara podía escuchar de sus propios labios su renuncia definitiva del Partido Aprista. El día que decidió mostrar la carta, todos estaban sentados a la mesa: doña Evalina, los dos hijos menores y Tamara, pero, en realidad, solo lo hizo para ella. Luego de un inevitable preámbulo leyó el texto. Era una carta escueta, equilibrada, sin recriminaciones y denuncias, en que a fin de cuentas apelaba a sus limitaciones personales para fundamentar su salida de la organización partidaria. Corso me comentó que pese a los años transcurridos, Fiol, lleno de vergüenza, recordaba las palabras de Tamara como si las hubiera pronunciado el día anterior. Apenas terminó de leer, ella, poniéndose de pie y después de varios años, miró de frente a su padre: «De vivir mi abuelo sentiría vergüenza de su único hijo. ¿Sabes por qué, Fiol? Porque es la carta de un cobarde que no se atreve a decir la verdad».

Con las confidencias que le hizo en las reuniones

siguientes —me dijo Pepe Corso— entendió que Pablo Fiol había sido estrictamente sincero al centrarse en la razón de su renuncia al APRA. Pero Tamara, que había construido una imagen idealizada de su abuelo —el discípulo de González Prada, el ácrata indomable que pregonaba la «propaganda por el hecho» con el seudónimo de Garibaldi, el combatiente que prefirió quedarse solo antes que traicionar la doctrina anarquista— y no podía olvidar que de niña, cuando iba a visitar a su padre a la cárcel donde estaba preso por sus actividades de conspirador revolucionario, ella lo tenía por héroe, por eso consideró aquella carta como la suma de la cobardía y la abdicación. Debes saber, Morgan —proseguía Corso—, que en esos años se habían publicado las renuncias al APRA de escritores célebres o importantes como Ciro Alegría, Magda Portal y otros, entre las que destacaba el terrible libelo de Alberto Hidalgo (libelo que pasaba de mano en mano por los patios de San Marcos), en que el turbulento poeta confesaba las razones que lo habían llevado a dimitir del partido y a romper su amistad con Haya de la Torre. Aunque en los crímenes que Hidalgo le achacaba al APRA (algunos habrían sido ordenados directamente por Haya), carecían de pruebas y se limitaba a propalar rumores, lo cierto es que existía una leyenda negra sobre Haya y su partido que se remontaba a los años de su fundación y sobre todo a las décadas de 1930 y 1940. Como tantos jóvenes de la época, Tamara había leído el panfleto de Hidalgo («lo leí exaltada —me contó una vez—, la piel se me erizaba y sentía el golpeteo de mi corazón en el pecho»), pero nunca pretendió que su padre escribiera un texto tan feroz. Lo que Tamara le exigía era que (como se lo había ido contando mientras ella crecía) expusiera la creciente desilusión que Pablo Fiol había ido experimentando a lo largo de los años por los vaivenes doctrinarios de Haya y, sobre todo, por la supuesta existencia de códigos y rituales secretos para eliminar enemigos y castigar disidencias y traiciones y por alentar insurrecciones que luego desautorizaba; como la contraorden que Pablo Fiol y su comando recibieron de la dirección del partido de abandonar sus posiciones en el Callao, dejando a la deriva al pobre mayor Kymper, luego de que sus hombres enfundaron sus armas y se negaron a obedecerle. Sí, un texto así es lo que exigía de su padre basándose en la verdad de su propia experiencia. Pero eso se negó a hacer Pablo Fiol.

—¿Qué razones te dio? —le pregunté a Corso.

Pablo Fiol le había dado varias razones. La principal, aunque no la esencial y verdadera como lo comprendió después, era que no quería pasar a la historia como un traidor y renegado, pero no por lealtad al fundador del partido, sino para no mancillar la memoria de los caídos y mártires y los compañeros que aún purgaban condena por actos que cometieron en cumplimiento de su deber de militantes, como el pobre Steer, el asesino de los esposos Miró Quesada y con quien Fiol había tenido una cierta amistad. Otra razón era que creía en la necesidad del Partido Aprista, de su rol en las luchas políticas del país para cerrarle el paso al comunismo internacional, pues en esos años en Pablo Fiol, con ese sedimento anarquista que pese a todo le había inculcado el viejo Ramiro *Garibaldi* Fiol, habían calado los sentimientos anticomunistas que se propiciaba dentro del aprismo, tanto como la propaganda anticomunista del imperialismo norteamericano y la prédica de la propia oligarquía peruana, aunque esta de manera deliberada —enfatizaba Corso— ponía en el mismo saco a apristas y comunistas con el fin estratégico de detener las demandas de las masas populares. Sí, por lo menos en esos años, Pablo Fiol era un convencido anticomunista, posición que fue morigerando leyendo a escondidas los libros marxistas que llevaba a casa Tamara; si bien no era la búsqueda de la verdad o el conocimiento lo que lo impulsaba, sino su deseo nunca superado de reconquistar el cariño y respeto de su hija y de restablecer o reconstruir el diálogo interrumpido: esas deliciosas pláticas llenas de complicidad que mantenía con la pequeña Tamara lo hacían olvidar carencias y nostalgias que la vida le había impuesto.

El día que Pablo Fiol le sugirió tomarse unas cervezas en la cantina de Cotabambas —esa mañana, después de haberse negado a recibir visitas, varios días después de la operación, cuando Tamara solo permitió que la vieran Emperatriz y Pepe Corso y no su padre— le confesó las razones o la razón de fondo de su ingreso y posterior renuncia al APRA.

—Desde el comienzo hubo un equívoco. O un engaño en mi militancia partidaria —le dijo Fiol después de haber permanecido en silencio durante los primeros vasos de cerveza—. ¿Sabes? Yo era de otra madera. Me faltaban cualidades. Pero no me entiendas mal, hijo. No soy cobarde. O por lo menos soy capaz de controlar el miedo. En varias ocasiones fui golpeado, una vez torturado y fui castigado en más de una oportunidad. No quiero alardear, pero una vez soporté sin quebrarme cuando el alcaide de El Frontón me confinó en el Peñón. Con esto no quiero decirte que fui un héroe, como me consideraba mi pequeña Tamara. Solo me comporté como un hombre que tiene algo de honor.

Recuerdo que le pregunté a Corso —sin burla, sin ironía; pero teniendo presente todo lo que Tamara me había contado de su padre— sobre cuál era la madera, la fibra, de que estaba hecho Pablo Fiol. Entonces Pepe Corso me refirió aquella larga charla, recargada de anécdotas y detalles, que solo la podía expresar alguien que creía haber encontrado, después de tantos años de silencio obligado, al interlocutor capaz de interceder por él ante la verdadera destinataria de la historia. Por desgracia, por imposiciones estéticas, constructivas y funcionales, solo me limitaré a resumir unos dos o tres momentos significativos de la vida del padre de Tamara Fiol.

De niño Pablo Fiol era un chico alegre, abierto, carismático, pues su madre, Belén Goyeneche, con su belleza, su humor y su picardía y sus canciones, contrarrestaba la imagen demasiado imponente y grave y a veces furiosa de su padre. Pese al temor que le inspiraba, por mediación de ella, existía el diálogo entre padre e hijo. Incluso no le desagradaba escuchar las discusiones que se armaban cuando se reunían en la quinta los Lévano, el «ciudadano Barba», Del Barzo, Pedro Gori y papá Ramiro, porque siempre rondaba la figura de mamá aligerando las tensiones que suscitaban las discusiones políticas y doctrinarias. En compensación de estas sesiones beligerantes, la pequeña familia salía de paseo por el jirón de la Unión, iban una vez cada quince días a ver las películas que proyectaba el cine Excelsior y entraban a la confitería, la fuente de soda y la botica francesa a tomar el té acompañado de pastas y dulces. Pero todo esto terminó cuando Belén Goyeneche falleció intempestivamente en el hospital Dos de Mayo, mientras las masas obreras celebraban por las calles del centro de Lima el triunfo de la lucha por la jornada de trabajo de ocho horas. La otra cosa que nunca pudo olvidar el futuro padre de Tamara fue el discurso sinuoso, confuso, más bien delirante del cual solo entendió que el viejo, su padre, pretendía quemar, incinerar, el cuerpo de mamá, porque, como todo ácrata, era materialista y ateo. Fiol le confesó a Corso que no derramó ninguna lágrima mientras hablaba el Gran Viejo, don Ramiro *Garibaldi* Fiol, pero dio rienda suelta a su llanto escondido en el remoto cuarto que servía de depósito de herramientas y trastos abandonados del caserón de los italianos. Y recordó que nunca se sintió más feliz que cuando la tribu de los Goyeneche —la familia de mamá Belén—, entre ruegos y llantos, lograron que el viejo revocara su propia decisión y permitió que la sepultarán en el Presbítero Maestro.

Después siguieron los años más duros porque tuvo que vivir bajo la tiranía de su padre. El día que Pablo cumplió doce años, como no lo había hecho desde la muerte de su madre, el viejo lo invitó a tomar un helado en la fuente de soda del jirón de la Unión. Recordaba que no pudo disfrutar del helado y otras golosinas, por el terrible silencio en que se abismó su padre. Después, ya de vuelta a casa, le dijo que a partir del día siguiente entraría al taller como aprendiz de tipógrafo, pero que empezaría como mozo de limpieza. No quería que su único hijo creciera como un niñito bien, como los hijos de los ricos, ociosos, zánganos y sinvergüenzas. Le dijo, además, que algún día él heredaría la imprenta Garibaldi, de modo que habiendo empezado de abajo y conociendo todos los secretos del oficio los operarios y obreros no le robarían ni se lo comerían vivo. Dentro del taller, el viejo se había vuelto un tirano, un déspota que insultaba en italiano a su personal. Y, salvo el escultor Pedro Gori, ya no lo visitaban sus antiguos compañeros de lucha. Sin embargo, una vez a la semana, suspendía las labores por una o dos horas para explicarles la doctrina anarquista y lo que la diferenciaba de la doctrina socialcomunista. Les hablaba de Proudhon, de Bakunin, de Nechaiev, de Kropotkin, de Malatesta y del maestro González Prada, cuyo libro *Pájinas libres* él había compuesto tipo por tipo. Luego les contaba la gesta histórica de los ácratas que se inmolaron en los distintos reinos de la tierra, eliminando a los explotadores de la clase obrera. Estas charlas, recordaba Pablo Fiol, le producían una mezcla de exaltación y vergüenza, pues los operarios, que aparentaban escucharlo con atención, apenas el viejo les daba la espalda, le hacían gestos obscenos y otras muecas que daban a entender que al viejo Garibaldi le faltaba un tornillo y que estaba rematadamente loco. Pero siempre había algún piadoso entre los operarios tratando de defenderlo o de explicar su conducta diciendo que el viejo se hallaba trastornado de dolor desde la muerte de su esposa, doña Belén.

Un día, recordaba Pablo Fiol, acompañado por su madre —una mujer espantosamente delgada pero con un rostro que debió ser lindo en su juventud— llegó al taller un muchacho de unos dieciséis o diecisiete años. Con apariencia y una voz que no se sabía si eran de ruego o de mando, la mujer entregó a su hijo al amo de la imprenta Garibaldi para que le enseñara el oficio de obrero gráfico. Pablo nunca recordó bien su nombre, ¿Alejandro, Abelardo?, pero no olvidó el aspecto del muchacho. De piel despercudida y amarillenta, era huesudo y carecía de ángel y proyectaba un aura sombría y desagradable. Pero se convirtió en el mejor oyente de las charlas de don Ramiro Fiol. El muchacho lo escuchaba con unción, con los ojos muy abiertos y fervorosos. Incitado por la mirada cargada de preguntas, el viejo Fiol comenzó a contarle la historia de los grandes atentados anarquistas, contra zares, potentados y militares y policías. Le contó, con muchos detalles, el último atentado de Sarajevo que había desencadenado la Primera Guerra Mundial. Después de terminada la jornada, el viejo continuaba dándole las lecciones a ese chico a quien tomó como su pupilo, quien además compartía la mesa familiar y dormía en una tarima dentro del taller. Pablo Fiol reconocía que había sentido celos y envidia del joven, porque sospechaba que el viejo hubiera preferido que ese extraño joven fuera su verdadero hijo. Menos mal, recordaba el padre de Tamara, unos seis u ocho meses después, el joven desapareció de la imprenta sin dejar rastro alguno. El viejo, que no supo más de él, se volvió aun más neurótico, gruñón, autoritario y por las noches, ya en la casa de la quinta, padre e hijo comían en silencio, sin cruzar palabras, y cuando él se iba a dormir escuchaba al viejo caminando por la sala como un animal enjaulado o un reo en su celda, mientras mascullaba palabras ininteligibles.

Unos años después, Pablo Fiol ingresó en San Marcos después de la caída de Leguía. Eran años de luchas y efervescencias. Como tantos, como todos los jóvenes de esos años, lleno de temores y esperanzas siguió las noticias de la revolución de Trujillo, en que Sánchez Cerro terminó aplastando sangrientamente a los militantes apristas y al pueblo trujillano. Se decía que Sánchez Cerro había escapado a varios atentados preparados por el APRA. Hasta que una tarde corrió la noticia de que este había sido herido de muerte a la salida del hipódromo de Santa Beatriz por un militante aprista. Por la radio y en ediciones especiales de los diarios, se informaba que el autor del atentado había sido herido y cosido a balas y ballonetazos por la guardia de seguridad de Sánchez Cerro. Como se lo contó años después el escultor Pedro Gori, el Partido Aprista no reconoció la autoría del magnicidio y pasaron tres días sin que nadie se hubiera acercado a la morgue a reconocer el cadáver del asesino terrorista. Pero para sorpresa de todos —le contó Pedro Gori—, al quinto día don Ramiro Fiol, acompañado de la mujer espantosamente flaca y ahora vestida de negro, se hizo presente a ese depósito de muertos anónimos y pobres y tras reconocerlo reclamó el cadáver del joven a quien él, años atrás, le había inculcado los principios y las metas del anarquismo libertario.

La inmolación de Abelardo Mendoza Leyva —este

era el nombre del asesino de Sánchez Cerro— repercutió en la conciencia de los jóvenes de la época y durante meses se convirtió en tema obligado de ardorosas discusiones. ¿Era legítimo quitarle la vida a un ser humano? ¿Pero un dictador cruel y sangriento como Sánchez Cerro todavía pertenecía al linaje humano? ¿No lo llamaba Alberto Hidalgo hijo de cerda y excremento? Pablo Fiol rehuía estas controversias con sus dos amigos de barrio, Calvo y Chichizzola, que como él eran hijos o nietos de italianos. Tenía ganas de vivir y, ahora que estaba clausurada la Universidad de San Marcos, debido al clima de violencia política que se vivía, se sentía muy cómodo en el mundo, mucho más porque se daba cuenta de que resultaba atractivo para las mujeres, a quienes veía pasar por el jirón de la Unión, tomar té en las confiterías o bailar en el Palais Concert o en el restaurante de la plaza de la Exposición. Sin embargo, en medio del jolgorio y el frenesí de los bailes, se le presentaba el rostro del muchacho Mendoza Leyva con sus ojos absortos, en las palabras del viejo, durante la temporada que estuvo de aprendiz en la imprenta Garibaldi. De regreso a casa, algo achispados por los capitanes que tomaban en la trastienda del japonés de la calle Bambas, Calvo y Chichizzola retomaban una discusión que había empezado desde que ingresaron en San Marcos. Calvo se orientaba hacia el socialismo y defendía la figura de Stalin, no obstante que *El Comercio* y *La Prensa* comenzaban a denunciar los juicios secretos de Moscú que eran, afirmaban, farsas siniestras, mediante los cuales Stalin iba eliminando a sus opositores. Chichizzola, cuyo padre era el contador de la fábrica D'Onofrio y era lector de *Il Popolo d'Italia*, no ocultaba sus simpatías por Mussolini y por su política imperial en Abisinia. Al abrir la puerta de su casa, Pablo sentía que se le estrujaba el corazón, no porque el viejo le recriminaría por llegar después de la diez de la noche a casa, sino porque lo encontraba dormitando con las páginas de ediciones pasadas del periódico de Malatesta, *La Umanità Nuova*, mientras la púa del gramófono seguía rasguñando alguno de los discos de su colección de ópera que años atrás escuchaba acompañado de Belén Goyeneche.

Ya en su cuarto, Pablo Fiol se mostraba descontento consigo mismo por no haber intervenido en las discusiones de Chichizzola y Calvo. ¿Qué pensaban de la divisa anarquista de «la propaganda por el hecho»? ¿Qué efecto práctico había traído la eliminación de Sánchez Cerro? En los días siguientes dejó de ver a sus amigos de barrio y empezó a buscar la compañía de jóvenes simpatizantes del APRA. Uno de estos, Miraval, dos o tres años mayor que él, le reveló que era no solo un simpatizante sino que tenía el honor de haber sido admitido en el partido de Haya de la Torre, quien, libre ya de la penitenciaría, ahora vivía en la clandestinidad. Miraval estaba de acuerdo con los atentados, «con los hechos como propaganda», siempre y cuando se hiciera dentro de una organización partidaria revolucionaria que tiene metas claras de cómo llegar al poder, no como pretendían los anarquistas, que propugnaban los actos terroristas por los actos mismos y desdeñaban toda organización y disciplina porque en el fondo el credo anarquista era una utopía que exaltaba el individualismo. En cambio, los apristas debían renunciar a todo individualismo egoísta y ponerse al absoluto servicio del partido. Le prometió que muy pronto lo llevaría para que conociera al jefe, Víctor Raúl Haya de la Torre, pero antes debía escuchar al compañero Heysen y a otros que habían sobrevivido a la represión del *Mocho* Sánchez Cerro. Heysen era blanco y fuerte, de bigote y lentes. Les habló —pues Miraval lo puso en contacto con otros jóvenes— de los fusilamientos en Chan Chan y el Estadio Mansiche en Trujillo, del martirologio, de las catacumbas, de las cárceles, de las duras pruebas a que serían sometidos, pruebas de las cuales saldrían fortalecidos los que merecían ser apristas y entrar al servicio de Víctor Raúl, bajo cuya conducción el APRA llegaría al poder.

Un día Miraval llegó eufórico a San Marcos, porque entre tanto habían reabierto la Casona, y le anunció que muy pronto el jefe tendría un coloquio con la juventud universitaria más selecta. Cuando llegó el día —en realidad, fue una noche— Pablo Fiol tenía sentimientos encontrados frente al líder aprista. La prédica constante del viejo Fiol acusando a Haya de caudillismo, de megalomanía y de tener simpatías por Mussolini, cuyos gestos imitaba en sus discursos, había surtido su efecto, también estaba lleno de aprensiones y dudas. El coloquio tuvo lugar en una quinta de Barrios Altos, llegó al sitio después de pronunciar varias contraseñas a vigías apostados en diferentes puntos del barrio que se ocupaban de la seguridad. Haya de la Torre era alto, corpulento, algo entrado en carnes, de mandíbula pronunciada, frente amplia sobre el que caía un mechón. En conjunto tenía el aspecto de los señorones como los que había visto por el Club Nacional, al comienzo le desagradó su voz estridente, un poco chillona, pero de la cual se fue olvidando a medida que Víctor Raúl iba avanzando en su discurso, convincente, irrebatible e irresistible. En la primera parte de su coloquio, Haya habló de asuntos de doctrina: antiimperialismo, justicia social, pan y libertad (lo que diferenciaba al APRA del comunismo), Indoamérica como una única nación; y en contra del comunismo internacional, cosmopolita, revalidación del nacionalismo basado en la sangre, el destino y la cultura incaica. En la segunda parte se ocupó de cuestiones estratégicas y tácticas de lucha. Afirmó que el aprismo tenía que luchar contra dos enemigos. Los primeros eran los oligarcas, los terratenientes, los barones del azúcar, el Ejército en el que, sin embargo, existían militares patriotas que el partido debía saber ganar para sus propios fines. El otro enemigo era el comunismo, un enemigo, si se quiere más peligroso, subvencionado por el oro de Moscú, contra los cuales había que luchar en las calles, en los mercados y más aún entre las masas obreras, en los sindicatos y el movimiento universitario. Unos días después Miraval le dijo: «Es el momento de mostrar tu adhesión al partido integrando las fuerzas de choque para boicotear la juramentación de la directiva roja del sindicato de textiles porque fue elegida con medios fraudulentos». Cuando llegaron a las inmediaciones del local sindical de Vitarte, Miraval le entregó una manopla, porque había que estar preparado contra la violencia de los rabanitos. No fue miedo lo que sintió —le confesó Fiol a Corso—, sino que lo invadió una sensación extraña, como si fuera a cometer un acto ajeno a sí mismo, y secretamente se prometió evitar en todo lo humanamente posible la violencia. Pero apenas ingresó con la fuerza de choque —a la que los adversarios rabanitos llamaban búfalos— se vio en medio de una terrible gresca, y cuando después trataba de recordar el enfrentamiento no supo discernir en qué momento se puso la manopla y se unió a la lucha en la que también recibió algunos garrotazos.

La próxima vez que Miraval lo visitó le dijo que había pasado la prueba y que ahora lo llevaría a una reunión más selecta. Esta vez Haya de la Torre no les habló de política o por lo menos no de manera directa. Años después le contaría a la pequeña Tamara que Víctor Raúl era un conversador apasionante, erudito en muchos temas, pero sobre todo se dirigía a uno por uno de los asistentes como un padre o un tío, les alborotaba el cabello casi con ternura preguntándoles por sus familiares y secretos sueños. En la siguiente reunión el grupo de jóvenes se había reducido a diez, pero no fue Haya quien les habló, sino otro dirigente al que nunca antes habían visto y vestía con terno muy oscuro. Les habló de los enemigos que tenía el APRA, los que siempre se opondrían a su ideario e impedirían su llegada al gobierno para llevar adelante el programa de reformas políticas y sociales que haría del Perú un país próspero con justicia social. En la última reunión a la que lo convocaron, solo fueron cinco los asistentes. El mismo compañero vestido de oscuro les dijo que el partido había hecho una selección más rigurosa porque quería jóvenes más valientes y leales y estuvieran dispuestos a inmolarse por el partido y su jefe, Víctor Raúl Haya. De todos los enemigos —les dijo— que tenía el partido, el más peligroso y feroz era el diario *El Comercio*, de propiedad de una familia de oligarcas, de origen extranjero, que durante la guerra con Chile había confraternizado con los invasores chilenos, apenas tres años atrás había apoyado la masacre que propició Sánchez Cerro contra el partido y el pueblo trujillano, sus simpatías por el fascismo eran abiertas y ahora incitaba al gobierno de turno a ser más implacable en la persecución de los compañeros y a aumentar la soplonería para que dieran con el paradero del compañero jefe, Víctor Raúl. Al final preguntó qué es lo que debería hacerse para acallar a enemigo tan peligroso. Pablo Fiol, recordó a su padre, era el momento de ejecutar una propaganda con un hecho extremo, y se sumó al coro que juraba inmolarse por el partido. Después sugirió que se eligiera al azar, como en una ruleta rusa, al encargado de la ejecución. Pero en ese momento se puso de pie el muchacho Steer ofreciéndose como voluntario. Antes de dar por terminada la reunión, el compañero responsable les pidió guardar el secreto de todo lo que se había discutido y acordado y hasta que el partido lo creyese conveniente no debían reunirse ni conversar ni siquiera saludarse.

El mismo día, cuando se supo del asesinato de los

esposos Miró Quesada, por la mañana Calvo lo abordó en el patio de Derecho. ¿Qué había sido de su vida? ¿Es que se había olvidado de los viejos amigos? ¿Era verdad que ahora solo frecuentaba a los compañeros apristas? Le contó a Corso que se sintió obligado y hasta en la necesidad de intercambiar ideas con su amigo y le confesó sobre el camino partidario que había tomado. Calvo lo escuchó en silencio. ¿Creía de verdad —le preguntó luego— en Haya de la Torre? ¿Había investigado cuál era su origen de clase? ¿Ignoraba que pertenecía a una familia de terratenientes y a la más rancia aristocracia trujillana? ¿Sabía que mientras los militantes de base eran perseguidos, Haya era huésped secreto del propio general Benavides? Pablo Fiol palideció. ¿Con qué derecho moral hablaba? ¿Qué podía decirle de los crímenes de Stalin? Muchos años después, Fiol recordaba con tristeza este momento, pues con Calvo habían mataperreado por el barrio cuando eran niños y no hacía muchos meses que perseguían mujeres, se sabían de memoria las canciones de Gardel y hasta habían aprendido a bailar el tango, el pasodoble, el bugui bugui y hasta la rumba en las verbenas de Sandia con Aljovín. Hacia el atardecer, cuando cumplía turno en la oficina de la imprenta de su padre, desde los talleres corrió el rumor que acababan de asesinar al director del diario *El Comercio* y a su esposa a la salida del Club Nacional. El autor del atentado, decía la radio, se apellidaba Steer, un joven de familia decente, con sangre inglesa corriéndole por las venas, blanco y de rostro delicado pero con los ojos alucinados y crueles de los fanáticos, vinculado al Partido Aprista según el primer informe de la Policía. Al parecer el objetivo del atentado había sido solo el director del importante diario, pero la esposa habría sacado un pequeño revólver de la cartera para defenderlo, entonces Steer terminó de descargar en ella el resto de balas de su arma. Pablo Fiol quiso ir corriendo al lugar del atentado, pero el viejo Fiol lo cogió del brazo y como si le calara el alma le prohibió salir, diciéndole que toda la plaza San Martín debería estar llena de soplones. En la madrugada golpearon la puerta del departamento y el joven Fiol creyó que la Policía venía a arrestarlo. Se adelantó a abrir para no comprometer a su padre, por ventura no era la Policía, sino un compañero a quien había conocido en el trabajo que hicieron en el sindicato de textiles. El compañero le informó que Miraval había sido detenido junto con muchos otros compañeros y que la orden del partido era que esta misma mañana tomara el primer tren a La Oroya y que luego continuara a Huánuco, donde los amigos del partido le prestarían auxilio mientras en Lima se tranquilizaba el ambiente. Dos horas después al abordar el tren en la estación de Desamparados un sujeto desconocido le entregó un papel (que luego, le dijo al oído, debía destruir) con los dos nombres de los compañeros a quienes tendría que reportarse apenas llegase a la ciudad.

Pablo Fiol le contó a Corso que si él hubiera caído bajo la tutela de don Víctor Funegra Trujillo, director de *Renovación*, órgano periodístico del APRA en Huánuco, la temporada de ocho meses que pasó en la ciudad habría influido en su vida de manera diferente. Pero cuando Fiol finalmente llegó a la legendaria ciudad de León de Huánuco, el prefecto había clausurado el semanario y enviado preso a su director a Lima. De modo que golpeó la aldaba de la gran casa de don Bernardino Gayoso, quien advertido de su llegada le brindó alojamiento y hospitalidad que, velado por una sombra de culpa, el padre de Tamara recordó por el resto de su vida. Unos días después de haberlo instalado en una amplia recámara, con cierta independencia con el resto de la vivienda, don Bernardino lo llevó a su biblioteca, le invitó a probar un exquisito aguardiente de primera y después del brindis le reveló (y lo hacía para que no hubiera equívocos en el futuro) que él no era aprista, sino un hombre que sentía respeto por cualquier partido que aspirase traer la justicia social al país. Y por eso le daba de nuevo la bienvenida a su hogar, donde sería bien atendido durante su permanencia en Huánuco.

El señor Gayoso le dijo que él no era un político, sino un profesor aficionado a la historia y la arqueología y miembro de la sociedad esperantista del mundo, parte de ese puñado de personas que algunos tildan de ilusos, pero que siguen creyendo que cuando se instaure en la Tierra una lengua única y universal advendrá la paz y la justicia entre los hombres. Luego don Bernardino Gayoso lo hizo pasar al salón donde estaba la familia entera; no obstante —le confesó Fiol a Pepe Corso—, sus ojos solo se fijaron en la hija mayor: era una joven bella, espigada, de expresión inteligente y algo melancólica, y entonces, con la misma convicción de don Ramiro Fiol cuando vio por primera vez a Belén Goyeneche, supo que era la mujer que le había reservado el destino para que la amara y la hiciera su esposa. La joven se llamaba Gudelia; la madre, doña Edelmira, había una tía o prima con aspecto de solterona llamada Eugenia, un hijo varón adolescente de nombre Noé, y la última hija, que entraba a la pubertad, de nombre Evalina, era una chica callada, de expresión neutra (nunca sonreía), cuya vocación, ya aceptada por doña Edelmira, era servir a Cristo como monja de clausura.

En la casa de los Gayoso Villamil tenían lugar dos tertulias quincenales, una que presidía don Bernardino y la otra su hija Gudelia, a las cuales el joven Fiol fue invitado a participar. Los que participaban en la primera eran todos varones que ya habían traspuesto los cuarenta años. A diferencia de las tertulias de su padre que él había presenciado desde que era niño, la política y los asuntos doctrinarios no ocupaban el centro de las charlas. Los temas que en ellas se discutían eran de tipo cultural y científico. Los contertulios —Varallanos, Cardich, Pulgar Vidal, Parra Morzán, Villarreal Vara— eran historiadores, arqueólogos, palenteológos, geógrafos, pero tampoco faltaban los poetas y músicos. Años atrás habían sacado la revista *Sierra*, entre cuyos colaboradores se encontraba Adalberto Varallanos, quien —aseguraban— hubiera llegado a convertirse en una figura estelar en las letras nacionales si no hubiera muerto a los veinticuatro años, y Esteban Pavletich, también poeta y escritor, pero ganado por la política, por el comunismo, lo que lo había llevado a incorporarse a las guerrillas sandinistas de Nicaragua, cuyo jefe, Sandino, había sido asesinado un año atrás por los imperialistas norteamericanos. Pablo Fiol le confesó a Corso que en esas tertulias había aprendido mucho más de lo que le enseñaron en San Marcos, sobre Huánuco, los Andes y el Perú.

Aún con todo, las veladas, las *soirées,* que Gudelia Gayoso organizaba con sus amigas resultaron sus preferidas y esperaba cada vez con ansiedad creciente que llegase el día de la reunión. Gudelia tocaba al piano sencillas piezas de Mozart, Beethoven y Chopin y terminaba con piezas de autores huanuqueños, como Alomía Robles, cuyo «Himno al Sol» y «Amanecer andino», conmovieron al joven Fiol, tanto por las composiciones mismas como por la interpretación de Gudelia. Después se leían poemas de ellas mismas —Graciela Briceño, Inés Laffose y Celinda Albornoz—. Pablo Fiol se dio cuenta de que la mejor de todas ellas, la que acaso tuviera una fina sensibilidad poética era la chica Briceño, quien en una de estas veladas sorprendió a todos leyendo una parodia, jocosa e impropia de una señorita de sociedad, de la famosa *Epístola de Amarilis a Belardo.* Gudelia no escribía versos, pero, en la segunda reunión que tuvieron, leyó el cuento «La muerte de los veintiún años», de Adalberto Varallanos. El padre de

Tamara le contó a Corso que el cuento le pareció impactante, raro, tal vez algo mórbido, pero lo impresionó más la lectura dramatizada de Gudelia, que terminó con la voz quebrada y los ojos humedecidos. Recordaba también que al final las amigas parecieron turbadas sin saber qué decir. Y en la puerta del salón vio la figura de la hermana menor, Evalina, que en silencio y gesto impenetrable miraba a su hermana mayor.

Entonces, para romper esa atmósfera donde se percibía un dolor extraño, Celinda Albornoz empezó a poner en el gramófono los últimos discos que un pariente suyo le había enviado de Lima. Eran pasajes de zarzuelas, valses melódicos, pasodobles, polcas, corridos mexicanos. Después se animaron a bailar entre ellas, salvo Gudelia, que se disculpó de hacerlo. Pero cuando pusieron los tres últimos discos —un tango, un foxtrot y una rumba— ninguna se atrevió a salir a bailar. Fue en ese momento que, en un rapto de audacia que nunca antes lo había tenido, Pablo les dijo a las jóvenes que si deseaban aprender a bailar esos nuevos ritmos él podría convertirse en maestro de baile ad honórem. «¿Qué te parece si empezamos por el tango?», le propuso Graciela Briceño, mientras Celinda volvió a poner en el aparato el tango de Gardel «Cuesta abajo». Cuando empezó a ejecutar los primeros pasos, Pablo Fiol observó que del rostro de Gudelia había desaparecido el dolor, la amargura, solo una leve melancolía reflejaban sus ojos, pero como le explicaron después eso era consustancial a su ser. Entre tanto, del dintel de la puerta había desaparecido la hermana menor.

Le contó a Corso que las semanas siguientes comprendió que por primera vez en su vida estaba enamorado. Conversaban cada día, hablaban de libros, de sus padres, de sus sueños y siempre a pedido suyo Gudelia interpretaba en el piano partituras de música ligera como la del maestro Lecuona. Pero cuando Fiol se disponía a hablarle de sentimientos íntimos, Gudelia cambiaba de conversación o desaparecía del salón. Graciela Briceño, con quien se había citado en el atrio de la catedral, le reveló que Gudelia estaba atada a un juramento de amor y fidelidad a un muerto. ¿A un muerto? Sí, a un muerto, a un fantasma, a una fantasía. Años atrás, cuando tenía trece años vio por única vez al hombre que, al instante, en medio de un estremecimiento, le inspiró ese sentimiento hasta entonces desconocido en que se mezclaban el amor, la ternura y el dolor. El hombre, muy joven aún, fue Adalberto Varallanos, quien vino por última vez a Huánuco dos años antes de morir de tuberculosis en el sanatorio de Jauja. Gudelia, que se sintió como una pequeña viuda, le guardó luto y le juró que permanecería fiel a su recuerdo el resto de su vida. Qué romántico, qué pueblerino, qué ridículo, pensó para sí Pablo Fiol sintiéndose deprimido y desesperanzado, pues podía luchar con un rival vivo, ¿pero cómo hacerlo con un muerto? ¡Claro que podía luchar! ¡Claro que la podía liberar de un juramento proferido por una niña! La poetisa Briceño le contó que ella y todas sus amigas la habían sondeado y llegaron a la conclusión de que también Gudelia estaba enamorada de él. «¿Y los padres, don Bernardino y doña Edelmira, aceptarían sus amores y lo considerarían un buen partido para su hija?». Ella y sus amigos tenían la seguridad que sí, porque les constaba que admiraban sus cualidades de caballero y de joven, con un porvenir brillante. «¿Y qué opinará la hermana menor?», le preguntó. Le respondió que no tenía que preocuparse en absoluto por ella. Esa santurrona ha prometido entrar como monja de clausura al convento de Santa Anita, y ya desde ahora ha hecho votos de silencio y nunca sonríe porque las monjas le han inculcado que mostrar los dientes es un acto pecaminoso, aunque anda enterada de todo lo que ocurre en casa escuchando a través de paredes y puertas.

De modo que Pablo Fiol habló con los padres. Les dijo que si estaban dispuestos a darle la mano de su hija, él sería el más feliz de los hombres y el más fiel y trabajador de los maridos. Pero por el momento les rogó que aún no le contaran a ella de esta conversación hasta que le declarase de manera personal su amor. Fiol le contó a Corso que durante toda esta temporada se había olvidado de su condición de militante aprista y la razón por la que había venido a Huánuco. Ah, y se había olvidado también del viejo Ramiro *Garibaldi* Fiol y de su maldita utopía libertaria. Ahora comprendía que no estaba hecho para la política ni para cambiar el mundo. Solo deseaba gozar del placer conyugal y ser feliz. Se convertiría en agricultor en algunos de los fundos que tenía la familia o tal vez pondría una imprenta para divulgar la rica cultura huanuqueña. Por fin se declaró y Gudelia le confesó su extraño caso de amor, pero que siempre había estado a la espera del forastero alegre y gentil que un día llegaría a la tierra huanuqueña para liberarla de su juramento. Y tú eres, mi amor, el caballero que me liberará del luto eterno que llevo en mi corazón. Pero en esos días llegó un telegrama en clave, proveniente de Lima, donde el partido lo conminaba a que retornara de inmediato. Pablo Fiol le enseñó el telegrama a Gudelia y luego a sus padres, y todos estuvieron de acuerdo con que, como hombre de honor, era necesario que viajara a la capital y les anunciara a los dirigentes del APRA el compromiso adquirido y presentara su renuncia del partido. Desde que llegó a esa casa, siempre había tenido pensamientos honestos con la que sería su esposa, por eso la víspera de su partida le sorprendió hallar en su mesa de noche un papel con el siguiente verso escrito a mano: «Mi cuerpo es tu casa / entra y enciende el hogar». Y así había surgido el deseo por el cuerpo de

Gudelia. Cuando ya todos estaban durmiendo en la casa, sintió que ella golpeaba la puerta. No la hizo esperar. Pero cuando abrió entró Evalina, la hermana pequeña, y sin sonreírle ni decirle palabra alguna se despojó de su camisón, y Pablo Fiol, al ver el cuerpo desnudo y pubescente, sintió la pulsión del deseo hasta entonces por él desconocido.

Antes de que amaneciera —la muchacha había vuelto ya a su alcoba— salió con su maleta por el postigo y sintiéndose el hombre más infame del mundo, tomó el primer vehículo que lo sacó de la ciudad. Pocos días después de llegar a Lima, Pablo Fiol fue tomado preso y permaneció encerrado en el Panóptico; salió libre por unos meses pero fue apresado otra vez, y en esta oportunidad lo trasladaron a El Frontón. Como le había escrito y prometido años atrás a don Bernardino y a doña Edelmira, cuando de nuevo quedó libre, viajó a Huánuco para casarse con Evalina y traer a su pequeña hija de cinco años, a quien don Bernardino Gayoso le había puesto el nombre de Tamara.

VII

...«(Pero esto es lo único que) por el momento te diré de Arancibia». Así, según recuerdo, terminaba la frase final del segundo casete. Entonces ocurrió el percance que, como lo he señalado al inicio de esta secuencia, me hizo perder entre quince y veinte minutos de esta «entrevista» telefónica. No es la primera vez, ni será la última probablemente, que me ocurre un accidente con grabadoras y ordenadores (en más de una oportunidad he perdido en mi ordenador el texto completo de un reportaje, que tuve que volver a reconstruir), consecuencia de una distracción, impericia y, sobre todo, de la ansiedad con que acometemos una tarea. Naturalmente, olvidé presionar el botón adecuado al colocar el tercer (y último) casete.

Después de la plática con Tamara Fiol a lo largo del día, en los ratos libres, estuve escuchando de aquí y de allá fragmentos de la larga confesión. Pero solo horas después, cuando en el departamento de Muriel escuchábamos la totalidad de la grabación, reparé en el daño que yo mismo había causado. Sé que mi reacción fue desmesurada y francamente ridícula. Puteé contra el mundo entero, contra el artefacto, contra la industria japonesa, contra mí mismo y tuve que hacer un enorme esfuerzo para no extender mis diatribas a Muriel que me pedía calma, diciéndome que el estropicio no era irreparable. Cuando fui volviendo a la cordura, Muriel me miró divertida (y ahora que evoco la escena, también algo celosa) y me hizo una serie de bromas e insinuaciones sobre la naturaleza de mis afectos hacia Tamara Fiol que me hicieron sonrojar. ¿Qué pensar de todo un corresponsal de guerra que cae hechizado por su entrevistada? ¿Dónde quedaba mi experiencia mundana? Pero este no es el momento de referirme al asunto.

Claro que como me sugería Muriel (cosa además que había hecho en mi primera entrevista) yo podía reconstruir el discurso de Tamara con exacta fidelidad en cuanto al sentido, pero me hubiera gustado reproducir, como ocurrió en la primera charla que tuve con ella, las particularidades de su voz con todos sus énfasis y matices. Así que aquí me limitaré a hacer un brevísimo resumen de todo lo que ella dijo y se perdió en esos (para mí) fatales minutos.

Curiosamente volvió a mencionar el nombre de Arancibia (lo cual hizo que los ojos de Morgan se iluminaran de codicia y esperanza) al volver al tema de su vida universitaria, de los círculos de estudio en que participó, de su etapa de dirigente de la Federación de Estudiantes del Perú, de su paso por la Juventud Comunista, si bien como de pasada y llena de reticencias. Recuerdo que le pregunté en qué año rompió con el APRA. Hizo un gesto de sorpresa y de desagrado. Dijo que nunca había sido aprista, que aquello de sus desfiles como chapista saludando el retrato de Haya de la Torre fueron cosa de niños para ser aun más amada por su padre. Después de «la traición ‹del traidor›» (estas fueron sus palabras) todo este pasado se esfumó para siempre sin nostalgias ni remordimientos. Me dijo que quizá en la última entrevista que iba a concederme hablaría, si fuese necesario, de sus enfrentamientos, no solo oratorios y de diatribas verbales sino físicos, con la bufalería, que la integraban varones y mujeres fanáticas. Esto es algo de lo que nadie habla, aseveró. Sí, había también mujeres búfalas (y aquí nombró a una conocida dirigente aprista), como las que llegaban al Mercedes Cabello provistas de manoplas y garrotes. Entonces tuvo un acceso de tos. Era el tercero en realidad, pero este fue más fuerte y prolongado. Alcanzó a disculparse, pidiéndome sin embargo que no colgara el teléfono. Al otro lado de la línea escuché otra voz e intuí que era Malenita que acudía a suministrarle auxilio. Debía dormir cerca del cuarto de Tamara, pues no demoró ni un minuto en hacerse presente. Malenita la conminó a cortar la charla y a dormir. «No es nada, encanto. Ya todo pasó», alcancé a oír que le decía mientras apuraba el vaso de agua que seguramente la enfermera ponía en sus labios. Luego otra vez se puso al habla y no aceptó de ninguna manera que terminara la plática, salvo, me dijo, que ya estuviera yo cansado y aburrido. No quiero abusar, le dije, compréndelo, amiga. Con una voz algo dura y fría, me repitió: «¿Qué otra cosa quieres saber? Yo no tengo mucho tiempo por delante, varón. Así que aprovechemos el tiempo que nos queda». Sintiéndome mal y vil, le pedí que me contase algo sobre los efectos que tuvo en su vida el accidente que sufrió. Me pareció que tomaba otro sorbo de agua y luego con voz muy serena, como si nada hubiera ocurrido, empezó a responderme. Un minuto después reparé en el estropicio que nuevamente había cometido y entonces presioné el botón adecuado.

TF: ...Tenía veintinueve años. Me había graduado en Química, había abandonado la Juventud Comunista, tenía un departamento para mí sola, había empezado a olvidar las traiciones de mi padre y, sobre todo, había acabado después de haberlo intentado varias veces con una relación demasiado singular. No te hablaré del aspecto material del accidente. Por los informes que recogiste de mí para preparar tu reportaje debes haberte enterado de todas las especulaciones que se hicieron. Lo cierto es que no pude controlar el timón de mi flamante Volkswagen cuando el tráiler que venía en dirección contraria como que succionó mi auto haciéndole perder la estabilidad. Según me contaron después, el autito dio seis vueltas de campana y yo salí disparada de él y caí en medio de la pista. Debo haber perdido el conocimiento hasta que alguien me auxilió, mi brumoso recuerdo es lo tremendamente desolado que me parecía el mundo. Apartado, sin habitantes, y el silencio rodeándolo todo. ¿Qué hacía yo en esa tierra desconocida? ¿Dónde acababa ese páramo abandonado? Después empecé a darme cuenta de la situación en que me hallaba. Y desde allí, postrada en el asfalto, y a la luz del sol matinal distinguí el auto volteado y a mi amigo sin poder salir. Grité que lo ayudaran. Qué tontería. En realidad estaba muerto.

Morgan: ¿Era uno de tus amigos de la universidad?

TF: Lo había conocido en el bar Palermo unos meses atrás. Rudy García y no recuerdo qué más. Lo habían expulsado del Ejército por denunciar al general de la región por un oscuro negocio con el rancho de la tropa. (Claro, esto dio lugar a suspicacias y no faltaron los que por lo bajo lo señalaban como soplón del Ejército; pero no, Morgan, era un chico derecho). Después se matriculó en La Molina y estaba por graduarse como ingeniero agrónomo, aunque todavía continuaba siendo miembro de la Federación de Estudiantes del Perú.

Morgan: ¿Quieres decir que era un dirigente estudiantil? O sea, un muchacho bien politizado.

TF: En esos años, varón, a todos los estudiantes nos interesaba la política. Era casi una cuestión de honor. En fin, habíamos empezado a salir desde hacía unas pocas semanas y Rudy deseaba ya una relación más estable. «¿Por qué no?», le dije un día y le propuse pasar un fin de semana entre las dunas y el mar de Paracas (donde había un hotel regio recién fundado) y discutirlo ahí haciendo el amor y comiendo pescado fresco y bebiendo cerveza y vino blanco helado. La víspera de nuestro paseo, Emperatriz y otros amigos organizaron una fiesta de celebración, según dijeron, por mi completa liberación. Idiotas, locos. Me divertí como siempre. Como nunca. Y bailé como en mis alocados años juveniles. Subida en una gran mesa hice una demostración de rumba flamenca. Qué pavor me da ahora recordarlo, como si hubiese sido una premonición. A las tres de la mañana desaparecimos de la fiesta sin despedirnos de nadie y fuimos en taxi (pues de manejar mi propio auto nos exponíamos a un asalto) a tomar un caldo de gallina a La Parada, como era tradicional entonces para rematar en forma y buen estilo una noche de juerga. El Porvenir, La Parada, el Mercado Mayorista y los cerros eran un mundo peligroso, violento y de vida palpitante, que yo amaba y por donde había hecho trabajo político en mis años de militante. A las cinco estuvimos de vuelta adonde había dejado estacionado mi Volkswagen. La fiesta hace rato que debía haber terminado y la cuadra estaba despejada de vehículos. Rudy empezó a secar el capote y los vidrios anegados por la garúa nocturna y revisó enseguida el aire de las llantas. Luego manejé con mucho cuidado hasta un grifo de Chorrillos, llené el tanque y comenzaba a clarear cuando enrumbamos por prolongación Huaylas hacia los pantanos de Villa para empalmar con la Panamericana Sur.

No habrían pasado ni veinte minutos cuando alcancé a ver el maldito tráiler. Bueno, el resto ya lo sabes.

Morgan: También me hablaste de los sentimientos que te invadieron cuando el médico te mostró las radiografías y te dijo que quedarías postrada para toda la vida.

TF: Caí presa de la desesperación y me invadió el miedo. Pero un miedo pánico. No pude controlar mi histeria, varón. Grité sin control. Como un animal. Como un demonio. Mandé a salir de mi cuarto a todo el mundo. Me negué a recibir visitas. Por varios días lloré y maltraté a las enfermeras y al resto del personal de servicio. Irracionalmente culpé a Rudy por mi accidente y no tuve una lágrima por su muerte. Después las inyecciones de valium hicieron su efecto y entré a un estado de letargo e indiferencia. Por fin un día me percaté mejor del perfil de las cosas y me vi rodeada de ramos de flores que no eran por mi muerte. Dos cosas me prometí antes de permitir las visitas. La primera fue que nunca más lloraría en presencia de extraños ni hablaría jamás con ningún amigo de las intimidades de mi cuerpo mutilado; la segunda, es que lucharía por volver a ponerme de pie.

Morgan: ¿Cómo se comportaron tus amigos? Pepe Corso la segunda vez que habló conmigo me dijo sin ningún pudor que lloró cuando se enteró del resultado de la intervención quirúrgica. Y me aseguró que no fue el único.

TF: Ah, corazón, sabía que mis amigos me querían, pero no hasta ese punto. En los años de militancia en la juventud del PC yo me había alineado con la facción que cuestionaba la línea kruschevista impulsada por la dirección que presidía Jorge del Prado. Sin embargo, frente a mi situación, camaradas y ante todo amigos olvidaron las enconadas luchas y me consiguieron una beca para que me trataran en Moscú. Lo curioso fue que también la facción pekinesa me propuso viajar a Pekín con el mismo propósito. Entonces, ¿Moscú o Pekín? Tremenda cuestión de línea ideológico-política.

Morgan: ¡Pero esto era un problema médico, no político, Tamara!

TF: En el mundo de las pasiones políticas, varón, la línea divisoria es en absoluto clara. Pero decidí seguir los consejos de los médicos amigos. Y todos fueron de la opinión que mi destino era Moscú. De Pekín, me dijeron, poco se sabía en esos años en cuanto al desarrollo de la medicina, pero las noticias que venían del exterior sobre la llamada «Revolución cultural proletaria» eran preocupantes. China Popular estaría hecha un caos y todos los hospitales y servicios médicos para extranjeros estarían suspendidos. Hoy tantísimos años después todo eso me parece alucinante. E idiota. Pero en la época fue motivo de atroces problemas de conciencia.

Morgan: Perdóname, es casi folclórico. Pero lo que cuenta finalmente es que viajaste. ¿Cuántos años permaneciste en Moscú?

TF: Cerca de tres años. Pero esa es otra historia. Más bien lo que quiero contarte, y con esto termino, pues ya deben estar cerrándose tus ojos...

Morgan: Caramba, Tamara, nunca he estado más despierto.

TF: Unos días antes de mi viaje a Moscú, Emperatriz, como siempre, organizó una cena de despedida en un chifa lujoso recién inaugurado. Me llevaron en silla de ruedas, con mi collarín para mantener erguido el cuello y bañada en lociones y perfumes para mitigar mis humores. Recuerdo que llegué con un estado de ánimo muy extraño, como si se tratara de otra persona. ¿Cómo te digo? Tenía ganas de joder, de arruinar mi propio agasajo. Estaba llena de resentimiento, ¿por qué no decirlo?, de envidia: ahí estaban mis mejores amigos, antiguos y nuevos, la mayoría hombres, pero a pesar de sus rostros compungidos y de tristeza, ellos caminaban, se desplazaban libremente a lo largo del *hall* y los salones, y se pondrían a bailar si hubiera una orquesta. Logré, menos mal, controlar mis emociones. Con los párpados discretamente sombreados, el leve rubor puesto en mis mejillas y el toque de lápiz labial mi rostro se veía algo iluminado, de modo que, exagerando mi buen humor, me mostré femenina y coqueta y sutilmente cínica. Y mientras Pepito Corso cortaba la carne y me daba de comer en la boca, toda sonrisas, yo me dedicaba a observar a cada uno de mis amigos. ¿Con cuántos de ellos me había acostado? O mejor. ¿Con cuántos no me había acostado...? Pero dime, mi amor, ¿no te molestará escucharme esto?

Morgan: En absoluto, Tamara. Estoy preparado.

TF: Una parte de mis amigos (la mayoría) eran de letras, humanidades y artes y la otra parte eran mis compañeros de lucha en la Federación y la Juventud, con quienes evité tener relaciones eróticas (por supuesto, alguna vez lo hice, debo confesar, con un irresistible impulso transgresor, como un acto profanador a las supuestas virtudes proletarias). En mis noches de vagabunda bohemia me pasaba a la cama del buen amigo que me había dado posada, no porque sintiese que se lo debía (por lo menos no solo por eso), sino porque en esas altas madrugadas sentía la necesidad de protección y calor humano. Pero las más de las veces partían de un cruce de miradas o de un acuerdo tácito. Nos íbamos al cine, a tomar café o un trago en bares que no fueran los que frecuentábamos habitualmente. Llegué a conocer todos los hoteluchos de Camaná y Cailloma, el más sórdido de los cuales era uno que quedaba en Polvos Azules, a un paso del río Rímac. Y no importaba que estuviéramos sin un puto cobre (como decían los amigos) porque teníamos a nuestro alcance esos hermosos espacios eróticos (como los definió años después Macera) que eran los parques que empezaban en el centro y terminaban en ese paraíso del amor que por esos años era el Parque de la Reserva. O a veces también lográbamos que los amigos nos prestaran sus pisos de solteros. Aló, ¿me sigues?

Morgan: Continúa con tu maravillosa historia, amiga.

TF: Por lo que he conversado con mis amigas, casi la generalidad de las mujeres de mi generación tenían dificultades para alcanzar sus orgasmos. Algunas serían frígidas y otras, irremediablemente púdicas e inhibidas. Pero en la mayoría de los casos se trataba de asimetría (para utilizar esta palabreja de los científicos sociales) en los ritmos coitales. Los caballeros, me decían, eran demasiado fulminantes, rápidos, casi instantáneos, egoístas. Me contaban que para alcanzar sus clímax ellas necesitaban de un trabajo muy paciente y considerado. Y otras me confiaron que con facilidad llegaban al borde del orgasmo, pero sin poder culminarlo, lo que determinaba que siempre estuvieran en un estado de ansiedad. Isabela, con ese hablar tan descarado que me divertía, me decía que se sentía arrecha de manera permanente porque casi siempre se quedaba en el filo del placer. Yo, por fortuna, llegaba con naturalidad a mis orgasmos que, muchas veces, varón, eran múltiples. Es que había explorado mi cuerpo y sabía guiar a manos inexpertas o apresuradas hasta mi punto místico, el de la locura y el éxtasis, como llaman ahora al punto G de la mujer. Después sobrevenía el reposo y empezaba (cuando existía complicidad y algo de respeto entre los dos) la verdadera intimidad del diálogo y la confidencia...

Ah, los hombres, mis amigos. Corazón, estaban llenos de fantasmas, de complejos, de inseguridades, de terrores pánicos, de indefinición sexual. Y qué de fantasías y fijaciones tenían con las tetas y los culos de las mujeres. Te diré que la mayoría de ellos no estaban conformes con sus cuerpos, pensaban que se merecían un físico mejor, una verga más grande, otros progenitores, un destino más alto. No por piedad, lo cual hubiera sido humillante (¡nunca pretendí ser una madre Teresa del sexo!), sino por una mezcla de solidaridad, curiosidad y perversidad humana decidí irme a la cama con un muchacho que, pese a su coraza de cinismo, era un hombre atormentado e infeliz. Pienso que la principal razón para que las mujeres no se acercaran a él no era su fealdad ni su extrema pobreza, sino por su estado de abandono, su carencia de higiene, sus malos humores, y el regocijo que aparentaba frente a su situación, lo cual celebraba con risotadas estentóreas. Me di cuenta de que me echaba miradas furtivas cargadas de ansiedad. De ansiedad y hambre. De hambre sexual y de afecto. De modo que un día que tenía algo de dinero (ya había entrado a trabajar como adjunta del farmacéutico a la antigua botica inglesa del jirón de la Unión) lo invité a Agua Dulce a comer pescado frito con cerveza helada. Después lo llevé a un departamentito que una amiga me había dejado para que lo cuidara. Tenía miedo de desnudarse. Compréndelo, debió sentir tanta vergüenza. Finalmente me dijo que quería ducharse. Después de algunos intentos fallidos logró hacerme el amor. En la oscuridad permaneció largo rato en silencio, lo sentí llorar, luego poco a poco comenzó a contarme su historia o, más bien, la historia de sus desdichas, que me sonó a la más vieja desdicha peruana. Era la primera vez que se acostaba con una mujer como yo, y por su pobreza extrema no podía darse el lujo de pagarse un polvo en Huatica. Había optado por las callejeras más ínfimas, como una zamba gorda y vieja que hacía su trabajo en uno de los callejones de Cailloma. Claro, también había los pagados de sí mismos, hombres que se sentían guapos, irresistibles y bien dotados por Dios. Uno de ellos era un poeta muy fino, cuyos modales exquisitos entonaban con la delicadeza de sus versos.

Pero ya en la intimidad se transformaba en un vulgar fanfarrón. Estaba fascinado con su verga, con la que hacía toda suerte de meneos obscenos que a mí me divertían. Decía que a su lado Porfirio Rubirosa (que era el donjuán más famoso de la época y que Zsa Zsa Gabor reveló a la prensa de espectáculos que se manejaba un falo de veintiocho centímetros y no sé cuántos milímetros de grosor) se quedaba corto...

Morgan: ¿Y objetivamente? ¿Había fundamento para tanto contentamiento?

TF: Quizá estuviera unos milímetros por encima del promedio, sin ser nada espectacular. El resto lo ponía su imaginación de niño y el orgullo desatinado de ser un elegido. Lo gracioso era que después de vestirnos volvía a ser el hombre pulcro y refinado que todos conocían, capaz de ruborizarse ante cualquier expresión cruda. Tomábamos el café de despedida en el Haití, frente al Palacio, o en el Taormina, de la plaza Manco Cápac, o en el Versalles y ahí Ernesto (supongamos que se llame Ernesto) se ponía a explicar, cuando un poeta más joven se acercaba a él, el revés de una metáfora de Góngora o el famoso soneto terminado en IX de Mallarmé. Ahora escúchame, ¿me sigues escuchando, cariño?

Morgan: Con todos mis sentidos, Tamara.

TF: En las relaciones con mis amigos me impuse una regla: nunca tener más de tres encuentros. Más allá de ese límite, el amigo pretende convertirse en tu amante y a exigir exclusividad. «No lo echemos a perder, lindo —les decía—, ¿no te basta con haber hecho el amor rico?». Por decisión propia y exclusiva aborté varias veces, en parte porque no sentía el menor instinto maternal y porque honestamente no sabía quién podría ser el padre. Aunque también decidí hacerlo, la única vez que supe quién fue el coautor del encargo. Pero esta es otra historia. ¿Crees que fui una perra? Te lo pregunto porque no faltaron alguna amigas, envidiosas de mi forma de ser, que murmuraban sobre mi accidente en el sentido de que era una especie de castigo por ser una mujer desnaturalizada. ¿Qué opinas tú, varón?

Morgan: Me basta con tus razones. Palabra.

TF: Y bien, corazón, ahí estaban mis buenos amigos, a quienes yo amaba de diferente manera, pero por los cuales sentía (fue la única vez que mi alma cedió a la amargura) un rencor absurdo. Injusto. Todos estuvieron ingeniosos, brillantes, creativos, todos disimularon su pena y así la velada logró ocultar lo que había de depresivo. Con los años me escribieron poemas, me hicieron retratos y esculturas (pero mi preferido será siempre el apunte que en tiempos de la Musa me hizo Humareda un amanecer en el Zela). ¿Me soportas unos minutos más?

Morgan: Tamara, por favor. ¡No me ofendas!

TF: Con lo que te voy a contar te pareceré vanidosa. Luego comprenderás que no es así. Unos años después de mi accidente dos amigos publicaron sendos libros abiertamente inspirados en mí.

Morgan: ¿Eran ficciones?

TF: Sí, una es un relato largo; la otra, una novela. Ambas parten de mi accidente. El relato es un largo monólogo en que una mujer joven en completo estado de postración debido a un grave accidente alude de manera obsesiva en una suerte de semivigilia delirante al abismo en que ha caído. La parte que me disgusta es aquella en que la mujer recuerda su pasado de luchadora, de lideresa, pues el accidente ocurrió en momentos en que iba a cumplir una peligrosa misión secreta revolucionaria. Esta parte es indigesta, querido. ¿Cómo reconocerme en esa mujer que es un dechado de virtudes...?

Morgan *(titubeante)*: ¿Cuánto tiempo pasaste en ese estado? Pero, por favor, Tamara, si no quieres hablar de ello no importa.

TF: Bien. Te lo diré. Los últimos exámenes confirman lo que hace muchos años me advirtió mi médico en Moscú. El proceso degenerativo está en marcha y sé cuál será el final. Mañana, qué digo, dentro de unas horas me internarán en una clínica por dos o tres días. Será, créeme, un puro formalismo. Pero, por si acaso, posterguemos nuestra entrevista para dentro de cinco o seis días. Ya nos comunicaremos. Para cualquier cosa que ocurra habla con Malenita. ¿No es esto una razón suficiente para que me decidiera a hablar contigo? Y no solo por las recomendaciones de Pepe Corso, Emperatriz y otros amigos. Es mejor abrirse ante un extraño amable... ¿Dónde leí o escuché esto...?

Morgan: ¿Tennessee Williams, tal vez? ¿*Un tranvía llamado deseo*?

TF: ¡Claro! La triste Blanche, interpretada por la sublime Vivien Leigh... «Siempre creí en la bondad de los extraños». O algo parecido. Bueno. Hubo otra persona que conoció las miserias de mi cuerpo. Fue el terapeuta encargado de mi rehabilitación. Me amó. Me propuso matrimonio. Y yo estaba dispuesta a aceptarlo. Pero Arancibia lo espantó, pues él tiene el poder para amedentrar y extorsionar a la gente. Después me confesó que había investigado a Félix (este es su nombre). Según me dijo el sujeto planeaba quedarse con todos mis bienes sirviéndose del poder notarial absoluto que yo le había otorgado. Patrañas, puras patrañas, lo que él siempre deseó es tenerme bajo su dominio, aunque debo reconocer que me dejó sembrada la duda. En cuanto a tu pregunta, casi cuadrapléjica estuve dos años, después comencé a recuperarme de manera gradual y después, como acabo de decirte, sucederá lo inevitable.

Morgan *(queriendo sacarla del tema)*: ¿Y qué opinas del otro libro? Me refiero a la novela.

TF: No creas que soy una tarada que no sabe lo que es una novela. Como lo he escuchado tantas veces, el novelista miente, exagera, transforma, inventa. Por ejemplo, en esta novela de mi amigo (con quien, te doy mi palabra, nunca me fui a la cama) la protagonista queda inválida a raíz de una caída de caballo. No me molestó que en la historia ¿Evalina?, sí, Evalina, además de licenciosa (hace el amor con dos, con tres al mismo tiempo) es prácticamente una puta. No fue eso lo que me molestó. Para nada. Al respecto yo pude haberle contado otras aventuras más interesantes. Incluso le habría hablado de la vez que, como un desafío a mí misma, lo hice por dinero. ¿Estás dispuesto a oírlo?

Morgan *(incómodo, aunque muerto de curiosidad)*: Todo lo que venga de ti me interesa. Por favor, te escucho.

TF: Isabela, que como te he dicho, ejercía de cuando en cuando una prostitución selectiva, me dijo una vez, que bebíamos a solas, que el color de mi piel y la textura de mi cabellera negra enloquecía a los gringos. Transcurrieron los años. Una tarde, ya al caer la noche, al pasar por el hotel Crillón se me ocurrió entrar a tomar un exprés. Estaba contenta porque acababa de firmar un contrato que en un futuro próximo me iba a permitir adquirir mi primera farmacia. Vestía, según mi propio estilo, con mucha sobriedad, aunque con telas (y lo mismo con mis zapatos y carteras) de buena calidad. Supongo que las gafas de sol que llevaba puestas me daban un aire mundano, quizá sexy, porque todos lo varones que ocupaban las otras mesas regresaron a mirarme. Pero al tomar el asiento que me ofreció un mozo, me quité las gafas, y mis modales fueron los de una señorita. Una señorita formal, muy bien educada, de aquellas que juntan mucho las piernas al sentarse. Ya había pedido mi café cuando de pronto recordé mis pláticas con Queca Luzuriaga en el bar del Bolívar. Me entró la nostalgia. Cambié mi pedido y ordené al mozo que me trajera un martini seco y bien frío. Es regio sentirse sola, dueña de uno mismo y disfrutar un trago sin que nadie te moleste. Pero luego de beber el primer sorbo de mi cóctel, reparé en que todos los hombres del salón, todos ellos de aspecto extranjero, volvieron a interesarse por mí. Hasta un segundo antes te juro que ni siquiera lo había pensado, pero ahora recordé la velada propuesta que me hiciera años atrás Isabela. Recordé las tácticas que ella usaba para ligarse, los pasos que había que dar hasta cerrar el trato. ¿Sería capaz de hacerlo? ¿No sería capaz? O ¿por qué hacerlo? O, asimismo, ¿por qué no hacerlo? Muchas veces me había impuesto desafíos para saber hasta dónde podía llegar, sobre todo en esos actos que me proponía Arancibia. Una vez, mientras militaba, me nombraron como jurado del tribunal que iba a juzgar a Kymper, un buen camarada, quien por una sucia intriga, montada por Arancibia, había sido acusado de inmoral. Me impresionó la defensa que hizo de sí mismo Kymper, lo cual no impidió que continuara siendo por un tiempo una suerte de apestado dentro de la organización. No hubo sentencia esa vez y más adelante al ser expulsado Arancibia del partido se olvidó la causa y nadie más se acordó del juicio. Kymper era un camarada que me inspiraba respeto y cuando escuchaba su alegato tuve unas ganas locas de hacerlo con él. Fue la única vez que, por iniciativa mía, nos acostamos y desde entonces somos muy buenos amigos, aunque ahora Kymper vive escondido pues lo buscan para matarlo tanto Sendero, como un grupo paramilitar y sé que también su mujer desea verlo muerto. Entonces, ¿qué me impide hacerlo? ¿Qué ley moral me lo puede prohibir? De modo que eché una mirada al salón. De entrada deseché a los hombres jóvenes (más aún si eran guapos) y a los demasiado viejos. Tendría que ser un cuarentón, de aspecto anodino, aunque no demasiado feo.

Di un segundo sorbo a mi copa y empecé a mordisquear la aceituna. Lo hice muy concentrada en mí, coloqué la pepa en el platillo, di otro sorbito de martini, de mi cartera saqué una cajetilla de Salem, encendí uno y al dar mi primera bocanada recorrí con la mirada el salón. Entonces lo vi. Debía bordear los cincuenta años, vestía con elegancia y sobriedad un traje gris y tenía aspecto respetable, con algo de clérigo o de rector de universidad norteamericana. Me saludó con una venia que yo no respondí ni rechacé. Unos minutos después se me acercó el mozo y me dijo que el caballero de traje gris se sentiría muy honrado si accedía a acompañarlo a su mesa. «Dígale al caballero —le respondí al mozo— que me sentiré encantada de que me acompañe en mi mesa». Solo cuando el sujeto se puso de pie, titubeé un poco: en qué lío del carajo me iba a meter. Pero al llegar el hombre a la mesa ya me había repuesto: nada de hacerme la estrecha, pues yo había iniciado el juego. Por fortuna no era desagradable: su rostro era del tipo de Gary Cooper (por supuesto en una versión muy modesta), los ojos que te miraban detrás de sus lentes con montura de platino no eran codiciosos, crueles o mezquinos. Pese a sus modales educados, era un hombre que tenía experiencia en ligar con una mujer extranjera en un hotel de cinco estrellas. Accedí a un segundo martini (podía resistir hasta tres sin consecuencias etílicas) y en los momentos siguientes puse en práctica (aunque seguramente con torpeza) el método de Isabela de las insinuaciones eróticas que culminaban en la aceptación de la propuesta sexual. No voy a cometer la vulgaridad, cariño, de darte detalles sobre el hecho. Lo que te puedo decir es que fue una relación más bien convencional (no me exigió cosas sofisticadas o extravagantes) con un macho normal, un poquitín grueso y con el aliento y los sudores ligeramente repugnantes de los gringos. Entendí que lo que el caballero buscaba era un poco de reposo y, sobre todo, conversar con una desconocida de un país remoto y de cuerpo todavía joven. El drama de Richard Stone (este era su nombre) era su repetida infelicidad conyugal. Se había casado y divorciado tres veces (las tres le habían dado un hijo cada una, para asegurarse pensiones elevadísimas) y las tres, me aseguró, eran irremediablemente zorras. Después me propuso un programa que incluía una cena en el 99 (que era, por entonces, uno de los restaurantes más exclusivos de Lima), escuchar música o quizá bailar en el *night club* del Crillón y finalmente volver a la *suite* para terminar la noche. No acepté la invitación y tampoco él insistió; en cambio, me propuso volvernos a encontrar al día siguiente en el bar, a la misma hora. Cuando le iba a responder que no, me puso un dedo en los labios y me rogó que lo pensara, que él de todas maneras me esperaría con un regalo digno de mí. Me duché y, mientras me vestía, se me hizo un problema la manera de cobrarle por mis servicios. Ahora sí me hubiera gustado estar en el pellejo de Isabela. Cuando salí del baño, Richard Stone me esperaba también vestido en la sala de la *suite* y recuerdo que tenía mi cartera en sus manos y me la entregó. ¿Qué diablos hacer? ¿Cómo saber si me había dejado el dinero? Y si me había dejado, ¿debía contarlo? Por fin se impuso la señorita decente, sobre la puta que en realidad era. Stone me acompañó a la puerta y me volvió a reiterar la invitación para el día siguiente. Me repitió: «Te haré un obsequio digno de ti». Me temblaron un poco las piernas al atravesar los salones, pues tenía la sensación de que todos me miraban. Pero apenas salí del hotel recuperé mi dominio y tuve ganas de reír. Miré mi reloj: faltaban quince minutos para las diez. Tomé un taxi y le dije al chofer que me llevara al Palermo. Ya sabía qué hacer con el dinero que, como comprobé en el trayecto, era bastante generoso. Al entrar al bar vi a amigos y conocidos sentados en dos mesas. «Chicos —les dije—. Los invito a un chifa en la calle Capón. Mi caballo favorito ha ganado». Fue una cena, un verdadero banquete opíparo con aperitivos y vinos y yo me cuidé de gastar hasta el último centavo que recibí por mi trabajo de ramera. Pero, cómo es el corazón femenino, belleza, al acostarme me moría de curiosidad por saber qué regalo me habría hecho Richard Stone... ¿Entiendes, corazón, lo que he querido decirte con esta historia?

Morgan: Creo haberte entendido, amiga. Perfectamente. ¿Qué fue entonces lo que te disgustó de la novela?

TF: No, por cierto, las bagatelas que me atribuye sobre mis hábitos sexuales. Sobre mis conciertos con dos o tres. No, Morgan, Lo que me molestó fue la imagen que propone de Evalina, que es a fin de cuentas la imagen que él tiene de la mujer. En realidad, la novela trata de la regresión moral de Evalina que al comienzo de la novela es presentada como una mujer libre, independiente, además de ser una dirigente estudiantil y combatiente social. De pronto queda seducida por el héroe del libro, un galán que ahora tiene dos mujeres que se disputan su amor: una, la novia, muchacha de familia decente, algo boba, pero blanca (más bien lo que entre nosotros llamamos blancona, lechosa) y de ojos verdes —a lo largo de toda la novela se ponderará la belleza de estos ojos verdes—, y la otra (Evalina), la amante, modesta y oscura, aunque ardiente y promiscua. Entonces, cariño, empieza el envilecimiento moral de Evalina. Esta, rendida ante los encantos (¿de Idelfonso?), renuncia a su libertad y a sus más íntimas convicciones sociales y políticas y presa de celos por la novia acepta el papel subalterno de la amante que sosiega los ímpetus sexuales de Idelfonso. De esta manera, como suprema prueba de amor, Evalina contribuye a preservar la virginidad de la novia por lo menos hasta que el matrimonio sea santificado y llegue intocada al tálamo nupcial. Qué asco. Qué abyección. Hasta ahora me sigue oliendo a podrido.

Morgan: ¿Cómo se llama la novela?

TF: *¿Los principiantes*? O algo así. ¡No quiero acordarme! Oh, demonios, qué abusiva que soy. No lo puedo creer. Ya van a ser las cinco de la mañana. ¡Debes estar cayéndote de sueño! Si todavía eres capaz de soportarme, el próximo miércoles o jueves a más tardar podemos continuar con esta charla. Te prometo que te hablaré de Arancibia. Y responderé a todas tus inquietudes.

Morgan: ¿Es una promesa? Te lo agradezco. Pero una última pregunta. ¿Viajaste a Moscú?

TF: Una semana después de esa cena de despedida, luego de varias conexiones, volaba a Moscú. Allí permanecí tres años. Pero esta es otra historia que solo tiene interés para mí. Con tal de volver a ponerme de pie estaba dispuesta a someterme a todas las operaciones y a soportar las terapias más fatigantes y dolorosas. Y aun a vender mi alma al diablo, si esta criatura maldita existiera. Tres años después aterrizaba mi avión en el aeropuerto Jorge Chávez. Me bajaron en brazos hasta el pie de la escalinata, donde ya me esperaba una silla de ruedas. Me sentí muy contrariada porque el personal de la línea aérea no me dejó usar las muletas hasta que salí del control aduanero. Me encajé las muletas bajos los brazos y sintiendo el chirrido de las varillas metálicas que apuntalaban mis piernas recorrí lenta pero sin tropiezos todo un largo corredor. Y allí estaban Emperatriz y otros amigos dándome la bienvenida.

VIII

Al contrario de Tamara, para Arancibia —Raúl Arancibia— el pasado familiar ocupaba un espacio casi inexistente en su memoria. De sus abuelos decía saber muy poco y cuando Nelson Bracamonte insistió en el tema, Arancibia le reveló cuál había sido la más remota de sus fantasías: alucinaba que sus padres no eran sus verdaderos padres, sino prestados, de a mentiras, ilusorios. Por eso, no se sentía ultrajado cada vez que su madre le contaba aquella historia según la cual los gitanos le habían robado a su verdadero hijo, que era bueno y hermoso, y lo habían cambiado por él, por el niño malo, desobediente y caprichoso, sino que más bien lo invadía una inexplicable y grata sensación de orgullo. Más adelante, cuando en la escuela llevó el curso de *Historia sagrada* y la maestra leyó en clase la vida de Moisés, el pequeño Raúl reconstruyó su fantasía de esta manera: él había sido un niño expósito al que alguien puso en una cesta untada con pez y envió río abajo, solo que en vez de ser recogido por la bella hija del faraón cayó en las filisteas manos de los que decían ser sus padres.

Pero, de vez en vez, pensaba en el otro niño, en el niño robado por los gitanos. Según Elvira (este era el nombre de la madre) había sido bueno, pero sobre todo hermoso. Tenía la piel blanca, el pelo dorado, los ojos azules y cuando fuera grande sería un príncipe, un rey, un galán de cine. Basándose en lo que se narraba en el libro de *Historia sagrada*, él lo llamó Abel, el preferido de Dios y a quien Caín, con el corazón lleno de envidia, dio muerte. A veces, sin embargo, se imaginaba en la piel del otro niño, que en alguna parte del mundo era amado y venerado por su hermosura y buenas obras. En los tiempos más remotos de su memoria fue su adversario, su contendiente, pero con el paso de los años, hasta que entró en la pubertad, se convirtió en su cómplice y confidente, y siempre estaba allí, junto a él, como su sombra, y juntos trazaban los planes para dirigir la pandilla y hacer la guerra y derrotar y dominar a los cholos y negros del otro lado del río y a los monos del Ecuador y por ello ser admirados y queridos.

Aunque en esos primeros años le leyeron varios libros de cuentos, sus historias preferidas eran las que narraba el libro de *Historia sagrada.* Armaba muchos juegos pensando en las historias de Moisés, de Abel y Caín, del Arca de Noé, de la destrucción de Babel, de Sansón y los filisteos, y no sabía qué pensar sobre figuras como la de Job. Precisamente, la historia que más lo fascinó y perturbó su mente era aquella en que Yavé ordena al patriarca Abraham sacrificar a su primogénito como prueba de obediencia y sumisión absoluta a su voluntad. ¿Esto era ser Dios? ¿Dios era un ser terrible y despiadado? Nelson Bracamonte recordó que, cuando se conocieron en El Frontón (por esos días discutían el capítulo de *Los hermanos Karamazov*, en que Iván Karamazov expone la leyenda del Gran Inquisidor),

Arancibia le había contado que mientras duró su infancia él solía representarse la escena entre Yavé, Abraham y su pequeño hijo imaginando el inconmensurable dolor del patriarca en el momento en que con su cuchillo se dispone a degollar a su primogénito, y no podía dejar de sentir compasión por el anciano padre. En cambio, desde que había ingresado en el territorio de la adolescencia, su atención se centraba en comprender la lógica de Yavé. La lógica de un Dios omnipotente. De lo contrario, ¿qué Dios tan irrisorio sería, si no tenía la potestad de ser injusto y arbitrario en el ejercicio de su poder? Luego —recordaba Bracamonte— le habló de sus primeras lecturas de Schopenhauer y Nietzsche. Después le dijo que la lógica de Hitler se fundaba en la lógica de Yavé. «¿Y qué me dices de la lógica de Stalin?», acotó Bracamonte que como buen aprista por esos años era enemigo irreconciliable de los comunistas.

De modo que Rulo fingía que sus padres no eran los verdaderos. A la que tomaba menos en serio era a la vieja, a mamá Elvira. Cuando ella jugaba a las cartas con sus amigas de la sociedad tumbesina, le divertía escucharla jamonearse acerca de su elevada alcurnia, o cuando en las sobremesas (siempre que Guillermina se hallase encerrada en el retrete), para darle celos al viejo, se entregaba a hacer el elogio de su primer marido, un hombre guapísimo, blanco, rubio y rico, tanto que en su tiempo había sido el mejor partido de toda la ciudad. Con tranquilo estoicismo y algo de ironía, el viejo la escuchaba paciente, diciéndole: Sí, cariño. O: ¿Qué más, mi amor? Hasta que una vez papá dejó de tomar la sopa, hizo a un lado el plato, lentamente se limpió la boca con la servilleta y sin levantar la voz le dijo: Cariño, ¿por qué no eres sincera por una vez en tu vida? Admite que lo que pasa es que te mueres de celos porque ya eres una vieja. Claro, me da pena pero ¿qué culpa tengo yo de que se te haya desencajado la cara y te hayan crecido tantos huesos? Y, mi amor, no tengo la culpa de que yo todavía guste a las mujeres y ellas me persigan. Ahora, en una cosa tienes razón, cariño. Es verdad que tu marido fue un buen partido, el mejor del mundo, lo admito, pero di también que pertenecía, para usar la palabra que tanto te gusta, a un linaje manchado. Manchado por una tara, la de las familias que padecen el mal gálico. No me mires con esos ojos de sorpresa. ¿O me vas a decir que no lo sabías? Todo Tumbes lo sabe, adorada esposa. Y no hablo más porque ya no demora de venir del retrete Guillermina, esa pobre criatura que te dejó en herencia tu difunto marido.

Guillermina era la cruz, el estigma de la familia y, por esto, el mismo Rulo se sentía ligado a ella, pues también él llevaba la marca de la orfandad al haber sido abandonado por sus verdaderos padres. Como le explicó a Bracamonte, frente a su indeseada media hermana, Rulo tenía dos formas distintas de comportamiento; la primera era la que observaba dentro de la casa y consistía en dejarse llevar por los sentimientos naturales que ella le despertaba. Pero fuera del hogar la cosa era distinta, pues tenía que hallar la forma de no sucumbir a la burla y las humillaciones por tener una hermana que era una retardada mental. Una loca arrecha, además, que cuando estaba enlunada (como decía la gente) desde el ventanal del segundo piso mostraba las tetas y el coño a los transeúntes. Pero apenas Rulo Arancibia tuvo que salir y enfrentarse a la crueldad de las calles, aprendió no solo a capear las pesadas bromas, sino que encontró en la misma situación, en el hecho de tener una hermana demente, un medio de ser admirado y dominar a la pandilla.

Dentro de la casa todo ocurría de manera distinta. ¿Dije *indeseada*, Bracamonte? No, no era esta la palabra que definía el sentimiento que le despertaba Guillermina. Le dijo que en su campo visual, aun antes de la memoria, siempre estuvo la figura de ella, como las aspas del ventilador de su cuarto que cortaban el bochorno de las tardes y las noches o el mosquitero que lo protegía de la furia de los zancudos y otros bichos voladores o rastreros, y aprendió a identificar su olor con el de la ciénaga que en la temporada de lluvias arrastraba el viento pegajoso desde la zona de los manglares. Más cercanos eran los recuerdos en que Guillermina lo acunaba en sus brazos, le cantaba con voz desentonada y chillona y lo sumergía y lavaba en una bañera de bronce labrado que había colocado bajo una ramada del corral. Una vez, en los comienzos de su relación, cuando Arancibia y Tamara jugaron a revelarse sus respectivas iniciaciones sexuales, él le contó sus aventuras en la bañera, donde tuvo sus primeras erecciones, cada vez que Guillermina le enjabonaba sus partes. Pero lo más jodido, y también lo más exquisito, lo más rico, era la reacción de ella que como la idiota lasciva que era celebraba mi precoz envaramiento con una risotada y entonces llamaba a los sirvientes de la casa para mostrarles mi poderío y mi vergüenza. «¡Basta, payaso! —le había dicho aquella vez Tamara—. ¡Eres un mentiroso exagerado! O sino, pobre Arancibia, tienes una mente enferma. Perversa». Arancibia prendió un cigarrillo y la miró con esa risa cínica que lo caracterizaba. Tamara le sostuvo la mirada, como lo hacía muchas veces mientras fueron pareja. Pero esta vez ella agregó: «¿O me estás pidiendo que me convierta en la idiota lujuriosa y te bañe y todo?». Arancibia se incorporó, la atenazó con sus dos muslos a la altura de los senos, y puso el miembro en su boca. «Bébeme, puta», le ordenó. «¡Cómo no, maricón!», replicó risueña Tamara presintiendo y deseando el advenimiento de un orgasmo portentoso.

Cuando Raúl Arancibia cumplió diez años, Guillermina era ya una mujer hecha y derecha, cuya suntuosa carnalidad remataba en una cara pequeña, comprimida, como un puño cerrado que, sin embargo, llevaba impreso los rasgos de familia. Porque ella pertenecía a un linaje legendario por la belleza de sus mujeres, las que solían arrasar con los certámenes de belleza de la región, el país entero y una vez una de ellas ocupó el segundo lugar en el concurso de Miss Universo, justo el mismo año del fallecimiento de Guillermina. Rulo recordaba que había días en que parecía un animalito manso, remoto, al que lo acometían accesos de llanto desgarrado. Luego le seguían periodos que a él en los primeros tiempos le parecían interminables. Empezaba por descuidar su higiene, en la mesa se negaba a usar los cubiertos, se metía los dedos a las narices, dejaba la puerta del retrete abierta cuando hacía sus necesidades y en los días más atroces se le daba por cantar con una voz espantosa, mientras caminaba desnuda por la casa y se apostaba en el ventanal y desde allí llamaba a los transeúntes mostrándoles sus partes pudendas.

Con los años Raúl Arancibia admitió que fue su padre la persona más cercana a él. Por supuesto —le dijo a Bracamonte— era un sujeto despreciable, un farsante sin principios, tanto que no ocultaba que se casó con su mujer por el dinero y el lugar que ella ocupaba en la sociedad tumbesina. Como se decía en la región casarse con una mujer que le llevaba once años fue un auténtico braguetazo. Con lo cual papá Adrián siguió uno de los consejos que le dio el abuelo Eleazar. Este le había dicho desde que era niño que las dos cosas peores en el Perú era ser pobre de remate y llevar en la sangre la mancha indígena. Respecto a lo último le repetía que siempre en la vida debía bendecir la buena leche paterna que le legó una sangre pura, limpia, incontaminada, como auténtico descendiente de cajamarquino. Por desgracia, los padres de tu madre, aprovechando que era un forastero en San Pedro de Yoc, me engañaron miserablemente, aparentando una fortuna que no tenían y así me hice de una familia de muertos de hambre. Pero tú no debes cometer el mismo error. Estudia, averigua bien, tira pluma, antes de hacer la travesura. Siempre que la elegida tenga tierras y harta plata, basta con que sea blancona, castaña, trigueña clara (a las cholas y las negras úsalas para tu solaz, que para eso son riquísimas), y lo de menos es que sean viejas y feas, flacas o gordas, o ¡qué diablos! un odre de excrementos, y entonces meta usted con confianza su calabacito.

Adrián, el padre de Raúl, nació en San Pedro de Yoc, pero sus ancestros provenían de un pueblo cercano a Otuzco. En su mejor época, el abuelo Eleazar fue prefecto en Chachapoyas y Tarma durante la dictadura de Cáceres, pero su buena estrella declinó de manera irremediable cuando el *Califa* Piérola entró a Lima por Cocharcas. Desde entonces ocupó puestos subalternos hasta que fue nombrado jefe de la Caja de Depósitos y Consignaciones en San Pedro. Pero nunca descuidó que sus hijos tuvieran una educación completa. Adrián, el mayor, estudió toda la secundaria en el Colegio San Juan de Trujillo. Siempre ocupó uno de los cinco primeros puestos en el cuadro de honor del salón. Le gustaba la historia y la literatura, salía airoso en su dura contienda con los números y era un deportista aceptable como para ocupar la banca de suplentes del equipo de básquet del colegio. Qué aburrimiento, Bracamonte, la de cosas que tuve que chuparme del viejo. Pero me divertía haciéndole creer que me tenía embelesado con sus historias. En la universidad conoció a Federico Esquerre y Francisco Sandoval, que también como él escribían poesía. Un día mi padre les dio a leer un soneto que tituló «Querellas del jardín». El poema, escandalosamente influido por Amado Nervo, gustó a Sandoval y Esquerre, quienes lo hicieron publicar en el diario *El Norte*, que dirigía José Eulogio Garrido. Este soneto, siguió contándole a Bracamonte, le abrió al viejo las puertas del grupo Norte, cuyas figuras estelares, como bien sabes, eran Orrego y Vallejo, y Víctor Raúl Haya de la Torre ya empezaba a dar muestras de su mendaz elocuencia. Bracamonte lo atajó: «¿Por qué mendaz? ¿Has olvidado que tu padre te puso Raúl en homenaje a Haya?». Indiferente y tranquilo, le replicó que él no era responsable de la estupidez y oportunismo del viejo. Luego prosiguió con su relato. Cómo se jamoneaba papá Adrián hablando del *Cholo* Vallejo, de Korriskoso como lo llamaban dentro del Grupo. Afirmaba que el Cholo tenía una piel cetrina, oscura y su rostro de piedra parecía haber sido esculpido a punto de martillazos. Usaba una impresionante melena intensamente oscura y de hebras firmes. Instigados por los poetas consagrados de la generación anterior, que lo detestaban, ciertos petimetres de la aristocracia trujillana pretendieron cortarle la melena y raparlo una noche cuando el Cholo regresaba a su cuartucho del hotel del Arco. En las semanas siguientes, cada vez que trasnochaban bebiendo cerveza en el bar América del jirón Independencia, los del grupo, armados de manoplas, se turnaban para acompañar al Cholo de regreso a su cuarto. Una de estas noches a Adrián, junto con Esquerre, Sandoval y Óscar Imaña, le tocó acompañar al Cholo. Como Vallejo, mi padre medía un metro y setenta y cinco centímetros y tenía una complexión atlética, aunque nunca se había trompeado en las batallas de la infancia. Con los años se convirtió en uno de los recuerdos que más enorgullecía y emocionaba a Adrián Arancibia porque fue la vez que más cerca se sintió del gran Korriskoso. Por entonces Trujillo era una ciudad conventual, silenciosa y hermética. Con sus grandes portones de los cuales colgaban aldabas de espeso bronce labrado, las casonas de tipo colonial abundaban, y resultaba emocionante recorrer las amplísimas cuadras apenas alumbradas por faroles, mientras el Cholo recitaba poemas suyos. Pese al dejo serrano, la voz se imponía por su calidad, modulaciones y la dicción perfecta. Y lo mejor de esta aventura, Bracamonte, es que después de haber escuchado a César (y no obstante que entre los poemas que este recitó hubo dos francamente atroces) el viejo comprendió que nada tenía que ver con las musas.

A partir de esa ocasión empezó a distanciarse del grupo, aunque siempre consideró aquel periodo como el mejor de su vida. Nunca como entonces leyó tantos libros y discutió con ardor sobre literatura. Participó en recitales, en tertulias, en exposiciones de pintura, en conciertos. Intervino en los juegos de salón que organizaban las musas del grupo a quienes llamaban con nombres literarios: Safo, Cleopatra, Salomé, Mirtho, Lucrecia, Isidora... Y anduvo medio enamorado de Lucrecia y si no avanzó en sus sentimientos fue porque se enteró que la joven pertenecía a una familia que pese a sus ínfulas aristocráticas no tenía literalmente dónde caerse muerta. Cuando llegaban las compañías de opereta y de zarzuelas, cuyos montajes se hacían en el teatro Ideal del jirón Gamarra, nunca se perdía un estreno. Y como otros integrantes del grupo, estuvo enamorado de la cupletista Resurrección Quijano y se apuntó para la cena que el mismo grupo ofreció a la balarina Norka Ruskaya. Pero como le sopló el pintor Camilo Blas al oído, todo habría sido perfecto si en Trujillo hubiese un burdel digno con putas francesas, esas pecadoras como las que amó Toulouse-Lautrec, en el Moulin Rouge. O sin pedir demasiado, acotó él, como las putas húngaras que dicen que hay en Lima en la calle del Pato.

Después estrechó su relación con Antenor Orrego. Las tertulias de Orrego giraban sobre las corrientes filosóficas del momento y la influencia de las ideas en el arte y la literatura. En las tertulias Orrego exponía y debatía las ideas de Schopenhauer, de Nietzsche, de Kierkegaard, de Unamuno.

Era demasiado para el viejo, créeme Bracamonte, pero aun así continuó frecuentando la casa de Orrego que quedaba en la alameda O'Donovan. Pese a que solo era dos años mayor que él, Adrián lo consideraba un maestro. Y el maestro en una de estas reuniones le preguntó lo que quería ser en la vida. Papá Adrián le dijo que se graduaría en Derecho para ganarse la vida, pero le confesó que su pasión secreta era la Historia. Entonces el maestro Orrego le dijo que tenía que estudiar más filosofía, San Agustín, Vico, Hegel..., pues no se puede entender la Historia si no se parte de una determinada filosofía. Y enseguida le mostró el primer tomo que hacía pocas semanas le había llegado de *La decadencia de Occidente*, de Spengler, un libro fundamental que —afirmó— contiene una deslumbrante y exacta morfología del devenir de las civilizaciones. Partamos —le dijo— del reciente Tratado de Versalles y del nuevo reparto del mundo. Se hundieron el Imperio otomano, el Imperio austrohúngaro, la Revolución de octubre acabó con la autocracia zarista, el káiser alemán ha sido acusado de criminal de guerra. Porque, como dice Spengler, las civilizaciones son organismos que nacen, se desarrollan, alcanzan la cima para después inevitablemente hundirse. Como sucedió con el Imperio español. Como sucedió con Roma. Como sucedió con el Imperio incaico. Como sucederá con el nuevo Imperio norteamericano después que alcance la cumbre de su poderío mundial. En otra ocasión —le siguió contando a Bracamonte—, mi futuro papá visitó a Orrego por la mañana porque, según me dijo, quería hacerle una consulta trascendental y necesitaba hablar a solas con él. Era una casita bastante decorosa que prestigiaba los estantes que desbordaban de libros, la pesada máquina de escribir Underwood, el escritorio repleto de manuscritos, algunos óleos, carboncillos, grabados y pequeñas esculturas de los artistas plásticos del grupo, una vitrola de cuerda que acababa de tocar

«La pulga», del *Fausto*, de Gounod, en la voz de Chaliapin, un gato persa color azul plomizo de intimidante belleza que Orrego llamaba Fradique. El aroma vegetal del huerto y de las chacras vecinas era enturbiado por las ráfagas olorosas a estiércol que provenían de las caballerizas del cuartel O'Donovan. El viejo Adrián le contó que el maestro Orrego le rogó que antes de decirle la razón de su visita mañanera lo acompañase a escuchar el preludio a la ópera de Borodín *El príncipe Igor* que López Mindreau le había prestado unos días atrás. Mi padre era una tapia con la música clásica, pero escuchó con atención a la espera del comentario que seguramente haría Orrego al finalizar el disco. Lo hizo largamente. Con contagiosa elocuencia. Le explicó que Borodín pertenecía al llamado del grupo de los cinco de Rusia que trabajaron por hacer una música nacional inspirándose en el folclore, ejemplo que en buena hora empiezan a seguir Valderrama, Alomía Robles y el propio López Mindreau. Después Adrián, que llevaba en la mano la novela de *Los hermanos Karamazov* que se la había prestado Federico Esquerre, a quien a su vez se la había prestado José Eulogio Garrido, y este la había recibido de manos de Antenor Orrego, le comunicó la razón de su atrevimiento de visitarlo tan temprano en su casa. Antenor —le dijo luego—, quiero que me des algunas ideas o me hagas algunas sugerencias para escoger el tema de mi tesis y obtener el bachillerato en Jurisprudencia. Tantos años después, el viejo recordaba detalladamente la escena. «A ver, ¿qué estás leyendo, Arancibia?», le preguntó Orrego, pidiéndole el libro. Se humedeció el dedo con saliva y recorrió las páginas leyendo aquí y allá. Si fueras juez —le preguntó—, ¿sobre quién, Arancibia, harías recaer el mayor peso de la ley por asesinar al viejo Karamazov? ¿Sobre Iván, el hijo legítimo, el instigador mediato, apologista del parricidio? ¿O sobre el epiléptico, rencoroso y desquiciado Smerdiakov, bastardo no reconocido del viejo crápula, y ejecutor material del asesinato? Aranciaba le respondió que aún no había terminado la novela. Y ahora mismo acababa de leer el capítulo que trata de la doctrina del padre Zózima. Escúchame, Arancibia, lo interrumpió Orrego. Lo que quiero decirte es que aquí en esta novela tienes el tema de tu tesis. ¿Qué te parece este título: *El parricidio en «Los hermanos karamazov». Un estudio jurídico*? No sé si ya te lo habré contado —le dijo Raúl Arancibia a Bracamonte—, pero una de las primeras cosas que hice al ingresar a la Universidad de Trujillo, antes de trasladarme a San Marcos, fue leer la tesis del viejo en la biblioteca de Derecho. Era un centón indigesto, de sintaxis farragosa, lleno de trivialidades que sin embargo había merecido el calificativo de sobresaliente durante la sustentación. A Raúl le pareció despreciable que el viejo hubiera echado a perder el tema del parricidio que merecía otro tratamiento. Un tema, Bracamonte, que me empezó a interesar desde que a los catorce años leí la novela de Dostoievski. Le confesó que a un nivel más instintivo, había tenido los mismos sueños de Iván Karamazov, pero no solo en relación con el padre sino también a la madre que hurtaron un hijo que no les pertenecía. Y sus fantasías se hicieron más avasallantes, porque justo por esas semanas el tribunal de la Corte Superior de Piura, del cual el viejo Adrián Arancibia era uno de los vocales, había sentenciado a cadena perpetua a un campesino de las serranías de Piura por haber asesinado a su madre destrozándole el cráneo con una piedra de batán.

Más difícil era acercarse a Haya de la Torre, sobre todo cuando retornó de vacaciones a Trujillo, después del triunfo por la jornada de trabajo de ocho horas diarias. Haya, que como dirigente de la Federación de Estudiantes Universitarios se había revelado como un orador de verbo ardiente y frondoso, tenía una corte de admiradores que formaban un círculo de hierro en torno a él. Adrián lo había conocido años atrás cuando la Compañía de Comedias de Amalia de Isaura puso en escena el espantoso drama *Triunfa vanidad* que Haya firmó como «Juan Amateur», seudónimo con el cual publicó también algunos poemas en el diario *El Norte.* Menos mal —acotaba Raúl Arancibia— que el juguete político evitó que Juan Amateur siguiera cometiendo estropicios contra las bellas musas. El viejo aseguraba que sin duda Haya pertenecía a la bohemia, sin embargo era casi abstemio y prefería los salones de su hermosa casona del jirón Independencia para sus tertulias. Ya por entonces era un conversador apasionante. Cautivaba escucharlo hablar de temas que con los años harían legendarias sus tertulias. Hablaba de astrología, de espiritismo, de mitología griega, del jardín de Epicuro, de los diálogos platónicos (a propósito de *El Banquete* y de las figuras de Sócrates y Alcibíades, disertaba sobre la juventud y la sabiduría, sobre la belleza y la fealdad); empezaba a manifestarse el erudito que sería años después sobre el tema de las sociedades secretas y sus rituales escatológicos, especial interés mostraba sobre el misterio de los Templarios, y de los constructores de catedrales en el Medievo, y explicaba por qué el badilejo y la escuadra eran los símbolos de los francmasones. Conocía y amaba a Shakespeare, tanto al autor de *El mercader de Venecia* como al otro Shakespeare, el íntimo y secreto de los *Sonetos*, en los que hablaba del amor que no se atrevía decir su nombre...

Pero ahora usurpaban su atención los temas políticos, la situación mundial, la crisis europea, es decir, la crisis del capitalismo y el triunfo de la Revolución en Rusia; su retórica se volvía más persuasiva cuando abordaba la cuestión del papel del individuo en la Historia, sin el surgimiento de líderes, de caudillos capaces de movilizar a las masas la Historia no avanzaría. Sin la irrupción en la escena política de Emiliano

Zapata que con su consigna de Tierra y Libertad despertó y movilizó al campesinado no se habría iniciado y desarrollado la Revolución mexicana. Sin la conducción de Lenin y del verbo de Zinóviev y Trostky, el pueblo ruso no habría acabado con la autocracia zarista. El Perú necesitaba un gran líder, un líder máximo, con quien el pueblo peruano se sintiera identificado. Por supuesto, estábamos hacia 1920, poco se sabía entonces del surgimiento del fascismo y del nazismo, que, no lo niegues Bracamonte, con sus rituales y formas de organización influyeron de manera definitiva en la constitución del Partido Aprista, mientras las figuras de Mussolini y Hitler sirvieron a Haya, demagogia e histrionismo incluidos, para completar la imagen del caudillo que soñaba ser. Sí, le interrumpió Bracamonte, tienes razón. Nada se sabía entonces de las luchas internas que se desencadenaron en el seno del Partido Comunista Soviético luego de la muerte de Lenin. Nada se sabía de la dictadura de Stalin que acabó con la oposición enfrentando a una facción con otra. Todavía no se sabía (pero sobre estos temas cuánto discutíamos cuando estuvimos en El Frontón, no lo olvides Raúl, por nuestra militancia y accionar apristas) de los fusilamientos de Zioviev y Bujarin y faltaban algunos años para que Ramón Mercader, por orden de Stalin, asesinara a punta de hachazos a Trostky. Y podría continuar, Raúl Arancibia, así que te ruego que vuelvas al tema de tu padre. Pero habla bien, nada de caricaturas cuando hables de Haya y del Partido Aprista. Perfectamente, haré lo posible, Bracamonte. ¿Pero cómo referirse con seriedad a ese engendro hayista llamado espacio-tiempo histórico? ¿O a la huachafería demagógica aquella del pueblo continente? Pero tienes razón. Te estaba hablando del viejo Adrián Arancibia. Por cuanto, me contó, admiraba la retórica de Haya, pero no creas que era un bobo. Pues cuando en las tertulias el pichón de caudillo ponía al debate sus ideas, papá Adrián se las arreglaba para pronunciar frases de compromiso, ambiguas, eclécticas, aduciendo que era un completo ignorante en temas políticos. Y es que ya entonces, el viejo comenzaba a poner las bases de su pertinaz oportunismo, utilizando las ideas y las pasiones políticas al servicio de sus propios intereses. Por eso cuando se estableció en Tumbes y después en Piura recibía igualmente a Haya de la Torre o a los otros líderes apristas en su domicilio, como a Luis A. Flores, a Luciano Castillo o al general Odría. La suya habría sido una filosofía de la vida pragmática, noblemente escéptica, humanamente cínica, si ella se hubiese fundado en una concepción negativa de la naturaleza humana, pero al viejo Arancibia le daban vértigo los vuelos de altura; de modo que planeaba a ras de tierra y sus metas eran modestas, casi rastreras, pues no perseguía otra cosa de la vida que alcanzar un matrimonio que le diera una solvencia económica razonable sin importar las concesiones que tuviera que hacer para ser un vecino más o menos respetado, y en cuanto a las gratificaciones del espíritu se dedicaría a sus lecturas e investigaciones de la historia de una época algo lejana, evitando pronunciarse sobre los enojosos y controversiales acontecimientos que tuvieron lugar en el Perú en tiempos más recientes.

Un año después de haber obtenido su título de abogado viajó a Piura para ocupar la plaza de profesor de historia en el Colegio San Miguel. Se hospedó en el hotel Colón, que por entonces era el único hotel más o menos decoroso de la ciudad. El propietario del hotel era el *Ciego* Rázuri, a quien los piuranos llamaban «doctor Lata». Y fue al doctor Lata —memoria viviente de Piura y casamentero oficioso— a quien contó la razón de su salida definitiva de Trujillo. Avanzado ya en tragos, Adrián Arancibia le dijo que tomó la decisión de viajar a Piura cuando se dio cuenta de que nunca se abrirían las puertas de los clubes Central y Libertad, donde se establecían las relaciones con las hijas de los hacendados, relaciones que podían culminar en alianzas matrimoniales, si el pretendiente tenía un apellido ilustre, o poseía grandes propiedades o era un hombre excepcionalmente hermoso, virilmente hermoso, digamos, como Rodolfo Valentino, que por entonces era el galán de cine más cotizado. Y por desgracia, yo carezco de las tres cualidades, y por eso vine a tentar suerte a Piura. El *Ciego* Rázuri palpó y estudió el contorno de su rostro. Muchacho —le dijo— tampoco aquí en Piura conseguirás la esposa que necesitas para encumbrarte en la vida. Los únicos pobretones que pueden aspirar a casarse con las hijas de los terratenientes son los extranjeros que, por alguna misteriosa circunstancia, recalan en Piura. Pero, ¡cuidado!, no todos los extranjeros son igualmente cotizados. El corazón de las herederas suspiran por los extranjeros según provengan de distintos países, en este orden: ingleses, alemanes, norteamericanos, franceses, italianos, serbios o croatas, checoslovacos, polacos y rusos... De modo que lo aconsejó trasladarse a Tumbes, que era un coto de caza menos competitivo. Y después el doctor Lata le habló de Elvira, una mujer casada con el partido más rico de Tumbes y que había enviudado de su primer marido once años atrás. Vaya usted allí amigo, terminó el Ciego, allí lo espera Elvira con los millones y las tierras que le dejó su difunto esposo.

IX

¿Qué hacer con los días vacíos que tenía por delante? Al despertar decidí viajar a la región de los asháninkas para ver la posibilidad de un nuevo reportaje como ya se lo había anunciado por fax a Willy Rodríguez, mi agente, y de paso echar una mirada a la Amazonía peruana que aún yo no conocía. En los últimos días la prensa local había publicado noticias alarmantes sobre poblaciones asháninkas que habrían sido reducidas a la condición de esclavos por los senderistas. Leí parte de diarios y revistas que informaban sobre el asunto, pero reservé mi opinión hasta conocer de manera directa los hechos. Un colega de la agencia Reuter que había viajado bastante por la región amazónica, mapa en mano, me señaló las riberas de los ríos que recorren varios departamentos del Perú por donde se levantan las aldeas asháninkas, y me hizo un generoso resumen de las diversidades y características comunes de estos pueblos nativos, pertenecientes a la gran familia lingüística Arawaks y, de acuerdo con mi colega informante, la más numerosa de la selva peruana, junto con las familias Pano y Jíbaro. Luego me mostró las rutas de acceso al territorio asháninka. Según él, debía entrar por la zona de Satipo; sin embargo, teniendo en cuenta mis propios intereses, elegí la zona de los campas asháninkas del río Apurímac, a la cual se podía acceder por la ruta de la provincia de La Mar, del departamento de Ayacucho. «Cuídate —me dijo—. Puede ser peligroso». Le respondí que no se preocupara, pues solo sería un primer viaje exploratorio. Y añadí: «Ni siquiera estoy seguro de que me anime escribir la crónica».

Al regresar al hotel, Muriel me había dejado en la recepción un número de teléfono para que la llamara. Lo hice y, sin apenas saludarla, le propuse viajar juntos a la selva del Apurímac para averiguar qué estaba ocurriendo con los asháninkas.

—Oh, Morgan. Sería un viaje fenomenal. Pero, dime, ¿cuándo partiríamos?

—Mañana mismo. Tenemos que estar en el aeropuerto muy temprano para tomar el vuelo a Huamanga de las seis.

—¡Ni hablar! Imposible, compañero. ¿Sabes? Los directivos del canal me han levantado el castigo y me han pedido que vuelva a trabajar. Aunque simulo estar ofendida, estoy que salto en un pie. Lo siento, papito.

—Tonterías. No lo sientas, Muriel. Yo habría hecho exactamente lo mismo. ¿Ya tienes el tema que vas a investigar?

—¿Qué te crees, flaco? ¡Por supuesto! Entrevistaré al decano de los asesinos del Perú. Acaba de salir después de purgar cincuenta años de prisión. Es un abuelo conchasumadre. Probadas, probadas, tiene en su haber catorce corvinas.

—¿Corvinas? ¿Te refieres a los fiambres?

—Así le llaman ustedes en las novelas negras. Aquí tenemos muchas otras maneras. Por ejemplo, te pude decir «el abuelo le dio vuelta a tantos» o «se bajó a tantos». Ya te enseñaré otras. Bueno, era el más maldito de los lugartenientes de la banda de Los Chalacos, la famosa banda que operó entre los cincuenta y comienzos de los sesenta, antes de que yo viera la luz de este puto mundo, como diría tu amiga Tamara. A mi asesino favorito le decían Zambo Bisturí porque todos los trabajos (que continuó haciendo dentro de la chirona) los ejecutaba con armas blancas. Lo suyo eran la chaveta, el cuchillo y el verduguillo. Despreciaba los fierros. Así que tendré que ir a entrevistarlo en los Barracones del Callao.

—¿No es eso peligroso?

—Si te dijera que no, mentiría. Pero no te preocupes, papito, porque conozco el ambiente y tengo buenos contactos. Además, hay dos zambas fortachonas que me adoran y protegen. Según ellas, con el trasero que tengo estoy perdiendo plata como reportera. ¿Opinas tú lo mismo?

Le respondí con una de esas frases indecentes que se dicen las parejas al hacer el amor. Después me propuso pasar la noche juntos para que le contara sobre mi entrevista con Tamara Fiol. Y enseguida me prometió que me llevaría al aeropuerto una hora antes de que partiera el avión.

—Te espero a las diez. Tengo la intuición de que esta noche los terroristas descansarán. Ven, flaquito. La pasaremos bacán.

A otra pregunta mía el recepcionista me dijo que no había registrada ninguna llamada del señor Willy Rodríguez; en cambio, me entregó dos sobres recién llegados. Por el perfume y la delicada caligrafía supe que una de las cartas era de mi madre. Para mi sorpresa, el remitente que figuraba en el otro sobre era Daniela. ¡Daniela! Reprimí mi deseo de abrir su carta, pero decidí leerla con tranquilidad en el Haití mientras tomaba un exprés. Entre tanto, volví a llamar a mi agente y le dejé otro mensaje en su grabadora, esta vez imitando torpemente su estilo: «Canalla, ¿qué ocurre? ¿Te ocultas de quien te da el pan? ¿O pretendes subirme el porcentaje de tu comisión?». Luego en forma más convencional le informaba de mi viaje por unos días a la tierra de los asháninkas en pos de un nuevo reportaje. Y le dejé el número de teléfono del Hotel de Turistas de Huamanga, donde establecería mi base de operaciones.

Me senté en la única mesa libre del salón de fumadores del Haití. Al lado, tres hombres y una mujer discutían con vehemencia, pero con sigilo (pues a cada rato miraban a uno y otro lado como si temieran ser escuchados) sobre el momento que vivía el país. Como había escuchado en calles y plazas y a los taxistas, se hablaba de que ya era tiempo que Fujimori (a quien llamaban «el Chino») cerrara el Parlamento y promulgase una nueva ley antiterrorista que restableciera la pena de muerte, que diera mayor jurisdicción a los tribunales militares o que jueces sin rostro juzgaran sumariamente a los terroristas y que el Ejército entregara armas a los indígenas de las rondas campesinas para que detuviesen a Sendero en el campo. Pero ya había escuchado suficiente sobre el tema y lo que yo deseaba ahora era un ambiente tranquilo para leer la carta de Daniela.

Por fortuna en el otro salón para fumadores de la planta alta unos clientes abandonaron una mesa y yo me apresuré a ocuparla. Desistí del café exprés y pedí un vodka tonic con mucho hielo. Puse los dos sobres en la mesa y encendí un Imperio. Podía imaginar y hasta escuchar la voz de mi madre mientras escribía la carta. Y recordé aquella larga sesión que tuve con Azpur y Taylor en el apartamento de la avenida Lexington, donde empezó en verdad mi viaje al Perú. Aquella madrugada Taylor, rendido, dormía en un sillón, mientras Azpur terminaba de contarme los días en que, oculto en el sótano de la iglesia San Cristóbal, había perdido toda esperanza de que viniesen a rescatarlo. De pronto empezaron a insinuarse los primeros rayos de sol y Azpur me pidió que nos asomáramos al balcón (estábamos en el piso diecisiete) para contemplar el amanecer en Manhattan. No disimuló su deslumbramiento, propio de una mirada ingenua, casi aldeana, lo cual me hizo evocar a mi madre cuando desde nuestro piso ubicado en lo que es ahora la parte ruinosa y dura de Long Island, y señalando en dirección a Manhattan, me contaba lo que su padre le había revelado el año que llegó exiliado a Nueva York: que había dos momentos mágicos en esta ciudad, el amanecer y la caída de la tarde sobre Manhattan.

Pero decidí posponer la lectura de la carta de mi madre para el día siguiente, mientras volara a Huamanga. Bebí otro largo sorbo de mi vodka, aplasté en el cenicero mi primera colilla y encendí otro Imperio. ¿Qué me diría Daniela en su carta? ¿Me propondría una reconciliación? ¿Había comprendido al fin que pese a todo yo era el hombre que más le convenía? Cuánto me avergüenza ahora por haberme aferrado a esa esperanza. Era una carta grosera y de un sadismo elemental. Daniela me ordenaba que escribiera de inmediato a la loca de mi madre para que dejara de acosarla en todas formas y a toda hora rogándole que volviera conmigo. Eso no ocurriría jamás. Ya bastaba con haber sacrificado tres años de su vida con un sujeto que no tenía ningún porvenir concreto en la vida. Al final me anunciaba su próximo matrimonio y me prometía, en recuerdo de los viejos tiempos, enviarme una invitación para la ceremonia. Como dije, sentí vergüenza, curiosamente en los minutos siguientes me fue invadiendo una sensación de bienestar y regocijo y deseé que ya fueran las diez de la noche para encontrarme con Muriel. Pensé que me vendría bien un poco de hierba. Unos colegas peruanos amigos de Muriel me habían enseñado varios lugares dónde adquirirla. Uno de ellos estaba a pocos pasos del Haití, en la calle de las Pizzas, en uno de los locales que propalaba música cubana. Pero antes me tomaría un segundo vodka tonic. Cuando el mozo me trajo el pedido reparé en que los salones del café se estaban quedando vacíos.

—¿Qué ocurre? —le pregunté al mozo—. ¡Si hace solo unos minutos esto estaba lleno!

—Es por los atentados, jefe. A esta hora empiezan.

—Tonterías, viejo. Esta es la noche de descanso de los terroristas —dije recordando a Muriel.

Pero los terroristas no descansaban. En el cenicero estaba consumiéndose la pequeña hoguera que yo había hecho con la carta de Daniela, cuando se produjo el apagón y se escuchó por el lado de San Isidro el estallido de un petardo. Sin ceder a la alarma terminé con calma mi trago y fui uno de los últimos en abandonar el local apenas iluminado por la luz de las velas.

En las avenidas Diagonal y Larco la gente se disputaba por abordar cualquier vehículo de servicio público. Aunque no era prudente, decidí volver a pie a mi hotel, ubicado en la avenida Shell, a muy pocas cuadras donde yo me encontraba ahora. Como carecía de grupo electrógeno, el hotel ya estaba iluminado por una profusión de lamparines a querosene, y en el *hall* un grupo de ancianos turistas en mesas improvisadas jugaban partidas de póquer. Al recoger mi llave en la recepción, uno de los botones subió conmigo a la habitación portando un lamparín encendido.

Todavía faltaban dos horas para las diez de la noche. Me metí a la ducha, me cambié de ropa y preparé mi mochila solo con lo indispensable para un viaje de no más de cinco días. Aparte de mis herramientas de trabajo, puse en mi mochila los casetes del diálogo con Tamara Fiol y los apuntes para el *dossier* de Raúl Arancibia que pensaba seguir trabajando cada vez que fuera posible durante el viaje. Luego hice un indispensable balance de mi economía, cancelé la cuenta, dejé el resto del equipaje en el depósito, prometí volver en pocos días y pedí por favor que me guardaran la correspondencia y todos los mensajes. A las diez de la noche el taxi que pidió el hotel rodaba por la avenida Arequipa, sumida en las tinieblas, y recordé la primera noche en que llegué a San Salvador, cuarenta y ocho horas después del asesinato de monseñor Romero.

Muriel me esperaba con una pizza espectacular y una botella del grueso tinto de Mendoza que tanto nos gustaba.

Pero antes de abalanzarnos a la pizza, hicimos el amor con urgencia, y mientras lo hacíamos pensé en la pobre boba de mi madre rogándole a la perra de Daniela que me concediese una última oportunidad. Mas, enseguida, me concentré en Muriel, en el cuerpo de Muriel, y recordé un antiquísimo poema en que el arcaico poeta celebraba la grupa de su amada. En cambio yo, moderno y prosaico, le susurré al oído: «Tienes un culo bellísimo. Infinitamente apetecible, Muriel, querida», mientras nos veníamos al mismo tiempo.

La pizza estaba deliciosa y el tinto mendocino muy decente.

—Oye, ¿qué te ha ocurrido? —preguntó Muriel, dando cuenta de una segunda tajada de pizza—. Has estado terriblemente agresivo —luego agregó—: Pero no me cuentes nada. No quiero saber ni de tus lágrimas ni escuchar tus jactancias amorosas.

Terminamos de comer y beber, jugueteamos todavía un poco y ella, de pronto, dijo: «Ah, me olvidaba del postre». Y desnuda se levantó de la cama y fue para mí un goce sublime verla, así de espalda, caminar en busca de su bolso. Al volver, traía un canuto de marihuana, que fumamos muy lentamente. Sumidos en un letargo permanecimos en un prolongado silencio, y fue en ese momento que se me impuso la imagen de Tamara Fiol, cuyo recuerdo, me di cuenta ahora, había apartado de mi mente durante todo el día, pues me laceraba pensar en los exámenes médicos que le estarían practicando en la clínica.

—¿En qué piensas? —me preguntó Muriel.

—En Tamara Fiol. ¿Te dije que hoy deben haberla internado en una clínica?

—No, no me lo dijiste. Pero me prometiste contarme sobre la conversación telefónica que tuviste con ella. Esta vez espero que la hayas grabado, ¿verdad?

—Sí. Para mi vergüenza, sí. Aquí tengo los casetes. Pero antes, ¿es posible tomarnos un café?

—¡Cómo no, señor! Lo que usted ordene.

Y así minutos después, ella cubierta con una camisa que le llegaba hasta las rodillas y yo semicubierto con la sábana, sentados en la salita, con las tazas de café en manos y con la grabadora puesta en la mesa de centro nos dispusimos a escuchar la voz de Tamara. Para el efecto, elegí el segundo casete, pues parte del primero contenía mi voz respondiéndole las preguntas que me había hecho acerca de mi vida y mi familia. Concentrados y guardando silencio, escuchamos las dos caras del casete.

—¡Interesante la tía! —dijo Muriel al acabarse la cinta—. La imagen que ya me habías esbozado de ella resulta pálida luego de escucharla hablar. ¿Sabes? Para nosotras la cosa fue más fácil. Tías como Tamara nos abrieron el camino. Qué cojones. También me encanta la Musa y su novio inverosímil, ¿cómo se llama?

—Angelo Satui.

—Angelo Satui, *el Vampiro*. Pero volviendo a tu reportaje tienes un material riquísimo. Estoy segura de que será una crónica más bacán, mejor de la que me diste a leer sobre las mujeres de Sendero. Te contaré un secreto. Cuando estaba en cuarto de media en el Colegio Isabel La Católica de La Victoria me hice amiga de una alumna de padres ayacuchanos. Una vez en el baño, mientras las otras chicas hablaban de tetas y menstruaciones, ella me mostró una foto que tenía oculta en un cuaderno. Era del entierro multitudinario de Edith Lagos, una muchacha senderista asesinada por el Ejército...

—Edith Lagos. Sí, de ella y otras muchachas y mujeres de Sendero me habló Azpur y también Taylor.

—Bueno, para esta amiguita (¡teníamos quince años!), Edith Lagos era una heroína cuyos pasos quería seguir. Hará unos seis o siete años cuando yo hacía mis pininos en la prensa escrita me enviaron a cubrir la noticia sobre un atentado terrorista. Una senderista muy joven todavía había volado en pedazos al intentar activar un mortero de fabricación casera. Después cuando la Policía identificó el cadáver supe que era ella. Su nombre de combate era «Camarada Meche». Para serte franca, yo admiraba un poco a las senderistas cuando estaba en el colegio. Después sentí rechazo por ellas. Me daban miedo. Como si no supieran reír. Eran demasiado duras. Cerradas. Planas. Casi no humanas. Verdad, Morgan. Por lo menos en apariencia...

—¡Apariencia que yo no pude traspasar en mi reportaje!

—...En cambio a Tamara Fiol la siento más cercana y terrenal. Su misma relación con Arancibia me hace sentirla más de esta tierra. ¡Pero no te soltó prenda sobre el maldito cabrón!

—Me ha prometido hacerlo en la última entrevista.

—¿Qué te parece si divagamos un poco sobre el sujeto? Tengo algunas ideas que te pueden servir.

Así, como creo ya haber dicho, había comenzado nuestra relación: comentando nuestras experiencias periodísticas; ella como investigadora del submundo limeño y yo como cronista de guerra, cosa que la había fascinado apenas fuimos presentados en una conferencia de prensa. Recuerdo que una de las primeras cosas que me preguntó Muriel fue sobre cómo había nacido mi vocación como reportero de guerra. De modo que, a partir de los datos que había averiguado (y que yo he incorporado al *dossier* de Arancibia), Muriel me expuso sus teorías y conjeturas sobre el asesinato de Raúl Arancibia, una de las cuales (en la línea de Pepe Corso) señalaba a Tamara Fiol como la autora (obviamente intelectual) del crimen. Después de escucharla atentamente, y asumiendo el papel de abogado del diablo, formulé mis reparos a esta hipótesis.

¿No era un acto demasiado tardío para ser una venganza? ¡Tantos años habían pasado del accidente que redujo a la semi invalidez a Tamara! Pero además, se partía de una simple conjetura —pues nunca se probó nada y a su manera ella nunca avaló— en el sentido de que fue Arancibia el que averió el auto (o pagó por ello) para que ocurriera el accidente. Tampoco me pareció convincente la teoría de la vindicta moral, según la cual Tamara castigó al corruptor que perturbó sus sentidos y la sometió a prácticas aberrantes y la convirtió en su esclava sexual. Pero no, esto era demasiado barroco y truculento, sin tener en cuenta que ella no solo se había emancipado y vengado de su ¿corruptor? (Según me contaron Emperatriz y Corso ella, como venganza, sedujo a Vorosilov, amigo íntimo y probable amante de Arancibia), sino que siguió disfrutando libremente del amor y el sexo y, al parecer, no perdió la alegría de vivir.

En esta línea —es decir, la de la venganza moral—, Muriel propuso dos variantes. Según la primera, Tamara Fiol, antigua luchadora que no había abdicado a sus principios, decide liberar a la sociedad peruana, vamos, a la humanidad entera, de una sabandija repulsiva, de una basura humana, cuyo poder corruptor y arrogancia crecía de manera ilimitada. Solo que mi amiga, ¡mi colega!, pasando por alto el dato de la invalidez, olvidaba que a Tamara Fiol, mujer coherente, le estaba vedado el camino de la violencia por su militancia como defensora de los derechos humanos, de la paz y del derecho universal a la vida. A ella, como admitió en una de las entrevistas, en más de una ocasión le asaltó el deseo de hacer justicia con sus propias manos eliminando a sujetos que eran una abominación de la especie humana, pero frente a estos impulsos homicidas, estaban los imperativos de la doctrina de defensa de la vida, a la cual se había entregado desde que volvió de Moscú puesta de pie otra vez, aunque tuviera que usar muletas y entramados metálicos para sostener su cuerpo. Por eso no me pareció factible la segunda variable que planteó Muriel, en que la vindicación no solo era moral, sino política porque en el fondo Tamara Fiol nunca había abandonado sus convicciones revolucionarias. De modo que cuando Arancibia salió a la palestra en la cruzada antiterrorista, revelándose su vieja vinculación con los aparatos represivos del Estado, Tamara Fiol habría armado todo un prontuario que entregó a Sendero (o incluso al MRTA) con el que tenía contacto a través de sus visitas a los penales. Tamara disponía del camuflaje perfecto de ser coordinadora del organismo de derechos humanos de las Naciones Unidas. También había aquí un fondo demasiado especulativo e indemostrable, como la aseveración que Tamara continuase siendo en lo íntimo una revolucionaria en la tradición del marxismo-leninismo. Por lo demás, aunque ella no había abordado el tema a fondo, tengo entendido que Sendero no veía con buenos ojos a Tamara Fiol no solo por haber salvado a Azpur en Huamanga, sino porque la organización del Presidente Gonzalo rechazaba la doctrina de los derechos humanos, a la que oponía la consigna de los derechos del pueblo. Pero mis principales reparos a las conjeturas de Muriel eran más bien de orden práctico; había que tener en cuenta su condición de minusválida y el empeoramiento de su salud, que había llevado a la institución a reducirle su horario de trabajo en la oficina.

Sin embargo, cuando finalmente Muriel se quedó dormida, volví sobre sus conjeturas en relación con la supuesta militancia marxista-leninista, incluso, tal vez maoísta, de Tamara Fiol. Era una hipótesis demasiado forzada, aunque ahora me parecía no del todo imposible. ¿Y si ella hubiera sido una militante secreta de SL, con tareas muy específicas para el frente externo? Y como sostenía Muriel, en el organismo de derechos humanos de la ONU Tamara había tenido el camuflaje perfecto para desarrollar actividades secretas. No era imposible, había muchas historias de este tipo en el movimiento comunista internacional y como todo el mundo sabía por las novelas de Ambler, los agentes dobles abundaban en el mundo del espionaje. ¿Acaso no había sido demasiado parca cuando le pregunté sobre sus relaciones con el marxismo? De cualquier forma, en aquella lucha interna del PC de los años sesenta, Tamara Fiol me reveló que había optado por la línea pekinesa, aunque por razones prácticas había ido a Moscú para luchar contra la invalidez.

Me habría hundido en esta maraña de suposiciones si no hubiera recordado los casetes que me entregó Nelson Bracamonte. Solo los había escuchado de manera muy parcial, pero me di cuenta de que la principal parte de esta suerte de entrevista póstuma se refería a las relaciones de Arancibia con el narcotráfico. Con cargo de volver sobre el asunto, era en el contexto de esta relación de Arancibia con el narcotráfico en que había que situar su asesinato. Aunque no era este el aspecto de la vida de Arancibia que me interesaba (por lo demás la prensa se había ocupado y seguía ocupándose del caso), necesitaba escuchar en su integridad el material que me había entregado Bracamonte, sobre todo la parte en que Arancibia habla de su pasión por Tamara Fiol. Pero necesitaba dormir más, por lo menos una hora antes de volar a la ciudad de Huamanga. Pero no pude. Ni siquiera sé si dormí. En mis sueños Muriel insistía en su tesis de la militancia secreta de Tamara Fiol. Intervino Emperatriz: «Tamara era de la línea dura. Una radical. Como lo era Arancibia». Y Muriel: «Es lo que yo te digo, Morgan. Era una violentista».

la vid[illegible] día que me [illegible] (que lo [illegible]
[illegible] cuando [illegible] (de [illegible])
[illegible] la [illegible] que [illegible]
[illegible]
[illegible]
[illegible]
[illegible]
[illegible]
[illegible]
[illegible]

X

Como le contó a Bracamonte (y también con otros detalles a Tamara), Raúl Arancibia pasó su infancia y parte de la adolescencia en Tumbes y hasta los nueve años en que se lanzó a las calles, su casa fue el centro del universo, donde aprendió todo lo que había de saberse de la vida y de la conducta humana. Antes de su demolición, era una de las más amplias y antiguas de Tumbes, se ubicaba en la plaza principal, al lado de otras casas de las familias tumbesinas más prominentes. Eran grandes construcciones de madera de dos pisos que se levantaban sobre pilones del mismo material para protegerlas de las inundaciones. Las inundaciones se producían en los meses de verano, en las calles y por debajo de los pilones se formaban inmensos charcos de los que salían millares, millones de zancudos, de toda clase de bichos, que se unían a la zancudería que provenía de los manglares, y la ciudad, ardiente y húmeda, vibraba con el chirrido de todos los insectos, del croar de los cololos y el canto destemplado de los pájaros de la noche.

Los tumbesinos cerraban las ventanas con tupidas mallas de alambre, se untaban los cuerpos con repelentes caseros y se metían a los mosquiteros y permanecían allí hasta la salida del sol. Y Rulo Arancibia ansiaba la llegada de la noche para refugiarse en el mosquitero y esperar a Guillermina. ¿Qué edad tenías?, le preguntó Bracamonte la primera vez que Arancibia le contó este episodio. Raúl le dijo que no podía precisarlo, tendría dos, tres, cuatro, quizá cinco años, y todo era imágenes borrosas, pero perduraba un amasijo de sensaciones deleitosas que tenían que ver con el olor a fango, a lluvias, a verano. Y este era el olor de Guillermina. Se metía desnuda en el mosquitero con un frasco de un macerado de alcohol y tabaco y le rogaba que le untara el cuerpo porque no soportaba los ataques de los zancudos, que la perseguían a ella por las muchas maldades que cometía. Luego prendía un purito hecho de hojas vírgenes de tabaco que le robaba a la vieja Nieves y el mosquitero se llenaba de un humo aromático y es así como Raúl Arancibia evocaba el cuerpo desnudo de Guillermina: como envuelto en una nube de humo delicioso.

En esos años a Rulo le irritaba cuando los viajeros o visitantes que llegaban a la casa se referían a Tumbes como una ciudad inhóspita, hostil, insalubre, en la cual no podían permanecer más de una noche o de la que huían apenas cerraban un trato de venta de reses con comerciantes del Ecuador por temor a contraer el paludismo o la malaria. Decían que era una vergüenza que los gobiernos mantuviesen postrada a la ciudad, siendo una ciudad fronteriza, que reclamaban como suya los ecuatorianos. En cambio, para el pequeño Rulo, Tumbes era un pueblo legendario que él fue construyendo con las historias que le contaba su padre. Una de las primeras cosas que hizo don Adrián al llegar a Tumbes fue dar una conferencia en el Club Social sobre las expediciones de Pizarro y sus hombres por la región de los manglares. Esta conferencia —que le permitió el acceso a la sociedad tumbesina y conseguir la mano de la viuda de un Iparraguirre Mendoza—, cada vez más ampliada, la repitió muchas veces a lo largo de los años en Sullana y Piura. Cuando en la casona de Tumbes había invitados, en las sobremesas o a la hora del café y de los tabacos de la tierra, el viejo retomaba el tema sobre el cual llegó a convertirse en un verdadero erudito, pasando por alto las malcriadas interrupciones de la madre, que le decía: Caracho, Adrián, ¿otra vez con la misma cantaleta?, no te das cuenta, hijo, que vas a matar de aburrimiento a nuestras visitas. Pero en esos primeros años Rulo no se aburría de escuchar al viejo, porque cada vez añadía un episodio, surgían otros nombres de conquistadores, como el artillero Pedro de Candía, revestido de acero como un semidiós y con el arcabuz que arrojaba fuego con el ruido de un rayo, o también nombres de caciques indios como Tumbalá y Chilimasa. La parte que más fascinaba al pequeño Rulo era el relato mismo de las primeras travesías, con nombres de lugares que nunca olvidaría: puerto de Piñas, Puerto Quemado, Pueblo del Hambre, la isla de la Gorgona, la isla del Gallo, la isla de la Puná, con sus indios bravos, gustadores de la carne humana, como que numerosos españoles fueron a parar a las ollas nativas, el más ilustre de los cuales —contó una noche el viejo— fue fray Valverde, el de la treta sangrienta a Atahualpa, en Cajamarca. Años después, cuando se arriesgó a salir a las calles y empezó a ir a las seriales en el cine Tropical, en los juegos de bandidos del oeste, él convenció a la pandilla para sustituir a los apaches, con los indios caníbales de la región, de modo que aullaban y danzaban en torno a la hoguera, y siempre era sacrificado el niño de la pandilla que no obedecía las órdenes de Rulo Arancibia, que a los pocos meses de salir a la calle logró convertirse en el jefe de los caníbales.

Bien, volvamos al principio, le dijo Bracamonte. Háblame de esos benditos nueve años que pasaste prácticamente encerrado en tu casa. Me gustó el toque de huachafería, cuando dijiste que en esos años aprendiste todo lo que sabes del mundo y sus miserias. Se habían alejado del pabellón de los presos políticos, donde convivían en dura tensión apristas y comunistas, y fumaban un cigarrillo sentados en una de las prominencias de la isla El Frontón. El sol estaba despejando las brumas que ocultaban la vecina isla de San Lorenzo y Bracamonte recordaba que esta charla tuvo lugar pocas semanas después que los disciplinarios apristas, incitados en secreto por Arancibia, aplicaron la marca en el rostro de Roldán, por tener relaciones de complicidad con los rabanitos comunistas. Vamos, muchacho, cuéntame, repitió Bracamonte. Confiésate. Expulsa tus demonios. Imagina que soy el papá Sigmund Freud. Entonces Arancibia retomó el relato.

Sí, su casa era el universo, el imperio, la vida, la podrida raza humana. La casa tenía muchas habitaciones, despensas, depósitos y un cuarto donde encerraban a Guillermina cuando se escapaba desnuda a la ciudad. Y, remataba en un corralón donde prosperaba un huerto con platanales, naranjos, mango ciruelos, una hilera de palmeras de piñas, un hermoso árbol de pomarrosas, el pequeño tabacal que sembraba y cultivaba para su consumo la vieja Nieves y un enorme colambo, ofidio constrictor de la familia de las boas, que cuidaba todo el huerto.

Mientras duró la infancia de Rulo, la casa contaba aún con la servidumbre que doña Elvira heredó de su primer marido. Era un tropel de gentes conformado por empleados, sirvientes, ahijados y allegados del difunto patrón que se repartían para el mantenimiento de la propiedad y los negocios de la familia. Según recordaba, encabezada por la vieja Nieves, la servidumbre que vivía de manera permanente en ella la conformaban nueve personas, de las cuales dos eran varones, un maltoncito encargado de los mandados y del cuidado del huerto y que era hijo de la lavandera y, Benigno; las otras eran: una mujer ya parida que ayudaba a la vieja Nieves en la cocina, dos mujeres todavía joventonas, que se turnaban para atender y vigilar a Guillermina, otras dos muchachas quinceañeras encargadas de la limpieza y una niña que la habían destinado a Rulo como compañera de juegos. Claro que recordaba el nombre de cada una de las domésticas, pero solo evocó el nombre de la Lindolfa, la chiquilla que lo adoraba como hermanito y que él la convirtió en la querida de sus juegos infantiles. En esos años, contaba Bracamonte, iniciado por sus juegos con Guillermina, Rulo avanzó en el descubrimiento del placer, de las variedades del placer, como el goce que depara la dominación, aunque no llegó a conocer el acto sexual pleno si no a los quince años en el burdel de la tía Berta. Otra enseñanza que adquirió en esos años es que no bastaba con los privilegios de ser hijo del patrón para señorear sobre el corazón y la voluntad de sus vasallas y vasallos. Oscuramente entendió que para conseguir el poder era necesario ser astuto, empleando de acuerdo con las circunstancias el halago, la ilusión, el engaño, la amenaza, la extorsión y hasta el castigo. Pero algunas pocas veces sucedía que cuando había sido demasiado cruel, lo invadía un sentimiento opresivo, con un sabor amargo en la boca y un vacío en el estómago, y entonces pensaba en el otro niño, en aquel que según mamá Elvira habían robado los gitanos. Pues pensaba que él con su sola hermosura habría obtenido todos los favores de las mujeres y personas que formaban su imperio.

Completaban el cuadro de servidores de la casa un regular número de personas, la mayoría hombres, sobre todo niños que ya habían cumplido diez años. Eran los ahijados o allegados del difunto patrón, a quienes en su testamento había dejado disposiciones para que se les otorgasen algunas mercedes, a cambio desde luego del cumplimiento de algunas tareas. Los días que les tocaba turno, la vieja Nieves les servía en la cocina las tres comidas, mientras que mamá Elvira (sin mucho entusiasmo, a regañadientes, recordaba Rulo) les repartía víveres, ropa y trastos desechados y propinas en monedas en las grandes celebraciones del año. Enseguida Arancibia relató a Bracamonte que, desde un tiempo muy remoto, intuyó que con estos muchachos tenía que utilizar otras maneras para ganarse el respeto y la admiración. Todos vivían en las afueras de la ciudad, en chozas de cañas de Guayaquil, techos de latas y palmeras y piso de tierra apisonada. Tenían la piel oscura —del color de las cortezas de zapote o de los tizones de leña— y en sus rostros y extremidades lucían eccemas y otras llagas, pero lo que atemorizaba a Rulo eran sus pies descalzos de dedos curtidos por la tierra y el sol y sus ojos pálidos que miraban desconfiados y rencorosos. Un nombre acudía con frecuencia a los labios de Arancibia: el Pijas Niko, de estirpe chola, muchachito de aspecto recio nacido para el mando y que le inspiraba sentimientos de envidia y temor. El Pijas Niko se llenaba la boca hablando con orgullo de su barrio, donde vivían —aseguraba— los hombres más machos de Tumbes. Se jactaba que al frente de su pandilla aterrorizaba a los blanquitos, esos hijos de la gente rica, hijitos de mamá, siempre bien limpiecitos, como rosquetes que eran, hojitas de té, que se morían porque les metieran la mano y les hicieran lisuras. Los otros chicos que llegaban a la casa escuchaban fascinados al Pijas, intercambiaban miradas de complicidad y cuando Rulo se acercaba al grupo callaban conteniendo la risa. Arancibia le contó a Bracamonte (años después, también se lo confió a Tamara cuando la trajo a conocer la tierra tumbesina), que nunca había podido olvidar la tarde en que el Pijas Niko le propuso jugar a la lucha libre, pero no aquí dentro de la casa, sino en un campo que él conocía junto al río. Y para darle confianza el Pijas agregó que sería una lucha de a mentiras, solo un juego para saber cuál de los dos tenía más fuerza, mientras los otros niños que visitaban la casa lo miraban expectantes. Rulo sintió que nacía dentro de él una oleada de miedo desconocido hasta entonces, las piernas se le aflojaron, tuvo deseos de llamar a papá, a mamá, a Guillermina y salir corriendo y ocultarse en el más remoto de sus escondites. Pero permaneció estático, como arraigado al suelo, el corazón palpitante, un sudor frío le brotó de las sienes, y entonces, como si tuviera una misteriosa inspiración, le dijo al Pijas: «Mejor juguemos a otra cosa», y, llevándole a un aparte para que no oyeran los otros niños, le dijo al oído: «¿Quieres ver bañarse calata a Guillermina?». Los ojos del Pijas Niko se llenaron de deseo, curiosidad, estupor y miedo, y Rulo llevó a un Pijas vacilante y amedrentado hasta el mirador por él acondicionado, desde el cual se podía mirar el cuerpo blanco y desnudo de Guillermina, mientras las sirvientas, del color de las pepas de tamarindo y solo con fustanes humedecidos como única prenda, la ayudaban a bañarse. Le refirió a Bracamonte que desde entonces el Pijas empezó a mirarlo con respeto y admiración escandalizada. De modo que Rulo comprendió que a veces era necesario compartir el poder haciendo concesiones y estableciendo alianzas temporales, mientras se daban las condiciones para recuperar el mando absoluto.

De todos los allegados de la casa, Arancibia tenía los más abundantes recuerdos del muchacho que era unos diez años mayor que él y a quien conocían en el pueblo con un apodo que él siempre halló infamante, pero Rulo nunca lo llamó por su mote y fue de los pocos en la ciudad que le decía Benigno, que era su verdadero nombre. Le confesó a

Bracamonte que fue la única persona a la que nunca trató de dominar, a la que nunca traicionó. Entiendo, dijo Bracamonte, era lo que se llama un pobre de espíritu, un tarado, una de esas almas inocentes que según el crucificado irán derechito al cielo. No juegues al cínico con tu maestro, le dijo Arancibia, poniéndose demasiado serio, casi solemne, pero enseguida volvió a su actitud habitual y continuó con su relato. A los veinte años, Benigno era un muchacho alto, algo grueso, de carnes flojas, de color cobrizo tostado por el sol. Hasta donde le alcanzaba la memoria, Rulo siempre lo había visto llegar una vez a la semana, calzado y limpio, pero con las uñas negras, llevando en una bolsa mariscos y conchas negras como si fuera un tributo para la casa y que él y su padre extraían de los fangales que se forman en el área de los esteros. Recordaba que su sola presencia apaciguaba a Guillermina, pues Benigno tenía un aspecto manso y parecía como ido, como habitando, contaba Arancibia, por otras regiones. Pero te equivocas, Braca si crees que era retardado mental; bastaba que se le preguntara por las aventuras de su padre y por su vida en los esteros para que los ojos se le llenaran de vida y la lengua se le desatara en un largo y maravilloso relato sobre la tierra tumbesina. Mientras existió, la casa de exportación de pieles que en sociedad con los Figallo tenían los Iparraguirre, el padre, a quien Benigno llamaba «mi señor padre», se dedicó a la cacería de los animales salvajes cuyas pieles se cotizaban alto en el mercado. Según las temporadas, el viejo de Benigno cazaba en los montes y florestas de Tumbes y en los bosques de Amotape, donde había pumas y tigrillos y hasta jaguares del Amazonas, pero en el tiempo de apareamiento de los felinos, el señor padre volvía a las tierras bajas a vérselas con los grandes lagartos como le decían los tumbesinos a los cocodrilos que en esos años todavía se los podía sorprender en ciertas riberas escondidas del río.

Infinitas eran las historias de cacería que le contaba Benigno, desde la ubicación de la presa, la construcción de trampas o su lenta y paciente persecución hasta el abatimiento de la fiera, con balas de su antigua escopeta; después el señor padre, abriéndolo en canal con su cuchillo, procedía a la limpieza del animal destripándolo y luego sometía al pellejo a una primera cura con sal de la tierra. De regreso a la cabaña, el señor padre, con su ciencia, adobaba los pellejos con tanino y bosta de ganado y otros secretos y luego los ponía a secar durante varios días y entonces los perros ladraban y los gallinazos oscurecían el cielo y se posaban sobre los árboles cercanos a la cabaña. Aunque la cabaña quedaba apartada, cerca del río, los vecinos se quejaban por el olor podrido, un hedor asqueroso, como a burro muerto, decían, pero ni a él ni al señor padre les molestaba aquellas emanaciones que trascendían los cueros curtidos, cuando por las noches dormían en el corral cuidándolos de los ladrones. Y estas historias, le contaba Arancibia a Bracamonte, lo llenaban de fantasías, como las historias sagradas del Nuevo y Viejo Testamento o las historias que le contaba su padre sobre los primeros viajes de Pizarro por litorales y tierras habitadas por indios caníbales. Solo que las historias de Benigno, y el recuerdo mismo de Benigno, resurgían cada vez que había cometido alguna maldad, o fraguado una intriga o traicionado a alguien, pues, como le confesó a Tamara en un momento de debilidad, de niño soñaba con llevar una vida libre y pura como la de Benigno y su señor padre.

Después que se cerró la casa de exportación por la caída de los precios, el padre de Benigno volvió a su viejo oficio de recolector de conchas y otras especies que crecían ahí donde las aguas dulces del Tumbes y del Zarumilla se juntan con las saladas aguas del Pacífico. Cuando su señor padre murió con medio cuerpo gangrenado por una herida mal curada, entre los enseres que heredó Benigno lo más preciado fue un bote que su señor padre había adquirido años atrás y que él desde niño aprendió a maniobrar y conducir por entre los esteros buscando bancales de conchas y crustáceos voraces y a esperar pacientemente la bajada de la marea para después, desnudo, como los otros pescadores, hundirse entre los fangales y con los dedos como garfios acopiar las preciosas especies que proliferaban al amparo de los manglares. Le dijo Benigno que tenía quince años cuando se hizo dueño y señor y práctico de la pequeña embarcación con la que surcaba las quietas aguas de los esteros que se abrían entre tupidas formaciones de mangles. Cuando estaba solo, remaba con pericia y sigilo increíble para no espantar a las aves y otros animalajes e insectos que tenían su hábitat en esta singular catinga, y entonces emboscado entre los innumerables brazos de agua del estuario, Benigno escuchaba un silencio sobrecogedor que oscuramente lo sentía como su propia vida.

También Rulo Arancibia se sintió sobrecogido por el silencio que lo rodeó la primera vez que Benigno lo llevó en el bote para que conociera los esteros. Acababa de cumplir diez años y aquel desconocido silencio le produjo un miedo hondo, extraño, como cuando en sus pesadillas caminaba a tientas por una casa abandonada, así que para disimular y conjurar el temor vergonzoso que lo poseía aulló y rugió como los caníbales de la pandilla y de los manglares levantaron el vuelo entre chillidos destemplados centenares, miles de aves, y el bosque se pobló de infernales graznidos y bramidos, pero esto era mejor que ese silencio perturbador.

Años después, cuando con Tamara surcó el Tumbes en una lancha a motor y se adentró por los esteros, le confesó que este mundo verde y oscuro le había despertado sensaciones distintas a las que le suscitaban al buen Benigno, para quien en estos parajes residían las ánimas benditas del Purgatorio, entre las que se encontraban su señora madre, que murió antes que a él le naciera la memoria, y su señor padre, que le enseñó toda la ciencia de la vida. En cambio, le contó a Tamara, aquella primera vez los esteros le parecieron la laguna Estigia que conducía a un territorio infernal, pues los intricados manglares, húmedos, viscosos, ululantes, carnívoros, se le revelaron como un paraje malvado, perverso, creado para el castigo. Dos veces más lo llevó Benigno a recorrer los canales del estuario y a enseñarle a remar. Le contó que su señor padre lo embarcó en el bote por primera vez cuando tenía siete años, desde entonces no había dejado de surcar los esteros, navegando los cuales fue creciendo y haciéndose hombre. Con una sencillez y modestia que jamás tendría Arancibia, el muchacho afirmó que era verdad que conocía el régimen y los recovecos de muchos canales, pero le faltaba vivir más vida, quizá toda la vida, para aprender el mapa completo, como había aprendido a reconocer todas las líneas de su mano. Y cuidado, Rulo, le dijo, había que remar con los cinco sentidos despiertos dejando marcas y recordatorios en los mangles, pues al menor descuido uno podía equivocar la ruta y perderse, como la vez que después de enterrar en el pueblo a su señor padre, abordó el bote y remó por los esteros en busca del alma bendita de su progenitor, pero sin prestar atención a la ruta elegida y olvidándose de dejar las huellas para el retorno, bogaba como un sonámbulo, como olvidado de quién era, hasta que la lluvia que nunca supo cuándo había empezado le caló los huesos, entonces volvió en sí pero se encontró en medio ya de una noche cerrada, sin ninguna chispa en el cielo que iluminara el estero; estoy encalavernado, atinó a decirse, estoy encalavernado, encalavernado, repetía, y perdido en el laberinto de esteros nadie podría dar con él si acudiesen en su auxilio, pero ni siquiera tenía esta esperanza, pues todos los recolectores de conchas y cangrejos, tras haber terminado sus faenas, habrían retornado al pueblo; se preguntó qué habría hecho su señor padre de encontrarse en las mismas condiciones. Le pareció escuchar: Quédate donde estás, no intentes remar porque más encalavernado te hallarás, quédate donde estás, aléjate de la orilla para que no te ataquen las alimañas ni los lagartos que salen a cazar por las noches. De modo que hizo caso a la voz, rezó pidiéndole protección a las almas benditas, al alma antigua de su señora madre y a la más reciente y fresca de su señor padre, y apartándose lo conveniente de la orilla decidió esperar en la embarcación la llegada del amanecer resistiendo a los bramidos que emergían de los manglares poblando la noche. Lo curioso, le dijo Arancibia a Tamara, es que mientras Benigno hablaba su propia mente volaba por otras regiones. Ahora el mundo de los manglares lo intimidaba tanto como lo fascinaba, cuántos juegos, cuántas aventuras podría emprender con su pandilla de caníbales. Después se dio cuenta de que entre los manglares podían avizorarse ciertas lenguas de tierra, islotes y pequeños archipiélagos que resistían el avance de enmarañadas vegetaciones. De modo que allí, fantaseaba, la pandilla podría acampar, se encenderían las hogueras, y los cazadores con los rostros pintados aullarían y danzarían en torno a los prisioneros de guerra y en torno a todo aquel que se negase a pertenecer a la pandilla sometiéndose a su jefatura, a su mando, a su poder. Entonces fue que le contó a Tamara (años atrás le había relatado a Bracamonte una versión algo diferente de los hechos) sobre el acto más perverso que había cometido en su maldita infancia.

XI

El avión despegó con una hora de retraso, de modo que Muriel y yo tuvimos tiempo de tomar un café en uno de los bares del aeropuerto. Después nos despedimos entre bromas, pues nos habíamos prometido mantener nuestra relación en el plano de la camaradería. Cuando el avión empezó a remontar los Andes —nos habíamos elevado por encima de cardúmenes de nubes esponjosas de una blancura purísima y ahora el aparato volaba sereno y estable—, me dispuse a leer la carta de mi madre. Siempre estas me producían una sensación penosa, pues se mezclaban la ternura, la piedad y una insalvable vergüenza por la candidez de su manera de ser frente a las personas, las que siempre terminaban por lastimarla. El hecho que no me dijera una palabra sobre la misión que se había impuesto (por supuesto al margen de mi voluntad) de abogar para que Daniela no rompiera conmigo me hacía pensar con casi absoluta seguridad que la muy perra la había tratado en forma grosera buscando herirla en lo más sensible, como era el amor hacia mí (en una de nuestras primeras peleas, Daniela me había dicho: «Qué linda es tu mami, Morgan. Clarita, la tontita»). A nada de esto aludía mi madre en su carta, pues era incapaz de hablar mal de nadie y cuando había agravios de por medio se limitaba a callar y olvidar, mientras buscaba algún motivo o señal que le permitiera seguir diciendo que la vida era preciosa y el mundo, un lugar exquisito y bello y habitable y otras tiernas idioteces.

Precisamente una prueba de la bondad de la creación (para continuar con el lenguaje de mi pobre madre) eran las invitaciones que le hacía el viejo Scott de pasar un día entero por el centro de Manhattan. Estos ocurría una o dos veces al año y habían empezado desde que el viejo crápula, huyera con la primera zorra (ya que fueron varias) y decidiera gratificar en algo el servil amor que le profesaba la boba de su esposa dedicándole un día entero de mimos y mentiras. Y por eso guardaba con celo en su memoria cada uno de estos días que ella consideraba perfectos y exquisitos. Y también, naturalmente, este día del cual me daba cuenta había sido perfecto y exquisito. Me salté las líneas en que mi madre, como siempre, me contaba de los sitios que habían visitado: tiendas, teatros, parques, salas de exposición, museos y el restaurante donde servían comidas deliciosas. En las líneas finales de su misiva me preguntaba (y no por primera vez) si ya no era tiempo de que perdonara e hiciera las paces con mi padre. «Mildred (este era el nombre del viejo Scott) se siente muy orgulloso por la profesión que elegiste. Muy, pero muy orgulloso. ¿Sabes bebé, que guarda en un álbum los recortes de todas tus geniales crónicas? Morgy, mi bebé, habla con él. Recuerda que si no hubiera sido por Mildred habrían asesinado a tu abuelo, yo habría quedado huérfana y tú no habrías nacido».

Como dije siempre, me enfurecían un poco las cartas de mi madre, nunca dejaban de conmoverme. Pero esta vez le di la razón a ella: ya era tiempo de mantener una relación madura con el viejo Scott, no solo por razones filiales sino porque necesitaba averiguar sobre la verdad de aquella historia legendaria que había escuchado tantas veces en mi infancia según la cual el viejo Scott —pero que entonces era un joven de veinte y pocos años— golpeó en plena noche el portón de la casona de mi abuelo instándolo a huir de inmediato, pues el gobierno había ordenado a sus esbirros asesinarlo junto con los principales opositores del régimen. Según escuché, la razón por la que el joven Scott salvó de la muerte a mi abuelo era de índole romántica (Mildred se habría prendado de Clarita, la soñadora y apenas púber hija de mi abuelo), pero lo que más me interesaba era oir de labios de mi propio padre (cosa que yo conjeturaba desde muchos años atrás) si era cierto que por entonces Mildred Scott pertenecía a la red de agentes secretos de Estados Unidos que con diversas coberturas operaba en Centroamérica y el Caribe para sostener a los regímenes dictatoriales.

Comencé a darle vueltas a la idea. Desde hacía quince años no me había sentado a la mesa a dialogar con el viejo Scott, así que nuestra relación se redujo a unos pocos encuentros fugaces y a llamadas telefónicas tensas y algo cómicas en que el viejo se obstinaba en hablar en inglés y yo a usar *spanglish* parodiando a los malditos puertorriqueños. Sin embargo, yo sabía que en cualquier forma ese extraño que era mi padre estaba metido en mi vida. De otra manera durante todos estos años no habría estudiado (en mis ratos libres y en los periodos de descanso entre una misión y otra) la intromisión de Estados Unidos en la política interna de los países de la región desde el triunfo de la revolución castrista. Pues yo sospechaba que

Mildred Scott había sido una pieza, aunque tal vez secundaria, tal vez ínfima, de esta política de sabotaje y hostigamiento yanqui al régimen de Fidel Castro.

Todavía con la carta de mi madre en la mano, eché una mirada hacia abajo a través de la ventanilla. En medio de una luminosidad sin límites se veían las cadenas de montañas pardas y grises y picachos coronados de nieve, y aquí y allá salpicadas de franjas verdes, y me recordé mirando en otros vuelos los mapas aéreos de otras tierras. Cerré los ojos. Recordé lo que Tamara me había contado acerca de sus relaciones con su padre. En cualquier forma ya era tiempo de hacer las paces con el viejo Scott. Después de la segunda o, mejor, de la tercera reunión le propondría hacerle una larga entrevista. Consulté mi archivo, me interesaba el asunto de la bahía de Cochinos y la crisis de los cohetes y los planes de la CIA para asesinar a Castro. Con todas las argucias que he aprendido en estos quince años de periodista le fui formulando las preguntas debidas. Y el viejo Scott, pero con un rostro desconocido, me decía: «Muchacho, con lo que te voy a revelar le vas a meter por el culo al mentado Oliver Stone con su mentirosa película sobre Kennedy. Te haré ganar el Pulitzer, muchacho». «¿No te lo decía, bebé? —intervino mi madre—. Tu padre te quiere. Te hará famoso». En este momento el piloto de la nave anunció que dentro de cinco minutos estaríamos aterrizando sobre el aeropuerto de Huamanga. «Nunca dejarás de ser un niño», me dije, todavía aturdido. Me sentía avergonzado, como si Tamara Fiol o Muriel hubiesen sido testigos de esta escena.

Pero ya empezaba el aterrizaje y, con alivio, guardé la carta de mi madre y volví a la realidad del mundo de las mujeres de Sendero, de Tamara Fiol y de la guitarra de Azpur que desde Nueva York me introdujo en la atmósfera de guerra que vivía el Perú. Una guerra que, comprendí poco después, había entrado a una nueva y decisiva fase con la formación de las rondas campesinas para combatir a Sendero Luminoso.

En el control del aeropuerto los encargados revisaron minuciosamente mis documentos y mi equipaje: mi *lap top*, mi equipo fotográfico y mi maletín de viaje. Se veían piquetes del Ejército en uniformes de combate y sospecho que policías vestidos de civil; sin embargo, parecía circular un airecillo nuevo que se manifestaba en los rostros más abiertos y confiados de los viajeros y de los familiares y amigos que habían ido a recibirlos. Cuando minutos después comenté esta impresión con el chofer del taxi que me conducía al hotel, me explicó la nueva situación que se había creado con la formación de las rondas campesinas que ahora en una ceremonia patriótica recibirían armas de manos del jefe político militar de la región ayacuchana. Me dijo luego —y yo me percaté de que me miraba a través del espejo retrovisor— que al toque se había dado cuenta de que yo era periodista y que venía a cubrir la ceremonia de entrega de armas. Pero le intrigaba que hubiera llegado en el avión comercial. «¿O no sabía —me dijo— que a las diez llegaría el Hércules de las fuerzas aéreas transportando a toda la prensa y televisión?». La verdad es que en las dos últimas semanas me había dedicado a trabajar a tiempo completo en mi crónica sobre Tamara Fiol, de modo que todo lo relativo a la guerra senderista me llegaba como un ruido lejano. «Pero le diré una cosa —habló de nuevo el taxista—. Le apuesto que ese avión no levantará vuelo. Se lo digo como que me llamo Antonio Sulca». Antes de que yo lograra hacerle la pregunta pertinente, detuvo el vehículo en una bocacalle.

—Lo que yo le decía, amigo. Allí vienen los ronderos. Justo. Mire— dijo.

Era una calzada empedrada y en declive por la que bajaban del barrio Carmen Alto columnas de campesinos armados de garrotes y machetes gritando consignas beligerantes en quechua y español; las mujeres usaban polleras, pero los varones vestían a la usanza de las ciudades.

—¿Indios?

—¡Ni que lo escuchen! Se ofenderían. No, caballero. Son cholos mestizos de los bajíos. Indios lo que se dicen indios deben venir más atrás. Nosotros los conocemos aquí como chutos. Ellos son gente distinta. ¿Creerá que viven por encima de los cuatro mil metros? Ya los conocerá. Ya estarán bajando también por Puca Cruz o por el cerro de Acuchimay. Y otros vendrán entrando por el barrio de Belén.

Pero yo ya sabía de ellos por las referencias de Taylor y Azpur y por una novela de Arguedas que me alcanzaron antes de abordar el avión, en el aeropuerto Kennedy de Nueva York. Después los vi de manera directa en mi viaje anterior a esta zona de guerra. Tuve que subir al pueblo de San José de Secce en pos de las raíces de una senderista nacida allí, acusada de comandar un pelotón de aniquilamiento. Entonces los vi. Habían bajado al pueblo durante la feria del domingo donde ellos practicaban el comercio en calidad de trueque. También Recuerdo que me impresionaron sus rostros requemados por el sol y el viento de las punas. Recuerdo también mi frustración porque no pude establecer ninguna comunicación con ellos. Ni siquiera pude tomarles unas fotos, pues cuando repararon en mi cámara me dieron la espalda y desaparecieron. «Son indios iquichanos, amigo —me había dicho alguien al oído un segundo antes, mientras alistaba mi Nikon—. Son indios terribles. ¿No le dice nada la palabra Uchuraccay?». La había escuchado por primera vez de labios de Taylor y Azpur y también Tamara aludió a Uchuraccay porque como coordinadora del organismo de derechos humanos en el que trabajaba había seguido de cerca el caso de los periodistas asesinados.

—¿Los oye, caballero? Siempre bajan cantando —dijo el chofer—. A mí, que soy del lugar, me estruja el corazón esta música. Cuánto más a usted que es fuerino.

Era una música monocorde, extraña y sombría, cuyo primer impacto sentí en la exposición de arte y música ayacuchanos a la que Taylor me invitó en Nueva York. Después Azpur, con su guitarra, me había enseñado a distinguir la música señorial de las ciudades, la música de los campesinos de los bajíos y esta otra de los indios monolingües quechuas, que, en efecto, lastimaba el corazón. Tuve que esforzarme para no quedarme ahí sentado en el vehículo, escuchando estremecido el llamado de los pututos y *wakrapucos* y el impresionante coro de mujeres que cantaban en un registro altísimo, distinto del canto lírico de Occidente. De modo que bajé del auto y busqué el mejor ángulo para imprimir mis placas.

Quizá por la estrechez de la calle, el conglomerado parecía más numeroso de lo que era en realidad. Con oscuros pantalones que les llegaban a la mitad de las canillas, llanques de caucho, sombreros —los de los varones jóvenes estaban engalanados con flores de las punas— y ponchos color greda, los hombres venían armados de garrotes y hondas y gritaban consignas beligerantes en quechua; en tanto las mujeres —la mayoría con sus guaguas cargadas a la espalda— cantaban harauis guerreros y se desplazaban en una mezcla de danza y marcha combativa siguiendo el compás de una suerte de tamborcillos que aquí llaman *tinyas* y los requerimientos de los nativos instrumentos de viento. Aunque yo ya había dado por concluido el tema de la guerra senderista tomé muchas fotos para mi archivo personal y algún día mostrárselas a mi madre.

Después el chofer condujo el auto por el jirón Lima. A diferencia de mi visita anterior se veía más gente por la calle y con más confianza se detenía a charlar por unos instantes como si intercambiaran alguna noticia o difundiesen un rumor. Y había repique de campanas y se alcanzaba a escuchar en oleadas marchas militares que propalaban altoparlantes desde la plaza Sucre. En Cinco Esquinas un piquete de soldados con uniforme de combate ordenó al taxista desviarse por una calle lateral, pues el alto mando había prohibido el acceso de vehículos a la plaza donde se había levantado el estrado y las delegaciones de ronderos pronto empezarían a confluir desde todos los barrios. El chofer siguió por una vía en suave bajada que conduce al barrio de San Juan Bautista y luego de dos cuadras volteó a la izquierda y manejó por pasajes estrechos hasta que alcanzó la calle donde se levanta el Hotel de Turistas. Mientras le pagaba el importe de la carrera, le pregunté al maestro dónde podía tomar un bus o un carro cualquiera que me llevara por la ruta de la provincia de La Mar al pueblo de San Francisco. Noté que el taxista me miró con asombro a través del espejo retrovisor como diciéndome: «¿Cómo, no lo sabía?» y entonces me dio la noticia que entorpecería el motivo de mi viaje. Me dijo que los terrucos de Sendero habían atacado esta misma madrugada a un destacamento del Ejército en el pueblo de Rosario, a pocas horas del puerto fluvial al que yo quería llegar. Y habían habido muertos y heridos por ambas partes, aunque más soldados que senderistas.

—¿Recuerda, caballero, lo que le dije antes? —agregó en tono confidencial—. ¿No le dije que apostaba a que hoy no partirá de Lima el Hércules trayendo a los periodistas? Por este motivo, los milicos han cerrado todas las carreteras a la selva. No quieren que ningún periodista vaya a meter sus narices al lugar.

Al instante sentí la urgencia de viajar a la zona, pero ya no por los asháninkas. Como cualquier reportero que se respete, quería ser el primero en llegar al lugar de los hechos e informar al mundo sobre este operativo que Sendero había llevado a cabo para (era clarísimo) boicotear la ceremonia de entrega de armas a los ronderos. De modo que debía burlar la vigilancia y encontrar alguna ruta alternativa, que siempre las hay, pues es orgullo del cronista de guerra llegar no importa si a rastras a los lugares más inaccesibles y custodiados por la autoridad. Y cuanto más riesgos se corre (incluso el de perder la vida) al desplazarse por los sitios prohibidos mayor es la adrenalina que el periodista segrega. Por eso los reporteros cuando se reúnen a tomar una copa gustan fanfarronear un poco relatando las peripecias más peliagudas que vivieron durante estas misiones. Aunque en general soy sobrio contando lo mío, alguna que otra vez he sucumbido a este deseo de ser admirado y una vez embarcado en el asunto no he podido controlar mi lengua. Pero nunca fui fatuo con Muriel. Y tampoco, Dios me libre, con Tamara Fiol.

—Escuche, amigo —le dije desde la ventanilla—. Necesito llegar al lugar. ¿Conoce a alguien que quiera llevarme? Por supuesto todo trabajo se paga.

—Guarde su plata, caballero. No, no conozco a nadie —volvió a prender el motor—. Y aunque conociera, no se lo diría. No quiero cargar en mi conciencia con cualquier cosa que le pueda pasar. Ya estamos aquí hartos de tanta muerte. Todos los huamanguinos estamos de luto. Además, ¿para qué exponerse a morir en tierra extraña?

En otra ocasión una negativa de esta naturaleza no habría hecho más que potenciar mis afanes de cumplir la tarea que me hubiesen encomendado. Pero esta vez las palabras del taxista me produjeron un sacudón que me hizo recapacitar en el sentido de mi viaje. Me repetí que yo había venido para echar una mirada a la tierra de los asháninkas del Apurímac, y esto nada más que por cubrir esos tres o cuatro días que tenía vacíos mientras durase el internamiento en la clínica de Tamara Fiol. Y pensé en ella y escuché su voz y me dije que sería insensato morir sin haber terminado de oír su historia. De modo que le respondí el adiós al chofer mientras ponía en marcha su vehículo y empecé a subir las gradas del hotel. Fue en este momento que volví a escuchar, viniendo de la plaza Sucre, que está a dos pasos del Turistas, las marchas militares que propalaban los altavoces en contrapunto con los harauis guerreros que cantaban los indígenas de las punas al bajar de los cerros.

El recepcionista me reconoció de la estadía anterior. Era un sujeto de aspecto costeño que se apellidaba Sosa y con quien conseguí un buen nivel de entendimiento. Me saludó por mi nombre y me dijo que no hacía ni una hora que me había llegado un fax de Nueva York. Me entregó la hoja y por la cara de circunstancia que puso no tuve la menor duda de que había leído el texto. El corazón se me desbocó cuando Willy Rodríguez, con el lenguaje procaz que lo caracterizaba, me anunció que debía viajar a Yugoslavia para reemplazar al corresponsal de *The New Yorker* a quien había hecho fiambre la artillería serbia. El fax empezaba así: «¡Morgan, canalla! ¿No es que querías quemarte el culo en Sarajevo? ¡Pues saca el trasero de donde estés y vente volando a casa! Te necesito aquí, canalla. El lunes. ¿Entendiste? ¡El lunes!». Unas líneas después, adelantándose a mi probable pedido de extender mi estadía en el Perú, decía: «¿Quiénes, carajo, son esos asháninkas? ¡Olvídate de esos calatos! ¿A quién le interesa sus chuchas vidas? Mira que te estoy dando la oportunidad de meterte en el centro del volcán. No te me vayas a mariconear». Después me informaba que un día antes había sido publicada mi crónica sobre las mujeres de Sendero; me dijo que seguía pensando que la crónica no estaba nada mal. Exclamaba: «¡Cómo te envidio, hijo de la chingada!». Sin embargo consideraba que había sido demasiado blando con las perras terroristas. «Te equivocas, maricón, en considerarlas seres humanos». Me decía, luego, que debí dedicarle un parrafito más a lo que yo llamaba la lujuria huamanguina. «Porque lo poco que cuentas es arrechante. ¿Huamanga, ciudad de los penes?». Por último, en una posdata se refería en términos que no me parecieron graciosos a Tamara Fiol. En las líneas finales me advertía: «Vamos, Morgan, déjate de cabronadas novelísticas. Lo tuyo es la crónica periodística. Convéncete. Y por lo que me cuentas de esa mina vas a terminar escribiendo un novelón indigesto. Cabrón, qué desperdicio». Todavía añadía un par de groserías más recordándome que el lunes debía llegar a Nueva York. Más allá de las procacidades de mi agente, la noticia —claro que sí— me alegraba, pues durante varios meses a través de diversas agencias (no solo la de Willy Rodríguez) he estado buscando un cupo en mi calidad de *free lance* para cubrir la guerra de la despedazada Yugoslavia. Ahora solo necesitaba postergar por unos tres días mi salida del Perú y terminar a como diera lugar mi reportaje sobre Tamara Fiol.

En un aparte, Sosa me confirmó la noticia que me había dado el taxista. Me dijo que corrían muchos rumores por la ciudad y con todo sigilo me mostró uno de los volantes que los terrucos habían arrojado en el mercado y en las iglesias mientras se celebraba la misa de seis de la mañana. Con el lenguaje que yo ya conocía el partido del Presidente Gonzalo, después de exaltar el golpe que el Ejército guerrillero popular había infligido al Ejército del Estado opresor en Rosario, llamaba a la población a boicotear no asistiendo al acto organizado por este mismo Ejército ('experto en perder batallas', decía) para armar a las mesnadas campesinas que se habían pasado a los enemigos del pueblo peruano. Todo sonaba bien periodísticamente hablando; el problema era que ya nada de esto me incumbía. Ahí mismo armé mi plan: retornaría mañana mismo a Lima y me comunicaría con Willy Rodríguez el lunes por la noche diciéndole que su fax llegó cuando yo me hallaba en camino al Apurímac. Después pensaría en los detalles.

Por desgracia no había vuelos los domingos y como tampoco (por el asunto de las rondas) resultaba prudente viajar por tierra por la vía de los Libertadores, donde las milicias senderistas podían interceptar a los vehículos, decidí permanecer en la ciudad y reservé un pasaje para el vuelo del lunes. Tenía, mal que me pesara, dos días para haraganear por última vez por las calles de Huamanga y tomarme unos tragos en el Bacarat con el profesor Aybar y el gringo Earl, dos de los varios contactos que me habían dado Taylor y Azpur en Nueva York, y con quienes me entendí mejor y que tanto me ayudaron para mi crónica sobre las mujeres senderistas. Naturalmente, los dos estaban fuera de Huamanga. Aybar no retornaría de Andahuaylas hasta el lunes, mientras que el gringo Earl se hallaba en Australia dando conferencias en la ciudad de Sídney.

Estaba bien. Muy bien. Era como una amable conspiración para que dedicara mi mente de manera exclusiva a los materiales que había traído sobre el reportaje a Tamara Fiol. A la luz de las confesiones que me había hecho era necesario hacer unas correcciones y añadidos al *dossier* de Tamara y sobre todo era ya tiempo que le metiera diente a los testimonios que había recogido sobre Raúl Arancibia, en especial a los casetes que me vendió Nelson Bracamonte sobre la última entrevista que le hizo pocos días antes de que Arancibia fuera asesinado. En comparación a las otras ocasiones que me quedé varado y aislado en una zona de guerra (como aquella vez en la destruida ciudad de Faizabad, durante la retirada de las tropas soviéticas de Afganistán en 1989, en que no había ni electricidad ni comida, con el olor insoportable de los cadáveres descompuestos y el ataque de los muyahidines), estas dos noches que tendría que pasar en Huamanga las tomaría como un descanso. Intuí que los senderistas ya no tenían suficiente fuerza para impulsar un operativo militar a la ciudad misma y por ello prefirieron jugarse la suerte en el ataque al puesto de Rosario que era como una declaración de guerra a las rondas campesinas. No, a lo sumo habría algún apagón o la explosión de algún petardo por las zonas periféricas, ya que los barrios centrales estarían fuertemente custodiados por tropas del Ejército.

No me sorprendió ver, cubriendo el desfile de los ronderos, a enviados de la prensa limeña y tuve una alegría pueril al reconocer a un camarógrafo del canal donde trabaja Muriel y con quien ella había realizado alguno de sus reportajes. Con el sexto sentido que caracteriza a los reporteros natos no esperaron hasta el día de hoy el Hércules prometido por el Ejército y adelantándose a cualquier contraorden partieron por tierra en la madrugada. Aunque la plaza no estaba a tope, el público asistente era considerable. Era un público silencioso, expectante, que se cuidaba de hacer manifestaciones de adhesión al acto, por temor quizá (como me sugirió al oído un sujeto) a ser sorprendidos por aquellos elementos que camuflados entre la masa actuaban como «los ojos y oídos del partido», y nadie deseaba ser considerado como traidor a la guerra popular y convertirse en blanco de los pelotones de aniquilamiento. Pese a todo, se trataba de un primer desacato a una directiva de Sendero, lo cual podría ser signo —como me vaticinó Aybar en una de nuestras charlas cuarenta días atrás— de que estaba produciéndose un gran viraje en el desarrollo de la guerra interna.

Empecé a fotografiar bajo un sol verdaderamente rutilante. Ya para entonces el general jefe del Comando Político

Militar había tomado juramento y hecho entrega simbólica de fusiles FAL a las delegaciones de ronderos que, según alcancé a leer en las pancartas, provenían de distintos puntos de la zona, como Chacco, Cachi, Quinua, Quqipata, Ticllas, Soccos, Huamanguilla, Viañaca, Ñeje, Pampamarca... Y ahora con los acordes castrenses de la banda de música del cuartel Los Cabitos estaban desfilando frente a las autoridades. Abriéndome paso entre los camarógrafos y fotógrafos, enfoqué mi cámara hacia el estrado. Observé, no sé si por presión del comando militar, que las autoridades locales habían asistido a la ceremonia, pero se les veía cohibidos, casi aterrorizados. En cambio, la figura del arzobispo lucía imponente y soberbia y recordé cuánto lo detestaba Tamara. Las primeras noticias que tuve de él me las dieron en Nueva York Taylor y Azpur; en Lima uno de los organismos de derechos humanos me puso en contacto con cierto padre Julián, jesuita disidente y unos de los inspiradores de la Teología de la Liberación, quien me explicó con ardorosa elocuencia el carácter del Opus Dei (a la que calificó de «secta tenebrosa dentro de la Iglesia católica») y su influencia creciente en la política peruana; por último, en Ayacucho el gringo Earl y Aybar me pusieron al tanto del apoyo activo del arzobispo a las Fuerzas Armadas y a su política de torturas y desapariciones y de sus homilías en contra de la doctrina de los derechos humanos. Con todo este material redacté un párrafo de diez líneas que hizo refunfuñar a Willy Rodríguez, pero que terminó por aceptar luego de soltarme una retahíla de barbaridades.

De pronto me sentí harto de tanta fanfarria. Siempre he detestado las marchas militares y las películas hollywoodenses sobre la Academia militar de West Point, con sus rituales castrenses de desfiles y bandas de guerra me resultan indigestas y recuerdo la vez (claro que lo hice también para hacer rabiar a mi padre) que rechacé la invitación del viejo Scott para ver *El puente sobre el río Kwai* y escuchar la maldita marcha del Ejército imperial británico. De modo que enfundé mi cámara y por uno de los portales de la plaza caminé en dirección a las laderas de los cerros. Una cuadra después de salir del perímetro de la plaza escuché los pututos y los *wakrapucos* y las tinyas y los cantos de los indios que regresaban a su comunidad por la salida de Puca Cruz mostrando en el alto los tres fusiles FAL que recibieron de la autoridad militar. Aquella música sombría eran harauis épicos, guerreros, pero, a diferencia de las marchas castrenses de Occidente, tenían un trasfondo de dolor, de desesperación antigua que hacía poner la piel de gallina y laceraba el alma.

En la cuadra siguiente, en una placita, se levantaba la iglesia de Santa Teresa. Después de haber escuchado el relato de Tamara sobre el rescate de Azpur del sótano de la iglesia de San Cristóbal, tenía deseos de hablar con el padre Xavier Ponte, de la orden de los mercedarios. Tal vez me revelara algún detalle sobre esos días que yo podría incorporar a mi crónica. Pero especialmente quería charlar con él sobre el papel del arzobispo en la guerra y en general de la actitud del clero huamanguino frente a Sendero y el Ejército. En una de las entrevistas con las mujeres de Sendero recordé el caso ocurrido a comienzos de la guerra en la catedral de Huamanga: un senderista de diecisiete años mató a un sacerdote durante la comunión mientras repartía a los feligreses las hostias consagradas. El hecho conmovió de manera especial a Azpur, que, en ese entonces, apenas estaba saliendo de la adolescencia. En el Colegio Don Bosco, donde se educó, en su condición de integrante de la compañía del «Pequeño Clero», había sido monaguillo y sentía fascinación reverente por todos los ornamentos y objetos litúrgicos que acompañan la celebración de la misa. «Aunque yo ya no era creyente —me confesó Azpur en Nueva York—, sentí como que se había profanado con sangre un espacio sagrado».

Sin mencionar el nombre de Azpur, en aquella entrevista con las prisioneras, aludí al carácter del recinto donde ocurrió el crimen. «¿Cree usted en esas bobadas? —dijo burlona una de las prisioneras; era una terrorista todavía joven de hermosos ojos—. Escuche bien, amigo periodista. El partido ejecutó al sujeto no por ser cura, sino porque era un miserable soplón. ¿No lo sabía? Pues sépalo ahora. Era capellán del Ejército. Y el partido tenía información de primera mano de que este maldito degenerado intervenía en las torturas y después se iba de juerga con los verdugos. Un miserable de esta ralea no merecía vivir. Por eso el partido aplicó su justicia».

Yo estaba golpeando la puerta de la casa parroquial. Por fin, esta se abrió y la figura de un viejo se colocó debajo del dintel de la puerta. Era magro de carnes y el cuerpo le temblaba como si padeciera del mal de Parkinson. Tenía la piel clara, casi blanca, pero su rostro —la nariz, los ojos, el cabello lacio y negro— revelaba rasgos netamente andinos. Le di los buenos días, me identifiqué y le dije que deseaba saludar y charlar con el padre Xavier. Los ojos del viejo me miraron con estupor, desconfianza o temor y volteó el rostro para llamar a alguien. Un muchacho, un maltoncito que ingresaba a la pubertad, se hizo presente. Era un chico de rasgos finos, piel castaña, que dijo llamarse Ebert y ser nieto del sacristán de la iglesia. Agregó que su *tayta* estaba sordo y que su cuerpo le temblaba así por el susto que se llevó cuando una bomba explotó a media cuadra de la iglesia. Le repetí la pregunta y Ebert a su vez se la trasmitió a su *tayta* gritándole al oído. Los ojos del viejo me miraron furiosos y le habló en quechua a su nieto. El muchacho me explicó que con los desconocidos que le hacían preguntas el abuelo utilizaba el quechua, nunca el español. Enseguida, conteniendo la risa, Ebert me tradujo la respuesta del anciano. «Mi *tayta* Bernabé diciendo que Xavier

Ponte es un cura renegado. Que siempre fue un verraco fornicario. Que su manjar predilecto era la carne de las monjas. Y justo por eso diciendo colgó los hábitos de la santa madre Iglesia católica por correr detrás de los calzones de una zorra adúltera, porque las monjas al estar casadas con Cristo cometen adulterio cuando culean con los hombres. Esto diciendo mi *tayta*, jefe». Luego con la misma furia el viejo se despidió de mí y cerró la puerta de la parroquia, llevándose a Ebert.

Hubiera sido bueno sentarse un momento en la placita que enmarcaba el atrio de la iglesia. Ahora reparé en un mendigo que, sentado en las escalinatas del atrio, tocaba una quena y una niña ciega lo acompañaba con un pequeño tambor. Dos ancianos dormitaban tomando el sol en una de las bancas, unos cuantos niños, muy niños, jugaban a la guerra y en uno de los extremos de la plaza, sentados sobre las lajas, un grupo de indígenas de las alturas —lo supe por sus trajes oscuros y por sus labios verdecidos por la coca— parecían esperar a sus compañeros que participaban en el desfile para regresar a la comunidad. De tanto en tanto pasaban algunos transeúntes en dirección de la plaza Sucre, desde donde, por ráfagas, se escuchaban las marchas militares de la banda de Los Cabitos.

Guiándome por el plano de la ciudad ubiqué a media cuadra la iglesia donde estuvo refugiado Azpur. El perímetro se encontraba cercado por una valla de tablones cuarteados por el sol por cuyas rendijas se podía observar las ruinas de la iglesia de San Cristóbal. La única torre se veía apuntalada por horcones y toda la techumbre se había desplomado, sin embargo el portón todavía se mantenía en pie, mientras la puerta de la que fuera la sacristía estaba clausurada por vigas en forma de aspa. Pensar que, como me contó Tamara allí, feliz, vivió durante tres años

Taylor y pudo descubrir —oculto detrás del altar— la entrada al sótano que años después salvó la vida de Azpur. Me encaramé como pude por la valla y logré tomar algunas fotos que les haría llegar a los dos amigos que despertaron mi curiosidad para conocer el Perú. Y a los transeúntes que se sobreparaban para observarme les decía: «¡Hermosa, iglesia! ¡Interesante! ¡Histórica!».

Continué con el recorrido. Por un pasaje empedrado llegué a 28 de Julio, el jirón central de la ciudad, muy vigilado en ese sector por piquetes del Ejército y la Policía. En la esquina al pie del arco —una vista infaltable de las postales turísticas de Huamanga— se hallaba apostado un vehículo artillado que quizá fuera el mismo en el que, en mi visita anterior, y ante una reiterada solicitud mía, el comando militar me hizo recorrer por la ciudad completamente silenciosa cuatro horas después del toque de queda. No me cabe duda de que mi condición de reportero de una agencia norteamericana de noticias hizo lo suyo para que la autoridad militar, por lo menos, accediera a mostrarme desde un convoy del Ejército cómo era de noche una ciudad que padecía un estado de sitio interminable. He dicho que «por lo menos», pues mi solicitud original fue que el comando me otorgase un salvoconducto para recorrer las calles de Huamanga en un carro de la cruz roja. Por supuesto acepté sin pensarlo dos veces la contrapropuesta del Ejército asumiendo todos los riesgos, incluso el de ser confundido por algún vecino que de inmediato correría la voz de que yo, en realidad, era un agente del Ejército. En la carrocería blindada del vehículo había una ametralladora, los dos soldados que la manipulaban y seis comandos con fusiles FAL, y yo iba en la caseta junto a la ventanilla al lado de un oficial de aspecto hosco que no me ocultaba su hostilidad por mi condición de periodista.

Una de las primeras cosas que el cronista novato escucha de los veteranos cuando lo destinan a una zona de guerra se refiere a las formas más comunes de morir durante el cumplimiento de una misión; y le explican que el más alto número de bajas se produce por el fuego de los francotiradores y enseguida le dan una serie de consejos útiles que era bueno cumplir, aunque —añaden— siempre el azar tendrá la última palabra desbaratando todas las previsiones y cuidados que el reportero hubiera observado. Recordé esto cuando el vehículo a insistencia mía subió por las calles que conducen a las laderas de los cerros. Eran calles estrechas, llenas de recovecos, con pocos postes de alumbrado. El oficial llevaba el revólver listo en la mano y escuché que el mando de los soldados ordenó rastrillar sus armas. Para bajar la tensión quise iniciar una breve charla, pero el oficial me mandó a callar sin ningún miramiento. Acababa de comportarme como un principiante, aunque mi iniciativa no había sido del todo inocente, pues estos actos de provocación suscitan reacciones que pueden resultar beneficiosos para el reportaje. El oficial era un sujeto de aspecto cholo que, pese al traje de campaña que lo envejecía un poco, no debía haber cumplido los treinta años. La mayoría de los oficiales del Ejército que yo había observado tenían este mismo tipo racial, a diferencia de los oficiales de la Marina que tuve la oportunidad de entrevistar a propósito de algunas ejecuciones que habían llevado a cabo —decían— comandos de aniquilamiento de Sendero Luminoso dirigidos por mujeres. Y Muriel me había contado que a los postulantes de la Aviación los preferían más altos y blancos con aspecto de galanes de cine, para cuyo ingreso las damas —esposas e hijas de los altos oficiales— jugaban un papel nada secundario. Volví a prestar atención a la marcha del vehículo que recorría calles cada vez más tortuosas y oscuras, pues los faros de los escasos postes de alumbrado habían sido destrozados a pedradas. La verdad es que eran sitios donde se podían preparar emboscadas y albergar a algún francotirador. Al final del recorrido no hubo ninguna acción de francotiradores ni emboscadas ni intentos de ataque, salvo la persecución a un transeúnte que había infringido el toque de queda. Vi fugaz la silueta del hombre al cruzar corriendo la calzada y casi al instante oí los disparos de los soldados que rompieron el silencio de la noche. El vehículo frenó, los comandos saltaron a tierra y empezaron a correr tras el fugitivo y yo, por instinto profesional hice lo propio, desacaté la orden del oficial y fui tras ellos oprimiendo el obturador de mi Nikon. No lograron darle caza al sujeto, quien, como buen conocedor de su territorio, corrió ladera abajo, luego saltó una valla de piedras y desapareció por una bocacalle. Yo iba imprimiendo placas desde que comencé el recorrido, pero dada la naturaleza de la guerra de Sendero —ataques terroristas sin grandes batallas con empleo sostenido de artillería— la ciudad silenciosa, recogida sobre sí misma, lucía intacta como si se viviera en tiempo de paz. No era gran cosa lo que yo había obtenido ni sería una foto notable, pero por lo menos sería un signo de que Huamanga vivía en tiempos de guerra.

Ahora, otra vez en el presente, sentí deseos de comer. Solo había tomado una taza de café en el restaurante del hotel, pero no era por hambre sino por una sensación de vacío en el estómago que yo conocía muy bien y había empezado cuando leí el fax de Willy Rodríguez. ¿Qué diablos hacía de nuevo en Huamanga? ¿Por qué dentro de pocos días debía verme inmerso en una de las guerras más atroces y crueles de la segunda mitad del siglo XX? ¿Por qué un individuo como yo se convierte en cronista de guerra? ¿Existe algún cronista de guerra que sepa realmente por qué atraviesa medio mundo para a cubrir conflictos bélicos? Pensé en Lula Gabber. ¿Qué guerra del mundo estaría cubriendo ahora? ¿Habría conseguido una nueva pareja? Ella había jurado no involucrarse más sentimentalmente con un hombre del oficio. Ya no quería volver a recibir malas noticias Tampoco deseaba hacer sufrir al colega que amaba con el anuncio de su muerte en alguna trinchera. Por eso se marchó de mí sin despedirse. Entonces recordé que había quedado una conversación pendiente con Muriel para abordar estos temas (incluyendo los del amor fugaz y a veces desesperado que surge entre ella y él después de haber estado a punto de morir, pues cuando al comienzo de nuestra relación me preguntó sobre ello yo me había limitado a contarle algunas generalidades por temor de terminar hablando de mi relación con Lula Gabber. Pero para que Muriel no quedara defraudada, le conté historias de otros reporteros de guerra, mayores que yo, algunos veteranos prácticamente de todas las guerras desde Vietnam hasta la guerra del Golfo. O historias de los reporteros gráficos que —sea en Beirut, Angola o Bosnia— se jugaban la vida para lograr la foto única —la foto— que simbolizara el horror de la guerra.

Bueno, una manera modesta y algo prosaica de contrarrestar esta sensación que nace en la boca del estómago como avanzadilla de la angustia era comer con impudicia. De modo que atravesé el arco y por las escalinatas subí al mercado y fui directo a la sección de vivanderas, donde tenía una casera que me recomendó Taylor y en cuya mesa había invitado a Tamara a desayunar. Mi casera, una mamacha vivaz y recia, que vestía como las mestizas de los bajíos, combinaba el español con el quechua al hablar, cosa que me encantaba. Me sirvió un plato de chicharrones, una sopa de mondongo y seco de cordero, y me obsequió, además, un vaso de exquisita chicha de molle. Mientras comía con nerviosa voracidad y deleite (amo las cocinas populares de todo el mundo) y escuchaba a mi casera, esa sensación penosa de vacuidad que amenazaba acogotarme fue desapareciendo. En seguida me preguntó por Taylor, además me explica que con otras señoras del mercado y de las laderas estaban formando un comité de madres para exigir la entrega de los desaparecidos y muertos por las torturas. «No estamos ni con los senderos ni con los cachacos —afirmó—. Lo que queremos es sepultar a nuestros muertos». En un tono más confidencial, le pregunté su parecer sobre la formación de las rondas campesinas y la entrega de armas que les había hecho el Ejército. Y recuerdo que su respuesta coincidía con las del maestro taxista que, con otras palabras me dijera unas horas antes en la puerta del hotel: «Todos los ayacuchanos odiaban a los cachacos, pero ya era hora de que la guerra terminase».

Salí del mercado con otro ánimo. Al parecer ya había concluido la ceremonia castrense, pues por el jirón se veían grupos —pero muy silenciosos— que volvían a sus casas. Uno de los primeros consejos que recibí al iniciarme en este oficio fue que jamás debía involucrarme afectivamente con las víctimas ni con los victimarios ni con ninguna de las fuerzas en contienda, pues nosotros solo éramos espectadores que veníamos a captar algunas imágenes y dar testimonio acaso inútilmente de una porción de la locura y la barbarie humana; de lo contrario la cuota de dolor y culpa que se cosecha puede resultar traumática hasta la locura y el autoaniquilamiento. Pese a la línea política implacable que profesaban y a la dureza de los gestos de las mujeres de Sendero, yo había tenido que luchar para mantenerme en los límites de la objetividad sin sucumbir a los reclamos de la venganza o de los sentimientos humanitarios que podía degenerar en la apología encubierta, sobre todo cuando debido a la serie de entrevistas las prisioneras dejaron de ser una masa uniforme para convertirse en individualidades, en seres únicos, en cuyos mundos interiores me hubiera gustado penetrar. En cambio, con

Tamara Fiol yo arrié todas mis defensas, en parte por su vida y encanto personal que me cautivaron y en parte porque sin darme cuenta en el desarrollo del asunto me había adentrado por territorios distintos a los de la crónica y el reportaje. Y por la naturaleza del texto y por su extensión, tal como me había vaticinado Willy Rodríguez, ninguna revista ni medio similar aceptaría publicarlo. Pero aun con todo, aunque mi trabajo resultara un golpe a mi economía, yo no pararía hasta terminar esta historia que, a medida que he ido investigando y recogiendo testimonios más que de la guerra, trata de la pasión amorosa de una luchadora y mujer de moral superior que sucumbe al poder erótico de un sujeto repulsivo como fue Raúl Arancibia.

Sin darme cuenta, había llegado a la Alameda, donde se levanta la hermosa casona de Taylor y que ahora, desde su salida forzada de Huamanga, vivía en ella el gringo Earl. Según Azpur, Taylor había comprado el solar en ruinas cuando estuvo alojado en la abandonada iglesia de San Cristóbal antes de que los precios de los inmuebles se dispararan por las nubes. La construcción de tipo colonial databa del siglo XVIII y Taylor empleó varios años en restaurarla guiándose minuciosamente por el plano original que encontró en los archivos del Arzobispado. Incluso el portón, vuelto a construir con caoba del Apurímac, conservó de manera traviesa el pene de hierro que servía de llamador. Me pareció un detalle divertido y curioso, obra, pensé, de un sujeto extravagante, un libertino o un librepensador, que sin duda habría tenido serios problemas con el Tribunal del Santo Oficio.

«En esto te equivocas, Morgan», recuerdo que me dijo Aybar, cuando le manifesté mi asombro por el detalle. Estábamos con el gringo Earl en el Bacarat tomando whisky, ya que era el único trago que bebía Earl desde que salió de

Australia a vagar por el mundo. «Sí, Morgan, te equivocas», repitió el gringo.

No, no era un caso aislado. Por el contrario —era cuestión de orgullo y de soberbia señorial—, todas las casonas de los linajes más encumbrados de Huamanga, usaban ese tipo de llamadores a manera de burlescos blasones. Y Azpur recordaba que en su niñez —ahora él bordeaba los cincuenta años— alcanzó a ver numerosos solares con esas vergas forjadas en espeso hierro muy herrumbrosas por el trabajo del tiempo y que despertaba en los niños tantas fantasías jocosas. Me contaron que en la actualidad, aparte de la casona de Taylor, había dos más a punto de venirse abajo —en los jirones Lima y San Martín— que conservaban esos llamadores heráldicos (así los denominó Earl), como en efecto después comprobé y mi cámara dejó registrado. Luego ambos ensayaron diversas interpretaciones históricas y sociológicas para explicar el hecho, como que todo aquello revelaba el poder que en esos siglos había conseguido la casta señorial dominante sobre la Iglesia, debido al auge de las minas de Huancavelica. Algo de verdad había en esta explicación, pues si los señores no hubieran tenido poder económico no se habrían atrevido a desafiar (y de qué manera) a la Iglesia, cuyo poder se hacía ostensible con las treinta y tres iglesias y no sé cuántos conventos que dominaban el panorama de la ciudad.

De modo que aquellos penes insolentes, decía Aybar, agrietaban, perforaban, el monopolio religioso y moral que detentaba el clero, y revelaban además la secreta lascivia y las obsesiones sexuales de los habitantes huamanguinos. Obsesiones, Morgan —decía el gringo Earl—, que alcanzaban a curas y monjas y perturbaban sus sueños. Enseguida Earl me recomendó que mañana mismo estudiara con mi cámara la portada de la iglesia de La Merced. Me dijo que si enfocaba la cámara hacia el frontispicio vería la escultura increíble —única en el mundo en un templo católico— de un mono desvergonzado y rijoso que, con su falo descomunal y barroco, sostiene la columna maestra del frontispicio de esa hermosa iglesia. Y me dijo que no era el único caso: esculturas similares adornaron otras edificaciones, por desgracia ahora demolidas. Brillándole los ojos, me preguntó: «¿Cómo explicas eso, amigo Morgan?». Después de una pausa más o menos alcohólica, opinó que sería absurdo que los escultores o alarifes hubieran dado rienda suelta a sus fantasías lascivas sin la anuencia y estímulo de las autoridades eclesiásticas. Y por la misma razón, el clero se habría hecho de la vista gorda con el florecimiento de esos penes colgantes que permitían liberar la mente de ese mundo erótico reprimido.

Poco antes del toque de queda, el gringo Earl propuso continuar la charla en la casona de Taylor, lo cual implicaba pasar la noche entera encerrados allí hasta las seis de la mañana, en que se podía transitar por las calles. Aybar declinó la invitación, le escuché decir que cada noche necesitaba estar con los suyos —esposa y cinco hijos— por si la ruleta de la desgracia apuntara esta vez a su familia. En cuanto a mí, me alegró haber aceptado la invitación no solo porque pasaría la larga noche en compañía humana, sino porque tuve oportunidad de conocer un poco más sobre la vida secreta y el espíritu de la ciudad. Entendí que el gringo Earl, con otros cinco colegas —antropólogos, ingenieros—, formaron una especie de club y se reunían de manera rotativa (para no crear sospechas conspirativas en las fuerzas del orden) los viernes de cada quincena para jugar póquer, comentar los sucesos relacionados con la guerra, y sobre todo chismear y beber y hacer algo de música asordinada, silenciosa si es permitido el oxímoron, y todo esto casi siempre a la luz de las velas y lámparas de querosene, mientras se escuchaba esporádicas balaceras en distintos puntos de la ciudad y algún dinamitazo estremecía la noche.

Me gustó la casona de Taylor con su llamador indecente, casi porno, y sospecho que también a Tamara le hubiera gustado y divertido. Después del amplio zaguán había un gran patio con pileta en el centro y columnas y arcos de estilo colonial. Le seguía el comedor de las recepciones y luego una terraza desde la cual se tenía una hermosa vista de un huerto jardín. En los lados de la terraza había estancias amplias, en una de la cuales el gringo Earl había instalado la mesa de póquer cubierta con una franela verde. No hay razón, por supuesto, para describir de manera detallada el transcurso de la velada. De modo que solo me referiré a la charla que suscitó el gringo Earl después de terminar la tercera partida de póquer, a propósito de la conversación que sostuvimos junto con Aybar en el Bacarat.

Es verdad que, como reclamaba Willy Rodríguez, con los testimonios e historias que escuché esa noche yo hubiera podido hacer una descripción más amplia y excitante de Huamanga, una ciudad que en contraste con su apariencia de ciudad conventual y recatada llevaba una vida secreta cargada de lujuria y disipación. Pero aparte de ser esta visión efectista y manipuladora (presentar, por ejemplo, como quería Willy Rodríguez, a Huamanga «como la ciudad de los penes»), hubiera sido mortal para mi crónica cuyo tema eran las mujeres de Sendero que habían asesinado y cometido actos de terror, pero que también habían muerto en combates francos o fueron torturadas y asesinadas al caer prisioneras. De modo que con el material que recogí en mis andanzas por diferentes ambientes de la ciudad y lo que se comentó en aquella larga noche en la casona de Taylor compuse un solo párrafo en cuyas líneas finales aludí a las costumbres sexuales y los desenfrenos eróticos que esta ciudad conventual y de doble moral inspiraba.

Fue durante la segunda entrevista con las mujeres de Sendero en el penal de Canto Grande que me atreví a formularles ciertas preguntas basándome en las historias que contaron aquella noche los amigos del gringo Earl, historias que también supuestamente protagonizaron hombres y mujeres militantes de Sendero, incluyendo los altos cuadros del partido. De ser una ciudad pequeña, medieval, con la reapertura de la antigua universidad fundada en la época de la Colonia y la llegada de profesores de todos los puntos del Perú y del mundo, Huamanga se fue convirtiendo en una ciudad cosmopolita de costumbres libertinas. Por supuesto yo percibí que los colegas del gringo Earl cargaban las tintas sobre la moral disoluta de los senderistas (borracheras orgiásticas, promiscuidad, cuernos, cambios de parejas, etcétera, etcétera), pues eran enemigos ideológicos y políticos (algunos verdaderamente feroces que pertenecían a la izquierda legal) del Partido Sendero Luminoso. Pero con todo no podían mentir si no hubiera existido una cierta base real. Esta salvedad hice, antes de formularles las preguntas.

Después de unos minutos de silencio tenso, la camarada Elvia, una mujer de treinta y tantos años, blanca, atractiva pero de aspecto severo, tomó la palabra. En primer lugar declaró como una cuestión de principios: los militantes del partido eran revolucionarios dispuestos a entregar sus vidas por la revolución, pero no eran ni santos ni ascetas ni habían hecho votos de castidad y, aunque la podrida prensa reaccionaria afirmara lo contrario, ellas (ya para hablar del caso de las mujeres comunistas) amaban la vida y disfrutaban como cualquier ser humano de la fiesta y la alegría. Sin embargo, para ser objetivos, en el pasado, antes de la reconstitución del partido, antes que el Presidente Gonzalo diera la directiva de preparar al partido para la guerra mediante la lucha interna entre la línea negra y la línea roja, se habían dado casos aislados de camaradas o ex camaradas que por debilidad ideológica sucumbieron a los proyectiles almibarados de la burguesía cayendo en el decadentismo y el libertinaje. Esto era un hecho que no se podía negar. Pero también era verdad que esto pertenecía al pasado. Pues desde que el partido aplastó a la línea burguesa-revisionista dentro de sus filas con miras a la toma del poder mediante la guerra popular, la mayoría de camaradas —mujeres y hombres—, no por cuestiones moralistas de raigambre pequeñoburgués sino por cuestiones de línea ideológica política mediante la crítica y la autocrítica rectificaron su conducta burguesa y ahora son leales combatientes del Presidente Gonzalo. Y solo los más recalcitrantes se precipitaron a la charca del decadentismo burgués revisionista, convirtiéndose en enemigos del pueblo y perros soplones al servicio del Estado burgués terrateniente.

Me excuso si en el resumen que acabo de ofrecer el parlamento de la camarada Elvia tiene un cierto tonillo de parodia que de ninguna manera me propuse alcanzar. (Recuerdo que en el artículo original tuve que reescribir varias veces el párrafo para depurarlo de este tono que por lo demás hubiera sido demasiado obvio). Quizá el problema reside, como leí en un viejo artículo de no sé qué autor, en que el discurso que emplean los políticos y en especial los comunistas constituye un metalenguaje que no corresponde al habla común y corriente de la vida cotidiana y esto (como decía aquel autor) resulta fatal para las ficciones y yo agregaría que también para las crónicas y reportajes que aspirasen a la verdad y no a la sátira o la caricatura. La camarada Elvia todavía siguió explayándose en el mismo tono sobre el asunto y yo seguí grabando, pero en mi interior fantaseaba con preguntar a las prisioneras de manera individual y por separado a partir de sus experiencias concretas sobre el amor y el placer en tiempos de guerra y al filo de la muerte.

De la casa de Taylor me dirigí al pequeño mirador que se levanta al final de la Alameda. En mi visita anterior yo había subido en la camioneta de la cruz roja hacia el gran mirador de Acuchimay desde donde se puede observar el panorama completo de Huamanga. Vi, recuerdo, un paisaje árido, casi sin verdor, y la ciudad con sus treinta y tres iglesias se veía polvorienta, castigada, temerosa, ensimismada, y por las laderas de cerros que estaban detrás del cerro de Acuchimay proliferaban los barrios formados por los campesinos indígenas que habían huido de la guerra. Y aquí también, detrás del mirador de la Alameda, se habían producido nuevas invasiones de emigrantes que extendían el cerco a la ciudad señorial.

De pronto sentí toda la fatiga de la noche que casi pasé en vela. Miré mi reloj: faltaban veinte minutos para las tres de la tarde y el sol aún resplandecía sobre las piedras de las iglesias y hacía vibrar el polvo granítico que fustigaba a la ciudad. En el cielo de un azul cegador no se veían rastros de nubes que anunciasen la proximidad de algún aguacero o tormenta de granizo como la que retrasó el vuelo de retorno a Lima de mi visita anterior. Al regresar al hotel por la calle Lima vi que las patrullas del Ejército habían disminuido y habían vuelto abrir el tránsito por la plaza Sucre. En la recepción del hotel me dijeron que no había tenido ninguna llamada, de modo que subí a mi habitación, me duché con agua caliente y me tendí a dormir. Me despertó el frío, por fortuna había electricidad y pude comprobar que eran cerca de las nueve de la noche. Cuando bajé al comedor estaban por cerrar la cocina pero accedieron a prepararme algo de cenar y a llenar el termo con café para llevar a mi habitación. Desde la recepción hice dos llamadas. Muriel aún no había vuelto a casa, pero no quise molestarla llamándola al canal y me limité a dejarle un mensaje: retornaré a Lima el lunes. No le dije nada del fax de Willy Rodríguez y tuve que esforzarme para no confesarle cuánto la extrañaba. En la segunda llamada tuve suerte: Malenita respondió el teléfono y me dijo que Tamara Fiol abandonaría la clínica el lunes al mediodía. Ya de vuelta a mi habitación entre taza y taza de café empecé a revisar todo el material que había recogido sobre Raúl Arancibia y me prometí que al día siguiente continuaría trabajando en el tema sin salir del hotel. Hasta las cuatro de la madrugada no escuché ninguna detonación ni el tableteo seco de las balaceras. Apagué la luz.

XII

El hecho ocurrió unas semanas después de que los prisioneros de guerra ecuatorianos, luego de firmarse la paz, fueron devueltos a su país. Todo Tumbes asistió al acto desarrollado en el puente fronterizo de Aguas Verdes. Los más exaltados entre los tumbesinos, estaban Rulo Arancibia y su pandilla de caníbales y la pandilla de cholos y zambos que comandaba el Pijas Niko, despidieron a estos con silbatinas, rechiflas de burla y gritos de victoria. Por la noche, ya en su casa, Rulo comprendió que se había sumado al patrioterismo del populacho para acallar un absurdo sentimiento de tristeza o, más bien, de nostalgia adelantada, porque el tiempo que duró el cautiverio de los monos ecuatorianos coincidió con el momento de mayor auge de los caníbales. Aunque a las pocas semanas que Rulo Arancibia se lanzó a las calles y logró imponerse entre los chicos del vecindario, fue cuando llegaron los primeros contingentes de prisioneros ecuatorianos y los ubicaron en un galpón a las afueras de la ciudad que el grupo, con la jefatura de Rulo Arancibia, se convirtió en una auténtica pandilla de niños ricos. Una padilla cuyos integrantes, con las excepciones del negro Fermín, mulato muy claro de rasgos finos y sin bemba africana y el acholado Pío Saldarriaga, eran más o menos blanquitos, como los mellizos Kurich, de padre croata; en cuanto a mí —le contó Arancibia a Tamara— con mi piel trigueño castaña se me consideraba blanco, no solo porque mis padres tenían plata, sino, sobre todo, porque mi madre era la viuda de un Iparraguirre Mendoza. Como comprenderás —le siguió contando a Tamara—, yo que había sido amo y señor en mi casa, me eché a la calle con un único objetivo: convertirme en el jefe de todos los mocosos que tenían sus grandes casas por las inmediaciones de la Plaza de Armas. Rulo advirtió de inmediato que los muchachos carecían de jefe, de un líder conductor, no eran más que un grupo de niñitos hijos de mamá que se juntaban para jugar a la pelota o al escondido y sobre todo a los bandidos, inspirándose en las seriales que el Tropical proyectaba en las matinés de los domingos. Es verdad que Rulo no era tan malo en el fútbol ni demasiado débil de cuerpo, pero comprendió que nunca destacaría en los deportes ni en las competencias de fuerza corporal como para erigirse en jefe. De modo que apeló a la astucia, como había hecho un tiempo atrás con el Pijas Niko. Y otra vez se valió de Guillermina —la mancha familiar de quien todo Tumbes murmuraba— para escandalizar y fascinar a los chiquillos, despertando su miedo y su curiosidad pecaminosa.

Entonces Rulo Arancibia les habló de lo que los padres decían que nunca debía hablarse: de los secretos, intimidades, estigmas familiares. Naturalmente empezó por referirse a Guillermina. A su cuerpo desnudo y su olor a fango, rosas y frutos de mar. Les habló de la pequeñez delirante de su mente y de la exuberancia de su cuerpo. Cuánto se demoró describiendo cada una de las partes del desnudo cuerpo de Guillermina. Se detuvo en las líneas de sus pechos y en el color de fuego del vello púbico. Les habló luego de los hábitos y obsesiones de Guillermina y de la urgencia verdaderamente animal de sus instintos. Teniendo en cuenta la calidad y condiciones del auditorio, añadió un toque de vulgaridad cuando se refirió a los juegos, a las cositas que hacían Guillermina y él. Una vez que se había metido el público al bolsillo —lo demostraba los ojos alelados y lujuriosos de los niños—, Rulo Arancibia cambió de manera súbita el tono engolado que había empleado y les preguntó si alguno de ellos desearía ver desnuda a Guillermina. Es posible, les dijo, porque él tenía un mirador oculto en que podrían mirar a sus anchas a Guillermina desnuda, calatita, y de paso podrían lentejear también en paños menores a las dos sirvientas que la ayudaban a bañarse. Por supuesto, por esto tenían que pagar un sol, porque todo cuesta en la vida. Y si deseaban mirarla de frente y hasta tocarla, el precio sería otro, y en ese caso habría que esperar a que hubiera luna nueva, porque entonces poseían a Guillermina todos los demonios del deseo. Muchos años después, cuando en el bar Zela de Lima se encontró con uno de los mellizos Kurich, entre cervezas este le confesó que aquella vez todos los muchachos lo habían escuchado con estupor, con miedo, con deseo irreprimible, pero ninguno de ellos se atrevió a decirle que estaban dispuestos a pagar para que le permitieran ver a Guillermina bañándose, y que en alguna ocasión, Pío Saldarriaga, que al acabar la media entró al seminario y expulsado dos años después, le reveló que por la noche de aquel día espantoso él lloró, lloró por ti, Raúl, porque Satanás se había apoderado de tu alma, y rezó pidiéndole a Dios que te perdonara y te rescatara de las garras del demonio, pero, terminó confesándome, que igual que el resto de la pandilla muchas veces se masturbó pensando en el cuerpo desnudo de Guillermina. «¡No te creo nada de lo que cuentas! —exclamó Tamara—. Pero basta con que lo imagines para que seas un maldito degenerado, Arancibia».

Arancibia se limitó a sonreír con ese gesto cínico, autosuficiente, detestable y como quien no quiere la cosa prosiguió con su historia. Desde entonces los muchachitos lo miraron con otros ojos, no con simpatía y afecto, sino con temor, con admiración, con envidia, también con algo de disimulada repulsión. A Rulo le bastaron unos cuantos juegos para darse cuenta de que, en conjunto, los niños no valían gran cosa para integrar una pandilla de verdad. Incluso los mellizos Kurich, que eran los más mataperros, eran blandos por dentro, los otros, demasiado bien educados, miedosos, sin contar con Pío Saldarriaga, el más mojigato de todos, que se tapaba las orejas cuando él se burlaba de las cosas de la Iglesia. Pero como había escuchado al viejo Arancibia en sus tertulias, todos los hombres albergaban dentro sí a una bestia, la bestia humana que se solaza con el sufrimiento, la sangre, el exterminio, lo cual —peroraba— terminará por conducir a la destrucción de la civilización humana. Y en esto, le dijo a Tamara, basé mi pedagogía: estimular los bajos instintos, como los impulsos de la agresión y dominio, que tantos goces deparan.

Empezó por establecer un régimen de premios y castigos en los juegos; se castigaba a los remolones, a los débiles, a los desobedientes y traidores; a estos últimos se les castigaba con la expulsión, previo cargamontón y feroz apanado. Larry Barreto y *Cuatro Ojos* Arrunátegui, los chiquillos más débiles del grupo desertaron y durante meses no se atrevieron a salir a la calle, pero la banda ganó con la incorporación del *Cabezón* Rojas y el *Ovejo* Chávez, que vivían en otra cuadra, muchachitos más agresivos con los cuales Rulo Arancibia tuvo que emplear sus artes más secretas para que lo reconocieran como jefe indiscutible. Introdujo cambios en los juegos de *cowboys*, en el que se reservaba el papel de joven, de Randolph Scott, su *cowboy* preferido de las películas del Tropical, o el del Indio Jerónimo, jefe de los apaches, pero después reemplazó a los apaches, por los indios caníbales de la Puná con su cacique Tumbalá. Con los rostros tiznados los caníbales aullaban danzando en torno a la hoguera con el prisionero, español o indio de otra tribu, capturado en la batalla. Y era una lástima, como decía el Negro Fermín, que faltase la muchacha —como la Jane de Tarzán— para rescatarla de la hoguera. Poco a poco la pandilla, con un griterío salvaje, empezó a incursionar en otros territorios, tocando los timbres y rompiendo los vidrios de las casas, agrediendo a los chiquillos de otras calles y apedreando a los borrachos. Y si había que escoger entre las maldades que cometió la pandilla por esos días, le contó Arancibia a Tamara, la peor fue la vez que arrebataron el sombrero con las limosnas que recibía un mendigo ciego a la puerta de la iglesia y que en vez de brazos tenía dos muñones y, armando alboroto jugaron al básquet con el sombrero mugriento hasta que el *Ovejo* Chávez se meó en él y se lo arrojó al ciego que ahora, entre llantos, los maldecía con palabras increíblemente soeces, lo cual aumentó el jolgorio canibalesco.

Sin embargo, en el fondo, Rulo Arancibia se aburría. Para mantener su liderazgo, imaginaba golpes cada vez más audaces poniendo a prueba sus convicciones morales más arraigadas. Uno de estos planes fue saquear las alcancías de la iglesia con las limosnas del día. Pero ni bien empezó a explicar el plan, Pío Saldarriaga, escandalizado, fervoroso y muerto de miedo protestó: «¿Quieres que nos condenemos como tú?»; los mellizos Kurich se unieron a la protesta: «Nada con las cosas de Dios, Rulo», declararon; los otros niños, incluyendo al *Cabezón* Rojas y el *Ovejo* Chávez, bajaron la cabeza. Se me rebelaron, Tamara, como en una huelga de brazos caídos. Los increpó como nunca antes lo había hecho. Los llamó miedosos, maricones, mujercitas hijas de mamá. El *Ovejo* Chávez se puso de pie y le clavó la mirada. Le dijo que estaba dispuesto a hacer el atraco, pero siempre y cuando él participara de manera directa, ya que la pandilla estaba harta con que él los dirigiera desde lejos. «No —le respondió Rulo—, lo haré solo. De repente te chupas a la hora de la hora. No te necesito ni a ti ni a los demás. Y te demostraré quién es el jefe, huevón». Enseguida agregó que al día siguiente saquearía las dos alcancías que permanecían dentro de las naves de la iglesia. «¿Qué hiciste? —le preguntó Tamara—. ¿Robaste las alcancías?». «Lo tenía todo bien estudiado», respondió. De los bolsillos del pantalón de papá extrajo un billete de diez soles y dos de cinco soles; del monedero de mamá, un sencillo de ocho soles y con la reserva de sus propinas juntó treinta y algo más de soles. Una vez que tuvo toda la plata reunida la hizo cambiar por monedas de veinte, diez y cinco centavos, más gordos, gordos partidos por la mitad y centavos, que eran las monedas corrientes que los fieles dejaban cuando Serapio, el sacristán, pasaba con su calderillo después que el cura Villalobos consagraba la misa. La calderilla le pesaba en los bolsillos, le escocía las manos y las monedas exudaban un olor a antimonio y mugre. Aunque los muchachos se habían negado a participar, no pudieron evitar la curiosidad de ver el operativo y, conforme les indicó Rulo, se apostaron a una cuadra de la plaza y vieron a este penetrar en la iglesia después de la última misa de la mañana. Ya dentro de la iglesia, Rulo hizo tiempo charlando con Serapio, a quien conocía de antes, porque era uno de los pretendientes de una de las muchachas de servicio; después de un rato que a los chicos les pareció que nunca terminaría, vieron salir a Rulo que caminaba como si cargara un gran peso en los bolsillos. Luego ellos montaron en sus caballos y cabalgaron entre aullidos al sitio en que solían reunirse antes de emprender una aventura. Por lo menos querían ver con sus propios ojos el botín, la plata reluciente, y oler y oír el sordo tintineo de las monedas. Y ahora que Rulo los tenía reunidos se vengaría de ellos increpándoles por su cobardía. Le contó a Tamara que de pronto cambió de táctica y decidió comportarse como un jefe magnánimo. Les dijo que, aunque ellos no tenían derecho a la repartición del botín, les demostraría el gran jefe que era distribuyendo entre ellos la mitad del robo y la otra mitad se la reservaba para sí. Vació los bolsillos del pantalón y depositó las monedas en el piso y ordenó al *Negro* Fermín que las contase. Todos, con los ojos muy abiertos, ávidos, siguieron el conteo. ¡Cuidado, Negro, con las uñas largas!, le gritaban. Por si acaso, el *Negro* Fermín repitió la operación otra vez. Aparte de los varios gordos de más, los gordos partidos por la mitad y algunos centavos chicos, había treinta soles. ¡Nada menos que treinta soles! Después de separar los quince soles que se había asignado, como dispendioso padrino de un bautizo, fue arrojando al aire los restantes quince soles, que entre terribles empellones y salvajes aullidos se los disputaron sus caníbales. Y así, Tamara, pude saber lo que era la codicia humana.

Uno de estos días, muy temprano, por el lado sur entró a Tumbes una caravana de camiones transportando tropas del Ejército, seguida de carros blindados y otros vehículos motorizados, más un centenar de mulas que cargaban en sus lomos pertrechos de la artillería y la caballería montada, entre la que sobresalía la banda de clarines, formada por negros o zambos, que vestían vistosos uniformes como los húsares de Junín. Raúl Arancibia recordaba con nitidez aquella mañana, porque Guillermina, perturbada por la luna llena, casi desnuda, se desgañitaba saludando a las tropas y convoyes que empezaron a estacionarse en la Plaza de Armas y a lo largo de la avenida Bolognesi. Contó que todavía estaba en el segundo piso de su casona, cuando a las ocho de la mañana una cuadrilla de aviones cruzó varias veces el cielo de la ciudad, y fue Benigno el que aseguró que un buque y tres lanchas cañoneras habían anclado en la rada de Puerto Pizarro. Después se unió a la pandilla que acudió en su busca y se sumó a la multitud de tumbesinos que había salido a las calles para dar recibimiento a las tropas peruanas exigiendo de una vez por todas que el gobierno le declarara la guerra a los malditos monos ecuatorianos. Le confesó a Tamara que le asqueaba un poco el histerismo del populacho, pero igual levantó la voz gritando consignas bélicas, pues no quería ser menos que el Pijas Niko y su pandilla cuyos gritos de guerra eran más convincentes y agresivos, como que varios eran hijos de padres que habían cumplido el servicio militar obligatorio.

Antes, durante el conflicto y en los meses que tardó en firmarse el armisticio la vida en Tumbes cambió. Cada día se izaba la bandera, abundaban los desfiles militares y por los altoparlantes que se pusieron en todo el pueblo se escuchaban consignas, discursos e himnos castrenses. Empezó una auténtica vida nocturna. Se abrieron nuevos establecimientos y bares donde se bebía y cantaba y bailaba. Como la gente de la zona gustaba de la música ecuatoriana, se prohibieron por edicto municipal los pasillos, los albazos, los sanjuanitos; en su lugar se escuchaba y se cantaba rancheras, tangos, porros colombianos. Con la llegada de nuevas mujeres de la vida, la tía Berta amplió su burdel, al cual asistían los oficiales del Ejército, los grandes comerciantes y los más poderosos timberos de la región, mientras putas pobres y envejecidas venidas de Piura se encargaban de satisfacer las necesidades de los cachaquitos, que en su mayoría procedían de la sierra. Entre estas mujeres de la vida, llegó a ser famosa una apodada La Figurilla, que se instaló en una ramada a las afueras de la ciudad, cerca del cuartel. Aquel año de la guerra con el Ecuador los caníbales, con meses o semanas de diferencia, cumplieron doce años y comenzaron a interesarse por las mujeres. Sobre todo por las putas que vestían trajes ceñidos y escotados y lucían pintarrajeadas. Pero el burdel de la tía Berta era un mundo inaccesible. Por lo menos por las noches. Un día el *Ovejo* Chávez contó que podían mirar a las putas por las tardes a la hora de la siesta. Bajo una gran ramada del corral, se tendían en sus hamacas prácticamente calatas. Y les habló de Rita, una puta recién llegada, y de quien se decía que le gustaban los menores. Rulo sintió celos y envidia por el descubrimiento del *Ovejo* Chávez. Le contó a Tamara que fingió indiferencia y otra vez apeló a Guillermina para desviar la atención que el relato del Ovejo había despertado en la patota. Pero fue el primero en ir a merodear por el cobertizo y, en efecto, Rita, desde su hamaca, le dijo: Ven, pajero. Acércate. Aunque tardaría más de un año en completar el acto, la mujer llamándolo mañoso le permitió ciertos jugueteos y que mirase y oliese su cuerpo. Otra cosa le debo a Rita, le confesó a Tamara. Cuando él ya estuvo apto para el amor pleno: ella aplacó ciertas secretas ansiedades que se habían acentuado desde que uno de los prisioneros de guerra mostró su descomunal falo al público que iba a hostilizarlo y a burlarse de ellos. No eres un aventajado, pero tienes una buena verga, le dijo. Y para mostrarle que el tamaño y el grosor resultaban apetecibles, Rita se puso el miembro en la boca, arrancándole el primer orgasmo de su vida.

«¿Prisioneros? ¿Prisioneros de guerra?», preguntó Tamara. Claro, le respondió Arancibia, pero no pienses en esos campos de concentración alemanes que muestran las películas yanquis, fue una cosa menor, casi doméstica y sirvió de diversión a los tumbesinos, a viejos y jóvenes y hombres y mujeres, pero sobre todo fue motivo de jolgorio (no tanto a mí que por esos días pensaba en otras cosas) pero sí a mi patota de caníbales y a las huestes del Pijas Niko. Habían comenzado a llegar pocas semanas después que se inició la guerra y los ubicaron en un galpón al otro lado del río. Cada día la gente atravesando el puente o en botes iba a echarles una mirada. Fue como una feria, con vivanderas y puestos de expendio de licor y se decía que por las noches La Figurilla burlaba la vigilancia y tenía comercio sexual con los prisioneros, pero nunca llegaron a sorprenderla, lo cual no impidió que los nacionalistas más recalcitrantes le gritaran traidora y la amenazasen con cortarle las mechas al rape cuando la veían caminar por las calles centrales. En cuanto a los propios prisioneros al comienzo les resultaron decepcionantes porque se parecían demasiado a los peruanos. La mayoría la formaban cholos, serranos de rasgos indígenas, había también un puñado de chunchos de la Amazonía, los más exóticos lo conformaban un grupos de negros y zambos que, según se decía, procedían de un pueblo llamado Esmeralda, y los más despiertos y contestatarios procedían del valle de Guayas, del puerto de Guayaquil. Mientras los nacionalistas fanáticos cubrían de rechiflas, silbatinas e improperios a los prisioneros aludiendo a la derrota de Ecuador y a la victoria del Ejército peruano; los graciosos, tomándolo todo a la chacota, los llamaban monos y les arrojaban plátanos y cocos. Al comienzo los prisioneros, temerosos de ser agredidos, no respondían ni a los insultos ni a las bromas y permanecían en un silencio tenso. Pero cuando después de unas semanas se estableció una curiosa familiaridad entre las dos partes, los prisioneros empezaron a responder a los insultos y a las bromas. Acusaron a los peruanos de saqueadores y de violadores de mujeres. Una voz exaltada de entre los nacionalistas respondió: ¡Y qué quieres, mono conchatumadre! La guerra es la guerra y el triunfador tiene derecho a cacharse a todas las hembras que le salgan al paso. Los prisioneros, pasándose la mano por los genitales, replicaban llamando a los peruanos gallinas, cobardes y les arrojaban puñados de maíz, y fue una de estas veces que uno de los prisioneros negros, flanqueado por compatriotas suyos, se acercó temerariamente a la línea de los peruanos y les mostró y blandió un miembro enorme y grueso como el de un solípedo garañón. Le contó a Tamara, como años atrás se lo había contado a Bracamonte, todos, grandes y chicos, se quedaron pasmados, como si los invadiera un sentimiento de humillación, de insignificancia, casi de orfandad. Un instante después, los graciosos salvaron la situación injuriosa tomándolo a la chacota, emitiendo toda suerte de gritos y ayes de placer y dolor, como harían —les gritaban— las putas monas de su madre. Pero esto no bastó para los fanáticos de corazón más peruano, quienes iniciaron una feroz pedrea a la que se sumaron los caníbales y la pandilla de Niko, que por una vez unieron sus fuerzas contra el enemigo común. Rulo, cuya mente comenzaba a ser absorbida por situaciones de otra naturaleza, había descuidado su liderazgo de la pandilla desde que se desató el conflicto, mientras cada día se iba imponiendo la figura del *Ovejo* Chávez, quien ya no ocultaba su deseo asumir la jefatura de la banda. Por eso, venciendo la repulsión por lo que iba ocurrir, se sumó al ataque, cogió una, dos, tres piedras, las arrojó y sin que se diera cuenta lo fue invadiendo una euforia desconocida incitando a los caníbales a quemar y comer la carne de los enemigos. «Pero es vergonzoso lo que me cuentas, Arancibia —le dijo Tamara—. ¿Y la ideología dónde quedaba?». «Qué se yo», respondió; lo único que recordaba era el estado de exaltación, de dicha viril, que lo poseyó, como poseía tanto a los fanáticos como a los graciosos, y aquello hubiera tenido un desenlace de sangre, si los soldados peruanos encargados de la vigilancia del galpón de los prisioneros no hubieran ejecutado sucesivas descargas al aire.

Con ser un hecho abusivo, desagradable, repulsivo, Arancibia le dijo a Tamara que no lo consideraba el peor acto que había cometido en su maldita infancia, ya que él solo se vio arrastrado por una fuerza oscura como la que, descubrió entonces, arrastra a todos los seres humanos puestos en una situación determinada. En cambio, lo que los caníbales le hicieron al *Bello* Eduardo se debió al arte manipulatorio que Rulo Arancibia había adquirido como jefe de la pandilla. Lo curioso —le contaba a Tamara— es que por ese tiempo empezaron a interesarle las tertulias que armaba el viejo Arancibia cuando algún líder político o algún intelectual o artista estaba de paso por Tumbes. Rulo recordaba que el gran tema de discusión, no era sobre los avances de la pequeña guerra con los vecinos ecuatorianos, sino sobre la otra gran guerra que se desarrollaba en Europa, el norte de África y en el Pacífico después del ataque japonés a la base norteamericana en Pearl Harbor, pues el destino de la humanidad, sostenía el viejo, dependía de quién ganase la guerra. Pero no todos pensaban igual, recordaba Rulo, como el sanchezcerrista Luis A. Flórez, que vaticinaba el triunfo final del fascismo, de Mussolini y Hitler, cuyas tropas victoriosas regenerarían el mundo, eliminando a las razas inferiores de la faz de la Tierra. De modo que tuvo que admitir que cada día lo aburrían más las conversaciones, las bromas y los juegos con su partida de caníbales, sobre todo empezó a resultarle ridículo el juego de vaqueros o bandidos en los que como unos perfectos tarados cabalgaban sus caballos de a mentiras y aullaban como apaches o indios antropófagos. Pensó en renunciar, pensó en dar de baja o disolver la pandilla, pero lo paralizaba la sola idea de que el *Ovejo* Chávez reunificara al grupo asumiendo la jefatura. Tras varias noches de insomnio, Rulo encontró la manera de apartarse de la pandilla sin menoscabar su prestigio. Sí, les diría adiós a los caníbales, pero una vez que realizara una hazaña que nunca podrían olvidar. Fue entonces que el *Cabezón* Rojas contó de la llegada a Tumbes de un niño que llamaban *Bello* Eduardo. Según le contaron al Cabezón sus hermanas mayores, el sobrenombre se lo había puesto la poetisa piurana Lerline, una mujer de figura extravagante que pasaba en Tumbes unos días declamando sus odas patrióticas para levantar el espíritu guerrero de las tropas y el pueblo tumbesino. Ellas continuaron contándole que, Lerline al ver a un niño que por la plaza caminaba del brazo con una dama ya entrada en años, había exclamado: Oh, pero qué linda, bella, preciosa criatura. Se excusó ante la dama, que dijo ser su tía, y le preguntó por el nombre del niño. «Eduardo», respondió la mujer. Oh, *Bello* Eduardo —exclamó extasiada Lerline—, eres un Adonis, ¿sabes que en la Grecia antigua te hubieran venerado como un dios? Toda la patota de caníbales, incitada por el *Ovejo* Sánchez (pues Rulo Arancibia prefirió pasar desapercibido) acudió a la plaza para ver pasar al chiquillo acompañado del brazo de la mujer que decía ser su tía. Pensaban silbarle hojita de té o gritarle con tono amariconado: Ay, *Bello* Eduardo. Pero cuando lo vieron acercarse llevando del brazo a una señora, blanca y canosa, que tenía una pierna mucho más gruesa que la otra, enmudecieron. Chucha, dijo el Cabezón, qué tal pintazasa. Pero lo más extraño era que no tenía nada de mariquita, ni de afeminado y caminaba sin amaneramientos, con los pies firmes sobre la tierra, como los hombres machos. ¡Y cómo es que no le daba vergüenza caminar del brazo con una mujer de pierna gorda! Por la noche, ya en su cama, Rulo volvió a pensar en el otro hermano, en Abel, el que robaron los gitanos. Y así como el *Bello* Eduardo, bello, bueno, puro, valiente, debió ser este hermano construido por la nostalgia. En los días siguientes la patota seguía hablando del *Bello* Eduardo. Averiguaron que sus padres habían muerto en un accidente aéreo y que la mujer de pierna elefantiásica, único familiar que le quedaba en el mundo, era su tía y que era la nueva directora del colegio fiscal para niñas. Vivía en la calle Bolognesi y recibía lecciones de violín tres veces por semana en la casa del maestro Puritzaga. Los mellizos Kurich, muy ofendidos, refirieron que se habían acercado al *Bello* Eduardo para invitarlo a pertenecer a la pandilla, pero en vez de sentirse alegre y agradecido, el maricón de mierda les dijo que no necesitaba de ninguna pandilla porque sus verdaderos amigos estaban en el Colegio Santa Rosa, de Sullana, al cual se reintegraría apenas terminasen las vacaciones de medio año. Con este dato —le contó Arancibia a Tamara— completé el plan que estuve fraguando en las últimas noches. Había imaginado un plan hermoso y perfecto, pero como era imposible llevarlo a cabo, ideé un plan B, alternativo. «¿Y cómo era tu plan A?», preguntó Tamara. Oh, dijo Arancibia, era un plan fenomenal, fantástico. Después de raptar al *Bello* Eduardo, lo llevaríamos en el bote de Benigno a los esteros. Desembarcaríamos en un claro, con los ojos todavía vendados lo amarraríamos a un árbol, prenderíamos una hoguera, nos despojaríamos de la ropa, nos pintaríamos el rostro, luego le quitaríamos al *Bello* Eduardo la venda de los ojos y para que supiera qué es el horror danzaríamos en torno a él, como los indios de la Puná ante las huestes de Pizarro. Pero Benigno se negó a prestarme el bote porque era muy peligroso a esas horas surcar los esteros. Y con una seriedad que nunca le conocí, agregó que él estaba dispuesto llevar a la pandilla, pero que no permitiría que se cometiera ninguna maldad. De modo que Rulo, como en los días iniciales de la pandilla, convocó a sus caníbales para deliberar qué castigo se merecía el *Bello* Eduardo por la afrenta que les había hecho. Lo más sorprendente para Rulo Arancibia fue que todos los integrantes de la pandilla, sin excepción, se unieron eufóricos a la propuesta del *Ovejo* Chávez, que decía que la ofensa era tan grande que no bastaba con romper los vidrios de su casa, ni de silbarle hojita de té, ni darle un apanado. No —clamó—, era necesario raptarlo, desnudarlo, violarlo, como hacen los guerreros victoriosos. El *Cabezón* Rojas dijo que había que torturarlo, hasta que acepte ser la muchacha de la pandilla, ser la Jane de Tarzán. «¿No me vas a decir que cumplieron el plan?», preguntó Tamara. «Sí, mi amor, todo se cumplió tal como yo había imaginado, menos la violación, pero no por falta de deseo sino que a última hora, sin que supiéramos de dónde habían salido, La Figurilla y otras prostitutas aparecieron vociferando y arrojándonos piedras. Pero fue fácil raptarlo. Lo esperamos a la salida de su práctica de violín. La casa del maestro Puritzaga está en una calle poco iluminada y a una cuadra de las orillas del río. Teníamos la cara cubierta con pañuelos. Los mellizos Kurich, según lo acordado, le colocaron un saco de yute en la cabeza. El *Bello* Eduardo se defendió, dando patadas y puñetes. Pero nosotros éramos nueve caníbales. Pero aun así el *Bello* Eduardo no lloraba ni pedía auxilio y esto nos enardecía aun más. Entonces lo arrastramos entre aullidos a las plantaciones que hay por ese lado de la orilla. Te vamos a tirar, maricón, le decía al oído el *Ovejo* Chávez, es la ley de la guerra. Vas a ser mi muchacha, mi hembra, decía el *Cabezón* Rojas. Y yo, Tamara, quería saber hasta dónde podía llegar. Después que lo amarramos a un árbol, yo mismo le quité el saco de yute que le cubría los ojos, pues quería que él me viera. Que me viera con el rostro pintado, danzando y aullando, como los otros caníbales. «Estás totalmente loco, Arancibia», le dijo Tamara.

XIII

Come dije, hasta que apagué la luz a las cuatro de la mañana, no escuché ninguna detonación dinamitera ni el tableteo de fusiles y metralletas. Pero tardé en dormirme por el abuso del café que además activó mi gastritis crónica. De modo que con la mente algo dispersa me entretuve repasando el material que me había vendido Nelson Bracamonte. O más bien recordé la lectura rápida que hice del material que, en síntesis, abarcaba tres grandes momentos de la vida de Raúl Arancibia, precedidos, a manera de obertura creo yo, por con una suerte de crónica familiar que sospecho Bracamonte escribió pensando en componer una novela, pero no fue mucho lo que avanzó y el relato (escrito en forma de resumen) concluye con el final de la infancia de Arancibia. Pobre Bracamonte, de cualquier manera hubiera sido una mala novela. Tantos años de periodista y de vida desordenada habían acabado con el poeta y el escritor que en su juventud quiso ser. Sin embargo, los pasajes que se refieren a los años universitarios en Trujillo del padre de Arancibia y el ambiente tumbesino en que transcurre la infancia de Raúl Arancibia me parecieron interesantes y sugestivos, pues me ayudaron a conocer algo más de este país. Ahí, sumido en la oscuridad de mi cuarto, me dije: ¿Por qué no aprovechar, incluso de manera literal estos pasajes? Porque al fin de cuentas yo te compré el texto, Bracamonte, sin contar el suculento almuerzo con vino incluido que tuve que pagar, viejo, en un restaurante que, según me dijo Emperatriz, es uno de los más caros y exclusivos de Lima.

Más rápida fue la revisión que hice del material que abarca la vida política o, más bien, la dimensión política de la vida de Arancibia, dimensión que se desplegaba sobre el fondo cenagoso de los instintos y pulsiones que se manifestaron de manera precoz en su infancia. Por lo que alcancé a entender, los documentos inciden sobre todo en dos momentos críticos del Arancibia político (o, si se quiere, ideólogo): la ruptura con el Partido Aprista al final, ¿1953?, de su encarcelamiento del penal El Frontón y su expulsión del Partido Comunista durante las luchas internas que culminaron con la escisión del partido entre moscovitas y pekineses. Qué extraño, qué incitante, pero también qué demencial me pareció este mundo de los ideales y las pasiones políticas, pues son estas pasiones la que desencadenaban revoluciones y guerras, como las que yo venía cubriendo como reportero en diferentes partes del mundo. Tiempo atrás el recuerdo de la vida de mi abuelo, cuya pasión política lo llevó al destierro, la soledad y la ruina, me había hecho comprender que existen causas y guerras justas; por desgracia, una vez que se desencadena la guerra, todas las fuerzas beligerantes, incluso a las que las asiste la justicia de su causa, liberan las fuerzas irracionales de la naturaleza humana, cometiendo las más espantosas atrocidades, como las que cometía Arancibia en los juegos de su maldita infancia. Y entonces cuando quedaba el campo de batalla sembrado de cadáveres putrefactos, llegaba yo, llegábamos los pájaros carroñeros de la guerra, en busca de imágenes más atroces que ilustrarían las portadas de las más famosas revistas del mundo... En cuanto al último reportaje de Bracamonte a Arancibia y las crónicas que este escribió a raíz de su asesinato me limité a darles una ojeada antes de ordenarlos, junto con los apuntes que me había entregado Muriel sobre la etapa política más depravada de Arancibia y sus vínculos con el narcotráfico. Y había hecho a un lado este material para estudiarlo y discutirlo con Muriel a mi regreso a Lima.

Con cada minuto que pasaba mi mente se volvía más dispersa. Mientras revisaba los materiales, como en una suerte de *flashes* veía a Tamara Fiol postrada en la clínica sometiéndose a los más humillantes exámenes; pensaba en mamá, me preguntaba si, como quería ella, ya era tiempo que hiciera las paces con el viejo Scott y pensaba en Daniela, la muy zorra, llamando a mamá Clarita, la tontita, pensé en Lula Gabber, pensé en las otras reporteras con quienes había tenido relaciones fugaces en las desesperadas treguas que nos tomábamos entre batalla y batalla. En otro momento, como en una vieja película, veía ese sector de Long Beach donde transcurrió mi infancia con sus grandes caserones abandonados viniéndose abajo; en cambio, mi madre había alcanzado tiempos mejores, me contaba que en la temporada de verano la playa se veía atestada de bañistas, con lujosos y atrevidos trajes de baños, y cuánto me hablaba del bulevar central lleno de terrazas de restaurantes y cafeterías y las luces giratorias y rutilantes del Gran Casino que, decían, controlaba la mafia. Lo último que alcancé a escuchar fue a Clarita, mi madre, diciéndome: Morgy, mi bebé, duerme, para que te levantes fresco para la batalla.

Pero no tuve un sueño tranquilo. Me precipité en una serie interminable de sueños. De sueños dentro de otros sueños, con escenarios e imágenes que me resultaban desconocidos e impenetrables. Pero por momentos, quizá por instantes, accedía a territorios y situaciones que me eran familiares. Un práctico me conducía en un bote por los esteros, por la intrincada región de los manglares de la que le hablaba Arancibia a Bracamonte y Tamara; pero la voz de mi madre me explicaba que surcábamos por un pequeño río de la floresta de El Salvador. Y otra voz aún, que reconocí como la mía propia, aseveró que era la laguna Estigia, como la simbolizaba Coppola en una de sus películas. En un vertiginoso cambio de escena, Willy Rodríguez con las frases más procaces me acusaba de no haber llegado a tiempo a Nueva York para tomar vuelo a Sarajevo porque sabía que allí iba a morir. Y sobre esto comentaba con Taylor pero no en Nueva York sino en la abandonada iglesia huamanguina donde él descubrió el antiguo sótano olvidado que salvó la vida de Azpur. En algún momento logré desatarme del nudo en que se había convertido mi cuerpo, abrí los ojos, el cuarto todavía estaba oscuro, busqué a tientas el vaso con agua que había dejado en el velador, bebí con avidez, luego volví a quedarme dormido e ingresé a otro sueño, que me llenó de tristeza.

Era un sueño que con diversas variantes reaparecía de tanto en tanto, en cualquier lugar en que me encontrara o cualquiera hubiese sido mi ánimo a la hora de acostarme. Ahora vi el faro que desde mar adentro se veía a lo largo de la bahía de Long Beach. De niño, pese a mis ruegos, mi padre antes que nos abandonara nunca quiso llevarme al faro y solo pude hacerlo de mayor. Pero ahora mi madre le rogaba al viejo Scott que por una vez fuera un padre como Dios manda y satisficiera mi anhelo. Le decía: «Mildred, cariño, demuéstrale a mi bebé que eres un buen padre». Por fin el viejo Scott accedía a llevarme. «Pero tú no vendrás, Clarita —le decía él—. Es definitivo. Y nada de lágrimas, Clarita. Las mujeres están prohibidas de visitar el faro». Y enseguida, ya subido en la lancha, veía a mi madre que alejándose, lloraba diciéndome adiós. Después, mientras su figura desaparecía de la playa, vi que el faro se alejaba cada vez más adentro del mar y el viejo Scott me decía: Nunca llegaremos, muchacho. Nunca llegaremos al faro, pero no te preocupes, Morgan, que iremos tras él, aunque zozobre nuestra barca en el mar borrascoso. Empecé a tener miedo, muchísimo miedo, pero yo no quería llorar delante del viejo Scott. Primero me moriría. ¿Pero dónde estaba el faro? No lo veía por ninguna parte. De pronto, sin transición, yo ya no era un niño, sino un joven y estaba solo en el viejo muelle sobre el cual volaban centenares de pájaros marinos. Luego se ocultó el sol y cayó la noche. Los maderos del muelle estaban carcomidos por la humedad y la sal. Como no había a la vista ninguna escalinata, tuve que saltar a la arena. Empecé a caminar por entre los pilones del muelle, la marea estaba baja y olía a algas y peces muertos. Muchos eran los pilones y por fin llegué al fondo que era como la entrada a un socavón. «Te estaba esperando», me dijo Roy, asomándose en la cueva. Era Roy, mi amigo de la infancia y la adolescencia. «Tengo de todo —dijo extendiéndome un canuto de marihuana—. Esto corre a cuenta de la casa. Por nuestra amistad». Pero sin saber cómo desapareció Roy. Lo empecé a buscar gritando su nombre. Como muchos otros drogadictos del pueblo, sabía que él vivía a salto de mata en cualquiera de los caserones y edificios abandonados. Entré a uno de ellos, el más grande de todos, donde muchos años atrás había funcionado el Gran Casino de Long Beach y que ahora crujía, como si las paredes y cielorrasos estuvieran a punto de venirse abajo. Yo, saltando entre los escombros, seguía gritando su nombre, invitándole a venir conmigo. Entonces, como ocurría siempre, supe que Roy me gritaría desde algún lugar oculto: «¡Déjame, Morgan! ¡Sálvate tú! ¡Acéptalo, Morgan, yo ya estoy condenado!». Pero antes que Roy me gritara, empezaron repicar las campanas de varias de las iglesias de Huamanga que anunciaban el fin del toque de queda y llamaban a la misa de las seis de la mañana.

Debí sentirme agradecido por el repique de campanas que me habían rescatado de un sueño penoso, del más doloroso de mis sueños. Absurdamente, atenazado por la culpa, me sentía desleal con Roy, por no haberme despertado sin antes escuchar su manera peculiar de pedirme auxilio: «¡Acéptalo, Morgan, yo ya estoy condenado!». En realidad, desde que a los dieciocho años me fui a vivir a otro barrio de Nueva York había empezado a soñar cada cierto tiempo con Roy, pero no eran sueños tristes o por lo menos no demasiado tristes. Todo cambió desde la vez que mi madre me escribió dándome la noticia de que Roy había sido abatido por un operativo de la Policía del condado en lo que fuera el local del Gran Casino acusado falsamente de haber dado muerte a un policía. Las fuerzas policiales habían actuado con tanta saña que ni siquiera pudo salvarlo el padre de Roy, que era miembro del mismo cuerpo policial. La carta me llegó al hotel Tequendama de Bogotá, que era mi cuartel general, mientras cumplía una misión en un territorio dominado por las FARC. Recuerdo que había retornado a Bogotá contento porque algo de interés periodístico había recogido, pero la carta acabó con esta alegría que de inmediato se me reveló como fatua y pueril. Desde entonces, y han pasado ya siete años, de tiempo en tiempo, como ya dije, sea cual fuere el lugar y la situación en que me encontrara reaparecía un sueño en que Roy iba al encuentro de la muerte. Me sentía agotado y deprimido y me dolía la nuca. En mi botiquín tenía algunas pastillas que yo llevaba siempre conmigo y que me ayudaba a superar estados de ánimo como en el que me encontraba. Dos xanax me harían dormir, sin sueños ni pesadillas, las horas que necesitaba para recuperarme. Miré la mesa de trabajo y vi todo el material que tenía que examinar y tomar apuntes para estar mejor preparado cuando mantuviese las últimas y decisivas entrevistas con Tamara Fiol. Por lo tanto hice a un lado los antidepresivos y antiansióliticos y tomé y tragué dos tabletas de complejo vitamínico B. Hice un esfuerzo y me metí a la ducha. Lo recomendable era un baño frío, pero aquí, en los Andes, el agua era tan helada y te dejaba doliendo la cabeza y los pulmones, decidí atemperar algo el calentador y dejé que el agua me cayera por varios minutos.

Salí del baño, me metí de nuevo a la cama, cerré los ojos procurando mantener la mente en blanco. Fumé varios cigarrillos. Después llamé a la recepción para preguntar si ya estaban sirviendo el desayuno. Me respondió el señor Sosa. Me dijo que el comedor lo abrirían dentro de una hora. Hubo un breve silencio. «¿Puedo subir a hablar con usted un momento? —me preguntó luego Sosa—. Solo será cuestión de un minuto, señor Morgan». No tenía deseos de hablar con nadie, pero este es un lujo que un periodista no puede darse, así que le repetí que encantado, que subiera. Segundos después Sosa golpeó la puerta y yo le dije que entrara. Primero, sospecho que por puro formulismo, me preguntó cómo había pasado la noche. Le contesté que había dormido como un angelito. Como si la paz ya hubiera llegado a Huamanga. «Justamente de esto quiero hablarle», declaró Sosa. Fue hasta la puerta, la abrió y se asomó para estar seguro que nadie nos escuchaba. Me dijo que habían aparecido tres cadáveres, uno en Infiernillo, otros en la quebrada de Huatatas y otra aquí en la misma ciudad, a la puerta del Colegio Guaman Poma. Enseguida comprendí por qué había ocurrido esto, con todo le pedí a Sosa que me lo explicara. «Por venganza, amigo Morgan. ¿Por qué sino por venganza? Es la venganza de los cachacos por las bajas que les hicieron los terrucos en Rosario». Me siguió explicando que así actuaban siempre los militares y también los terrucos. Tú me matas a uno de mis hombres, yo te mato a dos. A Dios gracias, hacía varios meses la gente ya no tenía que ir cada mañana a buscar a sus desaparecidos. Guardó silencio unos instantes y luego se excusó por el consejo que tenía la obligación de darme. ¿Le concedía el permiso? Le respondí que desde luego. Que por el contrario se lo agradecería.

—No salga hoy día a recorrer la ciudad —declaró Sosa—. Y menos con su cámara. Hoy la ciudad estará vacía. Los terrucos pueden contraatacar. Hágame caso, amigo Morgan. Quédese en el hotel. Además ya todos sus colegas regresaron a Lima. Apenas terminó la ceremonia de la entrega de armas a los ronderos, salieron disparados en sus cuatro por cuatro por la Libertadores. ¿Para qué tentar al diablo, señor Morgan? Un día sin salir no es nada. Le puedo conseguir todos los periódicos que llegan de Lima. Puede usted trabajar en las mesas de la terraza y disfrutar del ambiente de nuestro hotel. Pero si usted prefiere, haré que le suban sus alimentos.

En otras circunstancias, una recomendación como la de Sosa no habría hecho más que empujarme a la calle. Pero persistía el gusto amargo que me había dejado mi sueño con Roy, mientras un sentimiento de indiferencia comenzaba a invadirme. Qué diablos, me dije, la guerra senderista había dejado de ser mi caso y creía que de Huamanga ya había recogido todo lo que necesitaba para mi trabajo. Pero acepté que me subieran a mi cuarto el desayuno. Le dije a Sosa que me bastaría con un jugo de naranja y dos huevos a la copa.

Antes de una hora el mozo subió con mi pedido y no bien acabé de consumirlo cuando sonó el teléfono. ¡Willy Rodríguez! ¿Cómo carajo le diré que no podré llegar a Nueva York, sino hasta el miércoles, quizá el jueves? ¡Todo aquello me parecía tan remoto! Tan sin importancia. De modo que cuando cogí el fono tuve que esforzarme para saludarlo como era habitual entre nosotros. «¡Hola, canalla!». «¿Canalla?», dijo desde la otra línea una voz muy conocida y querida para mí. «Oh, Muriel —exclamé—, no sabes cuánto me alegra que me hayas llamado». Y al carajo Willy Rodríguez. Y si he de morir en Sarajevo no importa cuántos días retarde mi partida.

Muriel estaba alegre, eufórica, había pasado la noche en el canal en la sala de ediciones y ya el reportaje, que había quedado de putamadre, estaba listo para el programa de la noche y quería compartir conmigo su alegría. Después de un respiro, continuó diciéndome que se había enterado del ataque de Sendero en Rosario y de los pormenores de la entrega de armas a los ronderos y deduje que no pudiste ir al territorio de los asháninkas porque Lucho, el camarógrafo, me contó que te vio en la plaza aplaudiendo al cabrón del arzobispo (ja, ja, ja) y, a propósito de cabrones, ¿leíste los materiales que llevaste sobre el perro de Arancibia?; me dijo que, por su parte, había seguido pensando en el maldito y que tenía nuevas ideas que discutiría conmigo apenas volviese a Lima. A todo esto, ¿cómo había pasado la noche? ¿No hubo coches bomba ni balaceras ni muertos arrojados a las calles? Pero de esto mejor no hables, ¡desconfía de los teléfonos! De pronto, como si cayera en la cuenta de algo, calló. ¡Pucha, estoy aceledaraza y tú ya te imaginas por qué, Morgan!», dijo luego de un instante. ¿Y por qué la dejaba hablar como una cotorra? Yo bien sabía que este no era su estilo. ¿O es que quería escucharla cuando estaba coqueada? ¡Así no, pues, Morgan! ¡No seas, malo! ¡No te pases! Luego, más tranquila, me pidió que le dijera algo, que no se acordaba haberme escuchado decir ni una palabra. «Estoy bien, Muriel, querida. Perfectamente», declaré. Dijo que estaba mintiendo, que mi voz le sonaba rara, distante. A mí me había ocurrido algo. ¿O estás en la cama con una perra huamanguina? ¡Vamos! Que se lo dijera. Le manifesté que era una pequeña cosa, sin importancia. Me respondió que de todas maneras quería saber de qué se trataba. Le conté de la noche de sueños que había tenido. Le hablé del gran sueño con Roy. ¿Roy?, preguntó ella. Le hablé de la amistad que nos había unido: los dos manteníamos relaciones conflictivas con nuestros respectivos padres. Roy y yo nos habíamos iniciado juntos en las drogas, solo que yo, Muriel, había logrado librarme y Roy se fue hundiendo cada vez más, y cada vez que soñaba con él, Roy me gritaba: «Sálvate tú, Morgan, que yo ya estoy condenado» y, en efecto, así fue, Muriel, porque hace siete años la Policía lo abatió acusado falsamente de haber asesinado a un policía. Me pidió que le contara cuál había sido el problema de Roy con su padre. «Es una historia desdichada, incluso truculenta». Y agregué que por el momento la dejásemos allí. «Podría servir —dije con risa forzada— de argumento para una película de categoría B». «Lo siento, Morgan, lo siento». Como si sospechara algo, añadió enseguida: «¿Es todo lo que te ha ocurrido? ¿O hay otra cosa que quieras decirme?». Esta vez fui yo el que tardó en responder. Lo consideré un rato y le dije que sí, que había otro asunto del que me había propuesto hablarle mañana a mi llegada a Lima. «Si es una mala noticia, dímela de una vez», dijo ella. Entonces le conté de la plaza que me había encontrado mi agente Willy Rodríguez para reemplazar a un reportero caído en Saravejo. Le dije que Willy me apremiaba para que mañana mismo estuviese en Nueva York, pero que mediante una treta le prometí partir el miércoles, con la esperanza de poder concluir mi reportaje a Tamara Fiol. Esperé su respuesta, pero esta vez el silencio se prolongaba. ¿Muriel? ¿Estás ahí? Después de uno segundos, respondió: «Sí, te he escuchado, Morgan. Pero me están pidiendo la línea. Quizá mañana podamos hablar. Chau».

Por razones profesionales cada vez que partía a una misión tenía que informarme sobre el trasfondo político (y por supuesto también económico) que había desencadenado la situación bélica que yo iba a cubrir. Incluso la propia agencia que me enviaba me ahorraba el trabajo de investigar por mis propios medios entregándome un *dossier* muy puntual (como el *dossier* que dentro de unos días se me entregaría sobre Bosnia y la guerra en los Balcanes y que yo leería con prisa mientras volaba a la zona de guerra) sobre las fuerzas beligerantes y un perfil sobre los líderes o caudillos que disputaban el poder. No ignoraba, por supuesto, que toda la información resumía el punto de vista de Norteamérica, aunque esto se camuflaba con las grandes palabras de defensa de la libertad y la democracia. Esto no me generaba conflictos de conciencia intolerables, pues íntimamente despreciaba las motivaciones políticas y doctrinarias. Con candor juvenil, por lo menos a comienzos de mi carrera, creía ponerme por encima de las fuerzas beligerantes y me decía a mí mismo que lo que me guiaba eran principios más elementales como la justicia, la decencia y la piedad humana, sentimientos de los que seguramente en la primera etapa de su vida Arancibia se hubiera burlado calificándolos como de un «humanitarismo burgués».

Lo más cercano a una toma de posición política ocurrió cuando yo tenía entre dieciséis y dieciocho años y lo hice por razones egoístas o estrictamente privadas porque quería castigar de alguna manera a mi padre, por quien sentía un profundo resentimiento (similar aunque de naturaleza diferente a la que sentía Roy frente al suyo) desde que abandonó el hogar cuando yo estaba por cumplir diez años. Por lo que decían los vecinos y los rumores callejeros, yo sabía que mi padre era un crápula, así que detestaba los sermones que me endilgaba las veces que venía de visita a casa para educarme (y de paso contrarrestar lo que él llamaba la influencia católica y tercermundista de mi madre) en los valores y las formas de vida norteamericana. Y se despachaba hablándome del peligro comunista, de las formas tenebrosas de las sociedades que vivían detrás de la cortina de hierro, se demoraba contándome de los crímenes de Stalin, de las purgas que había llevado a cabo contra sus mismos camaradas de lucha, me habló por supuesto del asesinato de Trostky, del terror y los campos de concentración estalinistas y terminaba despotricando contra Castro, que había convertido a Cuba en una base militar del poder moscovita... Yo no descartaba que en lo que me decía el viejo Scott hubiera un fondo de verdad, pero bastaba escucharlo de sus labios para que en mí naciera no diré que simpatía ¡ni mucho menos! por el comunismo, pero sí el deseo de investigar las luchas internas, las purgas estalinistas, el papel de Stalin en la Segunda Guerra Mundial, el asesinato de Trotsky. Para ser sincero, no fue un estudio constante y profundo el que realicé, pero por lo menos me sirvió para interesarme de todo lo que ocurría en el mundo y poder conversar con mis compañeros de ciencias de la comunicación, para quienes entonces el gran tema era el Medio Oriente y la cuestión islámica.

Por esos años, me refiero a la era de Reagan, los *hippys* comenzaban a cortarse el cabello y a vestir saco y corbata y a dedicarse a los negocios, así que, un poco tardíamente (por el influjo de algunos amigos de origen latino que yo había conocido en la universidad), me dejé crecer ostentosamente el cabello y caminaba por allí mugriento y vistiendo harapos, pero tocado con una boina y un polo que llevaba la imagen del Che Guevara (cuyo Diario, como tantos otros jóvenes, leí), mientras por otro lado comenzaba a luchar por salirme de las drogas. En uno de esos días, el viejo Scott (por ruego, sospecho, de mi pobre madre) me hizo llegar una invitación para cenar en un lujoso restaurante de los alrededores de la Quinta Avenida. Sin duda, el viejo crápula quería deslumbrarme con un escenario desde el cual tendría una posición de privilegio para sermonearme, diciéndome que ya era tiempo de que me enrumbara por el buen camino que los jóvenes de mi generación, que no vivieron el trauma de la guerra de Vietnam, estaban inspirándose en los valores tradicionales del pueblo norteamericano. Acepté la invitación y cuidando que mis harapos lucieran impecables llegué a la puerta del restaurante. Yo mismo sentía el mal olor de mis pies, de mis axilas, de mi melena grasosa y de mis barbas descuidadas, pero todo esto lo prestigiaba mi boina y mi polo del *Che* Guevara. En la puerta armé un lío porque el portero y los miembros de seguridad me impedían la entrada. Protesté, levanté la voz, le dije que mi padre, un héroe de la guerra fría, con medallas en su pecho, ahora mismo me estaba esperando para celebrar mi cumpleaños; por fin, acompañado de un sujeto, entré y me acerqué a la mesa, mientras todos los otros clientes espectaban la escena. «Disculpe, caballero —dijo el matón—, pero el joven insiste en que es su hijo. Afirma que usted lo ha invitado a almorzar». El viejo Scott me miró con una mezcla de aversión, desprecio y asco: «Yo no tengo hijos pordioseros. Nunca he visto a este vago. Así que cumpla usted su trabajo. Y ya, ahora mismo, aparte a este maldito *hippy* de mi maldita vista». Los esbirros me arrojaron a la calle sin ningún miramiento, pero con una agilidad que me sorprendió, me levanté y así, erguido y cachaciento, me miré en el escaparate. Ah, me dije absurdamente, es la radiante primavera neoyorquina, la estación preferida de mamá. Tenía los ojos humedecidos, me los limpié con la manga de mi casaca mugrienta. Bueno, era ya tiempo que dejara las payasadas y buscara otra manera de vengarme del viejo Scott.

XIV

He contado esto porque fue el primer recuerdo que se me vino a la mente cuando empecé a leer el material que me dio Bracamonte sobre la trayectoria política de Raúl Arancibia hasta su adhesión y ruptura con el APRA. O como, engolando la voz, decía el viejo periodista «sobre la dimensión política de la vida de un hombre que ha hecho de la contradicción la razón de su vida». En una de las frases que leí al azar, Bracamonte le pregunta, sorprendido: «¿La pasión política, el fundamento de todas las pasiones? ¿Y dónde queda el amor, Arancibia?». Y él responde: «¡Cómo, Braca, ¿todavía no sabes que el amor es la continuación de la política con otros medios?! ¡Viejo, la esencia del amor es la dominación!». Por supuesto era una fanfarronada, pero no pude dejar de pensar en Tamara Fiol, pues solo pudo liberarse de esta pasión cuando Arancibia, no importa por quién, fue asesinado.

¿Cuándo había empezado su interés por la política? ¡Desde siempre!, había respondido él. O con más exactitud:

desde que en el curso de Historia Sagrada leyó historias como las de Caín y Abel, las de Jehová, Dios omnipotente, arbitrario y sin piedad humana, la historia premaoísta de David y Goliat, pues enseña cómo los débiles pueden derrotar a los fuertes que detentan el poder, la serie de historias del Antiguo Testamento que narran la rebelión y la resistencia popular y la volubilidad del mismo pueblo cuando son dirigidos por falsos profetas o simplemente demagogos, y el poder eterno del becerro de oro. En cuanto a Cristo, precursor de Gandhi, admiraba su capacidad para unir al populacho contra el imperialismo romano curando heridas, resucitando muertos y multiplicando panes y peces y, sobre todo, usando sus poderes para que el vino discurriera generosamente, y todo esto dentro de una estrategia de no resistencia al enemigo y de poner la otra mejilla, puesto que el reino no era de este mundo sino del otro, doctrina nefasta, Bracamonte, capitulacionista, prerrevisionista y decididamente aprista, que favoreció a Caifás y su gente, los colaboracionistas de siempre (digamos los Petains, los Francisco García Calderón, mi propio padre), a quienes, por supuesto, despreciaba Pilatos, antecesor de Maquiavelo.

Pero dejando de lado la chacota —había dicho Arancibia— de la Historia Sagrada que enseñaban en la primaria de su tiempo, aprendió historias que versan sobre el poder y que nunca había podido olvidar. Como tampoco había podido olvidar la historia que el viejo Arancibia contaba hasta el hartazgo de la venida de los españoles a Tumbes, a Cajamarca, al Perú. Estas historias lo fascinaban tanto que uno de sus sueños infantiles, y aun de la adolescencia, había sido navegar por cabotaje en sentido inverso a la ruta que siguió Bartolomé Ruiz hasta Panamá. «No me avergüenzo decirte, Bracamonte —declaró Arancibia—, que yo soñaba con desembarcar en esos lugares de nombres mágicos y aterrorizantes como la isla de la

Gorgona o de la Puná o Puerto Quemado, pero sin perder de vista la malvada vegetación de la costa». Ah, y la codicia como fuente de la épica y la dominación por la espada y la cruz como fundamento del Derecho. Y cuántas lecciones prácticas de *realpolitik* había aprendido precozmente, como las tretas de las que se valieron Pizarro y fray Valverde para engañar al pobre Atahualpa. Y cuánto le había divertido la parte de la película en que pizarristas y almagritas se despedazan por la repartición del botín y la conquista del poder. Y esto, escúchame bien, Braca, la búsqueda del poder, era la política...

—Perfectamente —lo había interrumpido Bracamonte—. Digamos que es la prehistoria o, como diría tu admirado Mariátegui, tu edad de piedra en la formación de tu conciencia política. Me gustaría que avanzáramos un poco más en el tiempo. En realidad, quisiera que contaras cómo fue tu encuentro con el APRA. Porque, discúlpame, todo lo que me has dicho es hojarasca, retórica barata, compañero. O, para imitar tu propia retórica, solo me has hablado del sustrato pantanoso que todos los peruanos llevamos dentro.

—No te desesperes, Braca. Todo a su tiempo —le había respondido Arancibia.

Le dijo que, aunque nunca admiró a papá Arancibia, fueron las tertulias que este organizaba en el caserón de Tumbes las que le revelaron el mundo de la política, por lo menos de la política tal como la entiende el hombre común. Aunque en sus años universitarios en Trujillo, Adrián Arancibia estuvo vinculado al grupo Norte y de hecho conoció a los líderes que entorno a la figura de Haya de la Torre fundaron pocos años después el APRA, él en un momento de lucidez pragmática, al recibirse de abogado, decidió permanecer neutral y abierto a todas las tendencias políticas y doctrinarias, con la seguridad de que en algún momento cualquiera de los partidos o líderes llegaría al gobierno y lo ayudarían a ocupar la más alta magistratura del poder judicial, modesto, pero acariciado sueño que convirtió en la meta de su vida. De modo que cuando se casó con la viuda más rica de Tumbes, abrió las puertas y lo salones de su casa y habilitó aposentos para huéspedes, que distribuía —claro está, había explicado Arancibia— según la jerarquía social y política del invitado. Sabía por lo que le habían contado, pues esto ocurrió antes de que tuviera memoria, que la casa del viejo tuvo como huéspedes a rancios civilistas, pierolistas, leguiistas, que partían o volvían del destierro. Doña Elvira, que nunca había llegado a entender lo que consideraba despilfarros de Adrián Arancibia, su marido, se llenó de orgullo cuando tuvo como huésped en su casona durante tres días a don José de la Riva- Agüero, marqués de Montealegre de Aleustia, que llegó con su asesor espiritual, el padre Saladrigas, y una corte de sirvientes para quienes tuvieron que habilitar otras habitaciones. Decía Arancibia hijo que la única vez que doña Elvira miró con cierto respeto a su marido fue en esta ocasión, cuando en las tertulias de la noche el marqués intercambiaba opiniones (el viejo Arancibia, por supuesto, había llamado «maestro» a Riva-Agüero) sobre la llegada a Tumbes de las huestes de Pizarro. Y doña Elvira quedaba extasiada cuando el marqués desmentía la leyenda porcina que los ateos habían tejido en torno al conquistador y demostraba que Pizarro y los trece de la isla del Gallo pertenecieron a la nobleza española y que él mismo, el marqués, era descendiente por línea directa masculina de unos de los trece de la famosa isla.

—¡Eres un farsante del carajo, Arancibia! —había exclamado Bracamonte—. Nunca supe que, según se rumoreaba por los patios sanmarquinos, rumor, se decía, difundido por Sánchez o Martín Adán, el pinga corta de Riva-Agüero pisó tierras tumbesinas. Pero, en fin, prosigue. Prosigue, ex compañero. Porque a pesar de todo, cosa que tú no hiciste con Roldán cuando intrigaste para que le pusiéramos la marca según el código secreto aprista, pese a todo, te digo, quiero entenderte. Pero por favor, Arancibia, ¿sería pedirte demasiado que te centraras en el tema?

Arancibia había protestado. Dijo que todo lo que estaba contando era necesarísimo, indispensable, para que se entendiera la oculta racionalidad de los actos de su maldita vida. Lo que acababa de contar lo supo por fuentes indirectas, incluido los testimonios alucinantes de Guillermina, a la que, por lo demás, encerraban en el último de los cuartos que le servía de prisión en las noches de luna. Pero lo que a continuación iba a referir lo había visto con sus propios ojos y lo recordaba con su propia memoria. Nadie que hubiera tenido alguna importancia o significación dejó de ser recibido por el viejo Arancibia. Políticos, hombres de fortuna, poetas y escritores. Pero también militares. Sobre todo en los días del conflicto con el Ecuador. En más de una oportunidad, Ureta, antes de que fuera nombrado mariscal, cenó con la familia. Era un hombre pulcro, recordaba doña Elvira, decente, educado. En cambio Odría, por entonces coronel, era un serrano apestoso, decía mamá Elvira, blanco y coloradote, pero con la calavera del indio que moldeaba por dentro su cara. Carecía de maneras al comer, chupaba como un desaforado, andaba atrás de las putas del lenocinio de la tía Berta y le encantaba mear en la vía pública y sacudirse el miembro de manera descarada. Pero el viejo Arancibia le celebraba todas sus groserías, lo adulaba, le conseguía mujeres que le entraban al asunto sin ejercer en el burdel de la tía Berta. Y que Odría nunca olvidó estas atenciones. Lo demostraba el hecho de que una de las primeras resoluciones que firmó fue para nombrar a don Adrián Arancibia como primer vocal de la Corte Superior de Piura.

Pero lo que más interés había despertado en el niño eran los políticos que iban o regresaban del destierro o pasaban temporadas en Tumbes como Luis A. Flórez, urraco, sanchezcerrista, que odiaba por sobre todas las cosas al APRA. Cuando todavía la servidumbre lo llamaba Ñaño Rulo o Rulito, el señor Flórez le parecía un hombre enorme, blancón, huesudo, de carácter irascible que no dejaba de hablar las peores cosas de las costumbres de Haya de la Torre. Se decía que Flórez, siendo ministro de Sánchez Cerro, lo cual no era exacto, había mandado a fusilar a un grupo de marineros apristas que intentaron sublevarse contra el régimen elegido por voto popular. Afirmaba que el propio Haya, desde el Panóptico donde estaba preso, había ordenado el asesinato de Sánchez Cerro. Lo único que hicieron los Heysen, los Idiáquez, fue trabajarlo por el lado del fanatismo a ese miserable de Mendoza Leyva. A veces comentaba algún artículo publicado en *El Comercio*, en el que se hablaba del poder regenerador del fascismo, pues el mundo se había hundido en la decadencia por obra de la gran burguesía atea, los judíos y los bolcheviques. En una de esas visitas a Tumbes, que según calculaba Arancibia debió ser en vísperas o poco después de empezada la Segunda Guerra Mundial, Luis A. Flórez (como, según el viejo Arancibia, estaba haciendo con más éxito en Piura) se dedicó por varias semanas a reclutar jóvenes para formar falanges de camisas pardas que vivaban a Mussolini y se ofrecían como voluntarios para integrarse a los Ejércitos del eje Alemania-Italia-Japón.

¿Había influido en él el antiaprismo y la prédica fascista del sanchezcerrista Luis. A. Flórez? El antiaprismo de Flórez era demasiado visceral para que calara en él, mucho más porque estas requisitorias eran contrarrestadas por las tertulias que el viejo tuvo con el propio Haya y otros connotados líderes (como el *Cachorro* Seoane o el propio Luis Alberto Sánchez, y otros de rango menor como Luis Heysen, Ramiro Prialé y Jorge Idiáquez, este último un sujeto sombrío, cuadrado, sólido, hermético que escuchaba con arrobamiento a Haya), militantes con mayor carisma que el avinagrado Flórez. Por lo demás a Rulo Arancibia le resultaba muy excitante el asesinato de Sánchez Cerro. ¡Matar a todo un presidente! O como habían hecho años atrás los anarquistas con los zares. Así, pasaba mucho tiempo imaginando a la guardia dorada que rodeaba a Haya, de la cual, había contado también el socialista Luciano Castillo, había salido el muchacho Steer que asesinó a los esposos Miró Quesada. Por las noches pensaba en Steer, en Mendoza Leyva, héroes, mártires, del partido, y se preguntaba si él podría matar como ellos, como había incitado a sus caníbales contra el *Bello* Eduardo... En cuanto al fascismo, esto de regenerar y conquistar el mundo, reconocía que no lo había dejado indiferente. Aunque...

¿Aunque?...

...por unas semanas, quizá algunos meses, se había dejado seducir, no por el energúmeno de Flórez, sino por el hermano Matías cuando había entrado a estudiar en el recién inaugurado Colegio Santa Rosa, de Sullana, dirigido por los hermanos maristas. Había recordado que pocos días después de entrar a estudiar al Santa Rosa (pues por influencias había sido admitido en el colegio al concluir las vacaciones de medio año), el hermano director anunció la llegada de un visitador de la Orden: el hermano Leoncio Rabanal, que había venido desde España a explicar a los colegios que tenía la Orden fundada por el beato Marcelino Champaña en toda Sudamérica, lo que había significado para la España eterna y la civilización el triunfo del generalísimo Franco contra la coalición atea que había llevado al pueblo español al borde del apocalipsis. Cuando ya todos los alumnos estaban formados en el patio, el hermano Matías había sacado sus castañuelas y comenzó a cantar el himno *Cara al Sol* en reconocimiento del salvador de la España eterna, generalísimo Francisco Franco. Solo después de muchos años, en la biblioteca de San Marcos, pudo dar con la letra de aquel himno (compuesto, se enteró, por un grupo de poetas falangistas, entre los que se encontraba Dionisio Ridruejo), pues, en el momento mismo del acto, toda la atención de Raúl Arancibia había estado puesta en el manejo de las castañuelas que acompañaban las inflexiones de voz y los sinuosos gestos del hermano Matías. Después el hermano Guido, el director del colegio, había presentado al hermano Luciano, quien iba a contar su experiencia como quintacolumnista de las falanges católicas en la reciente guerra civil española. El hermano Luciano tenía una figura impresionante. Era alto, delgadísimo, con cara de ave rapaz, cuyos ojos ocultaban unas gafas de carey de vidrios oscuros. Pero en vez de hablar de su labor de quintacolumnista (y esto lo recordaba muy nítido Rulo Arancibia, pues había querido saber qué mierda era un quintacolumnista), el hermano Luciano se dedicó a hablarles de las atrocidades profanadoras y, blasfemas que la coalición atea había cometido contra la institución familiar y la Iglesia católica. Los ateos (republicanos, anarquistas o comunistas) habían incendiado y saqueado templos, asesinado a sacerdotes y violado a las esposas de Cristo, las monjas de conventos y las que realizaban labores humanitarias en los hospitales, a la vez que convertían en lupanares a las casas del Señor. No había olvidado la elocuencia que empleó el hermano Luciano para describir las orgías que armaban los ateos con las «maritornes» del pueblo entre las ruinas de los templos calcinados. Y cómo había corrido el vino entre blasfemas y fandangos. El acto había terminado con una misa dedicada en honor del generalísimo Francisco Franco que celebró el obispo de Piura, una misa que por su fasto había deslumbrado al pequeño Arancibia.

¿Aparte del comprensible deslumbramiento por la misa obispal, qué otros efectos habían tenido en él las palabras del hermano Luciano Rabanal? Arancibia reconocía haberse entregado a sueños, a ensoñaciones, de haber vivido en España durante la guerra civil. Sin saber lo que era una quinta columna, se imaginaba a sus caníbales convertidos en quintacolumnistas luchando desde la retaguardia contra la coalición atea y ellos serían héroes y mártires defendiendo las iglesias. No podía dejar de imaginarse peleando también en las hordas del otro bando y lo llenaban de fantasías las iglesias devoradas por el fuego y convertidas, como había dicho el hermano Luciano, en lupanares orgiásticos, con monjas y mujeres desnudas y danzando en torno a ellas, con los rostros pintados como en ese verano lo harían con el *Bello* Eduardo. Con estos sentimientos secretamente encontrados había aceptado la invitación de un compañero suyo, al que apodaban el *Beato* Núñez, de pertenecer a la falange secreta de niños católicos que entre los internos había reclutado el hermano Matías. Las reuniones, a las que había asistido tres veces, se desarrollaban durante el recreo, después de la cena, mientras los demás internos jugaban al ping-pong o al básquet o los más pequeños a las escondidas. El hermano Matías los conducía a la oficina del director, el hermano Guido, pero antes Matías sacaba las castañuelas y recitaba o cantaba canciones de la Falange en loa al héroe y mártir José Antonio Primo de Rivera, fusilado por los ateos. Justamente a la primera reunión a la que había asistido, el hermano Guido hizo la semblanza del líder de la Falange José Antonio. Les explicó que la Falange española estuvo formada por jóvenes ilustrados que habían nacido, como vosotros niños, en el seno de familias honorables y ricas. En la segunda sesión, el hermano Guido habló de Mussolini y en la última, les explicó el desarrollo victorioso de las fuerzas fascistas de la Segunda Guerra Mundial para regenerar de la decadencia en que había caído el mundo. Sin embargo, cuando se había iniciado el siguiente año escolar, el hermano Matías y el hermano director Guido habían sido trasladados a otros colegios que la Orden tenía fuera del Perú, y el viejo Arancibia había explicado en una de sus tertulias que el cambio se debió a que el presidente Prado había declarado la guerra a Alemania y el Perú se había alineado con Estados Unidos. Desde entonces, había recordado Arancibia, en el colegio se dejaron de hacer misas en honor del generalísimo Franco y desapareció el retrato de Mussolini que el padre Guido tenía en la dirección, ah, y había recordado con nostalgia el niño que todavía habitaba en Arancibia, pero ningún hermano sustituyó al hermano Matías y sus castañuelas.

¿Cuándo había entrado a militar en el APRA? Pero, antes, ¿qué aspecto le había atraído más del partido de Haya de la Torre?

No su ideología, por Dios, había respondido. Ni su anticomunismo feroz. Ni sus rituales fascistoides. Ni los gestos mussulinianos del jefe. Quizá la fraternidad y la mística que reinaba entre los militantes. Todos los jóvenes estaban dispuestos a inmolar su vida por el partido (en realidad, por Haya, pero entonces no lo comprendía), como el chico Steer, a quien, como se lo habría de contar tiempo después Magda Portal, el partido había abandonado a su suerte en la cárcel donde cumplía condena y terminó volviéndose un paria, un loco, a quien, por órdenes que venía desde arriba, los compañeros evitaban para no comprometer al partido. Y quizá también me atrajo comprobar la existencia de una organización partidaria, con disciplina férrea y códigos secretos, pues era la única manera de tentar de manera razonable la conquista del poder. Lo que había escuchado en las tertulias del viejo

Arancibia sobre el asesinato de Sánchez Cerro dejó hondas huellas en él. ¿Se justificaba asesinar a un tirano? Él había creído que sí. Es más, tiempo después, había llegado a pensar en la legitimidad del regicidio, como lo había fundamentado Santo Tomás de Aquino y antes los trágicos griegos, y llevaron a la práctica los líderes de las revoluciones francesa y bolchevique. Pero sobre todo estaba el recuerdo, tantas veces evocado, de la Revolución de Trujillo. Por primera vez en la historia del Perú, campesinos, obreros, intelectuales y el pueblo en general se habían levantado bajo la dirección de un partido para derrocar a un tirano y tomar el poder. Cuánta sangre derramada, con qué heroísmo los revolucionarios enfrentaron los fusilamientos de Mansiche y Chan Chan. Había habido tantos muertos en el pueblo que decían las madres que las tiendas de los turcos no pudieron abastecer las demandas de telas negras para guardar luto a sus maridos, hijos o novios. Todos estos factores habían influido para que Raúl Arancibia, cuando estudiaba el cuarto de media en el Colegio San Miguel de Piura ingresara a la juventud aprista. Al incorporarse no había soñado como el viejo Arancibia en metas pequeñas o mezquinas. Como el líder nato que siempre había considerado ser, imaginaba escalar posiciones hasta las más altas jerarquías del partido, cuyo aparato partidario aprovecharía, luego de implantar correctivos esenciales en el ideario aprista, para llegar al poder.

¡Por supuesto que había tenido guías! Había respondido Arancibia a otra pregunta de Bracamonte. Y había que admitir que eran de mejor calidad humana e intelectual que el hermano Matías, y algunos compañeros apristas, igual que el hermano Luciano Rabanal, habían sentido el olor a pólvora y a sangre y a persecución humanas, pues habían participado en la toma del cuartel O'Donovan y se decía que el manco Vilela, poeta y maestro primario en el centro escolar 21, había sobrevivido a los fusilamientos del estadio Mansiche porque el soldado que integraba el pelotón de fusilamiento no le apuntó al corazón, sino en el hombro derecho y que luego en el repase no había aplastado el gatillo no obstante haberse dado perfectamente cuenta de que aún estaba con vida. La mayoría de los profesores de secundaria o, por lo menos, los mejores y más influyentes eran apristas y todos ellos habían estudiado en la universidad de Trujillo. Los mayores, los que habían pertenecido al grupo Norte y se habían codeado con Víctor Raúl, eran Federico Esquerre y Néstor Martos, le seguían los hermanos Varillas, Pajarito Estrada y el *Cabo* Nolte. El más brillante de todos había sido el legendario profesor Martos, cuyas clases sobre Herodoto, Tucídides, Jenofonte, Julio César, Tácito, Tito Livio y Suetonio todavía las recordaba. De los dos Varillas, uno era médico y enseñaba los cursos de Anatomía, Zoología y Botánica, el otro Varillas, a quien llamaban Culito de Bláder, nunca había sabido por qué, era de literatura, mientras que el *Cabo* Nolte, que curiosamente tenía fama de bruto, había sido el único profesor de matemáticas que se jactaba, cuando estaba en copas, de tener el carné del Partido Aprista. Todos ellos, seguramente agrupados en células, organizaban veladas musicales y recitales de poesía. Había recordado que una vez llegaron a Piura los llamados «poetas del pueblo» y dieron un recital en el teatro municipal. Escuchándolos, Raúl Arancibia se había acordado de las castañuelas del hermano Matías, pero el cascabeleo había dejado de fastidiarle el oído cuando uno de los poetas de nombre Enrique Garrido Malaver leyó un poema que se llama «La piedra absoluta», que no lo había aburrido ni dejado indiferente. Créeme, Bracamonte, le había dicho, el poema me sorprendió y recordó de paso algunos versos que se le habían grabado en la memoria.

Otra vez, Bracamonte lo había interrumpido: ¿Qué momento o qué situación recordaría en especial, pues de alguna manera resumiría su militancia aprista durante la adolescencia? ¡No había que pensarlo ni un segundo! Sí, ni un puto segundo, reiteró. Se desarrolló una cadena de sucesos que siguieron al golpe militar de Odría, que derrocó al presidente Bustamante y Rivero. Un golpe de fuerza que, como todos saben, fue dirigido contra el Partido Aprista, que era el que en verdad llevaba el mando del país. Había recordado que cuando el general Odría dirigió un mensaje a la nación anunciando el derrocamiento del presidente constitucionalmente elegido (¡pero que era un rehén de los apristas!, ¡una marioneta de Haya de la Torre!), para su propia sorpresa, había habido una explosión de júbilo de las amas de casa piuranas, que ya estaban cansadas de hacer grandes colas para adquirir las tarjetas dadas por el APRA para tener derecho a comprar sus raciones de pan, azúcar, aceite y otras vituallas.

Pero lo que lo había desconcertado y luego indignado, hasta sentirse traicionado, es que no solo las mujeres del pueblo y las blancas (como se les decía en Piura a las mujeres con haciendas y dinero) expresaban su contento por el golpe militar, sino que participaban de esta algazara los hombres de todas las edades, que se abrazaban en las calles y formaban corrillos en las esquinas y plazas. Cuando había ido al colegio se encontró con que sus puertas estaban cerradas, a diferencia del colegio salesiano, ubicado justo al frente del San Miguel, los curas los estarían haciendo rezar y cantar himnos en alabanza al cachaco chuchasumadre que había dado el golpe, con repique de campanas y todo. Había recordado el ambiente festivo que reinaba entre los alumnos del San Miguel que colmaban la plaza Merino con sus ficus centenarios. Entre risas y empujones y competencias de dominio de pelota celebraban el inesperado día de asueto. Los graciosos del salón, Vitrolita Franco y Bill, a quien llamaban «vil criatura», armaban chacota dando «vivas» a Odría, gritando «Cachaco lindo, mereces un monumento como el de Miguel Grau». Pero también se habían formado grupos en los que se discutía el golpe militar y se rumoreaba que habían sido los profesores apristas, con la anuencia del director, un redomado apristón, los que habían cerrado las puertas del colegio.

Se había dirigido a uno de los grupos más compactos al pie del monumento al pintor donde había alcanzado a ver sus compañeros de la JAP, el *Serrano* Calderón, el *Trompudo* Tralledo y *Parcemón* Seminario, todos hijos de familias apristas, además Parcemón era nada menos que hermano menor del famoso Búfalo Seminiariote. De los tres, solo el *Serrano* Calderón tenía algunas lecturas, en cuanto al Trompudo y Parcemón eran muchachos emotivos y procaces cuya objetivo era incorporarse a la fuerza de choque del partido. Se había reunido al grupo cuando el *Serrano* Calderón estaba diciendo: «...lo que hay que preguntarse es quién está detrás de Odría. Él es solo un militarote sin cerebro. ¿Saben quiénes están detrás de él? Los oligarcas vendepatrias, lacayos del imperialismo yanqui. No soportan un gobierno del pueblo. Un gobierno de la gente pobre». Entonces había hablado el alumno nuevo, *Cucho* Canessa. Era un muchacho alto, atlético, blanco castaño, guapo, buen basquetbolista y destacaba en matemáticas e historia. No era un líder o por lo menos no pretendía serlo, pero tenía un carisma natural y, sin mezquindad, compartía su saber con los condiscípulos (dejaba que otros compañeros suyos copiasen los problemas de geometría, física y química que con pasmosa habilidad resolvía), y lo principal, tenía un increíble jale entre las mujeres, jóvenes e incluso, se decía, entre las casadas. Pero eran las chicas de Lourdes las que en serio o en broma suspiraban por él; cuando estaban en grupo y se cruzaban con *Cucho* Canessa, le gritaban piropos, le enviaban besitos volados y hasta le escribían acrósticos declarándole su amor. Es decir, había dicho Raúl Arancibia, tenía todas las cualidades para que yo lo detestara. Hasta ese momento, muy pocas veces había cruzado con él palabras y una vez que se encontraron, camino al colegio, Arancibia había mantenido a distancia, con un gesto glacial de aburrimiento, los arrestos camaraderiles de Canessa. Cuando Canessa se dio cuenta del hielo que le hacía su condiscípulo, se limitó a sonreír (a Raúl Arancibia le pareció que con ironía). «Eres un loco raro», le había dicho y enseguida emprendió una carrerita para alcanzar a un grupo de alumnos que chacoteaban mientras iban al colegio. Y Arancibia había recordado que esa noche, después de mucho tiempo, volvió a tener esa ensoñación infantil, en la que él conversaba con el otro hermano, bello y bueno, que los gitanos habían robado a sus padres.

Y ahora, Canessa, había interrumpido al *Serrano* Calderón. «No hables tonterías, Calderón. Fíjate. Observa a la gente. ¿La ves triste? ¿La ves llorando? Entiéndelo, Calderón, la gente ya estaba harta de no tener qué comer. ¿No te das cuenta de que el país se estaba yendo a la ruina? Nos guste o no, Calderón, era necesario que un militar de coraje pusiera orden. Necesitamos orden. Disciplina. Y nuestro deber es estudiar. Formarnos para que cuando seamos profesionales luchemos por el Perú. Hay que rescatar a nuestro amado Perú de tantas humillaciones que ha sufrido en su historia...». El *Trompudo* Talledo había intervenido: «¿De qué humillaciones hablas, huevonazo?». «¿Has estudiado, Talledo, con seriedad el mapa del Perú? —había respondido Canessa sin inmutarse—. Anda. Esfuérzate un poco y revísalo. Y te darás cuenta de los territorios que ha perdido en todas sus fronteras. En todas, Talledo, no solo con Chile, en todas. ¿No les parece, muchachos —dijo dirigiéndose a todo el grupo—, que es una tarea de la juventud rescatar los territorios que nos robaron?». En ese momento, Parcemón había intervenido: «Oye, habla bien, limeñito conchatumadre». Todos los muchachos soltaron la carcajada. Sin inmutarse, también Canessa se unió a la risa, pero luego se puso serio, recorrió con la mirada a sus compañeros y estos poco a poco se contagiaron de su estado de ánimo. «No, Parcemón. No quiero pelear contigo. Y no porque te tenga miedo...». Parcemón se había puesto en posición para adelantarlo con su ya famoso y legendario cabezazo, pero entonces Raúl Arancibia dijo: «Espera, Parcemón. Déjame hablar», avanzó unos pasos y se enfrentó a Canessa. «Dime, muchacho, ¿qué es tu padre? ¿Qué hace?». *Cucho* Canessa se había puesto serio, con una solemnidad que nadie le conocía. «Mi papá es comandante del Ejército peruano. Y a mucha honra, Arancibia». «Ah, con razón. Esto lo explica todo —dijo Raúl—. Pero dime, niño lindo...». «¡No me digas niño lindo!», lo interrumpió Canessa con voz serena pero firme. «Dime, Canessa, ¿no fueron los militares los que no supieron defender las fronteras? Los milicos y los oligarcas vendepatrias». Luego había recordado una frase del viejo Arancibia: «Por un Cáceres hay cien Iglesias». *Cucho* Canessa había querido replicar, pero en ese momento, inesperadamente, se abrieron las puertas del San Miguel y salieron los dos auxiliares, Jañape Aguirre y el *Manchado* Zapata, quienes dieron unos pasos y se ubicaron en el atrio de la iglesia del Carmen, y aquel con un megáfono exhortó a los alumnos para que entraran ordenadamente al colegio. Pero Raúl Arancibia, con el *Serrano* Calderón, se unió a la desbandada de alumnos y por una de las bocacalles se dirigió al malecón para organizar la resistencia aprista al golpe militar de Odría.

Según lo acordado, se habían vuelto a reunir en el malecón a las dos de la tarde, a la espera de las directivas del comité de la JAP. Habían fumado un cigarrillo. En grupos, alumnos del Salesiano y compañeros del San Miguel que venían de Castilla les gritaban «eh, vaqueros» y cuando se les unió el *Trompudo* Talledo este les respondió agarrándose los testículos. Después de que terminaron de pasar los muchachos, el Trompudo se desabotonó la camisa y extrajo los volantes que el compañero responsable del comité les encomendaba repartir convocando al mitin de urgencia para aquella misma tarde. Raúl Arancibia había echado una mirada al impreso con un lenguaje que ya le era familiar desde los tiempos de Tumbes. Decía cosas así como «No al golpe de Estado», «Abajo Odría y los oligarcas vendepatrias», «Salgamos a las calles a defender el orden constitucional» y terminaba con vivas al partido y a su jefe, Víctor Raúl Haya de la Torre. Según le había dicho el responsable del comité, a esta misma hora decenas de grupos divididos por sectores estarían llenando todo Piura de volantes convocando al mitin. Luego les dijo que a su célula le había tocado volantear el centro de Piura, entre la Plaza de Armas y el monumento a Grau. Cuando al rato llegó Parcemón se repartieron la propaganda y se dividieron las calles que tendrían que recorrer cada uno de ellos. Arancibia había recordado que a él le asignaron Lima, Libertad y Tacna (incluyendo por supuesto las transversales) y confesó que no pudo evitar que lo invadiera un sentimiento de humillación, pues consideraba que él merecía que le encomendara tareas más altas. Había dudado un momento. Luego pensó que no tenía otro camino que cumplir las tareas que a fin de cuentas él mismo se había impuesto. Ah, y allí estaba el jefe de los caníbales, en el inicio de su vida política, entregando los pasquines en las manos de los transeúntes sin ocultarles el rostro, no importaba que fueran sujetos vagamente conocidos en el tiempo que llevaba viviendo en Piura.

¿El mitin se había realizado? Según recordaba Bracamonte, Odría había movilizado a los tanques de guerra y a tropas por los puntos estratégicos del centro de Lima, alrededor del Palacio de Gobierno y Congreso, mientras radio Nacional propalaba comunicados y marchas militares.

En efecto, no había habido un mitin en sentido estricto, es decir, con tabladillo para los oradores, parlantes, pancartas y la *Marsellesa* aprista alentando el corazón de sus militantes. Pero sí hubo movilizaciones que lograron llegar y tomar la Plaza de Armas por lo menos una hora. Tan pronto como la prefectura, a través de sus soplones, se enteró de la convocatoria, emitió por la radio local un comunicado recordando que todas las garantías constitucionales habían sido suspendidas. El comunicado se propalaba cada cinco minutos entre cortinas musicales de marchas militares como las que tocaba la banda del BI 31 en las fiestas de 28 de julio. Pese a todo, y esto es lo que más admiración le había causado a Raúl Arancibia, los compañeros habían sabido burlar a la guardia montada apostada en uno de los extremos del Puente Viejo para impedir el acceso a la Plaza de Armas a los compañeros que llegaban de Castilla o a los varios destacamentos de soldados ubicados entre la estación del tren de la plaza Grau, la avenida Bolognesi y la comandancia del Ejército, que estaba en plena Plaza de Armas en la esquina con Ayacucho, y así impedir los movimientos de las masas que procedían del barrio de Buenos Aires y de las Gallinaceras, aunque extrañamente la vigilancia disminuía de manera ostensible por el barrio de la Mangachería. De modo que, como guiados por directivas secretas, los compañeros habían atravesado el cauce casi seco del río y los que venían de los otros barrios habían caminado separados, de uno en uno o por grupos familiares, por distintas calles, por la avenida Grau, hasta confluir en la Plaza de Armas. Una vez alcanzado el perímetro de la plaza se había formado una mancha humana de la cual, en algún momento, había surgido aquel eslogan de «Víctor Raúl», «Víctor Raúl», «Víctor Raúl», mientras se iba ubicando frente al Hotel de Turistas. Luego se hizo visible un grupo de dirigentes, entre los cuales reconoció al manco Vilela, quien, levantando con el único brazo en alto un megáfono, empezó a entonar la *Marsellesa* aprista, mientras la fuerza de choque dirigida por el Búfalo Seminariote formó un cordón de seguridad en torno a los dirigentes. Cuando concluyó el himno, empezaron los gritos y diatribas contra Odría, los oligarcas y los terratenientes barones del azúcar. Entonces el muchacho Arancibia había apretado el puño con la piedra que tenía en uno de los bolsillos del pantalón. Era una piedra fina, redonda, un canto rodado que él había recogido de la ribera del río, como lo habían hecho los otros compañeros de célula, solo que los otros, el *Serrano* Calderón, Parcemón y el *Trompudo* Talledo, con avidez y furia, habían repletado sus bolsillos de piedras preparándose para la batalla.

Pero la batalla no había sido contra la guardia y los piquetes de soldados que permanecieron a la expectativa, sino contra la zambería mangache del barrio norte que bajaba por las calles Libertad y Tacna. Ya habían prendido las luces cuando desde la plaza se escuchaba la fanfarria y el griterío del populacho sanchezcerrista que se agrupaba alrededor de la tribu de Los Chivillos, numerosa familia de matarifes y carniceros, no negros ni mulatos ni zambos, sino pardos *sacalaguas* del barrio de la Mangachería, donde había nacido y jugado por sus calles el *Mocho* Sánchez Cerro, y que Luis A. Flórez había convertido en la fuerza de choque de los urracos de la Unión Revolucionaria. Cuando por fin asomaron sus rostros por la plaza, Raúl Arancibia había recordado al Pijas Niko y su pandilla, a quienes él y sus caníbales habían evitado enfrentar.

¡Y había vuelto a sentir el oscuro miedo! Con las manos húmedas había vuelto apretar la piedra hasta casi hacerse daño. Estaba solo en la esquina de la comandancia, pues al volver del malecón con sus compañeros habían acordado dispersarse entre la multitud. Venciendo un maldito temblor de piernas, se había sumado a los manifestantes que avanzaban al encuentro de los búfalos que comandados por Seminariote y que ahora, tras dividir su guardia en dos grupos, los dirigía para hacer frente a Los Chivillos por los dos flancos. Era el 27 de octubre de 1947, con el anochecer el calor había refrescado, Bracamonte, sin embrago la temperatura de los corazones se había elevado hasta un grado de incandescencia, con el torso desnudo Seminariote y sus búfalos, junto a los cuales había alcanzado a distinguir a Parcemón y el *Trompudo* Talledo, con manoplas en las manos, blandían pesadas cadenas, que neutralizaban los cuchillos de matarifes que Los Chivillos al irrumpir a la plaza por el flanco de la calle Libertad. Nunca había visto arriar tantas patadas, tacles, cabezazos, puñetes, ni arrojar tantas piedras, y la sangre corría por ambos bandos. Con sus búfalos Seminariote había logrado hacer retroceder a los mangaches, pero entonces otra mancha urraca más numerosa, la que había bajado por la calle Tacna y dirigida por otro de Los Chivillos, logró romper el cerco aprista que cuidaba ese flanco y puso en desbandada a los compañeros entre los que se hallaba el *Serrano* Calderón. Sonaron algunos disparos de pistolas. En ese momento es que Raúl Arancibia se había desenredado del nudo en que estaba convertido su cuerpo y había marchado con la piedra lista para auxiliar a Calderón. Pero en el instante en que iba a arrojarla, alguien lo paralizó con una llave, diciéndole: Ven para acá, blanquito e'mierda, no te metas en cosa de hombres, y comenzó a llevarlo a rastras fuera del cuadrado de la plaza. Y había sentido una horrible sensación de vergüenza y alivio que se trocó en odio cuando levantó los ojos a las casonas, desde cuyos balcones los blancos disfrutaban del espectáculo entre los que distinguió el rostro irónico de Canessa.

¿Pero como había terminado el enfrentamiento?

Él solo lo había sabido días después, porque el sujeto (un cholote fornido de cara gruesa), que lo llevó a rastras por la parte sur de la calle Libertad, lo entregó a dos cachaquitos, quienes, flanqueándolo con sus fusiles, lo obligaron a caminar hasta el cercano cuartel de La Merced. Lo habían depositado en una suerte de carceleta que apestaba a chinches, humedad y orines. Y allí, encerrado y a oscuras, había escuchado descargas de fusiles y el trotar de la Policía montada y de la caballería del Ejército. Después escuchó marchas militares. Y después fue el silencio. Después lo hicieron salir de la carceleta y lo llevaron a la oficina del comandante del cuartel. Y al ver que lo esperaba el viejo Arancibia, entendió lo que le había sucedido.

—¡No me vas a decir que tu padre había contratado a un soplón y no a un guardaespaldas para que te sustrajera del campo de batalla!

—Sí, eso era lo que había sucedido. Más o menos. Había llamado a su padre entrometido. Lo había hecho quedar como un cobarde o como un hijito de papá. Luego se había jurado no dirigirle más la palabra al viejo. Pero cuando se restablecieron las clases, los alumnos lo tomaron como un héroe, igual que a Parcemón y al *Trompudo* Talledo, que habían pasado la noche en la comisaría, mientras al *Serrano* Calderón fue a parar por unos días en el hospital Belén para reponerse de la paliza que los mangaches le habían propinado. En los días y noches siguientes se produjeron varias redadas, en las que cayeron el Búfalo Seminariote, el *Manco* Vilela, el loco Julio Altuna, a quien conocía de Tumbes, pues era chofer de la agencia de ómnibus Línea Mora, que cubría la ruta Tumbes-Piura, y muchos más, pero solo los primeros fueron llevados a El Frontón, desde de donde Seminariote habría escaparse a nado dos años después. En pocas semanas toda la vida había vuelto a su cauce normal, la célula, por alguna orden misteriosa, se disolvió, todo el partido pasaba a la clandestinidad y desde allí, desde las catacumbas, reiniciaría la lucha cuando las condiciones fueran más propicias («¿Qué son las catacumbas?», había preguntado Parcemón). De modo que por el momento había que esconderse entre las masas, hacerse invisible, anónimo. Parcemón y el Trompudo pronto se reincorporaron a los equipos de fútbol y básquet, el *Serrano* Calderón se volvió aun más chancón, y Raúl Arancibia se dedicó a leer novelas y libros de historia, de las cuales hubiera sacado más provecho, si a menudo hubiera interrumpido la lectura para pensar o imaginar la manera de vengarse de *Cucho* Canessa, pero esta es otra historia, Bracamonte.

Hasta este momento de la vida de Arancibia decidí utilizar como fuente única, o por lo menos principal, el rico y variado material que me había vendido Nelson Bracamonte. Pero para los años siguientes, sobre todo a partir de su ruptura con el APRA, su paso por el trostkismo, su militancia y posterior expulsión del PCP, necesitaría los testimonios de Pepe Corso, César Arias Sotomayor y las últimas conversaciones con Tamara Fiol. En cuanto a las notas que me había entregado Muriel —cuya imagen había estado presente mientras revisaba el material de Bracamonte—, me servirían para tener una idea general de los vínculos de Arancibia con el narcotráfico, ya que no era este aspecto de su vida el que más me interesaba. Entonces me puse a ordenar el papelerío y los casetes que estaban desperdigados entre mi mesa de trabajo y mi cama para luego dejar listo mi maletín de viaje para el vuelo de mañana.

En eso estaba cuando estalló el primer petardo de dinamita, al parecer no muy lejos del hotel, por el barrio de La Magdalena. Un minuto después se fue la luz y en seguida estalló el segundo petardo que sonó algo más lejano, por el barrio de San Juan Bautista. Absurdamente me invadió una sensación de alivio —de ominoso alivio—, y recordando otras misiones de guerra y pensando en la que pronto tendría en Bosnia, me dije: «No hay nada que temer. Tranquilo. Los senderistas carecen de aviación y artillería pesada». A oscuras busqué los fósforos y encendí las tres velas del candelabro de cerámica ayacuchana. Abrí la puerta: el pasillo estaba oscuro, pero se notaba un débil resplandor de cirios prendidos que salía del comedor. Luego alguien subía las escaleras iluminándose con una linterna a pilas. Cuando llegó al pasillo, lo reconocí: era Obdulio, el mozo que había hecho limpieza a mi cuarto y me había subido mis comidas: «Buenas noches, señor. Otra vez los terrucos, señor. Vengando están a sus muertos, pues. Mañana les tocará a los cachacos. ¡Nunca parece va a terminar esta guerra, señor!». Me pidió permiso y fue a prender la mecha de dos grandes fanales que iluminaban el pasillo cuando había apagones. Al amparo de esa luz, le dije a Obdulio que iba a subir a la azotea para echarle una mirada a Huamanga. El mozo me dijo que era peligroso. Hace años una bala perdida había matado a un turista. Le dije que solo sería por un momento y que tendría cuidado. «Lo acompañaré, entonces señor», me dijo. De modo que dejé mi candelabro en una banca y me hice guiar por la linterna de Obdulio. Era una noche muy oscura, cerrada, sin luna ni estrellas. Solo las débiles luces de las velas a través de las ventanas insinuaban la presencia de una ciudad castigada por la guerra, y el alto espesor de las sombras te hacía adivinar el lugar donde se levantaban las iglesias. De pronto ráfagas de metralleta por los sitios donde habían estallado los petardos rompieron el silencio de la noche. «Mire, señor», me dijo Obdulio, señalando uno de los cerros de frente a la catedral. Comprendí, entonces, que con los petardos colocados en los barrios del sur, los senderistas habían hecho una maniobra de distracción mientras sus cuadros de propaganda iluminaban el cerro con el eslogan que ahora iba encendiéndose: «Viva la Guerra Popular», pero cuando estaba por iluminarse seguramente la hoz y el martillo, se desató una violenta balacera y la inscripción quedó trunca. Todavía permanecí un rato mirando las fogatas y escuchando a Obdulio que se me antojó la voz doliente de la ciudad. Al retornar a mi cuarto, todavía se escuchaban ráfagas intermitentes de los fusiles y de las ametralladoras.

XV

Estamos bajo la ramada de una cebichería en la playa de San Pedro, de Lurín. Apenas bajé del avión llamé a Malenita tal como habíamos convenido poco antes de abordar el avión en Huamanga (bueno también llamé a Muriel, pero nadie contestó al teléfono) y me reiteró la invitación de Tamara para hacer una excursión a las playas del sur. Después de tres días de internamiento en la clínica, Tamara deseaba airearse un poco y de paso continuar con nuestras charlas. En efecto, cuando minutos antes de las doce llegó la cuatro por cuatro Toyota, yo ya la esperaba en la recepción con el último fax de Willy Rodríguez en el que me decía que era un canalla afortunado porque había logrado posponer la cita con la agencia para el viernes a las once de la mañana («Apenas llegues a Nueva York, me llamas. Te espero el viernes. ¡Pero no me falles, cabrón!», me decía a manera de despedida). Antes de salir del hotel, llamé por tercera vez a Muriel, pero tampoco me contestó la llamada. Esta vez le dejé un mensaje en la grabadora en el que le decía que a partir de las seis de la tarde no me movería del hotel, esperándola.

Y ahora estamos los tres —Tamara Fiol, Malenita y yo— en la única de las seis ramadas que atiende al público, pues como el lunes es un día muy flojo para los negocios los propietarios dan descanso a su personal después de los tumultos de fin semana en la ya languidecente temporada de verano. Un tabladillo cubre la arena, las mesas tienen tableros de fórmica y los asientos son de baquelita. El mar está muy picado, con altas olas que revientan con estrépito; los bañistas en la playa son muy contados y el aliento cargado de esencias marinas del mar peruano nos envuelve y cuando un sol débil comienza a despejar las brumas, Tamara me explica que allá al fondo están las islas de San Lorenzo y El Frontón, donde tantos amigos pasaron largas temporadas. Luego a su mano izquierda me señala la línea litoral donde están, me dice, Playa Hermosa, Punta Negra, San Bartolo y, más al sur, Pucusana, frente al cual hay una isla donde ella pasó una semana con Arancibia.

Habíamos pedido (o, más bien, Tamara ordenó) tres platos de cebiches (mixtos para Malenita y para mí y de pescado para ella), calamares fritos y una fuente de exquisitos congrios al ajo. Como después tenía que manejar, Malenita pidió una Inca Kola, y Tamara y yo nos apuntamos con dos cervezas chicas (al tiempo la de ella y muy helada la mía). Si bien Tamara podía utilizar los cubiertos, de tanto en tanto la ayudaba Malenita; por lo demás mi amiga se limitaba a picotear de los platos, lo que me obligaba a refrenar mis ímpetus gastronómicos. La conversación corrió a mi cargo, pues Malenita me pidió que contara algo de mi experiencia como reportero de guerra. De modo que les hablé de Bucarest en los días que siguieron a la caída de Ceaucescu. Todas las agencias habían registrado la furia y alegría del pueblo rumano recorriendo en los viejos tranvías anaranjados y herrumbrosos las principales avenidas y asaltando los centros psiquiátricos donde estaban recluidos en su calidad de enfermos mentales los disidentes políticos. Le conté que llegué a Bucarest justo cuando se estaba produciendo la irrupción y enseguida el saqueo del palacio del dictador. Mi camarógrafo iba registrando todos los gestos de los pobladores ante la profusión del oro entre cornisas, paredes y grandes espejos enmarcados. Las esculturas por sus volúmenes me parecieron groseras y sombrías los óleos que cubrían los salones. No era la primera vez que asistía a una puesta en escena de la violencia destructiva de masas iracundas, pero nunca antes había visto caer hechos trizas tantos espejos, ni traerse abajo las esculturas de Lenin y otras figuras de la iconografía comunista, vi con qué deleite los insurrectos tasajeaban los lienzos y prendían fuego a los enormes retratos de Ceaucescu y su familia. Luego entre cánticos y maldiciones los saqueadores llegaron a los aposentos del hijo del dictador donde tenía encerrada a su amante y esclava, la bella Nadia Comaneci, dos veces campeona olímpica. ¿Nadia? ¿Nadia Comaneci, la campeona?, dijo Malenita, ¿Convertida en querida y esclava? Tamara comentó: «Es que es el poder, Malenita. Era el hijo de un tenebroso dictador de un país balcánico, ¿verdad, Morgan?». Y yo, en tono de broma, exclamé: «¡Nada menos que descendiente del conde Drácula, Malenita!». No pareció escucharme o no entendió mi broma nada original, más bien dijo: «¡Quién iba a pensar en el destino que la esperaba cuando la veíamos por televisión conquistando lauros para su país!». Después de comer, Tamara había ordenado al mozo que retirara los platos, aunque ella apenas si había probados los suyos. Malenita se puso de pie y dijo que iría a visitar a una amiga danesa, esposa de un poeta, que tenía un taller de artesanía por la campiña de Pachacámac, cuyos trabajos, como me contó después Tamara, Malenita colocaba en el mercado. Al despedirse, esta me recordó que debía de cuidar bien a la reina de todas las mujeres.

«¿Otra cerveza?», me ha preguntado Tamara, yo le he respondido que bueno, que me caería bien otra cerveza. Y ahora estamos los dos solos, yo bebiendo mi segunda botella y ella sin haber acabado la suya. Una pareja joven de novios o enamorados ha descendido de un auto y ha entrado al establecimiento, pero se ha sentado en el otro extremo del salón. «Y, por fin, ¿cuándo es el viaje?», me ha preguntado de pronto Tamara, subiendo la voz para aplacar el rugido de las olas. Le he dicho que dentro de cuatro días, el jueves, y en seguida le he hablado del último fax que me ha enviado Willy Rodríguez. Me escuchó en silencio, pero enseguida me preguntó: «¿Todavía te interesa saber de mi relación con Raúl, me refiero a Arancibia, Raúl Arancibia?». Pero no ha esperado mi respuesta y me ha dicho que teníamos que empezar cuanto antes. Luego hemos estado en silencio mirando el mar que ahora un sol más fuerte parece cubrir con una plancha de aluminio incandescente. Me dijo que todos estos días que había estado en la clínica, después de muchos años, no había hecho más que pensar en los primeros meses de su relación con Arancibia y hasta ahora no sabe por qué no rompió con él, cuando todavía le era posible hacerlo. «Bien, corazón —ha añadido—. Te lo has ganado. Usa si quieres la grabadora. Una sola cosa te ruego, belleza. No me hagas preguntas. Déjame que discurra sola con mi maldita historia. ¿Tú me entiendes, verdad, amigo de otro mundo?».

Fue un día de espantosa resaca cuando conocí a Raúl Arancibia. Como me sentía mal del cuerpo y supongo que también del alma, había llamado a Emperatriz ¿dos?, ¿tres? días antes pidiéndole que me permitiera dormir unas horas en su casa. Me dijo que, por supuesto, encantada, y me dejaría la llave debajo de la puerta porque tenía que salir volando. Encontré la llave sin dificultad y abrí la puerta. Hubiera sido regio meterme a la tina y darme un baño prolongado con agua caliente, pero lo único que yo ansiaba era tirarme en la cama y tomarme dos de las tres ecuanil (en esos años era el único somnífero que se podía adquirir en las farmacias sin receta médica) y dormir sin término. No sé cuánto tiempo dormí, pero en algún momento recuerdo que Emperatriz me estaba dando en la boca cucharadas de un caldo caliente. Balbuceando, le agradecí y añadí que deseaba seguir durmiendo. Cuando ella salió de la habitación, me tomé la tercera ecuanil y otra vez caí dormida. Tuve sueños confusos, penosos, me vi caminando por las calles de Lima anegadas y llenas de charcos, ora sola, ora en compañía de la Musa, a quien en el momento antes de despertarme sorprendí semidesnuda, un horror de cuerpo desgastado, pobrecita, maltratada por la borrachera en una habitación inmunda, solo que cuando me acerqué me di cuenta de que estaba muerta. Al despertar no sabía ni dónde estaba, ni qué día ni qué hora era. Antes de mirar el reloj permanecí aún un largo rato a oscuras esperando que se normalizara el golpeteo de mi corazón. Cuando miré el reloj eran ya un poco más de las cinco de la mañana. La casa estaba a oscuras y Emperatriz dormía en su alcoba. No llené la tina, sino dejé que el agua fría de la ducha cayera sobre mí durante varios minutos hasta sentir que me desentumecía. Me cepillé con furia los dientes y el espejo me devolvió la imagen de una vagabunda que no sabía qué hacer con su vida. Antes de salir le dejé a mi amiga una nota agradeciéndole y disculpándome por las molestias que yo le causo.

En los dos últimos años me he acostumbrado a ver el turbio amanecer limeño desde la terraza del Zela o de cualquier otra cantina, pero entonces vi una luz más limpia, menos gris, casi celeste lamiendo los ficus y las palmeras del parque.

¿Dónde ir? Descarté la casa de mis padres y ya me había pasado la borrachera como para acudir a golpearle el portón central de la casona de San Marcos a mi buen amigo el portero. De modo que me dirigí al cafetín del japonés Julito Arakaki, en la calle César Zavala. No eran muchas cuadras, diez o quince, por lo que decidí caminar, despejarme aun más y colmar el vacío que todavía sentía en la boca del estómago; por lo demás, corazón, en esos años las calles de Lima eran seguras y nada mejor que una caminata para calmar los nervios. Cuando llegué Julito acababa de abrir, le di los buenos días y le pedí una taza de café puro. Ahí no más, Julito me trajo un vaso grande de leche, una garrafa de esencia de café y un pan grande con jamón del país. «Tienes que alimentarte, Tamara —me dijo—. Estás flaca y pálida. Te falta tomar sol». Me di cuenta de que estaba propensa al llanto, porque el afecto o simpatía que revelaba la preocupación del japonés me puso al borde de las lágrimas. No sé si ya te lo habré contado, belleza, pero desde hace algunos años voy a ese cafetín cuando no estoy con el mejor de mis ánimos. Con sus caserones erosionados el sitio sería deprimente si no tuviera ante mis ojos la construcción donde mi abuelo tuvo su imprenta Garibaldi y en uno de cuyos departamentos vivió con mi abuela y nació mi padre. Pensar en los viejos me relajaba. Mi padre me decía que yo le hacía recordar a mi abuela. Pero ni hablar, mi abuela, Belén Goyeneche, con su lejana gota de sangre negra, era una verdadera belleza. Lo más probable es que como cualquier matrimonio, la vida de mis abuelos no haya estado libre de miserias conyugales, pero desde que descubrí la traición de mi padre, empecé a idealizarlos, como si hubieran conformado la perfecta pareja del amor. Sé que Belén Goyeneche tuvo una bella voz y don Ramiro Fiol compuso con sus propias manos *Pájinas libres* y que él mismo escribía en las publicaciones ácratas artículos con el seudónimo de Garibaldi. Después de terminar el desayuno y fumarme un par de cigarros pensando en mis viejos, me sentí algo aliviada como para ir a San Marcos a escuchar mi clase de Química de las ocho de la mañana. Me esforcé por tomar apuntes, aunque me distraía continuamente. Al terminar salí apresurada del aula sin saludar a mis compañeros de especialidad y me dirigí al patio de Letras y luego al patio de Derecho, donde diferentes grupos de muchachos en los pasillos y alrededor de la pileta discutían con ardor sobre la Revolución cubana, la política de la coexistencia pacífica de Kruschev y la gran coalición entre el APRA, el odriismo y el pradismo. Me enternecía escuchar estas discusiones de los jóvenes y al mismo tiempo me sentía culpable por los excesos de mi vida bohemia. En eso, sentí que alguien me tomaba por el brazo: era, naturalmente, Pepe Corso. Me condujo a una de las bancas que estaban desocupadas. «¿Dónde te habías metido? Yo, toda la gente, estábamos preocupados —declaró—. Hasta que Emperatriz me dijo que te había dejado durmiendo en su casa. ¿Te ocurre algo, Tamara? ¡No te lo guardes! ¡Cuéntame!». Sentí que me invadía una corriente de vitalidad y de alegría. «No me pasa nada, cariño —le dije—. Tenía sueño atrasado y necesitaba dormir». Y con voz disforzada y levantando el puño, agregué: «¡Y ahora estoy lista para el combate, camarada!». Entonces, alguien, como salido de ninguna parte, exclamó: «¡Bien dicho, camarada! ¡Al combate!». Pepe Corso regresó a mirar al desconocido y no pudo ocultar su disgusto en el que, me pareció, se mezclaban envidia y desprecio. Una sonrisa de suficiencia se dibujó en el rostro del individuo: «¿Qué, Corso? —dijo—. ¿No vas a presentar a la camaradita?». Casi rechinando los dientes, Pepe le dijo mi nombre y entonces el desconocido se adelantó y se presentó por sí mismo: «Arancibia —declaró—. Raúl Arancibia, camarada».

(Tamara Fiol calló por un momento. Bebió un sorbo de cerveza. Miró hacia más adentro los contornos de la isla San Lorenzo, pero sospeché que estaba recordando con precisión la escena que me había descrito. Me pidió que le encendiera un cigarrillo, le dio tres caladas profundas y me lo devolvió. Una bandada de gaviotas cruzó el espacio entre chillidos destemplados. El sol de las tres de la tarde rutilaba en medio de un cielo sin nubes de color azul plomizo. La marea había bajado y habían aumentado algo los bañistas. El mozo vino a preguntarnos si se nos ofrecía algo más. Le dije que cambiara el cenicero lleno de colillas y le pedí otra cerveza prometiéndome que sería la última. Bebí un trago generoso sin decirle salud a Tamara para no sacarla de sus pensamientos. Luego esperé a que ella prosiguiera con su historia).

Apenas Pepe Corso nos dejó solos (evidentemente contra su voluntad, pues los alumnos de Filosofía habían invitado al doctor Iberico a que diera una charla sobre Dilthey y la filosofía de la vida), Arancibia (solo al terminar ese día empezaría a llamarlo por su nombre de pila) me invitó a la Tiendecita Blanca, donde, como creo ya haberte contado, mi amor, se reunía la muchachada sanmarquina. Tengo que decirte que al presentarse con su nombre, supe ya quién era por todas las cosas que había escuchado de él (¡y no solo de los labios de Pepe Corso!). Era el último de los desterrados por Odría que había retornado al Perú y venía precedido de una leyenda entre malévola y heroica. Había estado cuatro o cinco años preso en El Frontón, se contaba que había sido el instigador para que, según el código secreto aprista, le aplicaran la marca a Almílcar Roldán, por haber traicionado al APRA pasándose a los rabanitos comunistas, luego él mismo había roto con el partido de Haya, empezando a trabajar con los trotskistas, luego en el destierro escindió una de las facciones del trostkismo y ahora se decía que había ingresado al PCP. Como si adivinara mis pensamientos, me preguntó qué barbaridades había escuchado sobre él. Le mentí, no por frivolidad, sino por cierto absurdo temor que él me despertaba. «Ajá», dijo él, escrutándome con unos ojillos de mirada penetrantes y escépticos, que me crisparon la piel. No era guapo, tampoco feo, pero me pareció el hombre más interesante que había conocido hasta ese momento. Tenía los labios gruesos, y el labio inferior tenía un rictus despectivo que me atraía y repelía. Era de talla más que mediana, su color de piel era trigueño claro, el rostro algo ovoide con acentuadas entradas en la frente y, como todos los jóvenes de esos años, vestía terno y corbata y en uno de sus dedos lucía un espeso anillo de plata quemada con un gran ópalo negro. «En cambio —dijo él—, yo sé todo sobre ti. Sé que te juntas con poetastros y artistas decadentes y esa vieja gallina pintarrajeada y ridícula que se hace llamar la Musa. ¿Estoy en lo cierto o me han informado mal?». Años después, cariño, todavía hasta no hace mucho, no te imaginas las veces que reconstruí este momento imaginando las cosas dignas y severas que debí responderle, pero entonces no atiné a replicarle nada, enmudecí, tartamudeé, corazón, tan potente era el sentimiento de culpa que me embargaba.

Hubiera querido que me contara de los años de El Frontón, de Almílcar Roldán, a quien había conocido por intermedio de Pepe Corso dos años atrás, pues Almílcar fue uno de los primeros que volvió del exilio y recuerdo que no pude evitar la vez que nos presentaron mirarle la fea costura que le había dejado en la sien derecha la marca aprista y no sabes, precioso, cuánto lo lamento hasta ahora haber tenido desliz tan grosero. No, aquella vez Arancibia no se refirió para nada a su experiencia en El Frontón; lo haría después, muchas veces, siempre añadiendo un nuevo detalle, que a veces contradecían versiones anteriores sobre el mismo tema. Y tampoco me habló sobre el otro asunto al que siempre volvía en momentos de intimidad. Me refiero a Tumbes, a su familia, a su hermana Guillermina y sobre todo a las maldades que cometió en su infancia y adolescencia. No, aquella vez solo me contó sobre su vida de desterrado y de sus vínculos con el trotskismo. No me precisó si fue en la prisión o ya en el exilio que Israel Riofrío, quien había sido secretario de la viuda de Trotski, le dio a leer *Mi vida* e *Historia de la Revolución de octubre*. La suya (me refiero a Arancibia) era una voz de mando, con la mirada taladrándote el alma, me sentía pequeña, una brizna arrancada de la hierba firme, y con toda su voz, inapelable, era persuasiva, el compendio de una vida entregada a la lucha. En Bolivia hizo trabajo político y de agitación entre los mineros de Oruro para radicalizar las reformas de la revolución nacionalista de Paz Estenssoro. «Como todo trotskista que se respete —declaró con ironía—, combatíamos a los exiliados estalinistas del PCP, a quienes acusábamos de agentes de la CIA, sobre todo por impulsar una política de colaboración con la embajada yanqui en Bolivia. En Potosí, se dijo que por una tirada de dedo de los agentes de Del Prado, caímos en las manos de la Policía, que es la más mierda de todo el continente. Con un grueso embudo, nos hicieron beber aceite y después arrojaron nuestros propios excrementos a nuestras caras». Por fin los pusieron en la frontera con el Paraguay, en los malsanos desiertos del Chaco. Tierra agria, árida, un infierno de calor, tú, Morgan, en tus andanzas por el planeta debes haber conocido paisajes de esta guisa. De modo que decidieron dividirse, sus otros dos compañeros querían llegar a la Argentina y Arancibia se aventuró en dirección a la frontera con el Brasil. Cuando llegó al final de la región baldía, guiado por algunos nativos, se internó en la inmunda selva del Chaco. Pero al pasar la frontera, en el pequeño pueblo de Poro, ya lo esperaba la Policía. Lo condujeron a un campo de prisioneros, todos extranjeros indeseables, la mayoría militantes de las izquierdas sudamericanas. «Pensándolo bien —dijo tras un breve silencio—, pese a los bichos que nos atormentaban no fue una prisión tan dura, dormíamos en hamacas o en el suelo bajo un cobertizo con techumbre de palmas y trabajábamos en el campo sembrando nuestras propias verduras y hortalizas, con las que nos alimentábamos con alguna carne de monte». Justo cuando venido de no sabía dónde apareció en el campo de prisioneros Almílcar Roldán, que, según se enteró años después, había sido enviado por los burócratas del PCP con la orden expresa de asesinarlo, lo acusó a los otros internos de ser un soplón, un infiltrado de la CIA, una abominación de la raza humana. Pero si esa fue la directiva, Roldán no tuvo ocasión de ejecutar su acto, pues los directores del campo pusieron a Arancibia en la frontera con el Uruguay. Tres días después, con ayuda de los camaradas de Montevideo, cruzó la frontera argentina y lo dejaron en uno de los suburbios de Buenos Aires. En esos días, Morgan querido, Buenos Aires podía pasar por la capital de Sudamérica, pues ¡había tantas cosas que ver!: cine, teatro, fútbol, box, librerías, salones de tangos, boliches. (¿Te conté que mi padre, que era un gran bailarín, me enseñó a bailar el tango arrabalero?). Pero lo más excitante para Arancibia eran las discusiones y disensiones dentro del trotskismo, una de cuyas facciones era favorable a establecer alianzas estratégicas con el peronismo e infiltrarse entre las masas de descamisados o de «los cabecitas negras», que habían sido ganadas por el peronismo y por el culto alienante a Evita Duarte. Necesitaría, me dijo, semanas enteras para contarme con pormenores las luchas internas dentro del trotskismo, que terminaron por liquidar, por inoperantes, a la llamada Cuarta Internacional y llevó a otros a retomar en su pureza (de esta forma se expresaban ellos, me aseguró Arancibia) el legado de Trotski, el profeta asesinado, como base para una Quinta Internacional. Salvo algunos pocos farsantes, la mayoría eran tipos moralmente superiores y abnegados como, según revelación propia, nunca llegaría ser él, poseídos por una sola idea capaces de llevarla a la práctica hasta la propia inmolación, lo que me hizo recordar, belleza, a mi gran abuelo don Ramiro *Garibaldi* Fiol y a los anarquistas que postulaban la propaganda por los hechos, como los personajes de *Los endemoniados* que él tanto admiraba, libro que yo leí, como creo que ya te lo he contado, para honrar su memoria. Al frente de las dos facciones principales estaban dos peruanos, Israel Riofrío y Ludovico Ñaupari. Pensaba Arancibia que Israel tenía un nivel teórico muy superior, además de llevar la aureola de haber tenido a su cuidado los papeles del profeta. ¿Cómo, se preguntaba, Riofrío había conquistado la confianza absoluta de Natacha Sedova, viuda no solo de León Davidovich Trotski, sino de Zina, Lyova y Sergei, sus tres hijos suicidados o muertos a causa de la persecución estalinista? Sí, reconocía que era brillante y abnegado, pero Israel Riofrío era maricón, un homosexual que se le había insinuado a Arancibia, mientras comentaba el libro del mártir *Historia de la Revolución de octubre*. Y Arancibia llegó a sentir desprecio y asco por Israel, pues según él un revolucionario auténtico tenía que ser un sujeto moralmente sano, normal, equilibrado, no un marica, un afeminado, que proyectaba el caos interior que era su vida a la organización partidaria, sin contar que un sujeto de esta ralea podía estar expuesto al chantaje y ser potencialmente un traidor para satisfacer sus oscuras pulsiones. Ñaupari, Ludovico Ñaupari, era sobre todo un hombre de acción, era también un hombre muy guapo a quien conocí años después en la pileta de

Derecho de la Casona. Ludovico era apuesto, como un galán de cine (digamos como Tyron Power, aunque leí no sé dónde que este era una loca arrebatada), blanco sanguíneo, de cabellos color acero, había sido teniente de la Aviación y había participado en una asonada que los apristas propiciaron para traerse abajo a Bustamante y Rivero, golpe fallido, varón, por una de las clásicas contraórdenes de Haya y que dio el pretexto para el golpe de Odría del 27 de octubre de 1947. Arancibia, que no admiraba a nadie más que a sí mismo, sentía celos por la vida plena de acciones de Ñaupari, tanto que había participado en varias expropiaciones de bancos y que por una intriga mereció ser sometido a un juicio popular que lo condenó al fusilamiento, del cual fue salvado a último minuto por su odiado rival Israel Riofrío. Recuerdo que en ese momento se me ocurrió preguntarle cómo, estando tan comprometido con el trotskismo, se produjo su acercamiento al PCP, que, pese a las denuncias de Kruschev, seguía rindiendo culto a Stalin. Pero Arancibia se adelantó a mi pregunta. Como si hubiera penetrado en mi mente. En las reuniones de célula, se empezaba con una suerte de ritual evocando el alevoso asesinato del profeta y fustigando las traiciones y crímenes de Stalin. Después del asesinato de León Davidovich, el principal cargo que se le hacía a Stalin era la firma del tratado nazi-soviético, a cargo de los cancilleres Ribbentrop-Molotov, que causó estupor entre los militantes de la Tercera Internacional y desencadenó la renuncia masiva de los intelectuales comunistas y los simpatizantes y amigos de la Revolución de octubre, los más débiles de los cuales se precipitaron a la charca del decadentismo nihilista. ¡Cuántas veces no habré escuchado entre los trotskos que conocí en San Marcos este mismo rollo! Y seguramente tú, Morgan, aunque eres de una generación más reciente, debes haber escuchado alguna vez estas letanías trotskistas. Entonces

Arancibia tuvo la intervención que habría de provocar pocos meses después su expulsión de las filas del trotskismo. Sin duda, el pacto nazi-soviético fue una movida arriesgadísima, antinatural, maquiavélica, cínica, sangrienta, genocida, y todo lo que ustedes quieran, de Stalin, pero ¿no creían que con ello desbarató los planes de Inglaterra, Francia y Estados Unidos, que querían empujar a Hitler contra la Unión Soviética, cuando esta todavía estaba desarmada? En cambio con el pacto, Stalin ganó tiempo, un tiempo precioso, de vida o muerte, mientras desarrollaba su industria pesada de guerra, con cuyos tanques y artillería recién salidos de las fábricas, el Ejército rojo en Stalingrado hizo morder el polvo de la derrota al Ejército hitlerista y salvó a Occidente y a la humanidad entera de la barbarie nazi. Hubo un silencio prolongado, denso, espeso, que Arancibia dijo que casi se podía cortar con un cuchillo. «¡Así que teníamos entre nosotros a un agente del estalinismo!», rompió el silencio Martorel, un catalán exaltado, al que siguió Ludovico Ñaupari: «¡Estalinista miserable! ¡Te voy a estrangular!». Esa misma noche, con sus escasas pertenencias, Arancibia se fue a vivir a otro barrio, a un hotel de cuarta categoría, a unas pocas cuadras de donde se desarrollaba un mitin peronista contra los conservadores, que abiertamente alentaban a los militares para que derrocasen a Perón. Al día siguiente, compró de segunda mano *Cuestiones del leninismo*, de la editorial Claridad. Leyó al azar una página y se dijo que Israel Riofrío tenía razón cuando afirmaba que quien hubiese conocido la prosa brillante de Trotski no podría soportar el estilo clerical, de catecismo, de Stalin. Y era verdad, corazón, le pareció un libro elemental, escolástico, indigno de una inteligencia cultivada, pero que tenía la virtud de la sencillez, de llegar a las masas, señalándoles de manera indudable el camino que tenían que seguir. Como si tomara conciencia del tiempo transcurrido, de pronto Arancibia recorrió el salón, cuyo público se había renovado varias veces. «¡Vaya, ya es la hora de almorzar!», declaró. Luego, sin transición, rozó con sus dedos mis mejillas. «¿Así que te llamas Tamara?», me dijo cogiéndome la mano. Me preguntó si quería almorzar y yo le respondí que si él tenía ganas yo gustosa lo acompañaría. «¡Macanudo! —exclamó y añadió enseguida—: «Pero primero quiero que conozcas el sitio donde vivo. El sitio, Tamara, donde tú vivirás».

(Unos bocinazos anunciaron la llegada de la camioneta de Malenita. La carretera al pueblo solo estaba afirmada y la Toyota avanzaba en medio de una polvareda. Después las ruedas rechinaron en el área cubierta de cascajo del aparcamiento. Ágil y contenta y llevando una botella en la mano Malenita bajó de la cuatro por cuatro. «¡Mira, Tami! —dijo poniendo la botella en la mesa—. ¡El macerado de uva que tanto te gusta! Te lo envía Gretchen». «Oh, muchas gracias», dijo Tamara, pero su rostro era una mezcla de severidad y melancolía. Malenita la observó y luego se dirigió a mí: «¿Qué le ha hecho a mi reina, hombre malo?». «No es nada, Malenita —intervino Tamara—. Son solo recuerdos. Nada más que recuerdos». Y a continuación, le propuso: «¡Vamos, encanto! Siéntate con nosotros». Pero Malenita declinó la invitación. Dijo que no quería interrumpir la plática y mirando el cielo añadió que deseaba remojarse los pies en el mar y aprovechar para darse un baño de sol. De su bolso sacó un sombrero de paja muy fina, color fucsia, plegado como un pañuelo, lo extendió y se lo encasquetó en la cabeza de cabellera abundante. Al sentir que una suave brisa comenzaba a correr, del bolso de Tamara extrajo un hermoso pañolón color turquesa y, con cuidado, se lo acomodó por los hombros. «Chau, chicos. ¡Pórtense bien!», dijo; luego se sacó los zapatos y con estos en las manos empezó a correr por la arena hasta donde reventaban las olas. Cuando llegó a la zona de las mareas, tiró los zapatos a la arena, levantó el ruedo de su falda y se internó en el agua hasta que esta le llegó a las rodillas. Había otros bañistas en la playa, dos familias que habían plantado sendas sombrillas de color amarillo. En el acantilado se veía dos siluetas de personas que pescaban a cordel y una lancha de pescadores bogaba en dirección de Punta Hermosa. Entre tanto, Malenita salía de la marea y nos envió saludos saltando con las manos levantadas y fue en este instante que recordé a Muriel. Muriel. Muriel Tipiani, pronuncié para mí. Y ahora Malenita se había sentado en la arena para aprovechar los últimos arrestos del sol. Y Tamara Fiol retomó su historia).

En la clínica pensé mucho en cómo contarte esta parte de la historia. Lo más sencillo sería omitirla, pero entonces, Morgan querido, nada de lo que te he revelado tendría sentido ni valor alguno. Es, pues, ineludible que me refiera a ciertos hechos crudos y desagradables para que puedas entender la naturaleza de la relación que mantuvimos Raúl y yo. Eso sí, corazón, te prometo que sin entrar en detalles solo aludiré a lo estrictamente indispensable para que tú puedas imaginar con libertad y sensatez esta parte maldita de mi vida. De haber sido una muchacha hipócrita y calculadora, aun deseándolo con todo mi cuerpo, no habría aceptado la invitación de Arancibia de conocer dónde vivía. Habría sido ridículo que yo, que ya había conocido suficientes camas de hombres y amigos, me hiciera la estrecha y me llenara de remilgos. Pero entre ayer y hoy había una diferencia. Si bien es verdad que obtuve unos modestos orgasmos, no era el deseo y menos el amor lo que me impulsaba a buscar compañía entre los hombres. Lo que yo anhelaba, sobre todo, era conseguir calor humano y estar aferrada a un cuerpo viril cuando en la alta madrugada sintiera todo el peso de la soledad. Pero ahora, por primera vez, sentía deseo y una curiosidad física, casi plástica, por conocer el cuerpo del hombre que me invitaba a su casa. Por esos años, mi amor, Arancibia vivía en el segundo piso de una vieja casona del jirón Huancavelica, a unos pasos del teatro Segura. He olvidado por completo lo que conversamos en el trayecto ni lo que pensé mientras subía las escalinatas de mármol de la escalera, en cambio recuerdo el alboroto de mi corazón y la sequedad de mi boca. Cuando recuperé mi capacidad de raciocinio, él ya me había pedido que me desnudara. Recuerdo que su mirada era glacial y algo cruel y el rictus de sus labios denotaba ese desprecio que he leído que el cazador siente ante su víctima. Y sin embargo, le obedecí, sumisa. Quise quitarme la ropa en el baño o dentro de la cama, pero me ordenó: «No, muchacha. Quiero que lo hagas ante mis ojos». Lo hice, muy torpemente, pero lo hice. Cuando me disponía a quitarme mis zapatos de taco medio, me lo impidió y me dijo que caminara en torno suyo. Debo aclararte, Morgan, que no por pudor, ¡entiéndeme, por favor!, no por pudor, yo no permitía que mis ocasionales amantes atentaran contra la soberanía de mi cuerpo. Pero ahora arrié todas mis banderas y me sometí a su mando y extrañamente no había lascivia en su mirada. Por fin me dijo que me tendiera en la cama encima de las cobijas. Arancibia, que ni siquiera se había quitado el saco y la corbata, se sentó en el canto de la cama y con la mirada y los dedos en el aire, sin rozarme, fue recorriendo la superficie y los contornos de mi cuerpo. Años después vi la película *Una gata sobre el tejado caliente*. Así debí sentirme yo, corazón, como una gata en celo, pero conteniendo el atroz impulso de venirme. De súbito, Arancibia se puso de pie y con una risa abierta, dijo que ocasión tan especial, en el inicio de nuestra relación, merecía ser celebrada con una botella de champán, con copas especiales de cristal y todo. Cerca, a media cuadra, había la botillería de un italiano amigo que vendía auténtico champán francés, de modo que no tardaría ni cinco minutos en ir y volver. Una hora después Arancibia aún no regresaba y yo continuaba desnuda. Había bajado la temperatura, pero no me atrevía a ponerme el traje y ni siquiera meterme bajo de las colchas por temor a desobedecer y ser castigada. Con inexplicable y para mí desconocida sumisión deseaba que Arancibia me encontrase tal como él me había dejado. Tres horas después decidí vestirme y con la luz prendida quise ganar tiempo revisando el estante de libros, pero no estaba en condiciones de leer los títulos. Por fin, aunque llena de temor, decidí marcharme. En la calle habían prendido ya las luces y, como no tenía dónde ir, me metí en el cine Biarritz del jirón de la Unión, donde pasaban, recuerdo, la película francesa *El trigo está verde*. Cuando apagaron las luces recordé unos versos de Wáshington Delgado: «Como un reloj me defiendo / del destino, abrazo a mis amigos, / ...lloro en algún cinema». La película trataba del descubrimiento del sexo y el amor entre adolescentes. Ya te he contado cómo fue mi primera experiencia, nada romántica, en el pulguiento cine Perricholi. Al concluir la función recordé que en el Palermo Lolita Thorne presentaba su libro de poesía. En el fondo del bar se habían juntado las mesas y Eleodoro Vargas Vicuña estaba terminando el elogio del libro y en una de las mesas alcancé a ver a Isabela y Emperatriz y en otra, acompañado de otros chicos de San Marcos, a Pepe Corso, quien, por desgracia, me vio entrar al bar. De inmediato se puso de pie, vino hacia mí y casi me arrastró a la puerta. Me miró, estudió mi rostro. «¿Qué te ha hecho el maldito? ¡Dime! ¿A qué infamias te ha sometido ese cabrón miserable?». Le dije que no sabía de qué diablos me estaba hablando y le pedí permiso para dirigirme al fondo del salón, pero se interpuso conminándome a que le revelara las maldades que habría cometido conmigo Arancibia. No pude ya contenerme. «¡Escúchame, Pepe! ¿Quién te crees que eres para mí? ¿Mi novio, mi padre, mi marido? ¡No seas ridículo! ¡Déjame en paz! ¿Es mucho pedir? Y ahora hazte a un lado que quiero escuchar a Lolita Thorne!». ¡Ah, Morgan, mi amigo de otro mundo! Han pasado cerca de cuarenta años, y a pesar de que muchas veces le pedí a Pepito Corso perdón por este exabrupto, hasta ahora me duele el corazón cada vez que recuerdo el incidente. Como podrás imaginar, no pude entender ni un verso de lo que estaba leyendo mi buena amiga. Al terminar la lectura, empezaron los tragos y con solo dos vasos de cerveza que tomé yo ya estaba completamente borracha hablando desatino y medio. Emperatriz me llevó de nuevo a su casa y permanecí dos días en el cuarto de servicio sin probar bocado alguno. Al tercer día, me vestí y fui a clases. Dos días después, Arancibia me esperaba a la salida del aula.

¿Por qué no reaccioné contra su agresión, como lo había hecho tantas veces, ante atentados contra la dignidad humana? Por el contrario me sentí como la niña cuyo padre la perdona por una maldad cometida. Me llevó a tomar café en la cafetería de Huérfanos, a dos pasos de la Casona. En la mesa que estaba cerca de una de las puertas reconocí a Martín Adán, con su astroso abrigo y sombrero de felpa, y a Porras, José Durand y Sebastián Salazar Bondy y Mejía Baca. Arancibia me llevó a un rincón. Pidió dos exprés con dos vasos con agua. No me ofreció ninguna disculpa, como si nada hubiera ocurrido. Me contó que había estado por La Oroya y Cerro de Pasco haciendo trabajo político con los mineros. Y había tenido que lidiar con sus antiguos compañeros de armas trotskistas, que lo acusaron de traidor, de perro estalinista. Terminó de contarme su ruptura con el trotskismo allá en Buenos Aires. Pasando por un bar de Corrientes escuchó que alguien le gritaba: «Eh, trotsko, ¡que dice la Cuarta Internacional!». En una mesa de la terraza reconoció a César Arias, con quien, alguna vez, en El Frontón, había discutido sobre la situación mundial y el inicio de la guerra fría. ¿Todavía —le dijo— seguía lloriqueando por el asesinato del profeta? Le dijo que dejara toda esa basura atrás. Igual que su profeta, los trotskistas nunca llegarían al poder. Eran, ni más ni menos, como las fraternidades anarquistas. Unos parias. Un puñado de ilusos sin sentido de la realidad. Los revolucionarios auténticos son hombres de carne y hueso que no temen mancharse las manos. Y Arancibia había reconocido entonces que, aunque no lo quería admitir, pensamientos similares lo asaltaban cuando escuchaba a sujetos como Israel Riofrío, Martorel o Ñaupari.

Luego Arancibia pagó la cuenta y sin decirme adónde nos dirigíamos caminé a su lado, detrás suyo, como un animalito sumiso. En el cuarto me ayudó a desvestirme y a su vez dejó que yo hiciera lo mismo. Me miró rozándome apenas con los dedos la piel. Lo miré, tenía una mata de pelo en el pecho. En esos años solo las prostitutas practicaban el sexo oral, pero yo recordé a la Musa que me decía (con palabras crudas) que la felación era una maravillosa fuente de placer. Arancibia tenía una curiosidad sin límites por la piel que revestía mis huesos. Una vez sacó de no sé dónde una linterna a pilas, me hizo tender con las piernas abiertas y me dijo que iba a explorar el gran continente negro con el peludo monstruo marino que vigilaba el paso a la guarida de nácar. Y olió, lamió y bebió los jugos de mi gruta marina. «¡Y esto lo hice yo mucho antes que el macho cabrío de Henry Miller! —exclamó eufórico—. ¡Sino que le preguntara a Guillermina cuando me pedía que ubicara en su coño dónde estaban los ovarios!». Solo años después, cuando leí *Trópico de Cáncer* entendí lo que me había querido decir Arancibia. Pero si quiero ser veraz, Morgan amigo, debo reconocer que poco a poco, casi sin darme cuenta, empecé a tener iniciativas en nuestros juegos y representaciones eróticas. Recuerdo la vez que me regaló un hermoso poncho cusqueño, en tiempos en que hubiera sido una extravagancia usarlos aquí en Lima, pues se les consideraba prendas de indios o serranos. Sin embargo, yo accedí a ponérmelo pero sobre mi cuerpo completamente desnudo. Esa noche por el centro de la ciudad estaba cayendo una fina pero persistente garúa, de modo que nos refugiábamos en los zaguanes de viejos caserones y conventillos y allí nos amábamos o para ser más exacto nos excitábamos. Así llegamos a la plaza de la iglesia San Francisco y bastó una sola mirada de Arancibia para que yo entendiera cuál era su deseo. En los reclinatorios había unas cincuenta personas que, entre cánticos acompañados por un órgano y profusión de cirios llameantes, estaban terminando la novena. Entramos a la iglesia por una de las naves laterales, a la penumbra de los altares menores. Me avergüenza decirlo, belleza, yo estaba dispuesta a todo. Menos mal que los curas tienen la mente sucia de escuchar a tantos degenerados en las confesiones, porque no sé de dónde apareció uno de estos monjes franciscanos que con solo echarnos una mirada debió imaginarse una inmunda escena y se plantó delante de nosotros con los brazos cruzados. La risa que nos arrancó el fiasco, le confirió su lado cómico a nuestra frustración. Pero nada más te contaré, corazón, sobre este aspecto de nuestras relaciones, y tú imagina el resto, solo recuerda que Raúl y yo llegamos a conocer con todos nuestros sentidos cada una de las partes de nuestros cuerpos.

Después de un tiempo en que habíamos vivido exclusivamente para nosotros mismos, Raúl me propuso visitar a los amigos y hacerme conocer la parte secreta de la ciudad. Algunas noches fuimos al Palermo, pero él sobre todo tenía debilidad por los bajos fondos y el mundo prostibulario. Me llevó a conocer el Trocadero del Callao. Había un apestoso olor a vulvas marinas ligeramente descompuestas y a ruda y semen. Con las puertas entreabiertas, las meretrices exhibían, con perdón de las palabras, tetas y chuchas, y llamaban a los clientes con gestos obscenos y promesas de placer inenarrables, mientras Raúl iba diciéndome al oído: «¿Por qué no trabajas aquí? Serías la puta más deseada y ganarías un dineral. La mami es mi amiga, así que te puedo conseguir en un dos por tres un cuarto». No creas que esto me ofendió, por el contrario me divertía, así que yo le seguía la corriente. Me hizo conocer otras casas de citas. Una vez me llevó al burdel de la Nené, que quedaba en la avenida Colonial. Nos sentamos a una mesa, pidió dos guindas y la rocola tocaba el mambo número seis de Pérez Prado. Arancibia me pidió permiso para saludar a la patrona y varias de las mujeres que me dijo que eran amigas. De modo que me quedé sola y para no disonar con el ambiente acepté a salir a bailar con uno de los clientes. Sé bailar, me gusta bailar y yo había crecido escuchando guarachas y mambos. Las mujeres y los clientes empezaron a rodearnos y, olvidándome por completo del lugar donde estaba, utilicé unos pasos de Ninón Sevilla, que con Isabela y Emperatriz habíamos practicado. Me sentí plena, feliz, gloriosa. Junto con la mamita, Arancibia me miraba irónico y con un cierto aire, que sospeché era de desprecio, me animaba a seguir contorsionándome. A propósito, unas semanas después ocurrió algo gracioso. Una mami, pero de otra casa a quien Arancibia le prestaba algunos servicios en el Palacio de Justicia, lo invitó a su fiesta de cumpleaños y le dijo que podía ir con su novia o con alguna otra amiga de confianza. De modo que Raúl invitó también a Isabela y Emperatriz y nos sugirió que para que no resultáramos ofensivas con nuestros trajes de señoritas, nos vistiéramos como mujeres de la vida. Nos dijo que deberíamos tomarlo como si fuera un baile de disfraces. Así que nos pusimos trajes con lentejuelas estilo sirenas, con grandes escotes y zapatos de taco aguja. Para su maquillaje Emperatriz tuvo en mente a María Antonieta Pons; Isabela, a Rosa Carmina; y yo, a Lily Prado, pero las tres acentuamos el grosor de nuestros labios con lápiz labial color púrpura, pestañas y uñas postizas, cejas depiladas y ojeras verdes. La casa de la patrona no era una casa, mi amor: era una mansión en la zona más exclusiva de Orrantia, con un amplio jardín y un porche con pilares y arcos. En toda la cuadra habían, aparcados, automóviles de lujo, Cadillacs, Mercedes, Pontiacs. Nos salió abrir un mayordomo que me pareció que nos miraba con estupor. Dijo que esperáramos un momento y volvió a cerrar la puerta. Un minuto después apareció una señora que al propio Arancibia le costó reconocer como la mami dueña de una cadena de burdeles y casas de citas. Nos echó una mirada severa y declaró: «Esta es una fiesta para gente decente, no para putas» y nos cerró con un portazo. Tiempo después, un narrador que de tiempo en tiempo se dejaba caer por el Palermo, con esta anécdota que parece que se la contó Isabela, escribió un cuento cómico y delicioso. Como te estaba diciendo, los clientes habían hecho rueda en torno a mí para verme bailar, pocas veces en mi vida me he sentido dichosa, exultante y pura, sí, como lo oyes, papito, pura, con la inocencia recobrada. Los clientes se peleaban por sacarme a bailar. Pero entonces a Arancibia se le ocurrió algo mejor: jugarme al cachito con el que estuviera dispuesto a apostar, y el que resultara ganador no solo bailaría conmigo si no podría hacer lo que quisiera con mi cuerpo. Reaccioné o me acobardé, qué diablos estaba haciendo, por qué, créeme, precioso, la apuesta iba en serio. ¿Cómo me habría comportado si hubiera seguido el juego hasta el final? Menos mal que la mami se apiadó de mí.

Por algo era la regenta del lugar, porque tenía una boca sucia y voz de mando. Volvimos en silencio al departamento. No sé si me sentía ofendida. O disminuida. O derrotada. Arancibia me dijo que me había comportado como la puta que era, hizo el ademán de abofetearme, pero apenas si me rozó con los dedos. No sé, corazón, de dónde saqué fuerzas. Lo insulté, le dije unas palabrotas terribles que ni siquiera sabía que existían. Pensé que Arancibia me castigaría esta vez de verdad. Pero en sus labios displicentes se dibujó una sonrisa de satisfacción y placer. Y así se inició un nuevo periodo en nuestras relaciones. El insulto, la estigmatización verbal. Me llamaba perra, zorra o puta, y yo le replicaba. Le decía cabrón, maricón, hijo'e'puta. Y luego nos íbamos a los golpes y terminábamos haciendo el amor con furor, alcanzando orgasmos increíbles. Todavía tendría que contarte algunas otras cosas. Por ejemplo, el viaje que hicimos a Tumbes, cuántas cosas me enteré de su infancia, sus mentiras increíbles, como todo lo relativo a las historias que contaba sobre Guillermina, y sus maldades verdaderas y sus venganzas contra el *Bello* Eduardo y *Cucho* Canessa. Pero sobre todo cuando me dejó abandonada a mi suerte en Guayaquil y lo que ocurrió cuando logré retornar a Lima. ¿Sabes quién te puede contar los pormenores de este viaje? Emperatriz, pregúntale a ella, porque, aunque despreciaba hacer confidencias, aquella vez por mi estado de ánimo particular, me desahogué sobre esa maldita luna de miel, como la llamó Arancibia. Sí, todavía me faltan algunos aspectos para que tengas una idea más exacta de nuestras relaciones. Pero, ¡mira!, empieza a ocultarse el sol, y este es un espectáculo que por nada del mundo me perdería... ¿Sabes, Morgan, amigo de otro mundo? Si alguna vez me recuerdas, deseo que sea en este momento, mirando juntos la maravillosa puesta de sol en Lima, que antes los viejos llamaban «atardecer de brujas», aquí, en la playa de San Pedro, de Lurín.

XVI

Acababa de terminar el casete con la voz de Tamara Fiol cuando sonó el teléfono. «Hola», dije, y del otro lado de la línea escuché la voz que yo estaba esperando oír desde ayer en Huamanga. «Soy Muriel. Escúchame, Morgan. Tengo el material sobre Arancibia que me gustaría...». Su voz sonaba tan fría y distante que la interrumpí: «Espera, Muriel, ¿ocurre algo?». Enseguida, de un brevísimo silencio, ella respondió: «No ocurre nada. En absoluto, Morgan. Solo que tengo mucho trabajo. Pero, bueno, te decía que tengo un material que me gustaría discutir contigo». «¿Muriel?», volví a interrumpirla. Pero Muriel prosiguió: «¿Nos podemos ver en el Café de la Paz, dentro de media hora?». Me explicó dónde quedaba la cafetería (a unas pocas cuadras de mi hotel) y enseguida colgó. Debo decir que las sospechas que me asaltaban sobre el cambio de actitud de Muriel hacia mí me avergonzaban por indignas; no obstante, recordé «Un triste caso», de Joyce, uno de los cuentos más tristes que yo he leído. ¿Pero qué relación podía existir entre la desdichada y vulnerable Mrs. Emily Sinico de la historia con una joven atractiva, moderna, recia y combativa como era Muriel Tipiani? No, la asociación se había producido en mi mente por la sentencia que el antipático protagonista de la historia escribe sobre el amor, la amistad y el sexo: «El amor entre hombre y hombre —escribe Mr. James Duffy— es imposible porque no debe haber comercio sexual, y la amistad entre hombre y mujer es imposible porque debe haber comercio sexual». Pero nosotros habíamos demostrado que era perfectamente posible la amistad y el sexo, sin que interfiriese el amor. Por lo menos esto es lo que habíamos creído ambos.

Aunque ya me había duchado después de regresar del paseo con Tamara y Malenita, con las palmas de mi mano a manera de un cuenco volví a refrescarme la cara con agua fría del caño y de nuevo me cepillé los dientes. Miré el reloj: tenía veinte minutos por delante y solo me bastarían diez para llegar al Café de la Paz. Iba a revisar las anotaciones que acababa de hacer a las confidencias de Tamara Fiol, cuando se me ocurrió que, por lo dicho por Muriel, más urgente era echarle un nuevo vistazo a la última entrevista que Nelson Bracamonte había hecho a Raúl Arancibia diez o doce días antes de su asesinato. Ubiqué la publicación y releí los subrayados que había hecho en Huamanga y luego salí del hotel. Había luces en la calle y si los terroristas tenían alguna lógica en sus acciones ya no habría apagón esta noche. Por desgracia, como todos los establecimientos nocturnos de Lima, la cafetería (en realidad, también era bar-restaurante) estaba casi vacía. Me senté en una de las mesas de la terraza en cuyo centro lucían lamparines que, dados los días que se vivían, no solo cumplían una función decorativa. No tuve que esperar mucho, cinco minutos después llegó Muriel que, sin saludarme, me dijo:

—Ante todo, Morgan, esta es una reunión de trabajo. Me porté como una estúpida. Discúlpame. Lo que pasa es que me agarró desprevenida la noticia de tu partida. Y lo gracioso es que yo sabía, los dos sabíamos, que eso iba a suceder en cualquier momento.

No permitió que la interrumpiera. Me dijo que no se hablara más del asunto. Solo me pidió que le dijera el día y la hora de mi vuelo. Le informé que debía estar en el aeropuerto el jueves a las cinco de la mañana.

—Pero el avión levantará vuelo a las siete —añadí.

Al mozo que vino a atendernos Muriel le pidió un *bloody mary* y yo, un vodka tonic con mucho hielo.

Muriel puso en la mesa un fólder y empezó a revisar y ordenar ¿o fingía que revisaba y ordenaba? recortes periodísticos y numerosas notas, supongo que sobre el caso Arancibia. Me pesaba el silencio que nos rodeaba y que yo no me atrevía a romper. Fuera de unos paseantes solitarios, el parque Kennedy se veía desolado. Al otro lado se alcanzaban a ver las luces de la calle de las Pizzas, donde con Muriel, al comienzo de nuestra relación, habíamos ido a proveernos de hierba.

Cuando el mozo trajo las bebidas, nos dijimos salud sin entrechocar nuestros vasos y yo apuré la mitad de mi vodka. Un minuto después terminé mi trago y, levantando el vaso, le indiqué al mozo otra vuelta. Por su parte, Muriel bebía su cóctel de manera moderada.

—¿Cómo quedó el reportaje? —me atreví a romper el silencio—. Tenía muchos deseos de verlo. Pero hubo un apagón general. Según me dijeron, después de tiempo. Fue la respuesta de Sendero a la entrega de armas a los ronderos y a la venganza del Ejército por la emboscada en Rosario. Lo siento. Tenía mucho interés en ver el especial. Verdad, Muriel.

—No me quejo. No es lo mejor que he realizado, pero salió bien.

—¿Tienes un nuevo proyecto?

—Sí, pero ya será para el programa del domingo de la próxima semana. ¿Pero qué te parece si nos centramos en lo último que he averiguado sobre Arancibia?

Bebí otro sorbo y la miré a los ojos.

—Antes quisiera decirte algo —declaré—. No me llevará ni un minuto. ¿Me lo permites?

—¡Cómo quieras! —dijo con resignación—. ¿Estás seguro de que te llevará solo un minuto?

Quise replicarle: «Querida, amiga. ¿Por qué empleas ese tono entre aburrido e irónico? ¿Tanto daño te he hecho?». En cambio, le dije:

—La primera cosa que debe aprender un reportero de guerra, como creo ya habértelo dicho y tú misma debes saberlo por tu condición de periodista, es no involucrarse sentimental, afectivamente, con nuestras fuentes, con la población, con el mismo país. Es una regla que yo aprendí a observarla después de mis primeras misiones. Si uno no lo hace, los problemas de conciencia que suscita en nosotros son terribles. Aun así cuando uno abandona el escenario de la guerra, no se puede evitar la tristeza y el dolor por todos los que de alguna forma te ayudaron a trasmitir tus reportes, pues sabes que todos ellos pueden morir o quedan expuestos a la represión e incluso a las torturas. Y porque además algo de ti se queda para siempre en esas tierras. Por eso son tan tristes las partidas. Ahora, aquí en el Perú yo he roto la regla de oro y en los dos meses que he permanecido me he ido involucrando sentimentalmente con mis fuentes, testigos y actores de mis reportajes. Desde las mujeres de Sendero. ¡Cuánto hubiera querido conocer más de sus vidas más allá de las ideologías y políticas! Me he involucrado también con este país, porque me ha hecho reflexionar sobre mi pasado familiar, sobre El Salvador y mi condición de latino. Me he involucrado con todas mis fuentes hasta considerarlas ya amigas mías. Y con Tamara Fiol. Y sobre todo, contigo, Muriel querida. Y con esto te quiero decir que mi partida será mucho más dolorosa y desesperada.

—Ajá —comentó con tono de ironía—. ¿Y esto debo considerarlo como un halago? ¿Como un privilegio? ¿Como un presente? ¿Debo responderte que también yo sentiré un dolor desesperanzado por tu partida? —alzando pero al mismo tiempo conteniendo la voz, prosiguió—: ¡Quién diablos te has creído que eres! ¿Crees que me voy a poner a llorar? No, hijito, márchate tranquilo. Yo no hubiera dudado ni un instante en dejarte si yo hubiese sido la convocada. Así que déjate de sentimentalismos. Y sobre todo no seas huachafo. ¿Te expliqué lo que significa huachafo entre nosotros? Huachafo y vanidoso. No eres el único hombre sobre la tierra. ¿Entiendes, Morgan? Así que pierde cuidado, señor reportero de guerra. Mi vida continuará regia.

Me sentí fatal. Me sentí humillado y triste y también algo furioso. No supe qué responderle y me mantuve en silencio. Después llamé al mozo y le pedí la cuenta. Cuando llegó con la factura, le entregué el importe del consumo, más la propina. Enseguida me puse de pie:

—Es hora de descansar, amiga. Mañana te llamaré. Ya sabrás tú si me contestas o no.

—Siéntate, Morgan —dijo ella; después sentenció—: Basta. Punto final. Ya me desahogué. Aparte de la bomba que me pegué anoche, ya te jodí lo suficiente. Qué cretina. Me he comportado como una enamorada despechada. Como una niña boba, que es lo que más detesto —hizo una pausa; echó una mirada al ambiente—. Pero salgamos de este lugar, que está contaminado con mis vibraciones negativas. ¿Te gusta la música cubana? Me han dicho que en la calle de las Pizzas han abierto un local unos gusanos cubanos. ¿No te apetece escuchar un poco de música? Una hora de relajo nos calmará los nervios. Nada más que una hora.

Respiré con alivio y me alegré de no ser uno de esos sujetos que devuelven una afrenta con otra. Así que atravesamos el parque en silencio, algo separados, sin cogernos de las manos, cosa que por lo demás nunca habíamos hecho. Corría un vientecillo agradable, el olor vegetal que exhalaba el parque aplacaba los efluvios del mar. La calle estaba a medias concurrida, pero lo suficiente como para conferirle algo de vida. El Son Cubano (así se llamaba el bar) estaba a un extremo de la calle y tenía la apariencia de una cabaña de madera rústica, con un tabladillo para la orquesta y un espacio de parqué para el baile. Solo había tres mesas ocupadas; los hombres debían estar entre los treinta y los cuarenta, sus acompañantes eran muchachas jóvenes que vestían *jeans* y polos y todos bebían cubalibres. En el momento que entramos al bar, el equipo trasmitía el bolero «Lágrimas negras» en ritmo de son, interpretado por Los Compadres. Una corriente de felicidad me invadió, pues me sentí transportado a los años de mi infancia en que mi madre, cuando el viejo Scott estaba fuera de casa, ponía en su vieja vitrola los discos que había heredado de mi abuelo: Ernesto Lecuona, Bola de Nieve, Beny Moré, Celina y Reutilio, Celia Cruz, la Sonora Matancera, Daniel Santos, Bienvenido Granda...

Cuando el mozo nos trajo las bebidas (habíamos pedido ron Bacardy rubio, para tomarlo puro y agua con hielo aparte), le pregunté si tenían discos de Bienvenido Granda. Por supuesto que sí, me dijo, casi ofendido por la pregunta. Me preguntó luego qué bolero del Bigotón quería escuchar y yo, sin pensarlo, le dije: «Angustia».

—Según mi abuelo —le expliqué a Muriel—, «Angustia», interpretado por Bienvenido Granda, es el mejor bolero del mundo.

—¿Te gusta, entonces, el sitio?

—Me crié escuchando esta música, Muriel. Junto con las rancheras mexicanas y música de El Salvador. Mi madre me hacía oír todos los discos que tenía de su colección para que no olvidara mis ancestros latinoamericanos. Clarita, la tontita, decía de mi madre la perra de Daniela.

Después de Los Compadres, pusieron piezas de Beny Moré y Celia Cruz. Y después la Sonora Matancera acompañó a Bienvenido Granda en «Angustia».

—¿Bailamos? —me dijo Muriel.

No soy un buen bailarín, pero puedo defenderme. En mis años universitarios íbamos en grupos a los salsódromos del Bronx a bailar con las orquestas de Willy Colón y Héctor Lavoe. Después del rock, la salsa era mi ritmo preferido y mis ídolos eran Jimi Hendrix y el primer Santana. Pero no había bailado boleros desde las clases que mi madre me dio durante la pubertad.

Empezamos bailando algo ligeramente separados. Le pregunté a Muriel si había escuchado antes el bolero de Bienvenido Granda. Sí, alguna vez de niña en la casa de un tío suyo que era fanático de la Sonora Matancera. Después se pegó a mi cuerpo y me susurró al oído: «¡Ni una palabra más! ¡Ninguna promesa! Y si me dices que me vas extrañar, me molestaré contigo para siempre». Pero no pudimos bailar así muy pegaditos hasta que terminó el disco, porque entonces empezó, entre pitazos y alarmas de sirenas, una batida policial por toda la cuadra.

Según me explicó Muriel, fue un operativo unificado de todas las secciones de la Policía: los Águilas Negras, los

Boinas Rojas, la Unidad de Desactivación de Explosivos y policías vestidos de civil. En el tiempo que llevaba en Lima, había cubierto en más de una oportunidad los paros armados organizados por Sendero, pero nunca me había visto (cosa que no me molestó en absoluto) en medio de una batida policial. Los destacamentos irrumpieron por todas las entradas a la calle de las Pizzas: la Diagonal, el jirón Bellavista y los pasajes Olaya y Figari, mientras un oficial con un megáfono ordenaba a los propietarios de los establecimientos a apagar sus equipos de música y conminaba a los clientes a salir a la calzada con sus documentos en la mano. No había nada que temer, seguía diciendo la voz, solo debían salir en orden para que pudiera trabajar la unidad antiexplosivos, pues existía la posibilidad de que los terroristas hubieran colocado bombas de tiempo en los locales y había que ubicarlas y desactivarlas. El anuncio —que seguía propalándose— desencadenó el terror de los parroquianos, que entre gritos histéricos se atropellaban al salir. Dos jóvenes, hombre y mujer, pretendieron huir por el pasaje, pero fueron reducidos y enmarrocados por policías de civil, mientras les iban diciendo «ya se jodieron, terroristas conchasumadres».

Muriel y yo nos unimos a una de las hileras humanas, todas fuertemente custodiadas por los Águilas Negras; en cambio, oficiales y subalternos del destacamento de boinas rojas revisaban los documentos y separaban a los indocumentados y a los que figuraban en la lista de los requisitoriados; con estos últimos los tombos (como los llamaba Muriel) se ensañaban cubriéndolos de improperio y burlas, mientras a empellones los llevaban a los gusanos estacionados en la Diagonal y en el jirón Bellavista. Cuando nos tocó el turno, Muriel les mostró su credencial de reportera de televisión y yo acompañé mi carné de periodista internacional con mi pasaporte debidamente sellado. «¿Morgan? ¿Morgan Scott Batres? —dijo el oficial que chequeó mis documentos—. ¿Y qué carajo haces, Morgan, en este antro de fumones, maricas y terroristas asesinos? —después estudiando mi rostro y el color de mi piel, agregó—: ¡Regrésate, mierda, a tu país, gringo de medio pelo!». Después, aludiendo a su aspecto racial, le dijo algo inmundo a Muriel, y terminó diciéndonos: «¡Váyanse! ¡Desaparezcan de mi vista!». Yo quise replicarle algo duro, pero Muriel me dijo al oído que no valía la pena pelearse con estos conchasumadres.

En ese instante, por el megáfono, la voz del oficial anunciaba que el peligro había pasado. Pero ordenó a todos los establecimientos que cerraran sus puertas por esta noche. Dijo que era para prevenir cualquier acto terrorista.

Al salir del bulevar, vimos que a los detenidos los habían arrumado en un gusano repleto de putas y travestis. ¿Qué podíamos hacer nosotros? No, no había nada que hacer. Le pregunté a Muriel por su Hillman; me respondió que prefirió tomar un taxi, como hacía cada vez que estaba con resaca después de una tranca y me preguntó a continuación si podría pasar la noche en mi hotel. Era lo que yo más deseaba en el mundo. Pero solo le dije que en cuanto a la administración del mismo, no habría ningún problema, pues ya la conocían los recepcionistas por las veces que había ido a sacarme en su auto. Así que tomamos un taxi, pese a que mi hotel estaba a unas pocas cuadras. Ya habíamos tenido suficiente con la batida y era mejor no exponerse a un asalto. Cuando llegamos faltaban veinte minutos para las doce de la noche.

No hicimos el amor en ese momento. Muriel, de pronto, se había sentido agotada y se le acentuó la jaqueca que la había perseguido todo el día. Tomó una ducha y salió con la bata de felpa blanca que el hotel disponía para sus huéspedes. El dolor de cabeza no había desaparecido con el baño. Me pidió disculpas.

Necesitaba dormir por lo menos unas cuatro horas. ¿Le dolía mucho la cabeza? Me respondió que un horror. Entonces le dije que se acostara; le prometí quitarle el dolor con unos pases de magia. Una de las pocas delicadezas que el viejo Scott tenía con mi madre era aplicarle unos masajes en las plantas de los pies cuando tenía jaqueca. Recuerdo que me causaba pudor y un poco de celos cuando veía los delicados pies de mamá, como de nácar veteado de venillas azules, en las manos ordinarias, pero sin duda expertas, del viejo. Después mi madre me explicó que las plantas de los pies son como el mapa del cuerpo: cada punto correspondía a un órgano y cuando este enfermaba había que encontrar el punto al que estaba conectado por una red de nervios. Había que masajear suave y persistente, por momentos aumentando la presión de los dedos, y el dolor iba desapareciendo como por ensalmo, mientras se caía en un sueño dulce y profundo. De modo que tomé una de las plantas del pie de Muriel y busqué el punto donde se concentraba el dolor y empecé a masajear. Con el paso de los años, pensé, para Muriel sería siempre el amigo que conoció todas las líneas de sus pies trigueños mientras los masajeaba para liberarla de un horrible dolor de cabeza. Los primeros masajes que le hice con la punta de los dedos en cada uno de los pies la hicieron gritar, pero a los pocos minutos el dolor empezó a ceder y después de otros veinte minutos de delicada terapia el dolor desapareció por completo. En el momento que cerraba los ojos, Muriel me recordó que aún quedaba pendiente el asunto del perro de Arancibia.

Me quedé mirándola un rato más, su cabello era muy negro, me encantaba su perfil con netos rasgos andinos, y ahora supe que amaba su recia belleza de mujer del Tercer Mundo. Sintiendo por anticipado la nostalgia, besé sus pies antes de cubrirlos con la colcha. Aunque me sentía algo agotado, mi mente estaba totalmente despejada, mientras que en mi interior crecía la ansiedad, pues el tiempo se me acortaba y todavía me quedaban muchas cosas por averiguar y resolver. En mi mesa de trabajo elaboré una estricta agenda para las cuarenta y ocho horas siguientes. Tamara Fiol me había propuesto tener las dos últimas entrevistas en su domicilio del Rímac, pero todavía no me había indicado la hora. Recordé que las últimas palabras que dijo Muriel antes de quedarse dormida fueron «el perro de Arancibia». De modo que me puse a revisar esa suerte de *dossier* que ella me había traído. Y lo primero que me saltó a la vista fue que, pese a su vida y conducta poco convencionales, Muriel era una investigadora ordenada y minuciosa. El material empezaba con una útil cronología de la vida de Arancibia que abarcaba desde ¿su expulsión?, ¿renuncia? del Partido Comunista hasta el día de su asesinato el 2 de enero de 1992. Los otros puntos los titulaba de esta manera: 1) Los negocios del señor Arancibia; 2) El patán intelectual y político; 3) Hipótesis sobre un asesinato. Me interesó eso del «patán intelectual y político», pero aproveché para dar un revisada rápida a toda la documentación. Al empezar la lectura eran la una y quince, dos horas después me sentía fatigado y con los primeros síntomas de sueño. Así que puse en orden el *dossier*, oriné, me aseé la cara, cepillé mis dientes y luego, muy cuidadosamente para no despertarla, me tendí a su lado. Olía bien el cabello, la piel, el aliento de Muriel Tipiani.

Como arrancado del sueño, de súbito, abrí los ojos. Muriel, con el rostro muy cerca del mío, me miraba. La claridad naciente que entraba por la ventana me fue revelando la desnudez de su cuerpo. Hicimos el amor dos veces; lo hicimos en silencio, sin palabras, en la forma más natural, controlando, cuando ya llegaba el orgasmo, la desesperación, las terribles ganas de llorar. Hubiera sido maravilloso reposar, dormitar sin límites en el tiempo; pero nos habíamos vuelto pudorosos, como si aquel fuera un placer vedado a los amigos. Nos duchamos por separado y ella lo hizo primero. Cuando salí del baño, Muriel estaba ya vestida y fumaba un cigarrillo. Se puso a mirar a través de la ventana mientras yo me ponía la ropa. Regresó a mirarme cuando ya estaba listo, aplastó el cigarrillo en el cenicero, consultó la hora: faltaban cinco minutos para las siete. ¿Qué me parecía tomar el desayuno en el Haití? Le dije que perfecto. «Tengo tiempo hasta las diez», agregó. Al salir observó la habitación. Opinó que la alcoba y el baño, aunque sobrios, eran bastantes fichos. ¿De quién era la reproducción?, me preguntó mientras bajábamos la escalera. Le respondí que de Turner o de un imitador de Turner.

Habíamos escogido la parte alta del salón de fumadores. Mientras desayunábamos —ella había pedido un Continental y yo un capuchino con crema y un sándwich mixto caliente—, se fue restableciendo, por lo menos en buena parte, el tono de camaradería, de complicidad, que había reinado entre nosotros hasta que viajé a Huamanga. Retomando un tema al que ya había aludido en otra ocasión, Muriel me habló del ambiente caníbal que imperaba en los canales de televisión. Aparte del racismo —ese racismo hipócrita tan propio del Perú—, había tantas intrigas, abundaban los adulones y soplones de los jerarcas, así que cada quien, colmillos afilados y serrucho en manos, debía defender los territorios conquistados. Sabía que no era fea, pero por el color de su piel y el tipo cholo que encarnaba nunca le permitirían conducir un programa —esto estaba reservado para los blanquitos y blanquitas o a los que se consideraban tales en el Perú—, no podía imaginar yo lo que tuvo que luchar por dos años antes que los jefes permitieran que su imagen saliera en pantalla. Conocía muchos casos de reporteras magníficas, condenadas por el color inconveniente de su piel a ser solamente la voz en *off* cuya figura jamás conocerían los televidentes. ¡Bah!, si los coleguitas la escucharan, dirían que era una acomplejada, una resentida social. Rio de manera disforzada. Afirmó que ese asunto era para matarse de risa.

—¿Qué te parece, Morgan, si volvemos a lo que realmente importa? —declaró de pronto prendiendo un cigarrillo—. ¿Leíste el material que te entregué? ¿Qué opinas?

En ese momento llegó el mozo a levantar el servicio y cambiar de cenicero. Yo aproveché para pedirle un exprés con un vaso de agua con hielo y Muriel le dijo que dentro de un rato (¿digamos dentro de media hora?) le trajera un americano liviano, también con su respectivo vaso con agua helada.

Mientras esperaba al mozo con mi pedido, prendí mi segundo cigarrillo y miré los salones y la terraza. Calculé que solo la tercera parte de las mesas estaban ocupadas. Observé que casi todos los clientes leían los periódicos o los tenían doblados en las mesas. Leerían o comentarían sobre los últimos atentados terroristas y sobre lo que parecía ser el tema de la última semana. Fujimori y su bancada congresal acusaban a la oposición de hacerle el juego a Sendero y el MRTA, obstruyendo las medidas del Ejecutivo para aplicar manos más duras en la lucha antiterrorista. «Esto me huele a golpe», había dicho Muriel, cuando, camino al Haití, nos paramos en el primer quiosco para leer los titulares de los diarios. Por fin, el mozo trajo mi pedido.

—Me has preparado un verdadero *dossier* sobre Arancibia —dije empezando a beber mi exprés—. Como dicen ustedes, te pasaste Muriel. Y te agradezco por todo el trabajo que te has tomado —bebí el resto del café, tomé un sorbo de agua; proseguí—. Pero dime —y esto se me ocurrió mientras revisaba el material—, ¿por qué no aprovechas todos los datos que has recogido sobre Arancibia y haces un reportaje para tu canal? Te saldría, estoy seguro, bacán. Impactante.

—¿Y esto no te molestaría?

—¡En absoluto! Te doy mi palabra —le respondí de inmediato—. Tengo la seguridad de que tu interés sobre ese sujeto es muy distinto al mío.

—Pero no sería justo —me miró convencida—. Sacaría ventaja de todo lo que tú has averiguado sobre el perro maldito a través de Tamara Fiol.

—Yo no sería más que una de tus fuentes, Muriel —medité unos instantes—. Lo único que te rogaría es que dejaras aparte a Tamara Fiol. Para los efectos de tu historia, ella no te es indispensable. Por lo menos yo lo veo así.

—¿Qué te parece? —dijo riéndose—. Titularía el reportaje, «¿Quién mató a Raúl Arancibia?».

—Me gusta «Hipótesis sobre el asesinato de Raúl Arancibia» —declaré.

—Bueno, basta, Morgan. Lo pensaré. Juro que lo pensaré —puso su mano en la mía; solo unos instantes; luego dijo—: Ahora, por favor, discutamos el material que te alcancé.

Le dije que solo comentaría algunos de los puntos de su interesantísima investigación. Sobre todo —recalqué— me detendría a examinar las propuestas que yo consideraba como verdaderos aportes para entender el sentido de la vida, la trayectoria y finalmente la muerte de Raúl Arancibia. ¿Había o no había sido expulsado del Partido Comunista? La tesis de que Arancibia habría roto con el partido por discrepancias ideológico-políticas provenían de Nelson Bracamonte, quien, como ex militante aprista (él mismo afirmaba que seguía siendo aprista de corazón), era un anticomunista feroz. En cambio, la tesis de la expulsión, hasta donde yo había averiguado —esperaba abordar este tema en las dos últimas entrevistas que sostendría con Tamara Fiol— tenía dos variantes. Según Pepe Corso, que, sin embargo era bueno aclarar, nunca militó en el partido, Arancibia fue expulsado por razones de tipo moral. No podía ser de otra manera, puntualizaba Corso, porque Arancibia era un sujeto amoral, cínico, que si había entrado a militar al partido —como lo hizo antes con el APRA y luego con el trotskismo— fue para valerse de la estructura partidaria y de ese modo conseguir poder personal. Hasta que fue descubierta su verdadera calaña durante el juicio que el partido le hacía a un militante de apellido Kymper, precisamente por intrigas de Arancibia, donde fue desenmascarado (según algunos por Kymper y según otros, por la propia Tamara Fiol) como felón intrigante y pervertido sexual. Por supuesto, le dije a Muriel, yo tomaba con reservas el testimonio de Corso. Por dos razones; la primera por el odio visceral que de manera abierta y casi obsesiva sentía él por Arancibia, a quien culpaba de haber desgraciado a Tamara Fiol y no solo por el accidente (cuya autoría le atribuía) que la redujo de por vida a la invalidez. Le señalé que la otra variante sobre la expulsión me parecía menos subjetiva. Me la había revelado César Arias, hombre de partido, estalinista convencido, pero que por razones de disciplina siguió militando en el partido en los tiempos de Kruschev. Según el testimonio de Arias, conocido dentro de la organización como camarada Rodia, Arancibia (su nombre de combate era c. Abel) fue expulsado cuando en la lucha interna que la «fracción roja» (así la denominó Rodia) libraba contra los kruchevistas encabezados por Jorge del Prado. Abel cayó en una desviación de «izquierda», de oportunismo de «izquierda», quebrando a la fracción marxista-leninista auténtica que luchaba desde el interior para limpiar de «la charca del revisionismo» en que había caído el partido bajo la dirección de Del Prado. Años después, cuando el partido se dividió en «moscovitas» y «pekineses», el pobre César Arias, el veterano camarada Rodia, fue expulsado por ambas agrupaciones por adoptar una posición tercerista en esa lucha cruenta que sostuvieron ambos grupos. Ahora, Muriel —continué diciéndole—, yo solo me limitaba a ponerle los hechos de la manera más objetiva, pero que para serle franco todavía no había llegado a entender (y no sabía si algún día lo entendería) el sentido de estas luchas internas tan encarnizadas que destruyeron tantas vidas de militantes consecuentes y abnegados, como el camarada Rodia. Emperatriz me había explicado que, aunque fue condenado al ostracismo, César Arias no había abjurado de su fe en el marxismo-leninismo, cosa difícil de entender ahora que se derrumbaba el mundo comunista. Pero volvamos a tus notas y propuestas. A mi entender, Muriel, el aporte mayor que has hecho sobre esta etapa de la vida de Arancibia es haber profundizado en una aseveración que Bracamonte hace de paso en uno de sus reportajes. Si no te he entendido mal, cuando Arancibia ve como inminente su expulsión, se acerca a los grupos que se habían formado bajo la influencia de la Revolución cubana. Arancibia establece contacto con gente como Béjar, De la Puente Uceda, Guillermo Lobatón, Juan Pablo Chang, aduciendo que rompió con el PCP, porque este había abandonado el marxismo-leninismo para convertirse en un podrido partido reformista. Pienso que debe ser cierto lo que afirmas. Qué golpe a su vanidad habrá significado para Arancibia el que todas sus denuncias y alegatos hubieran sido recibidos con desconfianza y escepticismo por los grupos pro castristas. Contra todas sus expectativas, fue negada su admisión a estas organizaciones y se sintió vejado cuando fue sometido a interrogatorios minuciosos y a críticas severas, por ejemplo, de Lobatón y Juan Pablo Chang, que ya conocían a Arancibia desde los días de El Frontón. Añadí que no le preguntaría por sus fuentes, asegurándole que sus notas las tendría muy en cuenta en las últimas entrevistas que sostendría con Tamara Fiol.

El mozo hacía rato que había traído el café americano liviano y Muriel había terminado de beberlo. En los salones había más mesas desocupadas y un sol de verano iluminaba la acera, la pista, el parque central, aumentaba a cada minuto el tránsito de autos y combis y ahora eran más los transeúntes que pasaban por las avenidas. Retuve por unos instantes este cuadro, como hacía con los retazos de paisajes urbanos que se podían observar desde los bares u hoteles de los países a los que llegaba en misión periodística. Constituían la base, el cuartel general al que los reporteros, de no haber caído muertos o heridos en las zonas de combate, retornaban con un deseo furioso de vivir, de emborracharse y de hacer el amor. Entre las diversas imágenes que me llevaría del Perú, siempre recordaría este trozo de paisaje que he venido contemplando en las muchas veces que he venido al Haití. Como ya me ha ocurrido en otras partes del mundo, tener un sitio así donde los mozos, el dueño, la patrona te conocen y de alguna manera te esperan, te hace sentir menos forastero, menos extraño a la raza humana. Con algo más de confianza, me fijé en la ropa que vestía Muriel: llevaba un *jean*, un polo negro de mangas cortas y el chaleco típico de los reporteros, de color plomizo y de múltiples bolsillos. En seguida, en forma esquinada, miré su rostro sin maquillar, su iluminada cabellera negra crecida, sus ojos color café.

—¿Te he entendido bien? —le pregunté.

—Has hecho un buen resumen —aseveró ella—. Nada de lo esencial se te ha escapado. ¿Continuamos?

—Antes, ¿me permites un paréntesis?

—¿De qué se trata, Morgan?

—Tengo que decirte que no estoy de acuerdo con lo que dijiste antes sobre ti...

—¿Qué dije? —preguntó sorprendida.

—¿No lo recuerdas? Dijiste algo sobre tu persona con la que nunca estaré de acuerdo.

—¿Qué demonios dije? —acotó, más sorprendida aun—. No tengo la menor idea.

—Refiriéndote a tu figura, afirmaste que «sabías que no eres fea». Fuiste demasiado modesta. ¿Por qué eres tan severa contigo misma? La verdad, Muriel, es que eres una mujer guapa. Muy guapa, interesante y sexy cuando quieres serlo.

—¡Anda, zonzo! Con lo que me sales. Pero, bueno, te agradezco por el cumplido. Y ahora, payaso, continuemos.

—Esta parte me gustaría escuchártela a ti —le pedí—. Reconozco que es la que menos he indagado sobre la vida de Raúl Arancibia.

La primera vez que Muriel tuvo noticias de Arancibia fue durante una conferencia que dio un veterano reportero de judiciales sobre crímenes famosos que ocurrieron en Lima, en la década de 1960, cuando ella era estudiante del segundo año de Periodismo del Instituto Bausate y Meza. El conferencista, me explicó, era un cocho de cincuenta y tantos años, gordo, mofletudo, de piernas cortas, piel prieta, ojos vivaces y lascivos que se ocultaban detrás de unos lentes de montura de carey, pero sus maneras eran pulcras y vestía muy atildado con terno, corbata y chaleco, como la gente de su tiempo. En las redacciones se le conocía indistintamente como «el gordo» o «el doctor» Cáceres y años después Muriel lo había entrevistado cuando tenía algún caso vinculado al mundo judicial. Desde entonces había surgido una suerte de amistad muy fructífera para ella, pues la puso en contacto con el legendario reportero de policiales Isaac Montoro, los dos —Cáceres y Montoro—, amigos y rivales (así lo nombraron) del gran Nelson Bracamonte. De modo que estos tres periodistas habían sido sus fuentes principales, aunque no las únicas, para establecer la línea de vida de Raúl Arancibia desde su salida del partido. Dándome una prueba más de su probidad profesional, Muriel me dijo que le había sido imposible entrevistar a Bracamonte (si bien había consultado sus crónicas) porque como todo el mundo sabía en los medios periodísticos, el alcoholismo incontrolable en el que se encontraba sumido había degradado moralmente su actividad como periodista.

Muriel, por entonces una chiquilla de diecisiete años, muy aplicada, había tomado minuciosos apuntes en la conferencia del gordo Cáceres, pero se había quedado con la miel en los labios y algo frustrada porque el veterano reportero de judiciales se centró en el caso que, al comienzo, le pareció a ella el menos incitante de los tres asesinatos a los que había aludido al empezar su exposición. (Los otros eran el caso del asesinato siniestro de una mujer en el transcurso de una orgía de homosexuales del alto mundo político, financiero, castrense y eclesiástico en los meses que precedieron al golpe militar del segundo gobierno de Prado. Joven, aunque ya gordezuelo, Cáceres había caído en una crisis vocacional al enterarse que desde las más altas esferas del poder político y económico había llegado la orden (extensiva a toda la prensa) de enterrar el caso para siempre; Cáceres (que nunca fue adicto al alcohol) se había pegado la borrachera más terrible de su vida, en el transcurso de la cual había revelado a voz en cuello secretos de aquella orgía que, aseguraba, se celebraba dos veces al año en esa apartada mansión ubicada entre las chacras de Vitarte. Afirmaba Cáceres que había logrado obtener testimonios de obreros y campesinos de la zona y del maestro cocinero de la mansión sobre las peculiaridades de estas fiestas llenas de ceremonias y rituales tenebrosos y risibles, como que en una de aquellas veladas el gran maestro de la logia, travestido, tomado de la mano de su consorte y asistido por maricas disfrazados de ginecólogos, paría una preciosa muñeca, ante los vítores y aleluyas de los encumbrados concurrentes. Solo que esa vez (se refería a la vez del crimen) se habría sacrificado a una mujerzuela como encarnación del odiado principio femenino. El otro caso que a la chica Muriel Tipiani le hubiera gustado que Cáceres expusiera era el del asesinato del gigoló español, conocido en el alto mundo limeño como el Conde de Sartorius. Sartorius había sido el amante de la bella Ingrid Schewen, esposa de Pedro de Oliveira, un *playboy* físicoculturista, quien asesinó por razones que nunca se esclarecieron al aventurero español, a pesar de haber sido durante meses complaciente testigo ocular de los encuentros eróticos de su esposa. Lo más interesante de este caso para Muriel, era el entorno en que, según Cáceres, se había gestado el crimen pasional. Ingrid era hija de Otto Schewen, alto mando militar de la Alemania nazi, quien habría accedido al matrimonio de su hija con Oliveira después de que este le demostrara su adhesión personal a la doctrina nazi. La elegante y enorme casa de Schewen era centro de reunión y de tertulia de refugiados nazis de paso por el Perú, el más famoso de los cuales fue el criminal de guerra Klaus Barbie; años después Barbie fue ubicado en Bolivia por los servicios de inteligencia franceses. Luego de ser extraditado a Francia, la justicia de ese país lo sentenció a cadena perpetua por haber asesinado durante la Segunda Guerra Mundial a miembros de la Resistencia, entre los que se encontraba Jean Moulin, considerado ya un héroe nacional). Sí, me repitió Muriel, al comienzo se sintió frustrada cuando el conferencista se ocupó en extenso del caso del psiquiatra Igor Buroncle. Este había asesinado al ciudadano de origen árabe Farez Saba, por haber seducido a su amante, la escultora Rosalinda Vanini. Como todo crimen pasional, el caso le pareció a la jovencita Muriel de todas maneras interesante, sin embargo carecía de la complejidad y sordidez de los anteriores.

A partir de aquí —ahora sería yo el que se quedaría con la miel en los labios—. Muriel empezó a constreñir la historia a sus aspectos esenciales. Fumaba cigarrillo tras cigarrillo, mirando entre pausa y pausa su reloj, mientras en mí esa nostalgia anticipada que ya había sentido en el hotel se fue trocando en tristeza.

Pronto el interés del doctor Cáceres se fue desplazando del asesinato mismo a la figura del abogado, un individuo relativamente joven que por primera vez ejercía la defensa. La pregunta que todo el mundo se hacía era: ¿por qué Buroncle, que tenía relaciones profesionales y de amistad con abogados que pertenecían a los bufetes más poderosos de la capital, eligió como defensor a ese Raúl Arancibia, un abogado totalmente desconocido en los medios judiciales? Se sabe que Arancibia visitó al psiquiatra asesino en la carceleta del Palacio de Justicia para ofrecerle sus servicios. Se sabe que la conversación entre ambos duró menos de una hora. No se sabe, en cambio, de los argumentos de que se valió el joven abogado, pero sea por la naturaleza de sus argumentaciones o por su personalidad que debió fascinar a Igor Buroncle, al terminar la entrevista, Raúl Arancibia subió las escalinatas de la carceleta llevando el documento que lo acreditaba como defensor del homicida más famoso del momento en el país. Y la primera victoria legal que Arancibia obtuvo fue lograr el traslado de su defendido a una clínica local.

Según el gordo Cáceres (y lo mismo le diría tiempo después Isaac Montoro, y también Bracamonte haría hincapié en este rasgo, como a mí ya me lo había advertido Pepe Corso), lo que desconcertó a la prensa, cuando lo entrevistaron por primera vez, fue la figura del hasta entonces desconocido penalista. No se podía decir que Arancibia fuera un huachafo en la manera de vestirse. Era extravagante, estrafalario;

aunque el corte era perfecto y los casimires, paños, lanillas de sus trajes eran de la mejor calidad, siempre los colores eran estridentes, un poco tornasolados, centellantes. Su calzado era confeccionado a la medida con cueros importados, pero nunca eran de un mismo color, sino que combinaban dos, el marrón con el blanco, el guinda con el crema o los moros jaspeados. Y esta indumentaria armonizaba con su rostro en el que lucía bigotes y barba a lo Fu Man Chú o del emperador King, de la recordada serial de *La invasión de Mongo*, lo cual acentuaba sus pómulos y la frente amplia con entradas que prefiguraban una futura calvicie. ¿De dónde diablos había salido este sujeto excéntrico, absurdo, ridículo? Porque entonces, decía el doctor Cáceres, todos ignorábamos su pasado político, su temporada en El Frontón y sus años de destierro durante el Ochenio, el gobierno odriista. Solo unos años después Bracamonte debeló el enigma, por lo menos en parte, cuando ya Arancibia se había impuesto como figura destacada en el mundo no solo forense, sino económico y político. De acuerdo con una respuesta que le dio a Bracamonte en el primer reportaje que este le dedicó, Raúl Arancibia adoptó ese *look* insólito, casi esperpéntico, como símbolo de su ruptura radical con el pasado.

Hubo mucha prensa, continuaba Cáceres, cuando empezó el juicio oral. El público llenó la sala de audiencia para observar al psiquiatra homicida —ya para entonces el periodismo había revelado que Buroncle era un hombre muy culto, dominaba cinco idiomas, era un melómano exquisito y estudioso notable de la *Divina Comedia*, de Dante— que durante todo el juicio se mostraba ajeno al proceso, mientras (según se supo después, siguiendo el guion que le había compuesto su abogado defensor) mantenía un diálogo incesante con los demonios invisibles que lo acosaban. Sin embargo, desde su primera intervención, el público se sintió arrebatado por la figura, la personalidad y la sapiencia del abogado defensor. El secreto y la eficacia de su retórica, afirmaba Cáceres, residía en la fusión de lo erudito y arcano de las ciencias jurídicas (su exposición abundaba en latinazgos y en reflexiones sobre la filosofía del derecho y doctrinas jurídicas) con el sentido común, con el lenguaje cotidiano, popular y aun populachero. Y todo esto junto a un histrionismo gestual que, decía Bracamonte, reposaba en el escepticismo y en una profunda ironía (incluido el desprecio) que le inspiraba a Arancibia la función abogadil y el sistema jurídico.

Después de lograr la absolución de su defendido (su estrategia se basó en alegar la demencia temporal que habría padecido Igor Buroncle en el momento del homicidio), Raúl Arancibia se convirtió en el abogado más requerido. Y con igual éxito (y con bastante prensa) defendió cuatro o cinco casos más, lo cual lo llevó a transformar su modesto estudio, un cuchitril que tenía en Azángaro, en un bufete (según le reveló a Bracamonte, con la ayuda financiera de su anciano padre), que inauguró en un lujoso edificio de la plaza San Martín. Por convenir a sus aspiraciones públicas, se casó, tuvo dos hijos, por los cuales nunca sintió mucho amor, pero formó de manera estricta, sobre todo a la mujer que era la más inteligente y pragmática, para que algún día se hicieran cargo del bufete. En pocos años, el bufete abarcó otras especialidades jurídicas, contratando a estudiantes brillantes y sin escrúpulos que eran evaluados y seleccionados personalmente por Arancibia.

Muriel volvió a mirar la hora. «He fumado demasiado», dijo; sin embargo, volvió a prender otro cigarrillo. Llamó al mozo y le pidió un exprés y un vaso con agua y mucho, mucho hielo. Luego dio una hojeada al cartapacio que contenía el *dossier* de Raúl Arancibia...

—¿Alcanzaste a mirar el material relativo a los vínculos de Arancibia con el narcotráfico? —me preguntó.

—Sí, claro —respondí—. Por lo menos conozco las líneas generales. Y has agregado datos que Bracamonte desconocía u omitía sobre este asunto tan peliagudo. Las pruebas o los indicios que das me parecen sólidos para establecer los años del gobierno de Morales Bermúdez en que Arancibia tomó contacto con el cartel de Medellín. No creo que su estudio haya ganado dinero suficiente como para fundar empresas como la compañía inmobiliaria o la financiera. Para el efecto se necesitaban billetes mayores. Esto es clarísimo.

—Dejémoslo ahí, Morgan. Solo te ruego que estudies con detenimiento esta documentación —bebió un sorbo del exprés que acababa de traerle el mozo—. Una sola cosa más sobre este tema. En nuestra conversación anterior te dije que los narcos lo habrían matado porque Arancibia se habría negado a devolver una cuantiosa suma de dólares que le habrían dado en depósito o como préstamo.

—Teniendo en cuenta cómo operan estas bandas me parece que era más que razón suficiente para que lo enfriaran. ¿Has averiguado otra probable motivación?

—Sí, pero no está en el *dossier* porque hasta hace dos días lo ignoraba por completo. Bueno, la otra noche un colega me comentó de un rumor que ha salido de Canto Grande. En una celebración de narcos que hubo en el penal, El Vicario, como apodan al narcotraficante más poderoso del Huallaga, se había jactado de haber mandado a eliminar a Arancibia, eminencia gris del *pool* de abogados que defiende al narco, por haber traicionado la confianza que depositó en él...

—¿En qué consistió este abuso de confianza?

—Según El Vicario, Arancibia lo persuadió para que le entregara todo un *stock* de videos en que tenía filmados, en medio de orgías con conocidas bataclanas de la capital, a un conjunto de generales y altos oficiales del Ejército comprometidos con los narcotraficantes de la zona. Cuando El Vicario le reveló la existencia de los vídeos, Arancibia de inmediato le dijo que los necesitaba, que le eran imprescindibles para su defensa. Como El Vicario recibió con desconfianza el pedido de Arancibia, este apeló a otro argumento que podía ser mejor entendido por el delincuente. Le dijo que teniendo en sus manos los videos podría extorsionar a los implicados, quienes aterrorizados moverían todas sus influencias en los poderes Judicial y Ejecutivo para que el caso El Vicario fuera sobreseído.

—Muy bien, Muriel. Arancibia logra que El Vicario le entregue el material. Pero ¿qué hace Arancibia?

—A Arancibia siempre le ha gustado mantener buenas relaciones con los distintos gobiernos y gente de poder. Entonces, visita a uno por uno de los generales filmados y después de hacérselos ver se los obsequia como prueba de amistad y buena voluntad, asegurándoles que no existen copias de los mismos. Cuando El Vicario, que también mantiene sus contactos, se entera de la traición ordena a sus sicarios a que lo acribillen a balazos. Pero tengo que salir volando al canal, Morgan. Sobre la línea que he llamado «el patán intelectual», creo que tu amiga Tamara Fiol te puede revelar muchas cosas. ¿Cómo llegó a convertirse en poderoso rector mafioso de la universidad privada de la que terminó apoderándose? ¿Y en el intelectual adversario de todas las izquierdas a las que denunciaba y denigraba a través de sus artículos? Se dicen muchas cosas al respecto. Fue un miserable. Recuerda que los últimos artículos versaban sobre la necesidad de una nueva ley antiterrorista y de los jueces sin rostro. Por eso creo que no se debe descartar del todo que SL o MRTA lo hayan ejecutado. Y a mí me tinka que Tamara Fiol sabe más que nadie sobre esta conjetura.

Muriel se quedó callada. Miró hacia la calle. Consultó otra vez el reloj.

—Tengo todavía unos minutos. ¿Qué te parece un trago? Pero yo invito.

—¿El último? ¿El de despedida? —dije con una sonrisa que pretendía ocultar mis sentimientos.

—¿Por qué el último, Morgan? Tenemos muchas horas por delante.

Así que convenimos en tomar una copa de vino blanco helado.

La conversación se hizo difícil porque los dos eludíamos el único tema que importaba entonces: mi inminente partida. ¿Cuánto tiempo había transcurrido desde que la conocí en la conferencia de prensa que convocó la Dincote para mostrar al grupo de senderistas que habían caído en la última redada? Más de un mes, unos cuarenta y cinco días. Recuerdo que al salir de la conferencia congeniamos al instante, nos presentamos e intercambiamos teléfonos. Me dijo que estaba cubriendo a un colega y que tenía que volar al canal para entregar el reporte para el noticiero de las diez. Le pregunté que si no tenía ningún compromiso me gustaría charlar un poco con ella después de que terminara su jornada de trabajo. No, no tenía ningún compromiso y me dijo que podía recogerme en el lugar que yo le indicara. Más bien, le sugerí, podría esperarla a la salida de su canal, cuya dirección yo ya había averiguado por razones profesionales. Horas después, alrededor de las nueve de la noche, ella me llevaba en su Hillman a un sitio (a «un hueco», dijo ella que me encantaría) que quedaba en Barranco. Recuerdo que, pasando la quebrada de Armendáriz, había apagón. Sin embargo, el hueco seguía funcionando a la luz de unos lamparines. Fue una velada muy grata, bebimos, fumamos mucho. Fue ahí, en ese lugar, después de contarle (lo hice de la manera más sobria) algunas anécdotas que me habían ocurrido en una de mis primeras misiones, que le revelé de las gestiones que estaba haciendo mi agente para que me contrataran como corresponsal de guerra en Bosnia. «Hasta este momento —me dijo— la guerra de Bosnia ha sido para mí una atrocidad abstracta. Dejará de serlo, Morgan, si consigues que te destaquen a las zonas de combate». Y ahora Willy Rodríguez me había conseguido el contrato y dentro de unas setenta, ochenta u noventa y tantas horas estaría incorporado al escenario real de la guerra. Pero este era el tema que precisamente estaba vedado en la conversación que ahora teníamos. No sé qué comentario banal le hice cuando Muriel acabó de darme algunos alcances del próximo reportaje en el que, a partir de hoy, empezaría a trabajar. Tenía tantos deseos de cogerle las manos, de abrazarla, de romper el juramento de no hablar ni hacer promesas cuando terminara mi estancia en el Perú. De pronto, miró por enésima vez su reloj:

—Ahora sí, cumpa, tengo que salir volando —chocó su copa con la mía, bebió el último resto de vino y se puso de pie—. No, Morgan, no te levantes que esta todavía no es la despedida.

—Te llamo más tarde —declaré.

—¡Claro! Bacán —respondió; recapacitó unos instantes—. ¿Sabes? Mejor llamo a tu hotel. Porque yo no sé a qué hora llegaré a mi depa.

Yo tampoco sabía a qué hora llegaría a mi hotel, pues intuía que mi conversación con Tamara Fiol sería muy prolongada.

—Perfecto, amiga. Esperaré tu llamada.

Sin mirarme, sin responder a mi leve presión a su mano, me besó fugazmente la mejilla y fue al mostrador a pagar la cuenta. Luego, al abrir la puerta de vidrio que da a la terraza, me hizo adiós con la mano y la vi subir al primer taxi que pasó por la avenida. Sabía que ella ya no me volvería a llamar, Muriel se diría que había que evitar el inútil sentimentalismo. Pedí un vodka tonic al mozo. Lo bebí de dos tragos, cogí el fólder con el *dossier* de Raúl Arancibia que me había dejado Muriel y después regresé al hotel. Necesitaba hacer algunas llamadas telefónicas y vagabundear un poco por las calles hasta que fuera hora de entrevistarme con Tamara Fiol.

XVII

30 de marzo. Antes de la entrevista con Tamara Fiol. Diez y veinte de la mañana. En la recepción del hotel Malenita me había dejado la dirección y la hora (seis de la tarde) en que me esperaría TF. Me fue imposible comunicarme con Nelson Bracamonte, quien, por lo que me dijo su esposa, dormía otra de sus tantas borracheras. César Arias, el ex camarada Rodia, me dijo que le era imposible reunirse conmigo hoy en las horas que yo le proponía. En cambio sí podría al día siguiente. Tentamos varios lugares y por fin convinimos encontrarnos a las once de la mañana en la puerta del bar Juanito, de Barranco, de allí iríamos a otro sitio porque no soportaba, me dijo, el ambiente «decadente» y lleno de diletantes que se reunían en ese bar. Más suerte tuve con Emperatriz. Sí, me dijo, disponía de tiempo, pues tenía que hacer una gestión por el Centro después de las tres de la tarde. De modo que propuso almorzar en el Dominó, una cafetería-restaurante ubicada, me indicó, en el pasaje Boza, del jirón de la Unión. Agregó que ella llegaría entre la una y

la una y media. ¿Qué haría entre tanto para matar el tiempo? Bueno, vagabundería un poco y me despedriría de las calles de Lima. Minutos después tomé un taxi. Le dije que me llevara o me dejara lo más cerca posible al jirón Carlos Zavala y, como no conocía la dirección, al chofer joven probablemente hijo de provincianos le di como referencia el Policlínico Grau, que, según mi plano, estaba en la esquina entre Grau e Iquitos. ¿Por qué este lugar? Porque según Pepe Corso y la propia TF don Ramiro *Garibaldi* Fiol, abuelo de T., había tenido en esta calle la imprenta Garibaldi, y porque en la calle Carlos Zavala se hallaba el cafetín al cual acudía T., cada vez que se sentía sola, angustiada o deprimida.

De once de la mañana a doce y media de la tarde. Con las indicaciones de Pepe Corso no me ha sido difícil dar con el cafetín donde ella solía venir antes del accidente para mirar el caserón donde vivieron sus abuelos don Ramiro Fiol y doña Belén Goyeneche. Como todas las calles del Cercado, la calle Carlos Zavala despide un olor nauseabundo por los cerros de basura que se acumulan en las esquinas, debido a la huelga de los trabajadores de la baja Policía que no tiene cuándo acabar. E igual que las calles más transitadas del centro, aquí los ambulantes han levantado sus puestos a lo largo de ambas aceras de la cuadra. Mientras atravesaba el estrecho corredor que forma la sucesión de los puestos y tenduchos levantados al borde del Policlínico Grau y de las agencias de ómnibus interprovinciales se me ha venido a la memoria un reciente artículo de un urbanista, quien llamaba la atención sobre la alarmante «calcutización de Lima». A mí, sin embargo, me resulta un paisaje urbano familiar: lo he visto repetido en muchas ciudades del Tercer y Cuarto Mundo. Recuerdo que, venciendo el temor de ser asaltado o de que me arrebatasen mi equipo fotográfico, me había internado por los vericuetos de estos conglomerados humanos para tomarle el primer pulso a la ciudad. Al país entero. Aguzaba mis oídos (como lo hago ahora) para percibir en medio del pandemonio de rostros, voces, música, ruidos y olores una clave de lo que estaba ocurriendo en el Perú, una clave para entender a las mujeres de Sendero y la misma TF.

Ahora la fachada de la construcción donde funcionaba la imprenta Garibaldi, de propiedad del abuelo de T., luce ennegrecida por el hollín de los escapes de los carros y los balcones se hallan peligrosamente erosionados. Los puestos de música transmiten de manera simultánea una salsa de Héctor Lavoe, una bachata de Juan Luis Guerra, un ritmo andino con guitarras eléctricas que llaman música chicha, un vals de Lucha Reyes, una cantante criolla que Muriel me había hecho escuchar semanas atrás, y un rock del grupo subterráneo Leusemia, que ella tanto admiraba. Toda la cuadra ha sido tomada por los cachineros que venden fierros viejos y toda suerte de artefactos y objetos robados. En la esquina con el jirón Leticia hay un quiosco con periódicos y revistas, en cuyas portadas mujeres con mallas y lentejuelas muestran grande tetas y culos agresivos. Como lo he hecho otras veces, anoté los increíbles titulares de la llamada «prensa chicha» (y al comienzo de nuestra relación Muriel me había dicho que la lectura de esos pasquines me era indispensable para comprender el lenguaje callejero de Lima), sentí los densos vapores de los puestos de comida ubicados en la misma acera. Desoyendo serias advertencias que me hicieron colegas de la prensa extranjera, de acuerdo con un viejo principio que me había impuesto desde el comienzo de mi carrera de reportero (y en que jugó lo suyo las recomendaciones de mi madre), en varias oportunidades me había sentado en estos puestos para saborear la comida de los peruanos pobres y era ya capaz de distinguir alguno de los olores que emanaban de las grandes ollas de aluminio que hervían al fuego de los primus. De modo que ahora pude distinguir el olor del caldo de cabeza de carnero, de la chanfainita, un plato de aspecto algo repulsivo, hecho a base de papas y bofes de res, pero que muy sazonado con hierbabuena resultaba grato al paladar, olía también a tallarines rojos, a crema de papa a la huancaína... En la otra esquina del caserón, donde debió estar la imprenta Garibaldi, funciona ahora una tienda de lubricantes. También el profundo zaguán de la edificación estaba colonizado por los ambulantes y ninguno había escuchado el nombre de don Ramiro Fiol. He conjeturado por el tipo de español que hablan que pertenecen a esa vasta migración andina que, según he escuchado a Muriel y a numerosas otras personas, están cambiando la faz de Lima.

Luego me he puesto a trabajar con mi Nikon, como hacía con todas las ciudades en tiempos de guerra a las que arribaba como reportero. He cambiado de rollo y he continuado presionando el obturador con la esperanza de captar algún rostro, algún gesto, algún aspecto del escenario que resultase emblemático. Aunque yo soy cronista, a veces, por razones presupuestales o de emergencia, he tenido que hacer de reportero gráfico, sin embargo carezco de la pasión, la intuición y los reflejos de los auténticos fotógrafos que son capaces de perder la vida por conseguir una imagen de portada, como lo logró Max Quinn, en El Salvador. Todavía recuerdo cómo Max saltó de la precaria trinchera en la que estábamos para captar de frente el avión de guerra que casi a ras de tierra ametrallaba a los guerrilleros del Frente Farabundo Martí, que había empezado la ofensiva en el pueblo de Santa Ana. Nunca he olvidado a Quinn zafándose de los brazos de los colegas que luchaban por retenerlo: con un gran salto se puso en el centro de la calzada y pudo lograr antes de caer abatido por una ráfaga de ametralladora una toma extraordinaria que luego ilustró la portada del *Time*. Pero aquí yo trabajaba sin ningún riesgo buscando, sin embargo, imágenes de la pobreza, de la marginación y el desprecio, y del desorden y la mugre que de alguna forma explicara, por ejemplo, el coche bomba que había estallado semanas atrás a unas cuantas cuadras del hueco de Barranco, donde rodeados por el humo de la marihuana charlábamos con Muriel sobre mis misiones de cronista de guerra.

Después he enfundado mi equipo y he venido a este cafetín desde donde TF miraba la antigua construcción, que la gente de antaño conocía como «el caserón de los italianos», imaginándola en los tiempos en que sus abuelos, don Ramiro Fiol y doña Belén Goyeneche, conducían la famosa imprenta Garibaldi, de filiación ácrata. Después he terminado mi segundo café —uno flojo, no de máquina sino pasado—, mientras escribía estas notas, luchando contra la inquietud por la proximidad de mi viaje. ¿Me llamaría Muriel esa noche como me había prometido? Eran las doce y media cuando me he puesto en camino para encontrarme con Emperatriz.

De una a cuatro de la tarde. «El Dominó, me dice Emperatriz, es el único de los bares que ha sobrevivido, en el centro de la ciudad, a la crisis por la que atraviesa Lima». El local que tiene un lejano parecido a las tabernas suizas —todas las paredes están revestidas de madera color caoba— se ubica en el pasaje Boza, un sitio abandonado y de aspecto lóbrego, pero que —me explica Emperatriz— en sus años de auge fue un centro comercial rutilante y lleno de vida con sus bares, *boutiques*, peluquerías, tiendas de música y su bella escalera mecánica, la primera que se construyó en Lima. La descripción que me hace ella del circuito de cafeterías, bares, restaurantes, *night* clubes, salas de exposición y de cines que había en torno al perímetro de la plaza San Martín y las dos Colmenas, me resulta familiar por el relato que me hiciera TF de sus años de bohemia en que la Musa y Angelo Satui parecían encarnar la maravillosa noche limeña.

Emperatriz debe tener ¿cincuenta y siete o cincuenta y ocho?, pero es una mujer bien conservada. Mestiza clara, simpática, agraciada, pero el suyo sería un rostro común, casi ordinario, si no fuera por la forma de su nariz, de recio tabique y ligeramente curvo, que añade sensualidad a su rostro e interés a su persona. Por la familiaridad con que la tratan los mozos, el *barman* y su ayudante, Emperatriz parece ser una clienta muy conocida desde muchos años atrás. El mozo que viene a atendernos es el de más edad y se llama Agustín. Es un sujeto adulto que viste el uniforme del establecimiento. Y llama la atención por sus rasgos de misti andino, altivo y señorial, y los lentes que lleva puestos le confieren un insólito aire de intelectual. Emperatriz me pide que le permita ordenar el menú. Me advierte que es una mezcolanza que cualquier *gourmet* rechazaría, pero que para ella son los dos mejores platos del chef del Dominó: una sopa criolla limeña y salchichas blancas suizas en su jugo con guarnición de papas sancochadas en mantequilla y al perejil. Aunque ella me dice que solo tomará agua mineral, me recomienda pedir un *chopp* de cerveza de barril exclusiva del local. Cuando terminamos de almorzar —y yo disfruté de los dos platos pertenecientes a culinarias distintas—, Emperatriz pidió un mate de anís y yo ordené a Agustín otro *chopp* de cerveza de la casa. Después ella me ha preguntado por mi viaje (Tamara se lo había comunicado), ha hecho comentarios sobre la terrible y absurda guerra de la antigua Yugoslavia, me ha deseado la mejor de las suertes en mi misión periodística y luego hemos intercambiado direcciones. «¿Long Beach?», me dice mirando la dirección que le he dado. Y yo le explico que es el domicilio de mi madre, mi dirección más segura, pues ella me hará llegar mi correspondencia al lugar donde yo me encontrase, o bien las guardaría para cuando retornase a casa.

—Bien —me dice Emperatriz luego de un silencio—. ¿Qué preguntas quieres hacerme? Tamara me llamó anoche y me autorizó a responder las preguntas que hicieras. Y lo haré, Morgan, siempre y cuando yo lo sepa, pues te adelanto que Tamara siempre ha sido muy reservada en sus asuntos.

—En realidad, Emperatriz solo quiero que me cuentes sobre el viaje que Tamara y Raúl hicieron a Tumbes y Guayaquil. Por razones de tiempo, ella no pudo hablarme de este viaje que, según he entendido, tuvo una importancia especial en el desarrollo de sus relaciones.

Emperatriz es una narradora parca, muy puntual, poco cálida, pues pretendía ser veraz antes que persuasiva. De modo que mientras ella me hablaba, yo me iba imaginando la voz y los gestos de Tamara, con los que me he ido familiarizando durante nuestras conversaciones. Sobre todo me la he imaginado con la misma actitud de espíritu que mostró ayer en la playa de San Pedro, cuando empezó a contarme las partes íntimas de su relación con Arancibia.

Tamara me habría revelado que fue suya la idea de viajar a Tumbes o, como diría Arancibia con calculada afectación, a la región de los manglares. Sí, Morgan —me habría repetido—, fue mi maldita idea la de hacer aquel puto viaje, con perdón de la expresión. Mejor nunca lo hubiera realizado, pero esto era solo un decir porque a fin de cuentas así pudo descubrir quién de verdad era Arancibia, por lo menos en esta dimensión de su vida. Como me habría explicado, ella quería comprobar si todo aquel mundo al que se refería Arancibia en ciertos momentos de reposo, después de hacer el amor, tenía algún asidero en la realidad o no eran más que las fantasías de un hombre cuya vida se había detenido en la adolescencia. De modo que utilizando todos los tonos y tretas, incluyendo los berrinches de las niñas tontas, habría insistido, cargoseado, hasta salirse con la suya. ¿Me propones que tengamos nuestra luna de miel como las podridas parejas burguesas? —le diría Arancibia—. ¿Es eso lo que deseas, perra? Y Tamara habría replicado: ¿Y por qué no, cabrón? ¿Qué temes? ¿Que descubra todas tus mariconadas? Pues este era el lenguaje que lleno de obscenidades e injurias ellos utilizaban en privado como estímulo para el amor.

En Tumbes, en la ciudad misma, habrían permanecido solo el tiempo que le costó a Arancibia hallar movilidad para trasladarse a Puerto Pizarro, donde estableció su base de operaciones. Pero por la noche, mientras paseaban por el muelle, le habría explicado la razón por la que se había negado a tomar hotel en Tumbes: la ciudad ya no la sentía como suya desde que sus padres se trasladaron definitivamente a Piura y vendieron la casa donde él había nacido. Meses después el nuevo propietario la hizo demoler para construir un edificio con materiales nobles. De no ser por las densas brisas del mar, el hedor a orines y chinches del mugriento hotel le hubiera resultado insoportable, pero Tamara habría recordado que los cinco días que permanecieron en el puerto fueron los más perfectos que tuvo en su larga relación con Arancibia. Antes de recorrer los estuarios del Tumbes y del Zarumilla, la lancha a motor que él habría contratado por días los llevó a la escondida caleta de La Cruz, donde una placa de bronce erosionada por el salitre y un sol ecuatorial informaba con letras apenas legibles que aquí, en esta caleta, Pizarro y sus hombres habían pisado por primera vez tierra tumbesina. Después que una familia de pescadores aceptara prepararles un almuerzo a base de pescado fresco y langostinos recién extraídos de las pozas, siguiendo las indicaciones de los lugareños atravesaron una formación de oscuros peñascos salpicados de algas y musgos verdes, al cabo de los cuales había una oculta playa de arenas doradas donde desnudos se bañaron en el mar y habrían hecho el amor repetidas veces sin otro estímulo que la desnudez de sus propios cuerpos. Y fue después que alcanzaron el reposo que Arancibia habría comenzado a contarle de su infancia y adolescencia, y allí le revelaría que en esos años su gran sueño había sido navegar por cabotaje siguiendo a la inversa la ruta de Bartolomé Ruiz hasta Panamá. Y yo soñaba, le habría confiado, con desembarcar en esos sitios mágicos y amedrentantes como la isla de la Puná o la isla de la Gorgona o Puerto Quemado, pero siempre sin perder de vista las malvadas vegetaciones de la costa. Nunca lo había escuchado hablar así, Morgan —me diría Tamara—, como un niño bueno o un poeta adolescente, pero sucedió algo horrible. Como si hubiera querido demostrarle que podía ser tan cínica, tan mierda como él, Tamara se echó a reír en su cara. ¡pobre Arancibia! Pero él, lejos de ofenderse, le diría: «Mañana te seguiré contando otras historias, zorrita, y estoy seguro de que te reirás con más ganas todavía».

Como ahora, en los meses que llevaban de amantes, Tamara ya se habría iniciado en el lenguaje indecoroso, irreverente, cínico, que hacía escarnio de los buenos sentimientos y buenas costumbres de la gente, Arancibia habría debido proponerse (pensaría Tamara) ser más truculento, más indecente, más repulsivo, porque quería ir más allá de todos los límites que imponen las normas de convivencia humana. Y en cuanto a Tamara (decía Emperatriz a su manera), habría tenido que esforzarse mucho para borrar de la boca de su amante esa risa autosuficiente, divertida y cinicona, diciéndole de tanto en tanto: «Eres un enfermo, Arancibia, ¿qué quieres que te diga? ¡No tienes, remedio, Arancibia! ¡Eres un degenerado!».

Emperatriz había hecho una pausa. Termina de beber su mate de anís y le pide otra taza a Agustín. Por mi parte, reprimo mi deseo de beber un tercer *chopp*, pues me digo que debo mantenerme sobrio para cuando vaya a entrevistarme con TF. Menos mal que, aunque Emperatriz no fuma, me ha dicho que no le molesta el humo.

—¿Qué más quieres saber, Morgan? —me dice endulzando su nueva taza de anís.

—¿Qué ocurrió en Guayaquil? —le pregunto—. Cuéntame, por favor.

—La abandonó. La dejó tirada y ya te voy a decir dónde. Es un perro como ya se lo había advertido Pepe Corso. ¡Si a mí me la hizo! Me endulzó y yo que creía ser una mujer corrida, de mundo, caí como una estúpida. Nunca se lo conté a Tamara. Por favor, amigo, guárdame el secreto. Bueno, continúa. Por supuesto no siguió la ruta marina con la que Arancibia se llenaba la boca. Pasando en carro la frontera, llegaron a Machala y de ahí tomaron un taxi aéreo. A cualquier hora, me decía Tamara, Guayaquil es una ciudad bella y lujuriosa, pero lo es más si la ves desde arriba bajo la luz dorada y enrojecida del atardecer. Pero Arancibia estaba furioso porque Tamara se había burlado un poco de las aventuras y maldades que él decía haber cometido en la infancia. Incluso, conteniéndose, no se mostró sorprendida cuando le contó el asunto que había tenido con su compañero de salón *Cucho* Canessa.

El nombre no me era desconocido. En la crónica de Nelson Bracamonte la figura de *Cucho* Canessa se impone como el gran rival de Raúl Arancibia, en el Colegio San Miguel. Fue por la influencia que tenía Canessa entre los estudiantes que no prosperó el intento del muchacho Arancibia de tomar el colegio en los días que siguieron al golpe militar de Odría.

—¿Qué ocurrió con ese Canessa? —pregunté.

—Hubo un accidente mientras los muchachos del salón hacían educación física en el campo deportivo. Estaban haciendo prácticas de salto de garrocha, de jabalina y de tiro de bala. Tamara me explicó que le dicen bala a una pesada esfera de acero y la práctica consistía arrojarla con toda la fuerza para ver quién alcanzaba la mayor distancia. Raúl le contó que cogió la bala cuando el profesor de educación física dirigía el salto a la garrocha. Estaba, pues, solo, el campo despejado. Y como no había ningún otro alumno cerca quiso ensayar un buen tiro antes que le tocara el turno con la supervisión del profesor. Con la bala ya en la mano derecha, Raúl hizo los movimientos característicos, abrió bien los ojos, el campo seguía libre, ningún alumno por delante, y entonces con toda su fuerza, con toda su alma, arrojó la bola de acero que salió disparada haciendo una preciosa curvatura que hubiera sido perfecta y lo habría llenado de orgullo, si, según le dijo a Tamara, en la fracción de segundo en que la bala iniciaba el descenso, la caída, no se hubiera atravesado aquel alumno idiota. Enseguida se armó el tumulto y vio que los otros compañeros y el propio profesor hicieron un círculo en torno al alumno caído. Raúl, naturalmente, también se acercó para prestarle auxilio al compañero y fue entonces que vio a *Cucho* Canessa tendido y desmayado en medio de un charco de sangre. *Cucho* Canessa estuvo entre la vida y la muerte una semana. Hubo rezos, misas. Fueron días interminables en que se sintió marginado, solo como un paria, todo lo cual, le dijo a Tamara, había puesto a prueba su fortaleza moral, los cojones que se manejaba. Porque todos los alumnos, incluidos los compinches de Raúl, decían que no había sido un accidente, sino un acto premeditado. ¿Acaso todo el salón no sabía que Arancibia odiaba a Canessa? Lo odiaba, me dijo Tamara, porque era un chico apuesto, lindo, carismático, inteligente y solidario con sus compañeros, virtudes de las cuales Raúl Arancibia hacía escarnio.

—¿Fue en Guayaquil donde Arancibia le contó esto a Tamara? —pregunté.

—Sí, claro —precisó Emperatriz—. Estaban en una taberna en Guayaquil, en el puerto. Te digo más. Lo que indignó sobre todo a Tamara fue el tono arrogante con que Arancibia contó el incidente. Como diciendo «mira, qué malo soy». Tamara, por supuesto, quiso abofetearlo, escupirlo —por lo menos es lo que yo hubiera hecho—, pero eso hubiera sido alimentar su vanidad, su ego enfermizo. Así que le restó importancia al asunto. Le dijo: «Qué aburrimiento, Arancibia. ¿Es que no hay cómo divertirse en Guayaquil?». Tamara sabe describir muy bien la cara, el gesto de los labios, cuando Raúl está realmente molesto. «Ah, le dijo, con que quieres divertirte. Pues te daré diversión, perra». Tamara le respondió con una palabrota que mejor ni te digo. Pero, antes que me olvide, te voy a contar algo que Tamara me dijo a propósito de *Cucho* Canessa.

Emperatriz me contó que después de unos días de susto, el chico se había repuesto y había quedado con sus facultades mentales intactas. «Precisamente a eso iba», me dijo. Me preguntó si Tamara me había contado sobre las llamadas telefónicas sorpresivas que de tiempo en tiempo Arancibia le hacía después de la medianoche, en la madrugada. Sí, Tamara me lo había contado. Y también me había dicho que la nota común de esas llamadas era que siempre Arancibia se encontraba en estados de euforia (o unas pocas veces en estado de depresión extrema) por algún negocio que le había salido bien o para jactarse de alguna maldad que decía haber cometido. «Exacto», corroboró Emperatriz. Pues bien; esa madrugada Arancibia le había preguntado a Tamara si el nombre de *Cucho* Canessa le decía algo. Emperatriz prosiguió:

—¡Cómo olvidar ese nombre —me dijo ella—, si estaba asociado al maldito viaje que hicimos a Guayaquil! Luego Raúl le preguntó si había leído los diarios de ese día. Tamara le explicó la verdad: había tantos asuntos por despachar en la oficina que no había tenido tiempo ni siquiera para leer los titulares. Entonces le leyó la noticia en la que daba cuenta del asesinato del almirante *Cucho* Canessa, director del Servicio de Inteligencia de la Marina de Guerra, por terroristas presuntamente de Sendero Luminoso. Con el asesinato de uno de los más altos y prestigiosos oficiales de la Armada, comentaba el reportero, los senderistas habrían tomado una sangrienta represalia por los crímenes y torturas que la Marina venía cometiendo en Huanta. La noticia dejó fría a Tamara, pobre muchacho, las terribles vueltas que daba la vida. Arancibia no rio, ni soltó la carcajada, lo cual hubiera sido una vulgaridad demasiado obvia. Sin embargo, según su costumbre, hizo ciertas insinuaciones, seguramente fanfarronadas pensaba Tamara, según las cuales él habría tenido que ver (por ejemplo, haciéndoles llegar a los subversivos un *dossier*) en la ejecución de *Cucho* Canessa, su antiguo rival del colegio. «¿Terminaste?», le dijo Tamara. De haber sido yo, le habría gritado «maldito», «degenerado» o «Satanás», pero ella solo agregó que si no tenía más que decirle que por favor la dejara dormir. Luego le colgó el teléfono. Tenía ganas de llorar.

Emperatriz hizo una pausa prolongada, durante la cual yo me abstuve de todo comentario. Para no mirarle el rostro o los ojos que me parecían humedecidos, me puse a observar a los escasos transeúntes que pasaban por el sombrío pasaje. Todavía esperé unos minutos más, antes de rogarle que continuase con su relato. Y temí que, de pronto, Emperatriz se pusiera de pie y se marchara, diciéndome que ya se sentía asqueada de referir las maldades de Arancibia. Sin embargo, en contra de mis temores, me dijo enseguida:

—¿Qué otra cosa quieres saber, Morgan?

—Bueno, si no te incomoda, me gustaría que me contaras cómo terminó ese viaje.

—Tengo ganas de vomitar, querido amigo. Perdóname la expresión, pero es lo que siento de verdad. ¿Cómo decirlo en pocas palabras? Bueno. Fueron días y noches de juergas, de discusiones, de peleas, de reconciliaciones eróticas y nuevas peleas, con insultos sarcásticos (de parte de Raúl) y burlones e irreverentes (de parte de Tamara). Escucharon pasillos por los que Arancibia, como buen tumbesino, sentía debilidad. Comieron camarones guayaquileños rojos y enormes a los que había que quebrarle los carapachos con una piedra cortesía de la casa. Tamara se dio unas zambullidas casi a la medianoche en las tibias aguas del mar de Guayaquil. Después recorrieron las tabernas del puerto hasta que fueron a parar a la zona prostibularia. Tamara no se sorprendió porque ya sabía cómo fascinaban a Raúl los bajos fondos, donde de alguna manera se las arregla para hacer conocidos. Entre tanto, Arancibia venía diciéndole cosas al oído, que ella apenas si escuchaba y entendía y en todo caso no le daba mayor importancia. Hasta que reparó en que le decía cosas como esta: «¿Querías divertirte? Diviértete, entonçes, puta. Y gánate la vida como sabes hacerlo». De pronto, cuando ella quiso reaccionar, se dio cuenta de que Arancibia había desaparecido. Por primera vez en su vida, Tamara sintió miedo. ¿Dónde diablos se había metido? ¿Cómo salir de allí? ¿Dónde, carajo, quedaba su hotel? Un individuo ya mayor, que no era un degenerado ni un maniaco sexual como al principio creyó, la auxilió sin sacar ventajas. La trató de señorita, la sacó de la zona y luego la embarcó en un taxi que la llevó al hotel, cuyo nombre recordó finalmente. Contra la secreta esperanza que abrigaba, Arancibia no la estaba esperando en el cuarto de hotel. El maldito tampoco apareció en los tres días siguientes que ella permaneció en Guayaquil. Con el dinero que había guardado de reserva pudo pagar la cuenta del hotel y compró un pasaje de ómnibus de regreso a Tumbes. Quizá allí la estaría esperando. «Qué cretina que fui, Emperatriz». Llegó a Tumbes un poco antes de las doce del día y tuvo que esperar hasta la seis de la tarde ómnibus.

Tamara le contó a Emperatriz que llegó a Tumbes un poco antes de las doce del día y tuvo que esperar hasta las seis de la tarde para tomar el ómnibus de regreso a Lima. Para matar el tiempo recorrería la ciudad que Arancibia por oscuras razones se había negado mostrarle. Pero antes, luego de contar de manera escrupulosa sus monedas, fue a almorzar al mercado. Este era una suerte de cobertizo, con horcones y techo de cañas de Guayaquil, donde, desde un parlante, la radio local propalaba «Las tres Marías», un pasillo que días antes había escuchado en Guayaquil. Tomó asiento en las bancas de uno de los puestos de comidas, cuyos clientes eran trabajadores y gentes del pueblo y pidió el plato más económico: una sopa de plátanos verdes con carne sancochada que, como cariño de la casa, venía acompañada de una porción de patacones de plátanos verdes fritos. Y le contó a Emperatriz que allí, rodeada por los trabajadores, fue recuperando la sensación de seguridad que había perdido desde que Raúl Arancibia la abandonó en la zona roja del puerto.

Salió del mercado y, preguntando a los transeúntes, caminó en dirección al río. Llevaba puesto el sombrero de paja que Raúl le había comprado en puerto Pizarro para surcar los esteros, pero aun así sentía las brasas del sol ecuatorial. En el puente corría una leve brisa, húmeda y viscosa, que arrastraba los olores cenagosos de los manglares y de los sembríos de plátanos y piñales de las chacras y huertos que se extendían a lo largo de las orillas del Tumbes. Pese al verdor, le dijo a

Emperatriz, era una vegetación erizada e hiriente con sus tropas de zancudos y otros bichos que a pleno sol martirizan tu piel. Le hubiera gustado burlarse de Arancibia diciéndole que Tumbes no pasaba de ser un pueblucho de frontera, una aldea olvidada y malsana, sin pistas asfaltadas y llena de terrales y vegetaciones polvorientas. Cuánto se había burlado (en realidad, cuánto había fingido burlarse) cuando días atrás Raúl le contó sobre la más perversa de sus aventuras de la infancia, la noche aquella en que frente a sus caníbales había secuestrado al *Bello* Eduardo con intención de violarlo.

Por la avenida Bolognesi regresó a la Plaza de Armas. El calor se había hecho más sofocante y le parecía marchar sobre carbones encendidos. Era la hora de la siesta, casas y tiendas habían cerrado las puertas y no se veía ningún transeúnte por las calles. Como el maldecido fanfarrón que era, Arancibia se llenaba la boca contándole sobre los hábitos de los tumbesinos durante la prolongada siesta. «¡Rulito! —decía que le gritaba Guillermina—, ¿no quieres hacer tuto con tu mami?». Le contó a Emperatriz que esta era la hora más ansiada por Raúl Arancibia, porque allí en la hamaca, Guillermina, su hermana boba, lo esperaba desnuda para dormir y conjurar juntos el sopor del perpetuo verano ecuatorial.

En la plaza se sentó en una banca desastillada bajo la sombra de la glorieta. Otra vez sintió que la invadía el sentimiento de vejación. ¿Qué diría Pepe Corso si supiera de la mala pasada que le había jugado Raúl Arancibia? Le confesó a Emperatriz que en ese momento tuvo ganas de llorar. Y cómo deseó encontrarse ya en Lima y pegarse una bomba con ella e Isabela. Añoró los patios de San Marcos y las discusiones políticas que se armaban entre distintos grupos y se dijo que era ya tiempo de pedir, al margen del padrinazgo de Arancibia, su incorporación a la fracción de la juventud comunista que trabajaba en la universidad. Pero enseguida se preguntó si con la pasión servil a la que estaba sometida tendría derecho a reclamar su ingreso a la juventud. Poco a poco fue recuperando la calma, mientras entre reverberaciones contemplaba la plaza, la iglesia, el edificio municipal y ubicaba el lugar donde antes se había levantado la casa de los Iparraguirre Mendoza. De pronto sintió sed, una sed terrible y urgente, y fue entonces que vio en una de las esquinas una heladería que tenía una pequeña terraza que a esa hora no la ocupaba ningún cliente.

—Creo recordar, Morgan —me dice ahora Emperatriz—, que por recomendación del mozo ella pidió una cremolada de mango ciruelo, una deliciosa fruta de la región. Me contaba que durante unos minutos no había pensado en otra cosa que disfrutar del refresco. Pero cuando pidió el segundo vaso, sintió unas ganas locas de escribirle a Pepe Corso. De su bolso extrajo una libreta y luego miró su reloj. Todavía faltaban dos horas para la salida del ómnibus y vio que por las calles comenzaban a transitar algunos parroquianos. «Adorado, Pepe: ¡Todavía estoy viva! Te escribo desde este pueblo ubicado por debajo de la línea ecuatorial, donde, como dice la gente solemne, empezó todo nuestro drama. Perdóname la huachafería. Ah, y perdóname también por no haberte contado de este viaje y por no haberme despedido. Pero es que, corazón, necesitaba ponerme a prueba y hacer un par de averiguaciones...». Más o menos así, Morgan, le estaba escribiendo a Corso, cuando escuchó que le decían: «Oiga, forastera, ¿puede convidarme un helado?». Quien le hablaba, con una voz de niña grande, era una mujer alta y corpulenta, blanca y de busto prominente, con el rostro pequeño como un puño, ojos de un azul desvaído y cabellera pajiza. Me contó Tamara que tuvo un pálpito, pero luego se dijo que no podía ser, pues, según le contara Raúl, su hermana había muerto en Piura pocos meses después de que él viajara a estudiar a Lima.

«Forastera, no sea malita —repetía la mujer—. ¡Cómpreme un helado! De lúcuma, forastera». Tamara me contó que se disponía a sacar su monedero, cuando desde el fondo del salón se escuchó la voz de la dueña: «Deja tranquila a la señorita, Guillermina». Como comprenderás, amigo, ella sintió que el corazón se le alborotaba. «¿Guillermina?», se dijo. La dueña ordenó al mozo que le sirviera a la beba un barquillo con una bola de lúcuma. Al recibir el helado, la mujer le dijo: «Gracias, mamá. Tú sí que eres buena, no como esta forastera tacaña». Luego, mientras lamía el helado, se puso a cantar con su voz desafinada de niña grande. Después, cuando Guillermina se marchó («¡Adiós, forastera! —le gritó—. Ojalá tu carro se desbarranque»), la dueña le reveló lo que Tamara ya imaginaba. La beba Guillermina era la loca del pueblo y no tenía ningún parentesco con la familia de Raúl Arancibia. Por Dios, qué idiota se sintió.

Llegó a Lima a las dos de la tarde del día siguiente. ¿Dónde ir ahora? Le dijo a Emperatriz que se sentía tan furiosa y humillada que le dio vergüenza llegar a su casa. ¿Debía ir al departamento de Arancibia? ¿Por qué no, si había vivido allí cerca de un año? Además, estaban su ropa y todas sus cosas. Así que, armándose de valor, con su maletín de viaje en la mano se dirigió al departamento del jirón Huancavelica. Sentía oscuros temores y deseos de venganza. Dudó unos instantes al llegar a la casa. Luego introdujo su propia llave en la chapa y abrió la puerta. Entonces le dio un vuelco en el corazón cuando descubrió a Arancibia teniendo sexo con un hombre. Sería morboso, dijo Emperatriz, que te describiera el cuadro que vio Tamara. Pero lo más espantoso, y sin embargo no la sorprendió demasiado, fue que Arancibia la recibió con su risa cínica, invitándola para formar un trío.

La voz de Emperatriz se había quebrado. Comenta que han pasado más de treinta años desde que Tamara le hiciera la confidencia, pero el asunto la sigue indignando y le revuelve el estómago. Enseguida afirma que nunca juzgaría a su amiga, pero también sostiene que no llegaría a entender su conducta y que siempre le resultaría un enigma el porqué siguió manteniendo por unos años la relación con un sujeto degenerado como Arancibia. Hace una pausa. Cuando retoma la palabra me hace preguntas relativas a mi partida, a mi condición de reportero enviado a cubrir una guerra tan absurda y cruel, me desea éxito en mi misión y me ruega que siempre les diera noticias acerca de mi vida. Y yo le respondo en términos similares. Después nos despedimos con un abrazo y besos en las mejillas, y mientras veo sus ojos humedecidos me digo que Emperatriz es definitivamente una mujer sentimental.

De cinco a cinco y media de la tarde. Estoy en una turbia chingana del Rímac, a media cuadra de la casa de TF. El jirón Trujillo, donde se encuentra el establecimiento, rebasa de ambulantes, de transeúntes y de micros y combis. Después que Emperatriz se marchó (a eso de las tres y media) me quedé un buen rato bebiendo un exprés, de un sabor y calidad distinta al que ya me he acostumbrado a tomar en el Haití. Necesitaba poner la mente en blanco, y cambiar la dirección de mis pensamientos y recuerdos. Pensé en mi pobre amigo Roy, pensé en el faro de Long Beach, al que, según mi sueño de la otra noche en Huamanga, el viejo Scott se negaba a llevarme. Me acordé de mi madre contándome de la vez que su papá y abuelo mío la había llevado a mirar desde la terraza del Empire State Building a contemplar Nueva York a la caída de la tarde. Y lo que más le había llamado la atención a ella (tenía entonces dieciséis años y hacía pocas semanas que habían llegado de El Salvador) fue ver cómo en la vertiginosa profundidad de los rascacielos densas sombras oscurecían las calles y avenidas de la ciudad, mientras todavía arriba, en los ventanales de los pisos más altos, el sol rutilaba con todo esplendor. ¿Era tiempo, como dice mami Clara, de hacer las paces con el viejo? Poniéndome patético me dije que lo haría si retornaba con vida de Sarajevo. Luego sentí vergüenza de haber tenido este pensamiento. Pedí la cuenta a ¿Agustín?, cancelé, miré el bar por última vez y cuando descubrí el teléfono en el mostrador sentí la tentación, pensando en Muriel, de llamar a mi hotel y preguntar en recepción si había algún mensaje. Pero superé esta avanzadilla de la nostalgia y me eché a la calle a vagabundear. Quizá podría ubicar y echarles una última mirada a dos antiguos caserones con tres patios interiores que yo había descubierto y me impresionaron en mis primeros recorridos del centro de Lima. Tuve tiempo de ubicar uno de ellos en la calle Matavilela. Después entré al correo central para enviarle una postal a mi madre anunciándole mi llegada a Nueva York. Luego de contrastar la dirección de TF que me diera Malenita con mi plano del Cercado de Lima, he salido a la bulliciosa calle del Palacio, atravesé el viejo puente y me vine a esta chingana y pedí un agua mineral helada. Y ahora sí me he puesto a revisar mis notas y a recordar todo lo que he averiguado hasta este momento de las relaciones entre Tamara Fiol y Raúl Arancibia. El material es abundante, generoso, pero quedan un par de enigmas sobre los cuales centraré mi entrevista. Faltan cinco minutos para las seis cuando me dirijo a la casa de TF.

XVIII

—Creí que no me recibirías —decía Raúl Arancibia; miraba el rostro de Tamara; contrastaría imágenes y recuerdos—. ¿Sabía la chola que me abrió la puerta quién era yo?

—Por supuesto —respondía Tamara; agregaba en tono de advertencia—. Pero no le digas chola. Su nombre es Malenita —examinaba la nueva apariencia de Arancibia: la barba de candado, el sombrero de junco, el terno de hilo color *beige*—. Es mi amiga —continuaba—. Mi asistenta. Mi enfermera. La que cuida de mi persona cada día. Desde hace quince años.

—¿Y qué sabe ella de mí? —rezongaba irónico.

—Lo suficiente para entender que eres un perro —declaraba ella desde el sillón donde estaba sentada—. Y para eso no es necesario contarle toda tu vida.

—¿Te sorprende que haya venido a verte? —Arancibia había tomado asiento sin ser invitado.

—Le verdad no mucho. Como no me sorprendieron a lo largo de estos años tus llamadas nocturnas. Pero basta, Raúl, ¿qué deseas?

—Charlar. Nada más que eso: charlar —el tono era ahora conciliador—. Tranquilízate, mujer. Solo necesito ocultarme algunas horas.

—¿Ocultarte de quién? No, pensándolo mejor no me lo digas. No quiero saberlo, pero dime: ¿cuántas horas? —decía Tamara; pensaba en las reuniones clandestinas del partido en los viejos tiempos que podían prolongarse hasta el amanecer.

—¿De verdad no quieres saber de quién me oculto?

—Puedo imaginarlo, Raúl. Leo los periódicos. Esto es asunto tuyo. En lo que a mí concierne solo quiero saber cuánto tiempo quieres ocultarte aquí.

—No sé. Unas pocas horas. A las cuatro vendrá a buscarme mi chofer. Todo está arreglado en el aeropuerto. A las cinco estaré volando fuera del país. No tienes de qué preocuparte, Tamara.

—¿Qué te hace pensar que me preocupa lo que pueda ocurrirte? —replicaba airada—. Hace muchos años que estás fuera de mi vida.

—No, no lo estoy. No te engañes —aseguraba con burlona convicción—. ¿Te acuerdas de los boleros que escuchábamos en las rocolas en los meses locos que vivimos? Pues bien. El destino ha unido nuestras vidas, muñeca. Para nunca jamás.

—No has cambiado, Arancibia —sonreía despectiva—. Sigues siendo el fanfarrón de siempre.

—Paz. Tregua, camarada —proponía fingiendo docilidad—. Tenemos mucho tiempo para reñir —hacía una pausa; de un bolsillo interior de su chaqueta sacaba una petaca de whisky, quitaba la tapa, bebía un trago—. ¿Tienes algo de comer? No he probado bocado en todo el día.

Estaba a punto de estallar. Pensaba: «¿Quién diablos se cree este maldito?». En cambio, le decía:

—Veré si Malenita puede prepararte algo.

Así había empezado el diálogo; así me lo imaginaba yo, mientras escuchaba a Tamara Fiol. Sin embargo, me dijo: «No fui del todo sincera, Morgan, cuando le respondí que no me sorprendía su visita. En realidad, yo siempre había esperado este encuentro. Fantaseé mucho al respeto. A veces, cuando no podía dormir, imaginaba las cosas que debía decirle. Y también soñaba con esta visita porque tenía que hacerle algunas preguntas». De modo que llamó a Malenita y sin presentarla de manera formal le pidió, por favor, que le preparara algo de comer al señor.

Sí, ella había imaginado y deseado muchas veces este encuentro; pero ahora, por el momento, se propuso ser distante, fría, indiferente. La última vez que lo había visto había sido diez años después de la ruptura, más o menos a mediados de la década del setenta, cuando Raúl Arancibia ya se había convertido en un personaje público. La frente se le había ampliado, usaba bigotes delgados con las guías hacia abajo y una barbilla de chivo y llevaba un traje de telas irisadas y zapatos de dos colores. En cambio, ahora, con su fresco traje de lino *beige*, sombrero de junco y zapatos de cuero de lagarto tenía el aspecto no de un narco, sino de un hombre de negocios de la selva sobreviviente de la era del caucho. Sin duda se había disfrazado, pensó Tamara. Pero se conservaba bien, parecía la estampa de un hombre de cincuenta y pico, no obstante tenía sesenta y un años cumplidos.

Por su parte, Arancibia, como si todavía fuera un joven terrible de los años sesenta, se había mostrado locuaz, descarado, cínico. No se refirió a la situación por la que atravesaba, y pasó por alto los evidentes desplantes de Tamara. En todo momento, quiso demostrar que había seguido paso a paso su vida. En lo referente, por ejemplo, a su cargo en el organismo correspondiente a los derechos humanos, sabía que la habían cambiado a un puesto casi simbólico luego de que la Dincote la detuvo. Pero el mayor tiempo lo había dedicado a hablarle de este departamento donde vivía. Se había levantado, había husmeado entre los dos libreros de la sala. «Nunca me mostraste el libro que González Prada autografió a tu abuelo ¿don Ramiro Fiol?...». Pero ella había fingido no oírlo. «Tampoco veo aquí los libros que te presté —había dicho—. ¿Conservarás por lo menos la biografía de Trotski, de Isaac Deutscher? ¡Cómo te apasionó *El profeta desterrado*, que leíste en nuestro nido de amor de la calle Huancavelica!». Sin esperar respuesta, pasó a mirar los dos óleos que había colgados en la pared. Uno era un Arlequín, de Humareda, y el otro, una Santa Rosita, de Sérvulo Gutiérrez, que le había regalado la Musa en una noche de borrachera. Pero no hizo ningún comentario. Después abrió el ventanal que daba a la ribera del Rímac. «¡Caramba! Un sitio perfecto para colocar un Instalasa dirigida a Palacio», había comentado en tono sibilino. «Muy austero. Ordenado. El escritorio infunde respeto y la araña es preciosa —había evaluado con fingida admiración—. ¿Sabes que tu departamento es una isla? Es la flor del edificio, Tamara. Porque los departamentos restantes son una inmundicia. ¿Cómo lograste expulsar a los ambulantes que habían invadido el zaguán y los patios? Como ves, he pasado muchas veces por aquí. Te paso el dato que una empresa inmobiliaria quiere comprar todo el solar». Al escuchar esto último, Tamara había tenido que hacer un esfuerzo por mantenerse indiferente, porque en efecto corría entre el vecindario rumores cada vez más alarmantes.

—Luego Malenita había entrado en la sala empujando un carrito, muy seria, sin mirar al extraño, evitando dar ocasión para que este le dirigiera la palabra. En el tablero había un plato grande con un bisté montado con dos huevos, una canastilla con tres panes, una taza de café, cubiertos y servilletas. «Oh, gracias, nena. Se ve muy bien», había dicho Arancibia. Cuando bebía otro trago de su petaca, Tamara se había puesto de pie, ayudándose con sus muletas. «¿Adónde vas?», había dicho él. «¿Dejas solo a tu huésped?». Esta vez Tamara había replicado: «No eres mi huésped, Arancibia. Tú te has invitado. Así que disfruta tu cena». «Siéntate, Tamara. ¿Ya no recuerdas que no me gusta comer solo?». Pero ella no había cedido. «Cuando termines, regreso —le había prometido. Ahora tengo que hacer una llamada». Arancibia había dejado de lado los cubiertos: «¿A quién vas a llamar? ¿Por qué no llamas de este teléfono?». Tamara se había reído por primera vez: «¿Crees que te voy a delatar? —había preguntado—. ¿Y a quién te delataría? ¡No soy de tu calaña, encanto! Disfruta tu comida. Regreso después». Y Tamara, con las muletas encajadas en sus axilas, salió de la sala ante los ojos desconfiados de Arancibia.

Me dijo que en el dormitorio la esperaba Malenita. «Mi reina —le había dicho—, no me gusta ese hombre. Me da miedo». Por las fotos que había visto de los últimos años de Arancibia entendí los temores de Malenita. «Tuve que tranquilizarla», me explicó Tamara. «No te preocupes, cariño. Sé cómo manejar a ese individuo», le había dicho y antes de cerrar la puerta del dormitorio para hablar por teléfono le había recomendado que no perdiese de vista al intruso. De modo que, después de un rato, había pedido permiso —ahora Arancibia estaba terminando de dar cuenta del plato— y había ido al escritorio, donde Tamara tenía papeles y documentos de oficina. «Oye, muchacha —había gruñido el individuo—, tráeme otra taza de café». Malenita, sin mirarlo, había salido de la sala; después de unos minutos había regresado con la otra taza de café; mientras levantaba el servicio, Arancibia la había cogido de la muñeca: «¿Me tienes miedo? ¿Soy el hombre malo que hace llorar a mamá? ¿Qué mentiras te han contado de mí?». Pero en eso momento, me contó Tamara, ella entraba de nuevo a la sala. «¡Suéltala, Arancibia!», había dicho; y Malenita había aprovechado el momento para escabullirse. Tamara me contó que, sin mirarlo, fue a su escritorio, prendió la pantalla, se caló los lentes y empezó a examinar (a simular que lo hacía) materiales de la oficina. Pero Arancibia, sin tomar en cuenta la actitud de Tamara, había continuado hablándole. «¿Te acuerdas del poema de Juan Gonzalo Rose, 'Carta a María Teresa': 'Para ti debo ser, pequeña hermana / el hombre malo que hace llorar a mamá...'? ¡Ah, Juan Gonzalo! Poetas. Te hago recordar, por si lo has olvidado, que con Juan Gonzalo y otros tres formamos el grupo Epsylon. No eran malos mis poemas, Tamara. Surrealistas. Extravagantes. «Labios crueles succionan el vellón dorado de las colinas de mi amada». En El Frontón, con Bracamonte, escribíamos al alimón poemas dadaístas. Pero lo mío no era la poesía. Yo quería el poder. El poder personal y, de paso, el poder también para el pueblo...». Entonces Tamara Fiol había ordenado los papeles, puesto en su sitio el lapicero y se había quitado los lentes. Había pensado que era ya tiempo de enfrentar a Raúl Arancibia.

—Dejemos la farsa a un lado —decía ella, muy seria y decidida; y había vuelto a tomar asiento en su sillón, frente a él—. ¿A qué has venido? ¿Qué quieres *realmente* de mí? No te creo el cuento de que necesitas ocultarte. Un hombre rico como tú debe de tener miles de lugares dónde esconderse.

—Es probable. Tienes razón, es probable. Pero tu casa me pareció más segura. En quince minutos puedo estar en el aeropuerto —hacía una pausa que a Tamara le parecía teatral—. Pero sobre todo necesitaba decirte adiós. Estaré fuera del país por lo menos cinco años. Y eso puede ser demasiado tiempo.

—¿Tanto riesgo solo para decirme adiós?

—Digamos, nena, que deseaba recordar viejos tiempos. Y aclarar, ¿por qué no decirlo?, algunos puntos oscuros de nuestras relaciones.

—¿Nuestras relaciones? ¡No seas ridículo! Terminé contigo hace mucho tiempo. Siglos. Y ahora no tenemos nada que ver.

—¿Ya vez? Te sigues engañando —divagaba otra vez—. Admite que sigo viviendo en ti, en tu sangre, en tu mente, en tus pesadillas. Soy el hombre malo que arruinó tu vida. Tengo confidentes. Personas que han estado o están muy cerca de ti.

—¿Ah, sí? —decía Tamara con ironía; pero procuraba ocultar la curiosidad que habían despertado en ella estas palabras—. Dame un nombre...

—Emperatriz —afirmaba sin énfasis y por eso sus palabras sonaban convincentes.

—¿Emperatriz? ¡Eres un maldito, Arancibia! ¡Pero si ella te odia!

—¡Claro que me odia, muñeca! Me lo dijo ella misma cuando estábamos en la cama. ¿Quieres saber cuándo ocurrió?

Tamara no preguntaba nada; pero sus ojos no podían ocultar la expectativa.

—Tú sabes que me hice conocido después de que defendí a Bouroncle. ¿Te acuerdas del caso del asesino psiquiatra? Defendí con éxito otros, puse mi bufete y me convertí en el abogado de moda. Un día Emperatriz fue a buscarme a mi oficina. No salía la sentencia de un juicio que seguía su familia. Nada complicado. Así que hablé con el juez que llevaba el caso. En menos de una semana dictó sentencia favorable para la familia de tu amiga. Emperatriz me agradeció, besó mis dos mejillas y aceptó encantada cenar conmigo. La llevé al Ébony, que era por entonces el restaurante más exclusivo de Lima. La comida fue excelente y yo me esmeré eligiendo las mejores bebidas. El pianista no estaba nada mal. Era el *Ciego* Cabrera. Y como siempre estás en mis recuerdos...

Tamara le advertía: «No te pases de la raya, Arancibia».

—Es que es la verdad, mujer —aseguraba él—. Recordé esa canción que te gustaba tanto, «Las hojas muertas», con letra de Prévert. Bueno, después Emperatriz me pidió que la llevara al Pigalle para ver el *show* de Amalia Aguilar. Luego hubo un espectáculo de *striptease* que por esos años era novedad en Lima. Después ella quiso bailar. Como, ¿recuerdas?, yo solo bailo en ocasiones muy especiales, dejé que la sacaran a bailar otros. No baila mal, Emperatriz, pero no tenía nada que ver contigo. Después la llevé a mi nueva jato. Por lealtad a ti, no dejé que se pusiera encima de mí. Siempre estuvo debajo. La posición canina la alocaba...

—¡Maldito! ¡Maldito! ¡Maldito! —exclamaba Tamara.

—Justamente es lo que gritó tu mejor amiga más de tres veces cuando despertó, horas más tarde llena de pánico. Después de sollozar no sé cuánto tiempo se levantó, se vistió y, sin mirarme, se marchó. Claro que en las horas que habíamos bebido me fue contando cosas de ti, aunque reconocía que, salvo en casos excepcionales, eras reservada en tus confidencias. A propósito, no le contaste de manera completa toda nuestra aventura en Guayaquil. Omitiste decirle que cuando volviste a Lima y me encontraste en tan comprometedora compañía, yo te invité para formar un trío que tú, finalmente, accediste. Lo recuerdas, ¿verdad?

Cuando llegó a este punto, Tamara me dijo: «¡No sé qué me pasó, Morgan! Porque yo estaba asqueada y debí votarlo, armar un escándalo, decirle que se marchara, que desapareciera para siempre de mi vida. Pero ese deseo morboso de saber la verdad, de indagar y escuchar a los intrigantes y perversos...». Así que en vez de arrojarlo de su casa, le había exigido que le diera el nombre de otra persona que le hubiera contado cosas íntimas de ella. Entonces Arancibia le había hablado de quien fuera su terapeuta cuando regresó de Moscú. Me dijo que no venía al caso que me diera el nombre del infeliz. «Era muy bueno en lo suyo —prosiguió— y siguiendo las indicaciones de mis traumatólogos y ortopedistas consolidó mi recuperación. Tenía unas manos firmes y viriles cuando me daba baños de agua caliente, me hizo perder la vergüenza por mi cuerpo desnudo, dañado; masajeaba todo sus rincones y tendones, me hacía ejercicios con mis extremidades. Dos años más joven que yo, era guapo, modesto, delicado, y al cabo de un tiempo me confesó su amor y me pidió que me casara con él. Cuidaría de mí por el resto de mi vida. ¿Por qué no? No estaba enamorada de él, pero era un bombón carnal y me había revelado que mi cuerpo no era una cosa inerte. Tenía vida y el manantial de eros, como escribió algún huachafo, todavía no se había agotado. ¿Entiendes, Morgan, lo que esto significaba para mí?». Le había dicho que esperase un poco; entre tanto lo convirtió en su hombre de confianza. Y de pronto había desaparecido. Como si se lo hubiera tragado la tierra, como si hubiera muerto en un accidente y lo hubieran enterrado en una fosa común. Y ahora Arancibia le contaba que había contratado a un par de matones para que le dieran una pateadura. Por igualado. Después de reblandecerlo, el propio Arancibia había conversado con él. Empleó la extorsión, la amenaza de muerte, el soborno. En realidad carecía de cojones, no era más que un vividor de baja monta, de modo que soltó la lengua respondiendo sin escrúpulos a todas las preguntas que él le hacía sobre asuntos íntimos de su relación con ella. Y admitió que le había estado robando. Tamara continuó: «¿Por qué?, ¿sabes, Morgan? Yo le había dado un poder absoluto para que se ocupara de mis tres farmacias y de las acciones que tenía en dos más. Después de que Manuel (bueno, este era el nombre del muchacho) desapareció, recibí unos anónimos que me decían que mi terapeuta era un ladrón y un estafador. Por desgracia, era verdad, corazón. Consulté los libros. Había quedado casi en la ruina. No interesa que te diga cuánto me afectó este engaño. Pero tomé la decisión de iniciar una nueva vida. Y entonces me matriculé en San Marcos, en Ciencias Sociales, donde antiguos amigos míos ahora eran profesores. Creo que es la mejor decisión que tomé en mi vida, Morgan. Tenía treinta y cuatro años». De modo que otra vez se había sentido derrotada, frustrada, frente a Arancibia. No le había dicho nada. Con las muletas caminó a la cocina. Malenita estaba leyendo una revista. «¿Qué tienes, mi reina? ¿Qué te ha dicho ese hombre?». No le había respondido. Tenía una botella de coñac Carlos III que a veces a ella le gustaba tomar con café. Le pidió a Malenita que le sirviera una copa. La bebió de un solo envío. «Sírveme otra, encanto», le rogó, sintiendo el calor grato que le fluía por la sangre. La segunda copa, la tomó en dos sorbos. «Gracias, Malenita —le había dicho—. Tengo que enfrentarme a ese canalla. Pero no tengas miedo», y había vuelto a la sala a proseguir el diálogo con Arancibia.

En cuanto regresó al salón, Arancibia retomó el diálogo:

—Siento si te he hecho vomitar de asco —fingía arrepentirse por lo que había dicho—. Pero quería demostrarte hasta qué punto estoy en tu vida. No hay nada que no sepa de ti, mujer.

—Ya deja esa basura. No volverás a impresionarme —aseguraba ella; su voz era firme, pero equilibrada—. ¿Qué «puntos oscuros de nuestras relaciones» quieres aclarar?

—Tus traiciones —declaraba él.

—¿Te refieres a las veces que te saqué la vuelta?

—No, esas no me interesan porque siempre supe que eras una puta —resopló mostrando los dientes—. ¿Te acuerdas cuántas veces te lo dije?

—¿Quieres reiniciar el viejo juego de los insultos? —desafiaba—. A estas alturas de nuestras vidas sería aburrido. Patético.

—Perfecto, nena —asentía; y enseguida agregaba—: Lo cual no quita que seas una perra...

—Continúa, hombre ruin. Ya no me volverás a sacar de quicio —murmuraba.

—... una perra a quien le conté lo más íntimo de mi vida.

—La mayoría de las cosas que me contaste eran mentiras, Raúl. Como tus historias con tu media hermana Guillermina. ¿Tengo que contarte de nuevo que en Tumbes descubrí que tu supuesta hermana Guillermina era la loquita del pueblo que nada tenía que ver con tu familia?

—Te creí más inteligente, muñeca —aparentaba sorprenderse—. Guillermina fue uno de mis fantasmas. Como mi hermano gemelo a quien puse Abel. Él era el hermano bueno que robaron los gitanos y dejaron al malvado. Yo era Caín. Fue una de mis fantasías de la infancia. También Guillermina fue otra fantasía. Solo ella tuvo un modelo carnal. Una vez, siendo muy niño, se me acercó, se levantó la falda y me enseñó el coño. Nunca pude olvidar ese vellón dorado. Así que la puse a vivir en mi casa para conocer su cuerpo blanco y sus tetas enormes con la cereza de sus pezones. Sí, tanto Abel y Guillermina eran seres imaginarios pero reales que acompañaron mi infancia y adolescencia. Y te aseguro que fueron más reales que los caníbales de mi pandilla.

—¡Pobre Arancibia! Siempre supe que eras un enfermo —ahora ella lo sentía vulnerable; bastaría con darle un puntapié al castillo de arena para que se viniera abajo—. ¿Por qué nunca me escuchaste y te hiciste psicoanalizar?

—¡No me vengas con esas mierdas freudianas, zorra! —afirmaba despectivo; sin embargo, añadía—: Hablamos mucho de esa basura con Bouroncle cuando preparaba su defensa. Él era psiquiatra, pero le gustaba coquetear con Freud para sorprender a sus pacientes pitucos. Bueno, por lo menos le sirvió para seguir mis indicaciones y componer un loco decente. Verosímil.

—A mí me pareció que sobreactuaba —opinaba.

—Lo importante, mujer, es que logré que lo absolvieran. Y de esto trata la abogacía. Lo demás es teatro. Hasta tu manera de vestirte. Y la labia, claro está.

Tamara contenía, ¿fingía contener?, un bostezo.

—Lo siento, encanto, pero lo que menos me interesa es discutir tus éxitos de picapleitos. ¿Para qué has venido? ¿De qué traición me hablas?

—No de tus puteríos, naturalmente. Me refiero a la gran traición cuando militábamos en el partido. La traición que cambió mi vida. De lo contrario mi vida habría sido distinta.

—¡Esto sí que es una novedad! —exclamó, casi escandalizada—. En los reportajes que te hicieron siempre te jactabas de tus éxitos. Has hecho fortuna. No sé con qué medios, excúsame, pero has hecho mucho dinero. Conseguiste poder. Fuiste rector de una universidad a la que te llamaron como simple asesor. Luego te apoderaste de ella. Durante años gobernaste sembrando el terror con bandas de matones que contrataste. Y, además, tenías tu guardia dorada de rufianes según el modelo hayista. Y te hubieras perpetuado como rector si es que no te hubieran expulsado a balazos. Y ahora, en estos años de guerra, te has convertido en líder de opinión contra la subversión. Se cuentan tantas cosas de ti. Aunque debe ser un testaferro, no exento de brillantez, quien escribe los artículos que firmas, te has convertido en jurista que postula, fundamenta y propugna una ley antiterrorista. Con juicios sumarios, con jueces sin rostro, y la pena de muerte para los terroristas. ¿De qué te quejas? No te entiendo.

—No, no me quejo —bufaba, apretaba los dientes—. Me decepcionas, muñeca. Tienes una inteligencia limitada. ¡Por supuesto, coño, que estoy orgulloso de lo que he logrado! Pero lo que quiero decirte es que pudo ser de otra manera. Mi vida habría sido distinta...

—...¿Si yo no te hubiera traicionado? —interrumpía con vehemencia—. ¿A quién, carajo, quieres engañar?

—...si no te hubieras puesto de lado de Kymper.

—Ah, eso era. Pero es que yo no me puse de lado de Kymper. Me puse del lado de la facción del partido que luchaba contra los kruschevistas y su mierda de coexistencia pacífica.

—Pero era Kymper el líder de esa facción.

—En ese momento, sí.

—¿Te acostaste con Kymper?

—¡Por Dios, a qué viene eso Arancibia!

—¡Respóndeme!

—¡Han pasado tantos años, Raúl!

—Por lo mismo, Tamara. Ya no tiene importancia. Simple curiosidad.

Tamara titubeaba; pensaba en Kymper; también a él, en otras circunstancias muy distintas, tres fuerzas lo buscaban para matarlo.

—Bueno, sí. Nos acostamos.

—¿Cuántas veces?

—Una vez. Una sola noche.

—Hum. ¿Qué tal amante era?

—¡No seas morboso, Arancibia! —le increpaba—. ¡Ya olvídate, hombre!

—Es lo último que te pregunto, te doy mi palabra. ¿Cómo funcionaba?

—Era un hombre normal. Viril y tierno. Muy distinto a ti.

—Además de puta, ¿sabes lo que eres? Traidora. Puta y traidora. ¿Mientras cachaban planearon traicionarme?

Tamara Fiol controlaba la furia que la invadía.

—En otros tiempos te habría saltado a los ojos, miserable —manifestaba—, pero aun si ahora no estuviera impedida físicamente, no lo haría. ¿Qué ganaría con eso? ¡No haría más que satisfacer tu ego! Por entonces, mi lealtad principal era con el partido, con los camaradas del partido. Y Kymper, en ese momento, representaba lo mejor del partido. Así que, en efecto, lo animé a que desenmascarara la sucia intriga que le habías armado. Kymper, el cuadro más respetado por la juventud, ¡acusado nada menos que por un tribunal del partido como presunto violador y pervertido sexual! Pero Kymper, que de verdad había tenido una relación con una camaradita, creía que había perdido el derecho a ser el militante de un partido que se proponía cambiar revolucionariamente el país y la sociedad humana en general. Es que Kymper, algo que tú nunca serías ni menos entenderías, era un idealista, no en el sentido filosófico sino moral. Pensaba que los revolucionarios no solo debían ser los más esclarecidos por la luz del marxismo sino también los mejores desde la perspectiva de la moral revolucionaria. Kymper era un puritano, un asceta, casi un santo. Entonces yo, que era cinco o seis años menor que él, le dije que estaba equivocado. Incluso me permití citar a Lenin. Y le dije que dentro del partido existían individuos con las costumbres que a él falsamente le atribuían. Y entonces, por su puesto sin entrar en detalles, le hablé de mi propia experiencia. De mi experiencia contigo, Arancibia.

—Y me presentaste como el corruptor —intervenía este; se mostraba regocijado—. Con aire arrepentido me señalaste: este fue el sujeto que perturbó mis sentidos. El degenerado que me arrastró a los abismos del placer.

—No seas imbécil, Raúl. Nunca me hice pasar como la joven inocente que es seducida por un hombre corrompido. Le conté a Kymper, para liberarlo de su sentimiento de culpa, que yo ya me había acostado con muchos hombres antes de hacerlo contigo. Y que no fui la mujer pasiva que se somete a las fantasías sexuales de un macho pervertido, sino que participé de manera activa en la búsqueda del placer por el placer mismo. Yo también me convertí en una exploradora del sexo no convencional.

—Como buen puritano, Kymper se habrá sentido asqueado de ti. Se habrá preguntado: ¿cómo el partido había permitido como militante a una zorra semejante?

—¡Búrlate si quieres, maldito! —exclamaba ella—. Kymper me escuchó en silencio. No vi en su cara ni un gesto de sorpresa ni de condena. Pero había comprendido que no debía quedarse callado agobiado por la culpa. Me dijo que apelaría y pediría un nuevo juicio. Sí, empezaría por hacerse una autocrítica. Una autocrítica descarnada. A la manera estalinista se autoinculparía sin atenuantes. Porque, aunque era víctima de una sucia intriga montada por su acusador, lo cierto es que había cedido a la tentación y caído en el decadentismo burgués. Pero después analizaría qué había detrás de la intriga montada por el camarada Abel (como era tu nombre de combate entonces), en la situación que atravesaba el partido en la lucha por restablecer en el partido la línea marxista-leninista.

—¡Y tú respaldaste sus palabras! Te golpeaste el pecho diciendo que eras una puta. Una puta arrepentida, que es el peor género de puta que existe en el mundo. Y después de este baño lustral ya te sentiste con la autoridad moral para echar más leña a la hoguera que estaba armando contra mí Cantuarias.

Tamara Fiol se esforzaba por no sucumbir a las provocaciones; deseaba ser precisa en sus recuerdos.

—¡Óyeme, Raúl! —demandaba—. Cuando por mi insistencia me pusiste en contacto con la organización, yo no tenía ninguna duda de convertirme en una combatiente por la revolución. Pero dudaba de si una mujer como yo tenía derecho a pertenecer a un partido que luchaba por transformar el mundo. ¿Por qué no rompía contigo? ¿Por qué toleraba y aun me sumaba a tus bromas y escarnios de las consignas partidarias mientras hacíamos el amor? En privado no respetabas nada ni a nadie. Te burlabas de Mariátegui. Con el pene erecto, gritabas: «¡Soy el hombre matinal!». Después, ya en el reposo, empleabas toda tu demagogia para rescatarme del hondón donde me había precipitado. Decías que los revolucionarios no debían perder el sentido del humor. La dimensión lúdica era la sal de la existencia humana. Pero como no lograbas convencerme con esta basura, apelabas a Lenin citándolo a tu manera. Nunca era tan sarcástico el «gran» Lenin como cuando arremetía contra el puritanismo moral que capeaba entre ciertos militantes. El partido no estaba formado —decía más o menos— por seres perfectos, ni por santos ni por místicos. Si el partido quería avanzar, tenía que echar mano del material humano que encontrase en el camino. Bastaba con que deseasen hacer la revolución y no temiesen morir por ella. Pues en la propia lucha de clases y en la práctica partidaria permanente esos camaraditas se irían despojando una a una de todas sus taras. El resto era hipocresía. Los tormentos de la conciencia infeliz de la pequeña burguesía. Me convencías, Arancibia. O por lo menos aplacabas mi mala conciencia. Pero ahora, escuchando el alegato de Kymper, del camarada Cantuarias, ya no me quedaron más dudas de que eras un elemento nocivo. Comprendí que una sabandija como tú no merecía pertenecer al partido. Por eso apoyé el pedido de expulsión que pidió para ti Kymper.

Recuerdo que yo había escuchado con fascinación creciente las palabras de Tamara Fiol, a pesar de que Taylor, Azpur, Emperatriz, César Arias y, sobre todo, Pepe Corso me habían contado que ella siempre había minimizado sus años de militancia en el partido, pero ahora por el lenguaje que empleaba y la pasión que ponía en su expresión me di cuenta de que la militancia comunista no había sido un asunto aleatorio en vida sino una parte fundamental de ella. Y yo, al escucharla, lamentaba mi poca versación en la historia del movimiento comunista internacional o más bien en mi información (lo entendía ahora) superficial y diletante sobre las terribles luchas internas en el mundo de la revolución comunista; por ejemplo, en la biblioteca de mi universidad había leído sobre las luchas que siguieron a la muerte de Lenin en que estaban implicados Trotsky, Zinóviev, Kamanev, Bujarin y Stalin, en el que este último eliminó a sus rivales; me parecían luchas feroces pero sobre todo absurdas. Cuando en algún momento Tamara Fiol, en el contexto del enfrentamiento entre Abel (Arancibia) y Cantuarias (Kymper), habló del pasado trotskista de Kruschev y su delación de sus antiguos camaradas para salvar el pellejo y convertirse en el bufón de Stalin, admiré su conocimiento de algo que me parecía tan remoto como las luchas internas en el PCUS, pero sobre todo me quedé maravillado por la vehemencia con que ella defendía sus puntos de vista. Entonces le rogué que me explicara un poco más sobre el contexto en que, según le había dicho a Arancibia, se desenvolvió la lucha.

«La lucha entre Abel y Cantuarias —me explicó Tamara— se dio dentro de una pugna interna entre la vieja guardia del partido (esta fue la responsable, con honrosas excepciones, del abandono de la línea marxista-leninista de Mariátegui), que había convertido al PCP en un partido revisionista-kruschevista y la facción roja, bolchevique, leninista, que quería convertirlo en una organización revolucionaria para preparar la toma del poder. Frente a estas dos posiciones claramente definidas —continuó Tamara—, Abel formó un tercer grupo, minúsculo es verdad, que planteaba una línea ultraizquierdista que, incluso por su lenguaje radical, llegó a influir en las luchas de las masas. ¿Qué perseguía esta facción? Con sus consignas ultraizquierdistas llevó a hacer abortar varias huelgas y a propiciar la autodelación de numerosos camaradas que sucumbieron a la demagogia de Abel, de modo que para no ser tildados de revisionistas llegaron a mostrar las caras ante la represión, revelando su militancia y aun sus nombres de combate. Por eso Cantuarias sostuvo y demostró que el grupúsculo que lideraba Abel apuntaba a la liquidación del partido. Lo más interesante de los argumentos de Cantuarias es que más allá de las cuestiones personales —incluida la intriga que Abel había montado contra él—, había cuestiones de clase con una línea que, en última instancia, aspiraba a mantener el viejo orden. Desde mi punto de vista, Cantuarias cometía un error en minimizar el papel del individuo, en este caso de la personalidad de Abel, que a mí me parecía nefasta. En ese momento (y esto puede ser discutible), Cantuarias planteó que la contradicción principal era la contienda entre el partido y el oportunismo de izquierda, el ultraizquierdismo de Abel, al que había que derrotar antes de enfrentar a los revisionistas kruschevistas. Al comienzo esto no fue entendido (yo tenía mis dudas), pues la facción leninista planteaba que la lucha principal debía centrarse con los responsables de haber llevado al partido a caer, y utilizo la jerga de esos años, en «la charca del revisionismo», que por lo demás estaba muy de acuerdo con la Gran Coalición o la Superconvivencia entre el aprismo, pradismo y odriismo. Sin duda, influía en esta posición de los camaradas más jóvenes el triunfo de la Revolución cubana y el inicio de la polémica entre el PCUS y el Partido Comunista de la China Popular. La lucha llegó a tener tal intensidad que algunos de los cuadros que estaban en Moscú silbaron y escupieron cuando Jorge del Prado pasó por la URSS. A raíz de eso fueron expulsados a China. Sin embargo, cuando el partido debió de llegar a una sentencia, la posición de Cantuarias, con su alegato impecable, bien fundamentado y sin sarcasmos ni insultos, se impuso por amplia mayoría y Abel fue expulsado del partido. Desde entonces, dejando toda impostura y expuesta la naturaleza de su ser retomó el nombre de Raúl Arancibia, con el que inició una nueva vida en cuyo centro estaba el sentimiento de rencor al partido y a todas las posiciones de izquierda, conciencia degradada de un renegado frente al cual Eudocio Ravínez parece un aprendiz». Mi admiración y mi desconcierto era mayor, como si por primera vez empezara a conocer quién de verdad era Tamara Fiol. También me despertó el interés por saber algo más por Kymper-Cantuarias, pero intuí que esta era otra historia que llevaría demasiado tiempo averiguar, tiempo del que no disponía. De modo que me excusé por mi interrupción y le pedí, por favor, terminar con esta parte de la historia.

—¡Como una sabandija! —reía Arancibia—. ¿Por qué me plagias? Porque no puedes negar que fui yo quien te enseñó esta expresión. Solo que te faltó decir toda la frase: «como a una sabandija burguesa» o «como un piojo pequeñoburgués» o «cucaracha inmunda reaccionaria». En cuanto a la acusación que me hizo Kymper de ser un ultra, un izquierdista violentista, un apologista de la acción directa, ¿no fue el seguidor más aplicado de mi línea cuando asesinó a Dodero?

Tamara lo escuchaba con los ojos muy abiertos por la sorpresa.

—¡Qué manera de tergiversar los hechos! —exclamaba escandalizada—. ¡Eres un maldito!

—¿Crees que sin mi prédica —se vanagloriaba Arancibia— por la acción directa Kymper se habría decidido a coger un arma y disparar?

—Kymper creía en la necesidad de la lucha armada para llegar al poder —afirmaba—; pero creía también que mientras el partido estuviera dominado por los revisionistas kruschevistas no podría dar ese salto. Y asimismo estaba contra el anarquismo y el aventurerismo, que postulaba que matar a unos cuantos individuos bastaría para llegar al poder.

—Pero entonces, ¿por qué asesinó a Dodero? —insistía alborozado.

Tamara Fiol recordaba; deseaba reconstruir la escena con exactitud.

—Fue una medida muy concreta que Kymper planteó en la fracción universitaria para enfrentar a la bufalería aprista —decía con firmeza—. Era necesario expulsar al APRA de San Marcos y de los sindicatos, pues no respetaban los resultados de las elecciones cuando les eran adversas. Porque entonces mandaban al *Búfalo* Pacheco con sus perros, sus matones armados de manoplas, cadenas y teas encendida, a asaltar las mesas de los escrutinios. Entonces Kymper, y yo estuve de acuerdo y le di mi respaldo, quería formar nuestros grupos propios de autodefensa sin esperar el apoyo de los camaradas de construcción civil. Para eso se avecinaban las elecciones en San Marcos. Química era nuestra y era una base importante que había que defender. Ya se había hecho el escrutinio y nuestra posición había triunfado ampliamente. Entonces apareció el *Búfalo* Pacheco, con sus perros de pelea y sus matones. Pero nosotros nos habíamos preparado, así que con nuestros palos les hicimos frente, hombres y mujeres, recuerdo mucho el coraje de Sergina Barba, nieta del «ciudadano Barba», viejo amigo de mi abuelo, y ex mujer de César Arias, que como hombre se mechaba con los matones, hasta que resbaló, la jalaron por los cabellos y empezaron a golpearla brutalmente. Fue en ese momento que Kymper, sin pensarlo dos veces y sin temblarle el pulso, disparó contra Dorero, que era el más feroz de los disciplinarios y estaba masacrando a Sergina. La bala le cayó en el pecho por el lado del corazón y murió en el acto. Esta fue la razón por la que Kymper disparó. Y nada tuvo que ver con tus propuestas aventureras.

Arancibia se encogía de hombros; se proponía terminar por restarle toda importancia al alegato de Kymper.

—En cuanto a su perorata acerca de mi trayectoria, nada nuevo dijo acerca de mí. ¿Has olvidado cuántas veces te conté mi vida?

Tamara Fiol recordaba las confidencias que le había hecho Arancibia en los años que mantuvieron relaciones.

—De acuerdo. Solo que te olvidas que en la exposición de tu trayectoria, Kymper hacía una interpretación política de toda de tu vida. Siempre fuiste un liquidacionista en todos los grupos o partidos en que militaste. En el APRA, en el APRA rebelde, en el trotskismo y ahora, finalmente, en el PC. Sin embargo, para serte franca, yo no me quedé totalmente satisfecha con el análisis que Kymper hizo de tu papel, con su énfasis en el carácter de clase de todos tus vaivenes políticos.

Arancibia acentuaba su risa irónica; el labio inferior prolongaba su gesto despectivo.

—¡Debiste rectificarlo, muñeca! —se burlaba.

—Tuve que reprimirme —aseguraba ella— porque no quería caer en lo personal y desviar el carácter eminentemente político de la denuncia de Kymper. No quería incurrir en el moralismo, ni en el psicologismo, lo cual te hubiera salvado, ya que te habrías convertido en un caso patológico y, por lo tanto, en un irresponsable de tus actos.

—Pero con qué convicción —comentaba Arancibia— aseguraste que era un elemento nocivo para la salud moral del partido.

—Es que hay un patrón en tu vida, desde tu infancia a la adultez. Odias al niño, al joven o al hombre maduro que sientes superior a ti, física y moralmente. Mientras hablaba Kymper, yo recordaba tus repulsivas jactancias. ¿Cómo iba a olvidar las barbaridades que con tu pandilla hiciste al *Bello* Eduardo? ¿O tu intento de homicidio a Canessa? ¿O de las insinuaciones que me hiciste esa madrugada en el sentido de que tú, de alguna manera, habrías revelado a los terroristas el alto cargo que desempeñaba en la Marina? En esos días me peguntaba: ¿por qué habías intrigado para que los disciplinarios apristas le aplicasen la marca de los traidores a Amílcar Roldán si tú mismo después traicionaste al partido de Haya pasándote al trotskismo? ¿Y la infame intriga que le armaste a Kymper? ¿Por qué? ¡¿Por qué?! A todos ellos detestaste y envidiaste. Porque todos, cada uno, en algún aspecto, te excedían. Los sentías como muchachos u hombres más apuestos. Más viriles. Más valientes. Más honestos. Es decir, considerabas que eran individuos moralmente superiores a ti.

De pronto Tamara Fiol calló. Se la veía cansada, algo triste. «¡Basta por esta noche, corazón!», me dijo. Luego llamó a Malenita. «Mi preciosa, ¿puedes servirnos un café? Pero te sirves tú también y te sientas con nosotros». Después me rogó que habláramos de otra cosa. Y empezó a pedirme que le contase más historias relativas a mi condición de corresponsal de guerra. «Pero, por favor, belleza, no me hables todavía de tu partida. Qué locura humana es la que está ocurriendo en Bosnia, ¿no te parece, mi amor?».

XIX

30 de marzo. De ocho a diez de la mañana. Apenas desperté he llamado por teléfono a Muriel y otra vez la voz impersonal de la grabadora me ha pedido que deje mi mensaje. Después de la ducha y el aseo me he puesto a preparar mi valija. Sin darme cuenta, he reunido un modesto pero interesante número de libros y revistas que, casi siempre por indicaciones de Muriel, he consultado para entender o tratar de entender al Perú, la guerra senderista y la manera de ser de los peruanos. Tenía razón Taylor cuando en Nueva York me dijo que una selección de cuentos de Ribeyro y *Los ríos profundos*, de José María Arguedas, constituían la mejor introducción para entender a un país como el Perú. De Vargas Llosa me recomendaron leer *Historia de Mayta*. Es un libro que detesta Muriel (como lo detesta, según he sabido, toda la izquierda peruana), pues según ella, a través de Mayta, el protagonista del libro (presentado como un homosexual irredento), se difama y degrada a los combatientes sociales y revolucionarios del Perú. A mí me pareció una novela

eficaz por su composición y Mayta, más allá de su condición de militante trotskista, es un personaje literario logrado que me inspiró no exactamente simpatía pero sí piedad humana. En estos últimos meses se está hablando mucho de *La violencia del tiempo*, una novela de un autor desconocido, que por desgracia ya no tendré tiempo ni de leer ni de adquirir. También conseguí un par de antologías de narraciones y poesías y el poemario *Cementerio general*, que compré en un puesto de libros viejos de la avenida Grau. Es un libro que me estremeció porque recrea la atmósfera que hoy se respira en este país. Junto a este lote de libros he logrado hacerme de un considerable número de CD y casetes de canciones y ritmos de distintas regiones del Perú. Aparte de las sugerencias de Muriel y de algunos colegas extranjeros afincados en el Perú, adquirí una cierta cantidad de piezas en los puestos de ambulantes dejándome llevar por mi oído y mis estados de ánimo. Como sospecho que ya no veré a Muriel, previa propina generosa, le encargaré a uno de los recepcionistas para que me envíen todo este material por correo marítimo a la casa de mi madre, en Long Beach. En caso de que regrese con vida a Nueva York (¡cruzo los dedos para que así sea!), no sé si releeré o terminaré de leer los libros, pero sí con seguridad escucharé con mi madre la música de este país sombrío, hermético, cruel, desconcertante y maravilloso.

En el fondo de la valija, con el mayor cuidado, he acomodado todo el material reunido y todos mis apuntes sobre Tamara Fiol. ¿Qué saldrá de todo esto? Ciertamente no un reportaje, pero por razones distintas a las esgrimidas con malevolencia por Willy Rodríguez. En mis años de estudiante en la universidad, recuerdo que para molestar a unos amigos que aspiraban a ser novelistas sostenía, con fingida vehemencia, que el género novelesco (salvo en su modalidad de «novela no ficticia») había caducado de manera definitiva. Me ponía antipático pontificando que el reportaje y la crónica bien escrita (es decir, que no desdeñe los aportes del arte narrativo) eran los géneros en un mundo donde proliferaban guerras atroces de carácter parcial, desencadenadas por oscuros sentimientos y apetencias sin el soporte de las antiguas utopías. ¿Qué novela podía competir en realismo con un reportaje fílmico? No sé qué saldrá de todos los testimonios y material reunido en torno a Tamara y su extraña, casi inexplicable, relación con Arancibia. En cualquier forma llevaré el material y mis primeros esbozos a Bosnia. Aun en las guerras más feroces, siempre existen periodos —horas, días, semanas— de tregua, de calma tensa, de suspensión de hostilidades. Para soportar la espera, la ansiedad, las avanzadas del miedo incluso, los reporteros de guerra (entre los que me incluyo) se entregan a las borracheras, a las drogas o al frenesí erótico. Pero también hay quienes se dedican a escribir cartas, diarios, ficciones, poesía. Recuerdo una vez en la terraza del Hilton donde estábamos hospedados, Lula Gabber tuvo que ir a su habitación a buscar no sé qué aditamento de su equipo fotográfico y dejó en la mesa un cuaderno que siempre llevaba consigo. Aunque me gusta respetar la intimidad de los demás, esta vez no pude evitar la tentación de echar una mirada a sus apuntes. Los versos que alcancé a leer me parecieron tan desgarrados, crudos y desnudos que me sentí despreciable por haberme asomado sin haber sido invitado a un universo secreto, desolador y bello. Recordé a Silvia Plath, no porque Lula tuviera alguna influencia de ella, sino por el singular camino que había elegido mi amiga reportera para enfrentar desgarramientos y obsesiones que la atormentaban desde la infancia. Y entendí por qué Lula Gabber solo aceptaba relaciones de amor sin porvenir ni futuro. Hasta el momento que leí sus versos, siempre había creído que el asombroso arrojo que empleaba en su trabajo respondía al deseo de todo reportero de llegar antes que nadie al lugar donde se desarrollaban los acontecimientos, pero entonces me había preguntado si había otras pulsiones que la empujaban a emprender las misiones más temerarias... Bueno, decía que llevaría al escenario de la guerra todos mis archivos y notas y esbozos y escribiría en cualquier lugar, entre tregua y tregua, entre ataque y ataque, para defenderme y soportar la locura humana de esta guerra que presumo será aun más sangrienta que la que libraron en Vukovar y Zagreb serbios y croatas. En esta situación, ¿tendría aún sentido contar sobre las confesiones de Tamara Fiol? Había terminado de alistar mi valija y mis dos maletines con todos mis enseres de cronista de guerra. Pediría mi cuenta y dejaría todo en recepción y volvería a recogerlos después de mi entrevista con César Arias. Después, conforme lo acordado con Tamara, llevaría todas mis chivas a su casa y de ahí, en un taxi de confianza que ella conocía, marcharía al aeropuerto Jorge Chávez.

Cuando bajé al comedor, todavía no estaban sirviendo el desayuno, así que he aprovechado el tiempo para escribir lo anterior. Después el mozo se ha acercado para decirme que el servicio estaba abierto. En los dos meses que he vivido en este hotel, he visto renovarse varios grupos de turistas norteamericanos de edad avanzada, pero en las últimas semanas los grupos casi han desaparecido y esto coincide, en primer lugar, con el incremento de los atentados terroristas en los barrios elegantes, en especial de Miraflores y San Isidro, y en segundo lugar, con el rumor creciente que se escucha por calles y plazas, en el sentido de que Lima está próxima a caer en manos de Sendero Luminoso. Pero veo que hoy la economía del hotel ha tenido una providencial inyección de dólares por la presencia de un numeroso y bullicioso grupo de turistas japoneses que portan consigo los más sofisticados aparatos fotográficos y equipos fílmicos y de video. Creo que en honor a ellos, aparte del desayuno occidental de rutina, han preparado un bufé criollo a base de tamales de maíz, chicharrones, salchichas, «relleno» y camotes fritos. Aunque la experiencia me dice que en vísperas de viajes es prudente no abusar de la comida, yo no he podido vencer la tentación y me he servido, si bien en porciones moderadas, el desayuno criollo con café negro. Después otro botones me ha traído el *Time* y el *Newsweek*, que se pueden adquirir en los quioscos de la avenida Larco. Por las circunstancias especiales en que fue escrita, me llenó de orgullo de principiante ver publicado en *Newsweek* mi crónica «Las mujeres de Sendero». Claro que me molestó un poco cuando en una lectura rápida comprobé que el corrector de estilo, en aras de un lenguaje estándar para los lectores hispanoamericanos, había eliminado buena parte de palabras y modismos peruanos que yo, con la ayuda de Muriel, había incorporado a mi crónica. Salvo una fotografía que extrajeron de sus archivos —aquella en que se ve a las senderistas uniformadas como los guardias rojos de la época de la Revolución cultural proletaria china con banderas rojas y pinturas de Mao y del Presidente Gonzalo—, las tres restantes eran de mi cámara. Recuerdo que a propósito de la primera foto —esta ampliada se exhibía en un mural compuesto por las prisioneras—, me aventuré a hacerles una observación, basándome en una crítica que yo le había escuchado a César Arias al referirse a los rituales y símbolos senderistas. ¿No les parecía —les dije— que los uniformes y gestos utilizados por las prisioneras de guerra en el mitin reflejado en la foto contravenía la directiva que Mao Tse Tung había dado por los años treinta en no imitar las formas utilizadas por el Partido Comunista de la Unión Soviética y buscar nuevas modalidades que reflejasen las particularidades de la Revolución china? Luego de un silencio algo tenso, tomó la palabra Sybila, de quien ya había recibido informes por ser la viuda del escritor José María Arguedas. Sybila exhibía ya algunas canas, pero aún tenía un cutis terso; los ojos negros e intensos y su rostro algo gitano o hindú (a mí me hizo recordar el rostro de Indira Gandhi) conferían singularidad y atractivo a su persona. Con el rostro relajado y con voz que me sonó jovial, me explicó que alcanzar formas de expresión propias, nacionales, era una meta que sin duda se alcanzaría con el avance victorioso de la revolución. Señalando el mural, añadió, que lo verdaderamente significativo de aquel mitin era que con el atuendo utilizado por las camaradas el partido dirigido por el Presidente Gonzalo proclamaba su filiación combativa con el legado de la gran Revolución cultural proletaria y condenaba el revisionismo y la restauración capitalista que el perro de Deng Xiaoping y su camarilla estaban llevando a cabo en China Popular. De mis fotos, me interesaba sobre todo una, no por su valor artístico, sino porque en ella se capta el momento (tal vez el más crítico de mi reportaje) en que yo planteé a las prisioneras el problema del acto terrorista mismo, el hecho de matar, de aniquilar a una persona, a un ser humano, más allá de las razones o coartadas ideológicas, de lo que dijesen Lenin, Mao o el Presidente Gonzalo. Recuerdo que puse varios ejemplos, pero me centré en el caso de la camarada Ifigenia, que, al frente del comando de aniquilamiento, había dado muerte a un tío carnal suyo. Ocurrió que él, junto a tres vecinos de su pueblo, había solicitado al Comando Político Militar de la zona la restitución del puesto policial. Cuando me contaron los pormenores de esta historia en un pueblo en las alturas de Huanta recordé la puesta en escena de un grupo de actores de la izquierda liberal en el teatro de la universidad de la obra de Brecht *El círculo de tiza caucasiano*. Según me contaron, la camarada Ifigenia, quizá para hacer olvidar su origen terrateniente, se había mostrado implacable en el cumplimiento del mandato del partido, pese a que parte de las masas campesinas que asistían al juicio, apiadadas, pues aseguraban que no había sido del todo un patrón malvado, le rogaban que le perdonara la vida a cambio del flagelamiento. El tío Melcíades (este era su nombre), llamándola ya Augustita, ya niña, ya palomita, le había suplicado en quechua, recordándole que compartían la misma sangre, que su padre y él habían nacido de la misma madre. Pero la camarada no había sucumbido a la piedad e incluso no permitió que el responsable político del destacamento (ella era el mando militar) ejecutara al condenado, ya que, sostuvo, era deber suyo y solo suyo cumplir con la justicia del partido. Meses después la camarada Ifigenia cayó presa y fue violada, torturada, asesinada y, probablemente, incinerada en el cuartel de Los Cabitos de Huamanga. Después que expuse el hecho, hubo un intenso debate que consigné en dos largos párrafos. Pienso que fue en este momento cuando estuve cerca de romper el blindaje ideológico de las senderistas, pero al final se impuso la razón del partido. En resumen, me dijeron que no había nada humano más allá de la ideología y que la camarada Ifigenia había actuado correctamente, pues más importantes que los lazos de sangre eran el partido y la revolución. Además, al perro miserable no se le había juzgado por su condición de terrateniente, sino por oponerse a la guerra popular pidiendo el retorno de los policías que habían sido expulsados años atrás. Di una mirada rápida a las páginas del *Time* y me detuve en el artículo de Carl Lippton sobre la inminencia de la guerra en Bosnia, que, en realidad, sostenía, ya había comenzado. Lippton fue reportero de todas las guerras desde Vietnam a Beirut, pero desde hacía algunos años se había convertido en comentarista experto en asuntos militares, cuya clara posición republicana en apoyo de Bush quedó al descubierto durante la guerra de Kuwait. Me fijé en el mapa de la desaparecida Yugoslavia y me detuve en la zona de Bosnia, donde las hostilidades serían más intensas. Lippton auguraba que las atrocidades que se cometieron durante la guerra serbio-croata palidecerían frente a las que tendrían lugar en Bosnia, donde a las diferencias étnicas se sumarían las religiosas, de modo que arderían con siniestro esplendor las iglesias cristianas ortodoxas serbias, las iglesias católicas croatas y las mezquitas musulmanas, pero serían, afirmaba Lippton, los bosnios de credo musulmán los que llevarían la peor parte. Decidí llevar en mi maletín el *Time* para leerlo con detenimiento durante el vuelo y le obsequiaría a Tamara Fiol el *Newsweek* para que leyese mi crónica sobre las mujeres de Sendero. En este momento sentí una nueva oleada de nostalgia anticipada. Cuánto me hubiera gustado que Muriel leyera mi crónica, donde figura como una de mis fuentes.

De diez y media de la mañana a tres de la tarde. Hace quince minutos que me he despedido de César Arias, después de haber charlado con él aproximadamente tres horas. Nos despedimos en la puerta del bar-restaurante Las Mesitas, donde, me aseguró, podría saborear los más tradicionales dulces limeños. Como dije en los comienzos de esta crónica (¿crónica, relato, novela, verdad?), ya me había entrevistado con César en la casa de Emperatriz, pues diferentes fuentes me aseguraron que era la persona que con más autoridad podría hablarme del PCP en la época de Arancibia y Tamara Fiol. Esa vez se mostró muy reservado y me pareció el tipo de persona que en una reunión no ve la hora de volverse a quedar solo. Conmigo fue muy parco y cumplió con entregarme el material que, a través de Emperatriz, se había comprometido a prestarme (un material muy valioso que me sirvió de punto de arranque para comprender las relaciones de Arancibia con el partido). Recuerdo que fue poco amable cuando me aclaró que de Arancibia, y eventualmente de Tamara, le interesaba solo su trayectoria de militante y no su vida privada. De modo que mientras en el taxi iba a su encuentro en Barranco, fui recordando lo que me habían informado Pepe Corso, Emperatriz y la propia Tamara Fiol (por desgracia, esta parte de la cinta no quedó grabada) sobre César Arias Sotomayor, el ex camarada Rodia. Emperatriz y Tamara coincidieron en afirmar que de joven Cesitar había sido un muchacho bello, un Adonis rojo con aspecto de asceta, con algo también de iluminado por una suerte de ira entre santa y revolucionaria que reflejaba su rostro, como esos personajes de las novelas de Dostoievski y Andreyev, que Tamara había leído en la biblioteca de su abuelo don Ramiro Fiol. Corso me contó que el drama que de joven había tenido que resolver Arias era el color de su piel y de llevar un apellido que lo vinculaba de manera directa con una de las familias que, por su fortuna y su influencia en el foro y la política, figuraba en los libros de historia desde la Emancipación hasta lo que el historiador Jorge Basadre llama «la República Aristocrática». Por eso desde que descubrió el marxismo en su adolescencia, decidió construir su vida de acuerdo con esta doctrina que se presentaba como la ideología del proletariado, cuya misión en la tierra era barrer las clases explotadoras e instaurar el comunismo. Entonces, me contó Corso, el muchacho Arias empezó por renunciar a su segundo apellido y rompió con su clase para lo cual se propuso trabajar, como obrero, como peón en una obra de construcción civil. Tuvo que vencer muchas barreras, empezando por el color de su piel (por su figura de niño bien, de pitucazo, como se acostumbra decir aquí, nadie quería darle trabajo), como los de la hostilidad racial teñida de rencor, lascivia y la desconfianza y brutalidad de parte de los propios obreros. Recuerdo que yo escuchaba a Pepe Corso asombrado, más bien escandalizado, si quiero ser más preciso. ¿Es que todavía existen sujetos así en la vida? ¿Qué bicho raro era este? Y si yo, un hombre de treinta y cuatro años, pienso así, ¿qué pensaría la generación que viene detrás ahora que el socialismo había colapsado en el mundo? ¡Pobre Arias Sotomayor! Lo verían como un animal prehistórico perdido en las ciudades de fines del siglo XX. El taxi que venía por mí y Arias llegaron a la puerta del bar Juanito al mismo tiempo. Apenas nos saludamos Arias me propuso ir a otro lugar, casi tan antiguo como el Juanito. Atravesamos la plazuela, y en la primera cuadra de Pedro de Osma (la zona me resultaba familiar porque en alguna de estas bocacalles debía debe estar aquel hueco donde charlé con Muriel, aquella noche que explotó un coche bomba y hubo apagón general en Barranco), pasando La Estación. Me gustó el bar por su aspecto vetusto. Arias me propuso sentarnos en un apartado y me recomendó que pidiera «un capitán», un cóctel que estaba cayendo en el olvido entre las generaciones jóvenes, pero que en esta taberna lo preparaban como en los viejos tiempos. Cuando llegó el mozo pedí «dos capitanes», pero Arias me atajó y ordenó para él un agua mineral con hielo. Y antes de que yo pudiese manifestar mi decepción, y aun mi disgusto, me dijo que perdiera cuidado que él respondería a todas mis preguntas.

Entre tanto, aquí en Las Mesitas el mozo me acababa de traer el primero de los dulces que él me había recomendado: un merengue de chirimoya. Terminé de escribir lo anterior y ahora me he de concentrar para disfrutar de estas golosinas. Pero apenas probé el sabor de la chirimoya, me ha invadido una mezcla de felicidad y melancolía recordando la repostería que mi madre había aprendido de niña en El Salvador. Después el mozo me trajo dos dulces más que me sedujeron por sus nombres: arroz zambito y ranfañote. Me esforcé por poner mi mente en blanco, para disfrutar de las delicias, limpiando mi paladar de tanto en tanto con grandes sorbos de agua helada. Después pedí un café exprés, fumé un Imperio y antes de reiniciar mis apuntes me he puesto a observar la serie de pinturas de autores peruanos que tapizan las paredes del salón.

Me gustó el capitán, que algo me hizo recordar el Manhattan, y bebí tres copas, que controlaron mis ansiedades sin que sucumbiera a la euforia tropical de los reporteros latinoamericanos. Lamentablemente, César Arias ya no es más ese Adonis revolucionario que me pintaron Emperatriz y Tamara. Al borde de los sesenta años, el cabello de Arias sigue siendo castaño dorado, pero con grandes entradas que le amplían la frente y además luce una coronilla clerical. Sus pupilas azul grisáceas, apagadas, los carrillos abultados, quizá hinchados, la falta de unos dientes en medio de una dentadura estropeada y ennegrecida, su terno *beige* gastado, sin corbata, y el cuello de la camisa algo raído, constituirían la acabada imagen de un hombre tirado al abandono y a la amargura, si no fuera por los destellos de lucidez y furia que invaden sus ojos y, entonces, yo no podía dejar de pensar en lo que me dijera Pepe Corso en el sentido de que los jóvenes de su tiempo veían en César Arias (como vieron en Kymper y Lobatón) al líder del PCP que haría la revolución por los caminos del marxismo-leninismo.

Confieso que en un primer momento pensé que había cometido un error al solicitarle a Arias esta entrevista. Porque lo que yo deseaba y necesitaba saber eran más detalles sobre las circunstancias en que se había producido la expulsión de Raúl Arancibia del partido y del papel que había cumplido en la misma Tamara Fiol. Me guiaba el deseo (o eso es lo que yo creía) de acercarme más a la verdad, aunque Arias me atajó y, con sinceridad brutal, me dijo que estaba bien que quisiera escribir un libro, pero que para él era un asunto de muy escasa importancia. No obstante, me dijo que le hiciera las preguntas que yo creyera convenientes, pero que él se reservaba el derecho de responder o no. Recuerdo que en ese momento terminé mi primera copa de capitán y estuve a punto de dar por concluida la reunión. Pero esto hubiera sido una descortesía de mi parte porque, al fin y al cabo, además de haberme ya donado un material valioso, había tenido que posponer algunas tareas para acudir a esta cita. De modo que pedí mi segundo capitán y luego, en forma algo atolondrada, le formulé mis preguntas. Me contestó de manera muy parca. Me dijo que, en efecto, como el camarada Rodia, él fue en parte responsable de que Arancibia rompiera con el trotskismo y lo encaminó a ingresar en el PCP, con el nombre de combate de camarada Abel. Por supuesto, el camarada Rodia siempre sospechó que había algo tortuoso en el camarada Abel, pero entonces basándose en la doctrina marxista, no creía en la existencia de una naturaleza humana inmutable, sino en esa dialéctica de necesidad y libertad, que hace que los seres humanos tengan la capacidad de romper contra todas las fatalidades y construyan una nueva vida. Pero no había sido este el caso del ex camarada Abel. Y por eso, cuando llegó la ocasión, Rodia creyó que era su deber sustentar ante la comisión política del comité central la expulsión del partido de Raúl Arancibia. Se interrumpió como si hubiera hablado demasiado, pero después de un prolongado silencio me hizo una pregunta que, en un primer momento, pensé que nada tenía que ver con el tema que estábamos tratando. Me preguntó si sabía quién era Ravínez. O si por lo menos había escuchado su nombre.

—¿Ravínez?

—Sí, Ravínez. Eudocio Ravínez.

—No, nunca escuché su nombre.

Por lo que me contó a continuación, me di cuenta de que si a César Arias le interesaba un tema, podía ser un narrador apasionante, lúcido y convincente. Me contó que

Eudocio Ravínez era el personaje más controvertido, odiado y despreciado en la historia del Partido Comunista Peruano y que en el movimiento comunista internacional ocupa un lugar no muy distante de renegados como Koestler, Orwel, Silone... Renegado, traidor, qué duras e incomprensibles me sonaban estas palabras que remitían a una época a la que, por relaciones profesionales, me había acercado con un interés casi académico. Sin embargo, este había sido el mundo de mi abuelo, don Aurelio Batres, simpatizante en su juventud de la Revolución de octubre, y de mi padre, el yanqui Mildred Scott, un anticomunista estratégico de la época de la guerra fría. Brillante, precoz —contaba César Arias—, después de haberse codeado con los más altos cuadros dirigentes del PCUS y de la Internacional, de haber sido elegido secretario general del PCP, después de la muerte de Mariátegui, después de haber sido por su posición netamente estalinista nombrado comisario político de la Internacional durante la guerra civil española, a partir de 1942, comenzó a apartarse del comunismo, fue expulsado, en consecuencia, del Partido Comunista Peruano y del movimiento comunista internacional por traidor, hasta que se convirtió en un feroz anticomunista con la publicación de *La gran estafa*, donde equipara a Stalin con Hitler, mientras se une a la extrema derecha peruana y al naciente Opus Dei. Murió en 1974 atropellado en un oscuro accidente en México, adonde había sido deportado por oponerse a las reformas nacionalistas del general Velasco Alvarado. Arias calló un momento, bebió unos sorbos de agua mineral y después prosiguió:

—Tú te preguntarás: ¿qué diablos tiene que ver este Ravínez con Arancibia? Bien. Tú querías conocer anécdotas, detalles, sobre la expulsión del partido de Arancibia, del ex camarada Abel, ¿verdad?

Tuve que admitirlo, pero añadí que, de alguna manera, la historia que acababa de contarme enriquecería mi crónica. Arancibia se encogió de hombros:

—Más o menos diez años después de su expulsión —prosiguió—, Arancibia fue a buscarme a la academia donde yo trabajaba. ¡Qué sorpresa después de tantos años! Pero ahora ya se estaba convirtiendo en un abogado famoso. Tenían razón los que me habían contado que vestía de manera ostentosamente estrafalaria. Eso sí, el traje debía haberle costado un dineral. Me invitó a tomar un whisky en el Bolívar. Le respondí que aceptaría tomar un cerveza (en ese tiempo yo bebía) en la cantina de la esquina. Arancibia estaba algo bebido y se le veía eufórico. Te debía un agradecimiento, camarada Rodia. ¿O es verdad lo que he escuchado que también a ti te expectoraron del partido? Sea como fuere, me dijo que me debía un agradecimiento. ¿O es que ya había olvidado que yo lo había expulsado del partido? De modo que me agradeció y brindó por la expulsión. Me dijo: «Gracias a ti recuperé mi esencia. Gracias a ti pronto me convertiré en otro Ravínez. Pero te prometo que seré un Ravínez más feroz y eficiente». Continuó hablando, tirándose la parte como siempre. Después quiso saber lo que yo pensaba. Yo detesto las discusiones de cantina o café. Como buen leninista, yo practicaba el principio de que todas las discrepancias y controversias debían hacerse dentro del partido. Como pocas veces, amigo Morgan, fui un poco agresivo e hiriente. Empecé por recordarle la frase de Sartre: «Todo anticomunista es un perro». Y enseguida le dije que no tenía duda de que sería peor que Eudocio Ravínez, porque, pese a todo, Ravínez había sido un hombre de principios y eran las ideas las que determinaban sus actos. No el poder personal, ni el dinero ni la lujuria. Arancibia me escuchaba sonriente, irónico, hasta que le dije que en una cosa se parecerían: en la forma de morir.

—¿Le vaticinaste que moriría en un accidente de tránsito? —le dije con alguna ironía.

—El accidente en que Ravínez perdió la vida fue muy extraño —replicó Arias pasando por alto mi ironía—. Fíjate: si hubiera sido un accidente normal, al chofer que manejaba la poderosa camioneta Dodge le quedaban dos opciones. La primera era darse a la fuga; la segunda, prestarle auxilio. En cambio, al ver el cuerpo en la pista, el chofer (que al parecer no iba solo) retrocedió el vehículo, puso primera y fríamente aceleró sobre el cuerpo caído. Por eso no es infundada la hipótesis que sostiene que la muerte de Ravínez fue una ejecución dirigida por algún comando comunista.

—Olvidémonos de Ravínez —dije de inmediato, mientras empezaba a beber mi tercer capitán—. Conociendo la trayectoria de Arancibia, ¿tú hubieras ordenado su ejecución?

—¡Caramba, Morgan, qué pregunta abstracta la que me haces! No, viejo. Yo no tengo ningún poder para ordenar la muerte de nadie.

El tercer capitán me había llenado de euforia.

—Te lo diré de otra manera. ¿Estás de acuerdo con el terrorismo?

Arias reflexionó un instante y me respondió:

—Lenin, que siempre fue mi guía, no condenaba de manera general los actos de terror. Afirmaba que en circunstancias extremas estos se justifican. Pero también señalaba que en estos casos excepcionales los blancos deberían ser enemigos abiertos del pueblo. Sujetos con deudas de sangre y muy odiados y conocidos por la población.

—¡Cosa que no ocurre con los senderistas! —exclamé, recordando mis conversaciones con las mujeres de Sendero.

—Hay una cosa que no se le puede regatear a Sendero Luminoso —dijo en tono reflexivo—. Por fin, después de tantos años de discusiones inútiles, un partido en el Perú se atrevió a iniciar y desarrollar la lucha armada en una forma que ha comprometido al país entero. Hasta aquí mi reconocimiento. Yo no soy maoísta, Morgan, pero en estos últimos años he leído a Mao. Precisamente, para entender a Sendero. Pues bien, ¡y no solo por el uso indiscriminado y atroz del terrorismo!, creo yo que Mao desaprobaría muchas de las directivas de Gonzalo. Por ejemplo, dudo que la guerra haya entrado a la etapa del equilibro estratégico. ¡Pero, bah!, estoy hablando estupideces!

No quise dar por terminado el tema. Recordé lo que me había dicho Pepe Corso y las conjeturas de Muriel sobre el asesinato de Arancibia. Y pensé en la última entrevista que sostendría dentro de unas pocas horas con Tamara. Así que acercando más mi rostro y bajando la voz le pregunté:

—Dime, Arias, ¿crees que Tamara Fiol tuvo algo que ver con el aniquilamiento de Arancibia?

—Me haces una pregunta, Morgan, que no puedo responder —su tono era frío, poco amable; pero añadió—: ¿Por qué no se lo preguntas directamente a ella? Además, cuánta gente debía de tener razones para matar a Arancibia —luego de un silencio muy breve dio otro giro a mi pregunta—: Pero te diré algo sobre mi buena amiga Tamara, cuyo nombre de combate fue Ruth. Por temperamento y por razones de ideología, soy avaro en los elogios. Pero reconozco que Ruth era una combatiente extraordinaria. Valiente, arrojada, casi temeraria. Como los militantes varones se enfrentó sin miedo numerosas veces contra la bufalería aprista y la guardia de asalto. Cuando Kymper titubeó por décimas de segundo antes de dispararle al *Búfalo* Dodero, que estaba masacrando a Sergina Barba, mi camarada de siempre, Ruth lo instó a que halara el gatillo o que le entregara el arma para completar el trabajo. No podrás imaginar nunca lo polemista y agitadora y carismática que era. Te diré más. El mitin de la Federación de Estudiantes con mayor convocatoria tuvo tanto éxito gracias a Ruth, quien fue la encargada de la agitación y propaganda, con micrófono en mano. Este mitin era una protesta por la violación de que fueron objeto dos estudiantes de Ingeniería al ser entregados por la Policía a los más avezados delincuentes de El Sexto. Creo que por primera vez la reacción tembló. Tanto que el ministro del Interior renunció y el gobierno tuvo que ofrecer disculpas al estudiantado nacional por el vejamen. No, no seré yo quién regatee méritos a Tamara Fiol. Sin embargo, cuando ella presentó su renuncia al partido no traté de disuadirla de su decisión porque entendí que había hecho lo correcto. No, ella era una luchadora excepcional, pero nunca llegaría a ser un cuadro comunista. Aunque ahora nadie cita a Stalin, él tenía razón al afirmar que los comunistas, los bolcheviques, tenían que ser de un material único inquebrantable e incorruptible. El auténtico comunista, Morgan, debe saber reprimir todo deseo que no sea el de servir al partido y a la revolución. Y Tamara Fiol creyó que sería compatible ser una militante comunista y al mismo tiempo satisfacer otros deseos y apetencias. Por eso hizo bien en renunciar, porque finalmente se dio cuenta de que tenía un punto vulnerable que a la larga haría daño a la organización partidaria. No sé si Tamara tuvo que ver con el asesinato de Arancibia, pero sí sé que nunca terminó de romper sus lazos con él. Sino ¿cómo se explica que asistiera a los funerales de un sujeto como Raúl Arancibia? Ahora discúlpame, Morgan, pero ya no hablaré más.

Terminé de beber el último resto de capitán. Los ojos de César Arias, que segundos antes se habían animado, confiriéndole vida a su persona, se volvieron a apagar, y no sé si reflejaban tristeza, cansancio o indiferencia. Aunque me parecía un individuo honesto, firme y coherente con sus convicciones leninistas y revolucionarias, también me parecía un sujeto iluso, fuera de la realidad y perdido en el tiempo. Tuve el deseo maligno de preguntarle si todavía tenía sentido ser un comunista después del colapso del sistema en el mundo. En cambio, evitando la ironía, le dije:

—Solo una última pregunta, Arias, ¿sigues siendo un comunista?

Él ya se estaba levantando del asiento para dar por terminada la entrevista. Volvió a sentarse y luego de reflexionar unos segundos, me respondió:

—Nadie que no luche dentro del partido bolchevique por llevar adelante la revolución proletaria puede llamarse comunista. Entiéndeme, Morgan: no existen los comunistas de corazón. En 1964, cuando la implacable lucha interna que se venía desarrollando desde años atrás en la organización alcanzó el punto de quiebre, me negué a tomar partido por los llamados «moscovitas» y por los «pekineses». Creí que las dos facciones estaban equivocadas. ¡No se podía fundar tiendas aparte! ¡El partido del proletariado era único o no era nada! Y por tanto fui un expulsado por partida doble. Y así, amigo Morgan, quedé al margen de la historia.

De tres y media a cinco y media de la tarde. Al regresar al hotel sentí la necesidad imperiosa de hacer una siesta, pues por delante me esperaba la última entrevista con Tamara, que como la de ayer sería muy prolongada. El problema es que antes de ir a mi cita con César Arias, había bajado ya a la recepción mi equipaje y cancelado mi cuenta. Le manifesté mi urgencia al encargado. «¡Qué ocurrencia, Mr. Morgan Batres! La habitación no ha sido todavía ocupada, así que disponga de ella. Cortesía de la casa para tan querido huésped». Tampoco la cama había sido hecha, de modo que me quité los zapatos y me tendí, y antes de quedarme dormido decidí que tendría que hacer un último intento de comunicarme con Muriel. Dormí sin sueños ni pesadillas durante una hora. Me di una ducha para desentumecerme y me cepillé los dientes y, por unos instantes, delante del espejo, me invadió mi vieja sensación de extranjería. En la recepción el encargado me dijo que hacía unos pocos minutos un *courier* me había dejado un sobre para que me fuera entregado en mis manos. Aunque no tenía remitente, apenas lo abrí supe que era de Muriel. Dentro había un CD, que seguramente contenía una selección de rocks subterráneos que ella semanas atrás me había prometido grabar, y un sobre tamaño carta con la siguiente indicación: «Para leer en el avión». Tuve dos sentimientos contradictorios; por una parte me sentí gratificado, casi conmovido, por este detalle tierno y delicado, pero al mismo tiempo me sentí vagamente decepcionado porque solo una mujer sentimental, convencional, de corazón sencillo podía tener esta ocurrencia. No obstante, tuve que esforzarme por reprimir mi deseo de abrir el sobre. Miré el reloj: todavía disponía de unos minutos para sentarme en el *lobby* y escribir al vuelo estas impresiones.

XX

Durante varios minutos habían guardado silencio midiéndose con la mirada; del rostro de Arancibia había desaparecido ese gesto de despectiva arrogancia, mientras Tamara Fiol le sostenía la mirada; eran unos ojos severos, pero sin ironía. «Para mis adentros me preguntaba —me dijo Tamara—: ¿qué había tenido este hombre para que hubiera perturbado mi vida? ¿Por qué, pese a todo y los años transcurridos de alguna manera, me sentía ligada a él?». Por su parte, Arancibia había vuelto a sacar su petaca, la había agitado para calcular su contenido y había tomado un trago largo. Luego le había preguntado a Tamara si le podía llenar el frasco en caso de que tuviera un whisky de marca decente. Ella dudó por un instante. «No bebo whisky —declaró—. Nunca me gustó y no tengo en casa de ninguna marca. Pero aun si tuviera, ¿por qué te convidaría?». Arancibia había fingido decepción, tristeza: «Te enseñé a ser una mujer de clase. Y llegaste a serlo. Pero te has vuelto una mujer convencional, por no decir vulgar. Eres valiente, pero careces de cortesía. Me decepcionas, muñeca». Luego se puso de pie y le pidió permiso para usar el servicio. «¿Me permites?». Tamara con un gesto le indicó dónde quedaba el baño. «¿Por qué me siento en falta?», pues sabía que la contienda entre ambos se dirimía en otro nivel. Y era falso que no tuviera whisky en casa. No hacía mucho había comprado un Chivas de doce años, pero lo había comprado para convidar a los auténticos amigos. Sin embargo, desde otra dimensión de la existencia humana, ¿por qué negarle un trago, el último trago, a alguien que estaba condenado a muerte?

Arancibia había regresado a la sala. Parecía que se había lavado el rostro, tenía los ojos brillantes, los labios desdeñosos, provocadores, y empezó a hablar acelerado, eufórico. «Se ha coqueado», me dijo Tamara que había pensado. Y recordé las dos o tres veces que habían pichicateado juntos, pues en esos años a la coca se le decía «pichicata», y corría como bendición por los *night* clubes de la época y por las redacciones de los periódicos donde se apagaba ya la estrella de Bracamonte como periodista. Y justamente un día Nelson les había leído un relato que nunca concluyó y que le había puesto el título de *Noches de amor y cocaína.* «Viéndolo con objetividad —había dicho Arancibia—, encontrarme en la mera calle me hizo bien. El partido me cortaba las alas. Y estar rodeado de sujetos acomplejados te amargaba el alma. Era un pequeño mundo de ilusos que hacían la revolución en sus mentes». Me contó Tamara que lo dejó hablar sin replicarle nada. Era un relato confuso, caótico, en que se mezclaban temas y tiempos, pero que al final componían la historia del irresistible ascenso de Raúl Arancibia en la sociedad, las finanzas y el poder. Pero llegó un momento en que Tamara ya no pudo soportar sus jactancias. «Por supuesto, encanto —le dijo—. Tu vida ha sido tan exitosa que ahora te andan buscando para matarte». Y así, de nuevo, se había encausado el diálogo entre los dos.

En el rostro de Arancibia había desaparecido la autocomplacencia, la imagen regocijada de sí mismo. Por unos segundos miraba con furia a Tamara, pero después reaparecía aquel gesto despreciativo dirigido no solo a su interlocutora sino al mundo entero.

—¿Quién crees que me anda buscando para matarme?

—Un hombre que ha amasado una fortuna y ha acumulado poder —razonaba Tamara— no solo debe tener un enemigo que lo odia a muerte.

—Nómbrame uno de estos enemigos que quiere asesinarme —demandaba él, desafiante.

—Tú debes saberlo —decía ella—. Yo solo escucho rumores.

—¿Qué rumores? ¡Vamos, dímelos! —exigía Arancibia—. No me voy a enfadar.

—Más bien dímelo tú. Tú sabes lo que has hecho —respondía.

—¿Los narcos?

—¿Y por qué no los milicos? ¿O los terroristas?

—Vayamos por partes —proponía; su rostro se había apaciguado—. ¿Qué razón tendrían los narcos para enfriarme?

Tamara Fiol dudaba en si debía o no continuar con esta conversación. Pepe Corso había seguido paso a paso la trayectoria de Arancibia desde que se hizo famoso por lograr la absolución del psiquiatra Bouroncle.

—Has hecho mucho dinero, Raúl. Tú mismo te jactas de ello. Pepe Corso — ¡pero no solo él!— dice que sería imposible que hayas amasado una fortuna con solo el ejercicio de la abogacía. O más bien desde que empezaste a defender a narcotraficantes te convertiste en inversionista. Fundaste una inmobiliaria, creaste una financiera con tasas de interés increíbles, eres accionista de varias de las universidades privadas y, según se dice, eres el propietario de la tan publicitada nueva Universidad Pablo de Olavide. Bueno, según Corso, con todos estos negocios y empresas blanqueas los dólares que vienen del Huallaga.

—¡Cuánto me envidiaba Corso! —exclamaba; Arancibia parecía rememorar su rostro—. ¿Sabes cuál era el problema de Pepe Corso? Que quería tirar contigo. Se moría por hacerlo contigo. Y por eso nunca tuvo enamorada. ¡Y me consta que no era maricón! ¿Qué te costaba a ti, que no eras una María Goretti, concederle un miserable polvo?

Tamara Fiol se irritaba; tenía la tentación de responderle con injurias del mismo calibre; pero entonces sería caer en el viejo juego de cuando buscaban con la violencia mayores estímulos eróticos. De modo que le decía:

—Me están hartando tus groserías, Arancibia. Te echaría a la calle, pero no quiero que te maten junto a mi casa. Pero sí puedo dejarte aquí solo en la sala hasta que venga tu chofer. ¿Quieres que te deje solo y me marche a mi dormitorio?

—Espera, mujer —solicitaba con tono apaciguador—. Continuemos con tus presunciones. O las del tonto de Corso..., perdón, perdón, las de Pepe Corso. Si soy blanqueador del dinero narco, ¿por qué querrían asesinarme?

—Qué sé yo, Raúl. Podrían hacerse miles de conjeturas.

—Dime una. Solamente una —exigía él.

Tamara recordaba las decenas de cartas de Pepe Corso.

—Un arreglo de cuentas por haberte pasado a un grupo rival. Balances que no cuadran. Incumplimiento con tus obligaciones de devolver el dinero que te habrían entregado en depósito. Intentos de extorsión aprovechando tus conocidos vínculos con la Policía... ¿Continúo?

Otra vez Arancibia parecía relajarse; sonreía.

—Lo único que te puedo decir, nena, es que las cosas marchan por otro lado —hacía una pausa; preguntaba enseguida—. Veamos tu otra hipótesis. ¿Qué razón tendrían los militares para hacerme desaparecer?

—Debido a tus vínculos con los narcos, podrías haber reunido evidencia incómoda sobre relaciones y alianzas de estos con los militares que, supuestamente, combaten al narcotráfico.

—Sí, admito —declaraba Arancibia con actitud crítica— que esto sería una razón para que quisieran quitarme del camino. Pero te diré algo que echa por tierra esta propuesta: los militares me adoran. Acabo de salvarles el pellejo donándoles un material quemante. Así que podrán seguir durmiendo tranquilos. Por supuesto, he tomado mis precauciones por si se les ocurriera traicionarme ahora, en el aeropuerto. ¿Cuál era tu tercera hipótesis? Ah, sí, los delincuentes terroristas.

La mirada de Tamara era inquisitiva.

—¿Tendrían motivos los senderistas, para ya no hablar de los guerrilleros del MRTA, para ejecutarte? ¿Qué cartel infamante pondrían sobre tu cadáver?

—Me llega altamente, como dicen los jóvenes, qué cartel pondrían los malditos terroristas. Lo que sí me gustaría saber es cuál pondrías tú sobre mi cadáver. ¿No me vas a decir que no has fantaseado con esa posibilidad? Yo, en cambio, algunas veces he soñado contigo. ¿Cuál era tu nombre de combate? ¿Ruth? En mis sueños tú, la camarada Ruth de entonces, dirigías el comando de aniquilamiento. Podías caminar, marchar, correr. Después de darme el tiro de gracia me ponías el cartel: «¡Así mueren los degenerados!».

—¡Eres un payaso patético, Arancibia! —resoplaba ella—. Y no has respondido a mi pregunta...

—Te la respondo ahora. Claro que tienen motivos. Soy un enemigo público de los terroristas de Sendero. He escrito decenas de artículos condenándolos. Todos saben que vengo propugnado una nueva ley antiterrorista. Pena de muerte. Juicios sumarios con jueces sin rostro. Y lo he escrito y fundamentado de manera directa. No solo eso, en un artículo que saldrá mañana mismo defiendo la necesidad de un golpe de Estado. Con Fujimori o sin él. A la mierda con los congresistas cómplices de Sendero. Como ves, mi lucha contra el terrorismo es franca y directa.

—¡No tan franca, Arancibia! —lo interrumpía.

—¿Qué quieres decir? —preguntaba él con cierto recelo.

—Hay muchos rumores que llegan a mi oficina de Derechos Humanos.

—Antes de que me digas cuáles son esos rumores, escúchame lo que te voy a decir: ¡Me cago en los organismos de derechos humanos! Imbéciles, y más que imbéciles hipócritas, quieren una guerra limpia, cuando todas las guerras desde los comienzos de los tiempos son sucias. Recontrasucias. Y sucias por las dos fuerzas contendientes. Pero bien, ¿cuáles son esos rumores?

—¿A cuántos has delatado, Arancibia? ¿Es verdad que has elaborado listas completas de supuestos aliados de Sendero? ¿Es cierto que, por tus conocidos vínculos con la Policía y el Poder Judicial, participas en los interrogatorios y torturas? Se dice también que propicias la formación de grupos paramilitares, inspirándote en tus días de rector, cuando tenías bandas de matones que masacraban a tus opositores. ¿Es verdad que a través de Mantilla financias al grupo Rodrigo Franco?

Raúl Arancibia la miraba ¿fingiendo? sorpresa; admiración, orgullo y un atisbo de ternura.

—Me resulta halagador que la gente fantasee tanto conmigo —miraba su reloj—. ¡Ya van a ser las once de la noche! Dejemos de lado estas especulaciones, muñeca, y volvamos a lo que realmente importa.

—¿Sí? —interrogaba ella.

—Me refiero a lo nuestro, Tamara. Todavía tengo algunas cosas que aclarar contigo.

Arancibia se había puesto de pie, y caminó hasta el ventanal que daba al jirón Trujillo. Afuera se había acallado la bullanga de los ambulantes, los rumores de los transeúntes y la algarabía de los cláxones de carros y microbuses. Pero dos equipos de sonidos, muy distantes entre sí, competían en volumen, llenando la noche del Rímac de música y ritmos de estilos distintos y opuestos. Como me había explicado Tamara, de la avenida Francisco Pizarro, poderosos parlantes propalaban canciones de Los Mojarras («un rock salido de los cerros, creado por hijos de migrantes», me había dicho alguna vez Muriel) y del fondo mismo del profundo edificio, donde funcionaba la peña Katuchay, salían las notas de huainos, algunos de los cuales se referían a los sucesos de la guerra senderista en los Andes. De manera sibilina Arancibia la había felicitado por haber logrado desalojar a los ambulantes que habían invadido el zaguán y los patios de la construcción que databa de los años veinte. Le reveló que en varias oportunidades había recorrido el edificio, por entre los espacios colonizados por los ambulantes. «En más de una ocasión llegué hasta la puerta de tu departamento —le había dicho—, pero no me atreví a tocar el timbre. Algo me decía que todavía no había llegado el momento de poner en claro algunas cosas contigo». Ayer a mí también me habían resultado familiares los huainos y mulizas que se propalaban en la peña, y me hicieron recordar mis viajes por Ayacucho y la guitarra de Baltasar Azpur, que me incitó a viajar al Perú a hacer un reportaje a las mujeres de Sendero. Ahora miré el reloj: eran cerca de las ocho de la noche y todavía faltaba un par de horas para que los grupos de rock y de salsa disputaran la hegemonía a los grupos de la Katuchay. Me había distraído un poco recordando a Muriel, pues ella me había iniciado, después de la guitarra de Azpur, en la música y los ritmos del Perú actual. Y fugazmente recordé a mi madre: la pobre Clarita estaría mirando programas cómicos de televisión o visionando videos de sus películas preferidas o escuchando viejos boleros. O estaría añorándome. O, lo más probable, estaría soñando con el imposible retorno al hogar del viejo Scott. Pero de esta fugaz ensoñación me sacó la voz de Tamara Fiol. Ella me estaba diciendo que poco después habría de entender el rollo que le estaba endilgando Arancibia sobre el edificio, los ambulantes, la estridencia de las bandas de rock, la quejumbrosa música de la peña. De modo que le había dicho: «Muy bien. Adelante. Hazme todos los cargos que tu mente enferma te ordena. Y terminemos de una vez con tus quejas y diatribas».

Arancibia fruncía el ceño; enseguida reía, sus ojos continuaban brillantes:

—¿Quejas? No exactamente quejas —aseveraba—. Venganzas. Hablemos de venganzas.

—Sí, suena mejor —admitía ella—. ¿Quieres que hablemos de venganzas? ¡Hablemos, pues, de venganzas!

—Cuando con tu voto me expulsaron del partido yo me sentí traicionado. Juré vengarme —empezaba él—. Mi cabeza se llenó de fantasías homicidas. ¿Cómo vengarme si tú habías roto conmigo toda relación? Me humillé ante ti.

Pero lo único que logré es que me despreciaras más. Pese a todos los cargos que me has hecho, te gustaba mi manera de ser. Fue mi cinismo lo que te conquistó. Mi irreverencia. Mi descaro. Así que te desafié: si me dabas una oportunidad, yo te reconquistaría. Te dije que si no sucumbías a mis hechizos, yo sería tu perro por el resto de mis días. Y como perro tuyo tendrías derecho a patearme y escupirme. Ni siquiera me permitiste decirte cuál sería mi premio en caso de triunfar en la apuesta. Te reíste de mí, pero yo seguí acosándote. Por fin, encontré la ocasión. Se presentaba un libro de poesía social en el Palermo. Poesía de combate, de emergencia. Recordé esos versos del bueno de Juan Gonzalo: «Al paredón, al paredón / mi propio corazón si se pasa al enemigo». Luego de la presentación del engendro siguió la sana celebración proletaria. Y después empezó el decadente jolgorio burgués. Las mesas se habían juntado al fondo del salón. Y yo te observaba desde la vitrina de la entrada. Cómo bebías, muñeca. Estabas eufórica. Como en nuestros viejos tiempos. Te subiste a una mesa. Querías bailar. Gritabas que la alegría no era incompatible con la revolución. Entonces me alcanzaste a ver. Sin música, seguiste danzando, aunque la cosa me parecía grotesca me gustaba ver cómo te contorsionabas y me provocabas, zorra. Cuando Pepe Corso te ayudó a bajar de la mesa viniste hacia mí y sin importarte tu desconsolado y desesperanzado adorador, me preguntaste si todavía estaba abierto el desafío. «Ahora más que nunca», te dije. «Entonces, llévame a bailar», me respondiste. Te llevé al Crillón. El viejo me había enviado un tentador cheque para que le compre algo. Así que pedí de lo mejor: champán y vino francés, cócteles rarísimos. Como no querían alquilarme habitación sin tener equipaje, te llevé a otro hotel, que quedaba a dos pasos. Pero yo no quería hacerte así el amor. Estabas asquerosamente borracha. Así que te di un par de jaladas de pichicata. Despertaste. Una carga de lucidez agresiva. Tus ojos me decían: Atrévete, atrévete. Entonces te la metí con toda mi furia. ¿Sucedió así? ¿O son fantasías mías?

Los labios de Tamara Fiol se contraían en una mueca.

—Dame un poco de ese whisky —decía.

Arancibia le extendía la petaca; su rostro permanecía inalterable.

—Bebe lo que te haga falta, nena. En el auto que me vendrá a recoger tengo una botella casi llena. Llenaré la petaca y después, en el avión, podré beber todo el whisky que quiera.

Con la petaca en la mano, Tamara brindaba.

—¡Salud, maldito!

Arancibia meneaba la cabeza; chirriaba su risa.

—¿Todo esto lo soñé? ¿He mentido?

—No, no —decía ella—. No.

Tamara había interrumpido su relato. «No me sentí una mujerzuela. Tampoco degradada, Morgan. Me sentí una estúpida. Una tarada». Me contó que al despertar hubiera querido morirse. Deseaba que la tierra se la tragase. Había viajado a Huacho. Había tomado el hotel más barato. Se la comían las pulgas. Olía a suciedad, a roña. Sin embargo, había permanecido dos días sin probar bocado. Al tercer día, por la noche, había salido a comer algo. El dinero le había alcanzado para dos noches más. Pero cuando había vuelto a Lima ya había tomado una decisión que sería irrevocable. Al responsable del comité le presentó una carta muy escueta renunciando al partido por razones personales y luego hizo lo propio con el Centro Federado de Ciencias, donde era dirigente. La habían buscado Kymper y César Arias. No les había dado las verdaderas razones. Que era una burguesa decadente. Irredimible. Que no era digna de pertenecer a un partido que quería cambiar el mundo y la vida. En cambio, les había dicho que ya estaba harta de la militancia. Que había descubierto que era una podrida burguesa a la que le gustaba el dinero. Así que le sacaría provecho a la profesión. «Pero lo más desconcertante que hice —me dijo— es que reanudé mis relaciones con Arancibia. Cómo apené a mis amigos. Mis ex camaradas mujeres de partido aullaron de alegría. Ellas —dijeron— habían sabido desde siempre que era una zorra. Una golfa. Una mujerzuela. Porque has de saber, corazón, que nos exhibíamos con Arancibia por calles, plazas y bares. Y siempre armando escándalos con nuestras peleas cargadas, sobre todo de parte mía, de injurias, de palabrotas. Fue un periodo de locura. No sabía lo que hacía ni por qué lo hacía. En esas circunstancias Arancibia me dijo que había ganado una beca para licenciarse en Derecho en Italia y me propuso viajar juntos. En ese momento, lo que yo más quería era salir del país. Irme para siempre, pues secretamente pensaba en instalarme en algún pequeño pueblo de Italia. Y reanudamos nuestra convivencia, pero no me preguntes por qué, Morgan. Me olvidé de tomar precauciones. Y Raúl, que conocía mis ciclos menstruales, me preñó una de esas noches. Cuando ya no tuvo dudas de mi estado, sin anunciarme su partida ni decirme adiós, se largó a Italia. Aborté sin dudar y juré nunca tener hijos. Lo que continuó fue un asunto de lo más vulgar. Te lo contaré en dos palabras. Dos años después volvió Raúl con planes definidos para convertirse en un triunfador. Abrió su primer estudio en un cuchitril de Azángaro. Y tomó como aprendiz a un alumno de los últimos años de Derecho de San Marcos. Era un muchacho muy apuesto. Muy sexy. Alto, blancón, pelo color acero. Tenía un apellido increíble: Vorochilov (sí, Morgan, como el dirigente soviético de la época de Kruschev). Fui al estudio de Raúl. Hicimos las paces (yo fingí que hacía las paces). «¿Sin rencores?», me dijo Arancibia.

«Sin rencores», le respondí. Me presentó a Vorochilov y de inmediato me di cuenta de la debilidad que sentía por él. Recordé al *Bello* Eduardo, a *Cucho* Canessa, recordé a Abel, el mítico hermano de la infancia de Raúl Arancibia. Empezamos a salir los tres, pero no pienses, belleza, que lo hacíamos como un trío erótico. Vorochilov, además de guapo, era un gran bailarín, bailaba desde el tango arrabalero hasta flamenco. Y Arancibia gozaba viéndonos bailar. Sobre todo se sentía extasiado con las coreografías de Vorochilov. Un día invité a cenar a solas a Vorochilov y esa noche lo llevé a la cama. Además de excelente danzante, Vorochilov era un formidable e incansable fornicador. Le dije a Armando (este era su nombre) que lo nuestro tenía que ser una relación limpia y franca, de modo que la primera vez que volvimos a salir juntos con Raúl para divertimos, cogidos de la mano, se lo dijimos o más bien yo se lo dije. Arancibia guardó silencio. Se puso de pie y sin pagar la cuenta, como solía hacerlo, se marchó del local. «¿Y qué esperabas? —le dije cuando nos citamos para hablar del asunto—. ¿Qué no respondería a todas las afrentas que me has hecho? ¿Tengo o no tengo derecho a la venganza? ¡Y la venganza para que sea tal tiene que ser dulce, Arancibia! Por eso, escogí a Vorochilov. ¿Era tu novio? ¿Tu amor platónico? ¿Era la reencarnación del *Bello* Eduardo?». Me replicó de inmediato, alzando la voz: «¡Era mi amigo! ¡Mi hermano menor! ¡Mi discípulo, perra!». Se le había ensombrecido el rostro como nunca antes, sus ojos se apagaron, el gesto despectivo de su boca se le había borrado. Unas pocas semanas después terminé con Vorochilov. Ya te he dicho cuáles era sus cualidades. Ahora te diré su defecto principal: tenía inteligencia limitada. Y yo me aburría atrozmente con él después de hacer el amor. Así que terminamos. No es una mala persona Armando. Continuamos siendo amigos. Ahora es fiscal provincial. Por eso le pedí que me acompañara (y él aceptó sin hacerse problemas) al cementerio británico al sepelio de Raúl. Pero termino de contarte esta comedia empalagosa. Comencé a ir de nuevo al Palermo y durante varios meses estuve sola, sin pareja. Hasta que conocí a Rudy García». Ahora ambos guardamos un largo silencio. ¿Qué se puede decir en esas circunstancias sin ser convencional? Por fin, le dije: «Lo importante, querida, es que terminaste por romper el vínculo con Arancibia». Estábamos muy cerca, frente a frente, me cogió las manos, las sentí frías: «Ese es el problema, varón —me dijo Tamara—. Que no habíamos terminado como yo creía. Y esa fue la razón de que Arancibia, con su disfraz ridículo, viniera aquí a hablar conmigo, antes de que lo asesinaran esa madrugada, a diez minutos de esta casa». De modo que aún habían seguido conversando.

—Está bien. Perfecto. Volteemos la página —sugería Arancibia; acababan de permanecer en silencio después de que Tamara le refiriese su *affaire* con Vorochilov; y volvía a componer su rostro de siempre; reaparecía su detestable sonrisa mordaz—. Siempre estuve junto a ti, muñeca. Como ya te he demostrado, sabía todo de tu vida. Te seguía como tu sombra. Pero permanecía invisible como Dios. Protegiéndote.

—¿Protegiéndome? —se asombraba ella; se le revolvía el estómago con solo pensarlo—. ¡Esto sí que es el colmo! ¿Tú protegerme? Ni muriéndome te pediría y menos aceptaría tu protección.

—No era necesario que me pidieras auxilio o ayuda. Yo me adelantaba a tus deseos...

—Zafa, zafa, hombre. Y no jodas, miserable.

—Empezaré por el caso más simple —proponía—. ¿Quieres escucharlo?

Tamara no respondía; sus ojos, sin embargo, aguardaban.

—¿Te acuerdas cuando te propusiste hacer desalojar a los ambulantes que habían invadido el zaguán y los dos patios? Movilizaste a los vecinos. Firmaron un memorial, pero nadie les hizo caso. Después de que agotaste la vía municipal, los vecinos empezaron a abandonarte. Tenían miedo a la represalia de los ambulantes que rompían vidrios, se llevaban mármoles de las escaleras, destrozaban el enlosetado de patios y corredores, meaban y se cagaban en las puertas de las casas. Te quedaste sola, pero igual continuaste con la lucha. Acudiste a la prensa que consideró que el caso no tenía ningún interés público. Seguiste la vía judicial. Después de meses, un juez ordenó el desalojo, pero la Policía se negó a ejecutarlo. Le respondieron al juez que la Policía estaba totalmente ocupada en su lucha contra los terroristas y carecía de efectivos para ejecutar el mandato. Cuando cada día salías para la oficina, la gente se reía en tus narices, te ponían apelativos infamantes que aludían a tu invalidez. Vivías en tal estado de estrés que hasta afectó tu trabajo. Pero, de pronto, el día menos esperado, a las cinco de la mañana, dos camiones repletos de guardias de asalto llevaron a cabo el desalojo, con bombas lacrimógenas, varazos y todo. Y por supuesto apareció la prensa. Y los vecinos, felices de salir en la televisión, dieron todo tipo de declaraciones.

—¡Tonterías! —exclamaba ella—. Lo que pasa es que la Policía tuvo que cumplir el mandato judicial.

—Sí, por supuesto —aceptaba Arancibia—. Pero yo tuve que llamar al ministro del Interior, que me debe algunos favores, para que diera la orden a la Policía. Veo en tus ojos que no me crees. Entonces te pondré otro caso que fue un poco más serio. ¿Tú planeaste el ataque al Palacio con el cohete Instalasa? O por lo menos, ¿tú les pasaste el dato a los terroristas para que lo instalaran? Al salir ahora al balcón te dije que la posición es inmejorable para mandarle desde aquí un cohete en el culo a Alan. Celebraban a los jefes de gobierno en Palacio, que habían participado de la convención de la socialdemocracia en Europa y el mundo. Lástima que la terruca quedó hecha mierda por la explosión del artefacto. Pero el resto del comando logró huir antes de que llegara la Policía. ¿Cómo lo lograron? Un par de días después exploré el edificio y descubrí la ruinosa vía que estaba clausurada por donde los delincuentes terroristas, como los llaman el gobierno y el periodismo, pudieron escapar. Y me pregunto: ¿quién les indicó la existencia de ese corredor condenado desde hacía años que llevaba hasta la espalda de la otra calle? Por supuesto, tu coartada fue buena. ¡Estos terrucos despiadados que amarraron fuertemente a una pobre inválida! Aun así los tiras te llevaron como sospechosa. ¿Acaso los apristas no habían hecho campaña contra ti, la coordinadora de la sección de derechos humanos de la UNO? ¿No habían revelando tu pasado de dirigente comunista y tu participación en el asesinato de un estudiante aprista? Dos de los periódicos amarillos publicaron tu foto de rabanita de esos años (por supuesto que se te veía riquísima) y te llamaron «Tamara, la roja». La Policía tenía para empapelarte y mandarte adentro por unos años. Y ni siquiera estuviste detenida los quince días reglamentados. Sí, claro, permití que te asustaran un poco, mandándote a la celda del primer piso, junto a los baños que olían a demonios donde había un nido de ratas. Pero solo fue por unas horas. ¿Te acuerdas que más o menos a las dos de la mañana vinieron dos tiras que abrieron la celda y te encontraron aterrorizada, defendiéndote con las muletas de las malditas ratas? Entonces te llevaron al segundo piso donde, en un salón, había otros detenidos por terrorismo. Claro, también tuve que acceder, para guardar las formas, que permanecieras allí una semana con los ojos vendados. Luego te paseaste en los interrogatorios con los rayas y los fiscales. Y al octavo, ¿o fue el noveno día?, te dejaron libre. ¿Fue así como ocurrieron los hechos?

Por primera vez en toda la noche, Tamara estaba sorprendida, desconcertada, sin poder replicar algo razonable e hiriente a Arancibia.

—¿Y por qué tanta molestia? —decía ella—. No tenías ninguna obligación. ¿Por qué ayudar a una sospechosa de terrorismo? ¿No dices ser el enemigo número uno de Sendero y el MRTA?

—En esto te equivocas, Tamara Fiol —declaraba, con el rostro compungido—. Sí, tenía obligaciones contigo. Las sigo teniendo. Por eso he dejado todo dispuesto para cuando salga del país —miraba otra vez la hora—. Tengo ya poco tiempo, así que seré breve. ¿Hasta qué hora dura esa maldita música?

Tamara se encogía de hombros.

—Hasta las cuatro, las cinco. Los viernes y sábados amanece —decía a pesar suyo.

—Bueno —proseguía Arancibia—, cuando terminaste con Vorochilov, ¿sabes que yo hice fiscal al infeliz traidor? Te decía que cuando acabó aquello me casé porque convenía a la carrera que iba a iniciar. Además, ¿por qué no decirlo? Necesitaba un útero donde depositar mis semillas. Mis genes maravillosos. Y mi mujer me dio la pareja, solo que la hembra me resultó con más cojones que el varón. Es inteligente. Brillante. Y como su padre, sin escrúpulos. Por eso mis negocios quedan en buenas manos.

—No tengo el más mínimo interés en saber lo de tu familia —lo interrumpía Tamara—. ¿Puedes ir al grano?

—Después de que terminaste con Vorochilov empezaste a ir con más frecuencia al Palermo, como años atrás. Y ahí yo tenía gente que me informaba. No, no pienses en Emperatriz o en Isabela. Tengo allí a un chico que dice ser proletario comunista, así que le puse el mote de «Camarada Bolodia». Él me tenía al tanto. Fue él quien me dijo que estabas saliendo con un sujeto llamado Rudy García. Hice que lo investigaran. Lo habían expulsado del Ejército cuando era teniente. Descubrió que el coronel de Intendencia de la región de Piura era un corrupto que traficaba con el rancho de la tropa. Como este imbécil amenazó a su superior con denunciarlo al alto mando, el coronel lo empapeló y fue expulsado en forma infamante. Pero reconozco que el tenientito era un hombre honesto y valiente. Por supuesto que yo hice correr el rumor, a través del Camarada Bolodia, que era un soplón. Un maldito soplón de los servicios de Inteligencia del Ejército.

—Ah, Rudy —clamaba Tamara—. ¡Ya ni siquiera recuerdo su rostro!

—Buen tipejo era el ex tenientito. Y hacían, como me contaron, una linda pareja. La expulsión del Ejército no lo quebró ni volvió un amargado a Rudy García, sino que inició una nueva vida. Ingresó a La Molina, se hizo izquierdista, fue delegado de aula, al cuarto año fue elegido secretario general del Centro Federado de la Agraria y fue destacado como delegado a la Federación de Estudiantes del Perú. Y en todos esos años en los ambientes universitarios Rudy había escuchado hablar de ti, pues seguías siendo una leyenda. Hasta que por fin te conoció en un evento de la FEP donde fuiste una suerte de invitada de honor. Según el Camarada Bolodia, que me pasó el chisme-informe, allí empezó todo entre ustedes. Lo llevaste al Palermo, lo presentaste a tus amigos y el tipo no cayó mal, no era ningún bruto a pesar de haber sido militar y tenía algunas lecturas. De modo que fue acogido por los palermistas, hasta que el Camarada Bolodia corrió el rumor: había que tener cuidado con el tipo. De buena fuente se había enterado de que era un agente de los servicios de Inteligencia, cuya labor era detectar a los intelectuales subversivos. Comenzaron a hacerle el hielo, pero entonces tú, nena, cuadraste a todos, les dijiste que era tu novio, tu pareja, y que ponías las manos al fuego por él. Esto me contó el Camarada Bolonia. Una noche los seguí. Ya habías comprado el Volkswagen y yo conducía mi Pontiac. Desde que alquilaste tu departamento nunca llevaste allí a ninguno de tus amantes. De modo que fueron al hotel Delicias, que quedaba por la plaza México. Eran cerca de las diez de la noche cuando entraron. Yo estacioné mi Pontiac desde donde podía vigilar la puerta del hotel sin ser visto. Era invierno, la estación que tanto te gusta, perra, con su garúa que empapaba las veredas. Fumé como un murciélago y estrené mi primera petaca de whisky. Eran más de las dos de la mañana cuando salieron del hotel. En esos días yo preparaba mi defensa de Bouroncle, el psiquiatra. Otra vez le pregunté sobre sus sentimientos cuando asesinó a Farez. Le pedí detalles. ¿Por qué si ya habíamos terminado me llené de pensamientos homicidas contra ti? ¿Por qué me afectaba tanto si sabía que eras una puta? Entonces el Camarada Bolodia me contó que en la mesa del Palermo no se hablaba de otra cosa que de la pedida de mano que Rudy García te había hecho. Le diste esperanzas, perra. Se armó la diversión. Simularían la boda, que sería como un ensayo. Barrantes Lingán, fungiendo de alcalde, los casaría por la vía civil. Lo haría durante un ensayo de despedida de solteros que organizaría Emperatriz. Isabela había viajado a Australia sin avisar a nadie, nos enteramos porque mandó una postal. Y luego, después de la fiesta, tú y Rudy García viajarían de luna de miel a Paracas, en tu Volkswagen, pues el viejo Chevrolet de Rudy era una carcocha y solo servía para pasear por la ciudad. La boda y la despedida conjunta de solteros se realizaron en una casa grande y lujosa que un antiguo amante, no sé si de Emperatriz o de Isabela, o de las dos, tenía en la octava cuadra de la avenida Javier Prado, 867. Nunca podré olvidarme de ese número chuchasumadre. Y yo, escondido bajo un árbol con los huesos calados por la garúa pertinaz, veía llegar a los invitados y escuchaba la riada de guarachas y podía imaginar la alegría que alcanzaba a todos. A las doce se celebró la boda. Como Barrantes a última hora se disculpó por no poder asistir, por unanimidad se eligió al Camarada Bolodia para que lo remplazara en su papel de alcalde. Lo hizo a la perfección y, en broma y en serio, los declaró marido y mujer. Continuó el baile, yo empapado desde la calle seguía espiando y por fin llegó la persona que yo había estado esperando. A las dos de la mañana tú y Rudy se escaparon de la fiesta y en la carcocha que él manejaba, según me enteré después, se fueron a La Parada a tomar sendos platos de caldo de gallina, como era costumbre por esos años. De modo que dispuse de un tiempo precioso. A la hora de la verdad, el mecánico que contraté dudó, pero unos billetes más acallaron su conciencia, y con manos expertas averió los frenos, en la medida exacta para que se le vaciaran cuando ya estuvieran en la carretera. Cuando retornaron de La Parada, Rudy estacionó bien su carro y enseguida se esmeró limpiando las lunas del Volkswagen. Tú te subiste al volante y prendiste el motor sin dificultad. Partí en mi Pontiac unos minutos después. Me había propuesto seguirlos hasta que se produjera el accidente. En Barranco, en el grifo de la avenida Bolognesi, llenaste el tanque de gasolina. Cuando poco después reemprendiste la marcha ya estaba amaneciendo. Luego tomaste Pedro de Osma para llegar al puente por el que se accede a Huaylas. Y yo venía detrás de ustedes, el limpiabrisas entorpecía mi visión del amanecer que tanto nos gustaba. Seguiste por la prolongación Huaylas. Cruzaste los pantanos de Villa, cogiste una pista lateral que desemboca en la Panamericana. Entonces, cuando estabas por alcanzar la carretera mayor, apareció aquel tráiler que prácticamente te succionó, mientras tú no podías maniobrar. Vi dar seis vueltas de campanas al Volkswagen, saliste despedida y quedaste tendida y desmayada en la pista. Yo, desde lejos, frené. Miré unos instantes la escena y di media vuelta, no quería dejar ninguna evidencia. Así fue Tamara. Pero lo que tienes que saber es que yo quería que murieras, y que muriera también el hijo de puta que conquistó a mi amor, a mi mujer. Esto es lo que yo deseaba y de haber sido así jamás me habría arrepentido. Pero cuando supe que habías sobrevivido y que habías quedado inválida no me alegré. Es lo que tienes que creerme. Me arrepentí no porque no merecieras morir, puta, sino porque no merecías quedar inválida. Y por eso me propuse cuidar de ti. Invisible como Dios, pero siempre velando por tu vida.

«¿Sabes, Morgan —me había dicho Tamara—, lo que nunca he llegado a comprender fue mi reacción? Estaba estupefacta. Pasmada. Y, sin embargo, me decía que desde siempre lo había sabido. Pero nunca lo había admitido. Rechazaba todos los razonamientos de Pepe Corso. Y ahora todo me pareció clarísimo, indudable. Por fin reaccioné. Fue una reacción extraña. Sobre todo tardía. Le dije maldito. Le dije enfermo. Le dije psicópata. Le dije maricón degenerado. Me arruinaste la vida, hijo de la grandísima puta. Lo habría matado en ese momento. Pero me puse a llorar de impotencia, por mi vida destruida. Por haber sido arrojada de la pista de baile de la vida plena. Lo demás ya no interesa contar. Lo dejé solo en la sala y me fui a mi habitación a llorar en el regazo de Malenita. Después de algunos minutos sentí los bocinazos del chofer que lo venía a recoger. Todavía el maldito me gritó algo a modo de despedida. Sentí cerrar la puerta. Y Malenita fue a la ventana y lo vio partir en un Mercedes. Diez minutos después, pasando el puente Trompeta del barrio de Zarumilla, había un auto al parecer malogrado en la pista, el chofer disminuyó la velocidad, pero cuando quiso aplastar el pedal, como salidos de las chacras, aparecieron dos motociclistas que acribillaron a balazos a Arancibia y al pobre chofer. Pero yo solo me enteré unas dos horas después, por la radio, que anunciaba un nuevo atentado que se sumaba a los atentados que cada noche sucedían en Lima, en todo el país.

Ahora estoy en el taxi que contrató Tamara Fiol. Es un chofer conocido y de toda confianza que presta servicios a la oficina donde ella trabaja y que ahora me conduce rumbo al aeropuerto. No he podido consultar el plano, pero el maestro me dice que estamos entrando por la Panamericana Norte. Le pido que un tramo después de pasar el puente Trompeta se detenga unos instantes. Me bajo por unos dos o tres minutos del vehículo y procuro imaginar el escenario donde fue asesinado Raúl Arancibia. Es una zona muy oscura, rodeada de chacras. Y el auto varado en la pista con los faros encendidos. En un acto reflejo el chofer bajando la velocidad habría pretendido prestarle auxilio al piloto del auto malogrado, pero entonces Arancibia habría intuido la emboscada y, puteando al chofer, le habrá gritado desesperado que acelere. Entonces aparecieron los motociclistas. Luego he vuelto a subir al auto. Y me he puesto a recordar las últimas palabras que intercambié con Tamara. No sé cómo apareció Malenita con una botella de vino de La Rioja y dos copas. De inmediato ella fue a traer otra más porque Tamara le rogó que se sentara con nosotros para el brindis de la despedida. Pero hemos estado un largo momento en silencio. Lo que más deseé fue que también hubiera estado Muriel, mi amiga Muriel Tipiani. Y quizá ella se habría atrevido a hacerle a Tamara Fiol las preguntas definitivas que yo no me atrevía a formular. Finalmente le pregunté quién creía ella que habría asesinado o ¿ejecutado? a Raúl Arancibia. «¿Cómo saberlo?», me dijo. Pudieron ser los narcos. O los militares. O también los terroristas. Todos tenían razones fundadas para matarlo. Advirtió que la miraba intensamente. «Sí, corazón —me dijo como si leyera en ellos—, yo también tenía muchas razones para matarlo. O para mandarlo a matar. Me hubiera bastado con hacer una llamada telefónica a un enlace, indicándole la hora y la ruta que iba a seguir al aeropuerto el miserable Raúl Arancibia». Calló un momento para hacer el brindis. Luego me dijo: «¿Crees que yo lo mandé a matar?».

Epílogo

Unas semanas antes de que Lula Gabber viajara a Ruanda me mostró una serie de cinco fotos sobre la más terrible de las atrocidades que sabíamos que se estaban cometiendo en la guerra de Bosnia, pero de las cuales hasta el momento no se había conseguido un registro fotográfico convincente. Como yo, Lula Gabber no era una reportera gráfica profesional, pero ante situaciones de emergencia (ahora su compañero fotógrafo había sido herido y evacuado al hospital de Osijek) tenía que usar su Leika para acompañar sus crónicas con el testimonio gráfico. Si bien las fotos no eran técnicamente perfectas, alguna de las mismas merecían ilustrar la portada de las revistas para las que Lula trabajaba, pero se juzgó que su contenido era excesivamente fuerte, incluso para los más indiferentes y cínicos habitantes de las grandes ciudades de fines del siglo XX, de modo que se publicaron en las páginas interiores de los medios de prensa. La más impactante de las fotos —y también la mejor encuadrada— muestra la siguiente escena: soldados serbios después de haber violado a mujeres bosnias las abren en canal, como a las reses, y si encuentran que están embarazadas les extraen los fetos y luego los clavan sobre árboles y todo esto con un paisaje de casas destruidas e incendiadas y cadáveres regados por el suelo. Sin embargo, el horror mayor que mostraba la foto era el éxtasis que revelan los rostros de los soldados cumpliendo con su faena para impedir la propagación de toda impureza étnica. Sí, era una manifestación extrema de la crueldad humana, pero yo intuía que había algo más allá de la crueldad, había algo de locura, paranoia o pánico tribal. ¿Qué representaban en el imaginario inconsciente de estos muchachos serbios los fetos clavados en los árboles? Pero esta es una pregunta que se la dejo a los estudiosos —antropólogos, filósofos— enviados por organismos de las Naciones Unidas como observadores de la barbarie humana. Sin embargo, para ser más objetivos, debo agregar que estas atrocidades las cometieron también los croatas y en menor escala los bosnios musulmanes a través de los muyahidines, «guerreros santos», que llegaron a territorio bosnio para vengar a sus hermanos de fe.

Estábamos desayunando en el estropeado comedor del hotel Holiday Inn de Sarajevo que soportaba la artillería serbia desde hacía treinta meses, con algunos días y noches de tregua, como la que misteriosamente habíamos tenido en los últimos dos días. Sospecho que como le pasa a cualquier reportero de guerra, Lula Gabber se sentiría feliz por haber conseguido una primicia que daría vuelta al mundo y, al mismo tiempo, se sentiría infame y culpable por no haber hecho nada por impedir la atrocidad. Pero no vi en su rostro ningún vestigio de orgullo o de oscura felicidad, sino que reparé que tenía los ojos humedecidos. «¿No crees, Morgan —me dijo—, que estas fotos muestran la esencia misma de la guerra en Bosnia? Tal vez se puedan captar imágenes aún más horrorosas, pero para mí es ya suficiente». Luego me dijo que ya había tomado la decisión de viajar a Ruanda y después a Sierra Leona, donde había estado unas pocas semanas en 1991 al desencadenarse la guerra civil. Después cada quien se fue a trabajar a sus zonas secretas para enviar reportes e imágenes a las agencias que nos habían contratado. Retorné a nuestra base cinco días después —entre tanto habían caído unas cuantas bombas serbias más que destruyeron varias habitaciones del hotel— y por otros colegas supe que, dos días antes, Lula Gabber se había marchado a África en busca de otra guerra. Me sentí triste pero no ofendido, pues existía entre los dos un pacto tácito de nunca despedirnos ni escribirnos ni enviarnos postales hasta que el azar nos volviera a juntar en alguna otra guerra de la Tierra. Su partida ocurrió a comienzos de marzo de 1994 y a mediados de junio nos enteramos de que ya no podría viajar a Sierra Leona porque había muerto en Ruanda en condiciones confusas y oscuras, probablemente en el pueblo de Kibuye, según algunas informaciones a manos de los radicales hutus que habían empezado el genocidio y, según otros, en manos del Frente Patriótico de Ruanda de mayoría tutsi. Recuerdo que al recibir la noticia se me vino a la mente de manera absurda el relato de Hemingway «Las nieves del Kilimanjaro», pero no por el relato mismo, que nunca me convenció (cuando Papá Hemingway se pone lírico me resulta insoportable), sino por el breve texto que sirve de epígrafe: «El Kilimanjaro es una montaña cubierta de nieve, de 19.710 pies de altura, y dicen que es la más alta de África. Su nombre es, en masai, *Ngaje Ngai*, 'la Casa de Dios'. Cerca de la cima se encuentra el esqueleto seco y helado de un leopardo, y nadie ha podido explicarse nunca qué estaba buscando el leopardo en esas alturas». Belleza fría y grave y distante, de ancestros noruegos e islandeses, ¿qué hacía Lula

Gabber en las montañas brumosas de Ruanda? Y, bueno, ¿qué hago yo, que hacemos todos los reporteros en todas las guerras del mundo si nuestras imágenes y crónicas no servirán de nada para impedir ni prevenir otras matanzas?

Yo seguí trabajando en Bosnia hasta pocos meses antes de que se firmara el acuerdo de Dayton de diciembre de 1995, que puso fin a la guerra; pero antes, en julio, fui alcanzado por un trozo de metralla mientras cubría la masacre de Srebrenice y fui evacuado por un helicóptero de los cascos azules de las Naciones Unidas y me entregó al hospital de Zagreb. El acero incandescente de la metralla destrozó la cabeza del fémur de mi pierna derecha, pero el médico señalándome en las camas vecinas a heridos mutilados y desfigurados por horribles quemaduras me dijo que debía sentirme afortunado porque lo mío era una herida banal, una pequeñez, nada que no pudiera solucionarse con una buena prótesis de titanio.

Después de que me implantaron la prótesis en una clínica de Nueva York (mi agente, Willy Rodríguez, se encargó de todo), me vine a descansar y rehabilitarme a Long Beach a la casa de mi madre, Clarita, con la que salgo a caminar por el malecón para fortalecer mis músculos mientras observo y recuerdo los paisajes de mi niñez y adolescencia. Una de estas tardes, en la playa cerca del viejo muelle y frente al antiguo faro vi a un hombre que me pareció conocido; todavía en buena forma, el individuo debía estar bordeando los setenta años y practicaba béisbol con un muchachito camino a la pubertad. Como mi madre reparó que estaba mirando al sujeto, me dijo: «¿No lo recuerdas, Morgy, bebé? Es el padre de tu amigo Roy», y antes que yo se lo preguntara, agregó que el chiquillo fue el hijo que Roy tuvo en una muchacha drogadicta igual que él. Un día ella llegó a la casa del padre de tu amigo, le dejó encargado el niño por un par de horas, pues —le aseguró—

tenía que hacer un trámite impostergable y no volvió a aparecer más, de modo que el abuelo crió al niño como no lo pudo hacer con su propio hijo. Era un final feliz, casi idílico; lástima que el desventurado Roy muriera acribillado a balazos y ya no tuviera ocasión de compartir estas mínimas alegrías.

Unas palabras más para concluir con mis asuntos familiares. Mi padre, el viejo Scott, como lo llamo yo, fue a visitarme en dos oportunidades cuando estuve internado en la clínica después de la operación. Es un hombre sólido, recio, de traje gris, y ahora que lo he mirado y he escuchado con menos prejuicios, con menos rencor, me ha parecido un sujeto no del todo obtuso. Esta vez me esforcé en hablar en el mejor inglés que conozco y él, por su parte, me confesó que había seguido con mucho interés mis crónicas. Me dijo que él tenía muchas cosas que contarme, mucho más ahora que en la CIA había desclasificado los documentos de los años sesenta y setenta sobre el trabajo político que desarrolló en Centroamérica y la región del Caribe. Así que hemos quedado en que de aquí a un tiempo tendremos una auténtica charla de padre e hijo. En su última visita, antes de despedirse, un poco azorado me pidió que intercediera con mamá para que le concediera el divorcio, pues estaban separados desde hace más de veinte años y deseaba formalizar su relación con la mujer con quien convivía hacía algunos años. Cumplí con mi promesa de hablar con mi madre, mientras acodados en el malecón veíamos otra vez al padre de Roy jugando con su nieto. Mamá Clarita protestó: «¡Morgy, Morgy! ¿Quieres que tu madre se condene? Soy católica, Morgy, y, dentro del catolicismo, el matrimonio es indisoluble. Mildred sabe muy bien que mi casa sigue siendo su casa. Pero si desprecia su hogar que siga viviendo en pecado con esa zorra». Abracé a mi madre, saludé con la mano al viejo de Roy, luego hubo un revoloteo de pájaros marinos por el muelle y en el antiguo faro se encendieron los fanales. De regreso a casa, me dije que pronto dejaría el bastón y me pregunté si volvería a solicitarle a Willy Rodríguez que me consiguiera otra plaza de corresponsal en uno de los nuevos escenarios de guerra o buscaría seriamente otra forma de ganarme la vida.

Cuando, por así decirlo, al día siguiente mismo de mi llegada a Sarajevo me sentí metido hasta el cuello en una guerra cuya irracionalidad parecía superar al de las otras guerras que yo había cubierto —esta era una guerra tribal, como de vecinos que comparten un condominio y que de pronto por razones nebulosas se han enemistado hasta el odio y la locura homicida—, pensé que había tenido una idea descabellada, propia de un insensato que ha quedado por completo fuera de la realidad, al pretender que aquí en este infierno tendría ocasión de ordenar los esbozos y continuar con la escritura empezada en Lima en torno a Tamara Fiol. Seis meses después mis reflejos se habían adaptado, sabía cómo arreglármelas para obtener información sobre rutas y atajos poco transitados y sobre todo para obtener salvoconductos que bajo mi absoluta responsabilidad podría internarme por los territorios de improbable retorno y, con todo, volver todavía en pie a nuestra base del hotel Holiday Inn. Entonces volví a pensar en mi proyecto, que ya no me pareció tan desatinado, mucho más ahora que reparaba que no pocos colegas en estado de neurosis —huraños, impotentes o secretamente aterrorizados— se sumergían en la escritura, porque esta era un blindaje para soportar las crueldades de la guerra o simplemente para olvidarse un poco del bombardeo de las embarcaciones serbias contra la torturada Sarajevo. Pero todavía tuvieron que pasar unas semanas para retomar mi historia, porque entre tanto esta guerra había hecho lo suyo en mi espíritu y yo no podía pensar en la masacre de Ovcara a las afueras de Vukovar o en las de Mostar sin pensar en Qoqtos, Acobamba o Lucanamarca (todavía no me había enterado del coche bomba de Tarata) o de establecer relaciones paradojales recordando, por ejemplo, lo que Tamara Fiol me contó: a su retorno de Moscú había pasado por la antigua Yugoslavia, no para estudiar los experimentos políticos y sociales de Tito, sino porque Sarajevo le hacía recordar a su abuelo don Ramiro *Garibaldi* Fiol, uno de cuyos héroes había sido Gavrila Princip, el asesino del archiduque Francisco Fernando, acto que desencadenó la Primera Guerra Mundial. De modo que retomé mi texto y me propuse a escribir donde quiera que estuviese por lo menos una hora diaria, hubiera tregua o no, y al poco tiempo fue germinando en mí la creencia, la fe, de que nada grave me ocurriría, de que sería invulnerable a los francotiradores, a las minas y al fuego de la artillería mientras le fuera fiel a la historia que estaba escribiendo. Después seguí el ejemplo de otros colegas, hombres o mujeres, que desaparecían por unos días tomándose en alguna ciudad o país, con el permiso de las agencias o sin él, unas cortas, muy cortas vacaciones, para recuperarse del estrés de la guerra, y retornaban con nuevos aires y, si este era el caso, enfrentar con sobriedad la muerte. Visité varias ciudades y finalmente me decidí por Trieste, no solo por su cercanía —hace frontera con la nueva república de Eslovenia de la antigua Yugoslavia—, sino que era una ciudad de la frontera, de los límites, ya que, al haber estado bajo el dominio de diversas potencias y reinos a lo largo de los siglos, en la conciencia de sus habitantes se habían forjado sentimientos de autonomía y extraterritorialidad. Ciudad del exilio, ahora era también una tumultuosa ciudad de refugiados de la guerra de los Balcanes. Como la agencia no cubría mis escapadas, no me quedaba en ninguno de los hoteles internacionales, sino en diversos hospedajes económicos hasta que encontré una pensión en el casco antiguo de la ciudad y la convertí en mi refugio, en mi torre de marfil, y allí, al cabo de varios meses —mis «vacaciones» más prolongadas fueron de diez días—, logré darle forma a mi relato. Pero aun cuando en Trieste terminé el grueso de mi texto, necesitaba regresar a Nueva York y retomar contacto con mis informantes para resolver algunos problemas que se me fueron presentando —cosas pequeñas, matices: el nombre de una calle, el de un plato de la culinaria peruana, el de una pieza musical, algún peruanismo, algunas expresiones del lenguaje popular—, el más importante de los cuales fue incorporar al relato la historia de Pablo Fiol, el desesperanzado padre de Tamara. Y tuve suerte, pues al instalarme en la casa de mamá en Long Beach para recuperarme de la operación, me encontré con una generosa correspondencia de amigos peruanos que además fueron los que con sus testimonios y confidencias me incitaron e hicieron posible la escritura este libro, que, justo en este momento, pienso que podría titularse *Confesiones de Tamara Fiol.*

Entre abril de 1992 y diciembre de 1993 Taylor me envió tres postales fechadas en Nueva York, París y Sídney con saludos y recuerdos escritos a vuelo de pluma y manifestándome sus deseos de reanudar el diálogo por lo menos a través de una correspondencia fluida. La tercera postal es una fotografía excelente —tomada sin duda con una cámara con trípode— de la fachada de su casona de Huamanga. La portada luce recién pintada, en la que de manera traviesa destaca el llamador porno del labrado portón de caoba del Apurímac. En su texto breve, fechado en julio de 1994, me da la noticia de su retorno a Ayacucho, donde pensaba residir hasta el fin de sus días; y antes de despedirse me promete una carta de verdad apenas se sienta definitivamente instalado. Taylor cumplió su promesa, pero un año después, el 20 de diciembre de 1995. De alguna manera se había enterado de mi herida y de mi regreso a Nueva York. Taylor seguía siendo «el viejo Taylor» de siempre: optimista, alegre e irónico, y con este mismo tono y espíritu me describe el restablecimiento de la vida en Huamanga después de la derrota de Sendero y el levantamiento del toque de queda, aunque, por supuesto —añadía—, nunca sabremos si se volverá a incendiar la pradera. Me adjuntaba, me decía, pues acaso pudieran tener algún interés para mí, una serie de recortes periodísticos de los meses que siguieron al autogolpe de Fujimori, del 5 de abril, hasta unas semanas después de la captura del Presidente Gonzalo. En la posdata me informaba que Baltasar Azpur, después de conseguir su maestría, había sido contratado como profesor de quechua y folclore y cultura andina en la Universidad de Athena, en una pequeña ciudad cerca de Boston. Y en efecto, entre la correspondencia que me había guardado mi madre, encontré un sobre con un CD de música ayacuchana grabado por Azpur, que, junto con una postal, me enviaba desde esa universidad. Recuerdo que después de echar una primera mirada a la correspondencia y envíos de amigos peruanos (sobre todo, de Emperatriz y Pepe Corso), por la noche le hice escuchar a mamá la guitarra de Azpur, cuya música le pareció extraña y tristísima. Y pude darme cuenta de que, de alguna manera, le hizo recordar sus años de infancia en El Salvador.

No hay razón para que aquí me refiera a la situación política que vivió el Perú desde la reafirmación en el poder de Fujimori, pues esta tuvo amplia divulgación en la prensa nacional e internacional pero ciertamente aludiré a ella cada vez que la historia y el destino de mis personajes lo requieran.

Debo aclarar que el material que recibí de mis amigos fue considerable a lo que sumé mis propias investigaciones en la biblioteca pública de Long Island City.

Como es fácil entender entre los sucesos atroces que ocurrieron en esos años sangrientos en el Perú (como el coche bomba de Tarata), el que más me conmovió fue la matanza del penal Castro Castro. Tanto más que en el listado de víctimas que divulgó el gobierno varios días después de los asesinatos figuraban dos senderistas con quienes dialogué y escuché durante mis entrevistas para «Las mujeres de Sendero». De una de ellas, la camarada Elvia, he dicho algo en este libro, cuando tratamos de las acusaciones de que había sido objeto Sendero sobre las conductas disipadas en que cayeron algunos de sus militantes —hombres y mujeres— en los meses en que se debatía la iniciación de la guerra popular. Acusada de pertenecer a los organismos de prensa del partido, Elvia era una mujer atractiva e interesante, blanca o castaña como las conocen aquí, de la mediana burguesía, que había obtenido algún título en la Sorbona. Era una mujer culta que hablaba varios idiomas y que no procedía de las viejas canteras de los partidos comunistas del país. Aprovechando un minuto en que nos quedamos solos, le pregunté cómo, con su situación social y cultural, y su experiencia cosmopolita, había llegado a militar en un partido que tenía una ortodoxia tan rígida. Su respuesta no difirió de las que me habían dado otras prisioneras de extracción popular, en que la adhesión al «pensamiento Gonzalo» constituía el fundamento. Ahora bien, por lo que recuerdo, Elvia no era la única militante de esta extracción de clase y de nivel cultural elevado (incluso había prisioneras que procedían de la alta burguesía), lo que echa por tierra la teoría según la cual Sendero Luminoso significaba el resurgimiento del antiguo mesianismo andino. Según vi la fotografía, descubrí que uno de los cuerpos desnudos, ya en proceso de descomposición, después de siete días de llevadas a la sombría y pestilente morgue de la ciudad de Lima, era el de la camarada Elvia.

El otro caso fue el de Elena Untiveros Osejo, a quien años atrás Tamara Fiol (según me reveló muy de pasada cuando vio las fotos de mi crónica sobre las mujeres de Sendero) había conocido en una clínica psiquiátrica. Recuerdo que al reconocerla en la foto, Tamara hizo este comentario: «Sobre ella debiste escribir, Morgan. Era de mi edad y lo merecía más que yo». Elena solo estuvo presente en la última entrevista que sostuve con las prisioneras de guerra y, según supe después, no estaba acusada de haber participado en ningún acto terrorista; en cambio, se le acusaba de haber desarrollado una intensa actividad logística, proveyendo de casas y refugios a los militantes o transportando a los heridos a los centros hospitalarios de la periferia de Lima, después de hacer un trabajo de persuasión entre médicos y enfermeros. No logré averiguar en qué momento ingresó al partido. Había perdido a su único hijo en la matanza de El Frontón y en el momento crítico de las decisiones tuvo que elegir entre su matrimonio y el partido. Lo más atractivo de su rostro eran sus ojos y su sonrisa abierta y cordial (Tamara me dijo que se parecía a Marga López, una famosa actriz mexicana de los años cuarenta y cincuenta) y cuando la escuché cantar y tocar la guitarra me pregunté si más allá de las cuestiones ideológicas había circunstancias dolorosas en la vida de Elena Untiveros que la habían llevado a elegir un camino político tan duro donde toda muerte se justificaba si se deseaba alcanzar, como enseñaba el pensamiento guía del Presidente Gonzalo, el reino de la Armonía. Recuerdo que yo estaba un poco aburrido escuchando los monótonos himnos y canciones de la épica senderista, cuando me sorprendió la voz bella y tierna de la camarada Elena. Había musicalizado poemas de Vallejo (uno de ellos era aquel que comienza «Aquí Ramón Collar»), pero a mí me impresionó sobre todo su arreglo musical del poema de Javier Heraud «Yo no me rio de la muerte». Pero su voz (limpia y de altos registros) me conmovió más cuando cantó dos mulizas (una suerte de yaraví sincopado del valle del Mantaro, de origen popular), aunque escuché a las prisioneras más jóvenes expresarse en términos negativos de estas piezas porque, según ellas, eran manifestaciones de un arte políticamente atrasado con reminiscencias feudales, y me pregunté si después de la función (que debo decir que las senderistas prepararon para mí como despedida) la camarada Elena sería sometida a crítica por no exaltar en sus canciones al partido y al Presidente Gonzalo.

En un momento de mi reportaje le dije a la responsable del grupo que participaba en la primera entrevista que era muy intensa la consigna o propuesta de «convertir las prisiones en luminosas trincheras de combate» y que revelaba gran coraje y combatividad considerar los penales como territorios liberados. Sin embargo, les pregunté si esta no era una directiva política errada ya que su posición era terriblemente vulnerable, pues estaban proporcionando el pretexto que el gobierno necesitaba para justificar otra matanza como las que ya habían ocurrido en El Frontón y Lurigancho. La responsable me respondió que el partido sabía que el gobierno preparaba un genocidio, pero sabía que la sangre de los mártires fructificaría en nuevos y más numerosas combatientes. Por eso, agregó, que el partido había dado la directiva a las parejas de camaradas a tener familias numerosas, procrear hijos que continúen la lucha, pues la guerra popular sería una guerra prolongada. Entonces recordé una crónica publicada en un diario que se le consideraba el vocero de Sendero Luminoso en la que se sostenía que el número de muertos ascendería a un millón antes del triunfo de la guerra de todo el pueblo contra el Estado burgués-terrateniente.

Emperatriz me había escrito dos cartas; la segunda estaba fechada en setiembre de 1994 y en ella me daba la noticia de la muerte de César Arias Sotomayor. Según la autopsia, Arias habría muerto de un paro cardiaco que se produjo mientras dormía en su mínimo departamento que tenía en el barrio de Santa Beatriz. Como vivía solo —se había separado desde hacía muchos años de Sergina Barba—, los vecinos repararon en su muerte cuando su cuerpo estaba ya en estado de putrefacción, de modo que acudieron a los bomberos para que derribasen la puerta y llamasen a un juez que ordenara el traslado del cadáver a la morgue. Yo solo había visto a César Arias en dos oportunidades, pero las condiciones de su fallecimiento me entristecieron como si se tratara de la muerte de un amigo querido y respetado. Según Emperatriz, aunque César Arias había renunciado a su segundo apellido para romper con el pasado familiar, con todo recibió en herencia una pequeña fortuna que él repartió entre su ex esposa y sus cuatro hijos y el resto lo donó de manera anónima a los hijos de la guerra de la región andina.

En su primera carta, también Emperatriz me dio noticias de otra singular y extraña herencia. Tres meses después de mi partida a Bosnia, tras un largo litigio de desahucio (al cual apenas si se refirió Tamara de manera tangencial, por lo demás sin darle ninguna importancia en nuestra última entrevista) seguido por la inmobiliaria que había comprado el solar contra los inquilinos, el juez finalmente dictó sentencia a favor de la compañía (según afirmaba la gerencia, iba a construir un moderno centro comercial) y ordenó el desalojo de los ocupantes. La mayoría de los arrendatarios, me decía Emperatriz, ya habían llegado a un acuerdo económico con la empresa y empezaban a trasladarse, pero había un reducido número de vecinos, casi todos ancianos, que rehusaban abandonar el edificio donde habían vivido desde que se construyó en 1920. Y Tamara, que durante el litigio había sido presidenta de la asociación de inquilinos, se encontró entre los que rehusando el soborno y las amenazas se negaban a abandonar sus viviendas. La resistencia duró dos meses, durante los cuales los vecinos soportaron el corte de agua y luz y toda suerte de actos de terror psicológico. Algunos arrendatarios culminaron sus manifestaciones por la Plaza de Armas, encadenándose a las rejas del Palacio de Gobierno. Fueron días horribles, tristes, bochornosos, patéticos —me decía Emperatriz—, y lo más desalmado fue que ni la prensa escrita, radial y televisiva cubrió las escuálidas movilizaciones, pues todos los reporteros no se abastecían para informar sobre la secuencia de atroces atentados que tuvieron lugar en Lima hasta semanas después de la caída de Abimael Guzmán, el Presidente Gonzalo. Una pareja de ancianos solitarios amenazó con prenderse fuego dentro de su apartamento, mientras que Malenita bregó para que Tamara Fiol, cada vez con menos movilidad, no se uniera a las marchas. Por fin, el juez dio un plazo de cuarenta y ocho horas para que los últimos moradores abandonasen la construcción de manera pacífica. Terminado el plazo —decía el mandato judicial—, la empresa inmobiliaria procedería a la demolición del solar. Entonces, la víspera del desalojo —en una maniobra de distracción los bomberos lograron evacuar a los ancianos que querían inmolarse—, un amanuense de la Notaría Díaz Rodríguez golpeó repetidas veces la puerta de Tamara Fiol, hasta que salió a abrir Malenita. El empleado de la notaría le entregó un sobre de tamaño oficio para que a su vez se lo alcanzara a la señora Tamara Fiol Gayoso y firmara el cargo de recepción del documento. Después de un rato prolongado, Malenita le devolvió al adjunto el sobre (que ya había sido abierto) con un mensaje muy escueto al titular de la notaría: «No recibido». Al día siguiente se produjo el desalojo, pero misteriosamente se suspendió por unos días, que se convirtieron en semanas, la orden de demolición del edificio. Según Emperatriz, en los días siguientes Tamara recibió numerosas llamadas telefónicas del personal de la notaría, pero ella se negó a contestar. Entonces antes de que transcurriera una semana, el propio notario, doctor Aurelio Díaz Rodríguez, llegó al domicilio para dialogar de manera personal con Tamara Fiol.

«¿Es que nunca me libraré de ese maldito? —le dijo Tamara a Emperatriz, que acudió a su llamada de urgencia—. ¡Pero si yo misma fui al sepelio para cerciorarme que Arancibia estaba bien enterrado bajo tierra! Y ahora vuelve de los infiernos para hacerme una donación que yo jamás aceptaré. Lo estudió todo bien. ¿Quién crees que era el propietario de la inmobiliaria que compró nuestro solar? ¡Nada menos que Arancibia! El muy maldito demolió el edificio para obligarme a aceptar su donación y seguir estando relacionado con mi vida». Me escribía Emperatriz que la dejó que se desahogara sin interrumpirla hasta que entendió de qué se trataba. Antes de ser asesinado y contando sin duda con esta posibilidad, Raúl Arancibia, cliente desde hacía años de la Notaría Díaz Rodríguez, le pidió al titular que le redactara en los términos jurídicos más precisos e impecables, la ¿transferencia?, ¿donación? o ¿venta simulada? de un chalé ubicado en la calle Bolognesi del balneario de La Punta a nombre de doña Tamara Fiol Gayoso. «¿Por qué precisamente en La Punta?», le preguntó tiempo después Emperatriz a Tamara. Ya para entonces Tamara Fiol, aconsejada por todos sus amigos más cercanos (a excepción de Pepe Corso), había aceptado convertirse en propietaria del inmueble por razones pragmáticas y porque el notario le aseguró que el chalé había sido comprado con dinero limpio, de modo que le contó a Emperatriz que hacía muchos años en los primeros tiempos de su relación, mientras comían camarones regados con vino Chianti en la antigua taberna Mateo, Tamara recordaba haberle dicho a Arancibia que de tener dinero le gustaría vivir en La Punta, en un chalé de la calle Bolognesi que sin ser ostentoso destacaba por su belleza arquitectónica. Y el notario Díaz Rodríguez le había contado que el doctor Arancibia había comprado el inmueble de una arruinada familia y lo había mandado a restaurar dotándolo de nuevas instalaciones de agua y electricidad. Emperatriz terminaba su carta diciéndome que al fin Tamara había hecho algo razonable y escuchado las voces de los amigos que de verdad la querían (no como el antipático y egoísta Pepe Corso, que la deseaba para él solo, pero que nunca tuvo la hombría de declararle su amor), pues debido al avance de la enfermedad ya Tamara Fiol no podía trabajar, ni siquiera a medio tiempo en el organismo de Derechos Humanos. ¿Qué importaba que la casa también estuviera habitada por el fantasma de Raúl Arancibia? Entre tanto, los nuevos vecinos del silencioso balneario ya se han acostumbrado a verla pasear empujada en la silla de ruedas por la fiel Malenita.

Un par de palabras más. Con Pepe Corso mantenemos una comunicación permanente y hemos acordado encontrarnos en Nueva York el próximo verano. Ante una pregunta algo impertinente que le hice, me ha prometido contarme por qué juró nunca vivir con otra mujer que no fuera Tamara Fiol. En cuanto a mí he tenido pocas mujeres en mi vida y hasta ahora no me explico por qué quise formalizar un compromiso con una mujer tan banal y de mente desprovista de sutilezas como Daniela. ¿Me habría amado, más allá de la amistad, Lula Gabber? No, el amor de ningún hombre habría sido suficiente como para impedirle que marchara a su cita con la muerte en las neblinosas montañas de Ruanda. Pero perdí la oportunidad de conquistar el amor de Muriel Tipiani, como pude leer entre líneas en la breve carta que me escribió para que yo leyera en el avión. Pero creí que más importante que el amor era tener el absurdo privilegio de ser corresponsal en una de las guerras más crueles del siglo XX. Hace unos días recibí una pequeña carta en la que me dice que, ¡al fin!, le han encargado la conducción de un programa en un canal de la televisión peruana. Me cuenta que dudó mucho en aceptar esta propuesta, ahora que todos los canales y la prensa escrita están a favor del fujimorismo. Pero daré la batalla, Morgan —me dice—, y, por los viejos tiempos, te prometo que siempre estaré dispuesta a renunciar si se me impidiese revelar la verdad de los hechos. Suerte, te creo, Muriel querida. Luego en la posdata, me anuncia que ha conseguido una nueva pareja y que tiene esperanzas de que esta vez sea una relación duradera.

Este libro se terminó de imprimir
en los talleres gráficos de Metrocolor S. A.,
av. Los Gorriones 350, Lima 9, Perú,
en enero de 2009.